오르페우스는 죽지 않았다

오르페우스는 죽지 않았다

김준태 소설집

도서출판 b

| 차 례 |

액자소설 이어도를 본 사람은 죽는다 ……………… 7

1. 어머니 사진 찾기 | 2. 장자의 나비 | 3. 집착 | 4. 식인종 | 5. 물거미 | 6. 장길산 | 7. 팔남잽이 | 8. 레다와 백조 | 9. 형천刑天 | 10. 견훤 | 11. 그리고 아무 말도 하지 않았다 | 12. 소멸에 대하여 | 13. 수로부인 | 14. 성화聖畫 | 15. 봄비 | 16. 동지와 적 | 17. 콩란 | 18. 백두산 | 19. 시애틀 추장 | 20. 논개 | 21. 슬픈 열대 | 22. 수선화 | 23. 낯선 곳에서 사랑하기 | 24. 꽃 | 25. 달나라에는 그리운 사람들이 살고 있습니다 | 26. 기저귀를 갈아주는 남자 | 27. 그리움이라는 병 | 28. 밥 | 29. 기차 여행 | 30. 몰려다니는 귀신들 | 31. 원로를 찾습니다 | 32. 15일 만에 발견된 주검 | 33. 라이브 재즈 | 34. 반달곰 한 마리 | 35. 아빠가 추는 테크노댄스, 어떻니? | 36. 베스트셀러 작가 그리고 환희의 송가 | 37. 선암사 | 38. 얼굴 속의 얼굴 | 39. 카프카의 성城 | 40. 소년 | 41. 사막의 달밤 | 42. 휘트먼은 노동자의 품에 안겨 잠들었다 | 43. 어머니 | 44. 고향 형님 | 45. "나는 하느님을 보았다" | 46. "이어도를 본 사람은 죽는다" | 47. 베트남 1 | 48. 나는 너다, 그리고 너는 나다 | 49. 주홍 글씨 A | 50. 국토 여행 | 51. 아버지의 아들 | 52. 강 건너 마을의 어둠 | 53. 물속에서 사는 연습 | 54. 꿈 | 55. 나무는 무엇 때문에 사는가 | 56. 관흉국 사람들

| 57. 누구도 자신의 자화상은 그릴 수 없다 | 58. 함부르크의 밤 | 59. 바람·구름·모래·도시 | 60. 사람 몸이 책이다! | 61. 보리 | 62. 흰 저고리 | 63. 장미의 그림자 | 64. 길 찾기 | 65. 꽃은 시들어도 아름답다 | 66. 제우스 | 67. 춘산에 불이 붙어 못다 핀 꽃 다 붙는다 | 68. 철도원 우관욱 씨 | 69. 포옹 | 70. 용서 | 71. 흰 구름 | 72. 북한 여자 | 73. 안면도 가는 길 | 74. 괴테의 여자 | 75. 스피드 | 76. 베트남 2 | 77. 안경 | 78. 흰 손과 검은 손 | 79. 소 | 80. 고추잠자리 | 81. 짚신 | 82. 한복 | 83. 매월당 김시습 | 84. 왕 | 85. 수박과 국밥 | 86. 님 | 87. 글쓰기 | 88. 갈등 | 89. 달이 찾아가는 카페 | 90. 유복자의 아들과 유복녀의 딸 결혼

중편소설　　**오르페우스는 죽지 않았다** ············· 357

| 작가의 말 | ·· 439
| 작가 연보 | ·· 441

액자소설

이어도를 본 사람은 죽는다

1. 어머니 사진 찾기

"여보, 어머니 사진 혹시 본 적이 있어요?"

"어머니 사진이라니요?"

"아, 고향 어머니 사진이지. 돌아가신 당신 시어머니 사진!"

먼 여행을 떠난다고 새벽부터 부산을 떨던 남편 허만중 씨가 당신 어머니 사진을 어디에서 보았느냐고 물었을 때 아내 강민숙은 좀 얼떨떨했다. 가족 앨범은 있지만 유심히 챙겨 본 기억이 없는 그녀였다.

"아니, 어머니 사진은? 이번 여행에서 필요한 것인가요?"

"좀 필요해서 그래. 어, 여기 끼어 있었는데 어디로 갔지…"

"세상에! 당신이 오늘날까지 나와 살면서, 이분이 나의 어머니이시다, 라고 말해 본 적이 있으세요? 아이들과 함께 가족 앨범을 들여다볼 때도 그랬던 것 같아요. 그런데 아닌 밤중에 홍두깨식으로 어머니 사진이 어디에 있느냐고 하니 난들 무슨 수로 찾을 수 있겠어요."

남편 허만중 씨는 그러나 어디 있지, 분명히 이 앨범 속에 들어 있었는데… 하며 그의 어머니 사진 찾기에 정신이 없었다. 한두 권도 아니고 열 권이 넘는 앨범, 아마 아이들 것까지 합하면 족히 열다섯 권은 될 듯한 앨범과 사진들 속에서 어머니 사진을 찾는 일이란 여간 힘든 일이 아니다. 어쩌면 남편은 꼭 실성한 사람 같았다. 사진을 찾느라 안절부절못하는 모습은 곁에서 보기에도 안타까웠다.

아는 사람들은 다 알겠지만 허만중 씨의 여행 벽은 대단하다. 몸속에 집시랄까 나그네의 피가 깊숙이 흐르는 사람이다. 오래 계속된 여행으로 그의 집에는 실로 수만 장의 사진과 아직 현상이 안 된 필름이 가득 쌓여 있다. 그 많은 사진 속에서 저 아득히 멀어진 옛날의 당신 어머니 사진을 황급하게 찾아내려는 것이라니 누가 생각해도 한심스러웠다.

"당신, 이러다간 비행기 시간이 늦겠어요."

"여보, 사실 말인데, 어제저녁 꿈에 어머니를 보았어. 초등학교 3학년 가을에 돌아가신 어머니를 만났는데 그때 내 손을 꼭 붙잡아 주셨어. 어머니께서는 생전에도 그랬듯이 하얀 저고리에 검정 치마를 입고 계셨어. 아, 정말이지, 그동안 나는 그런 어머니를 너무 잊고 살아왔어. 그냥 허둥대기만 하면서 오늘까지 살아온 거겠지. 하지만 이제부터는 어머니를 언제나 내 앞가슴에 모시고 다니고 싶어져서 사진을 찾고 싶었던 것이라오. 옛날 옛적 어느 날 고향 집 대추나무 밑에서 가족들과 함께 나란히 찍은 사진 속에 다소곳이 서 계시던

어머니를."

 아내 강민숙은 허만중 씨가 모르게 잠깐잠깐 눈시울이 젖었다. 당신 어머니의 사진을 찾기 위해 서성대는 남편이 오늘따라 어린애처럼 보였다. 그러면서도 남편이 갑자기 늙어가고 있다는 생각이 들었다. 결국 남편이 먼저 손을 흔들었다.

 "단 한 장뿐이라지만, 우리 어머니 사진은 찾을 수 있을 거요."

 "걱정 말고, 잘 다녀오세요. 당신이 돌아오면 꼭 찾게 되겠지요."

 여행 트렁크를 밀고 나가는 남편 허만중 씨의 얼굴이 고향 어머니의 얼굴이 포개져 있는 듯 느껴졌다. 말 없는, 깊은, 따스함이 아련하게 스며든 얼굴! 허만중 씨의 소설 여행은 그렇게 시작되고 있었다. 독일의 시인이요 소설가인 헤르만 헤세가 노래한 '인생은 여행'이라는 말이 허만중 씨와 아내 강민숙한테도 가슴 속으로 천천히 젖어 들어가는 순간이었다.

2. 장자의 나비

봄날이었다. 하늘을 나는 새들도 반짝반짝 고운 목소리로 날고 있었다. 허만중 씨는 오랜만에 낮잠을 즐기고 있었다. 잠은 비단결보다도 부드러웠다. 그가 꿈속에서 만난 시절은 기원전 4세기경 춘추전국시대였다. 장소는 옛 몽현, 하남성 상구현 지역이었다.

그는 거기에서 노자의 후학이며 도가의 대표적 사상가인 장자를 만났다. 그는 가부좌를 틀고 앉아 있었다. 제자들에게 자신이 경험한 꿈의 세계를, 어쩌면 우리가 사는 현실 세계를 말하는 중이었다. 그런 가운데서 장자의 말에서는 꿈과 현실, 현실과 꿈이 서로 교차하고 있었다.

　　나비가 날고 있는가
　　사람이 날고 있는가

　　사람이 보면 나비가 날고
　　나비가 보면 사람이 날고

사람이 나비가 된다면
나비가 사람이 된다면

어느덧 장자의 얘기는 깊어지고 있었다. "꿈속에서 나는 나비가 되었다네. 훨훨 날아다니는 나비가 되었는데 내가 장자임을 알지 못했네. 그런데 잠에서 깨어난 내가 장자였는지, 내가 꿈속에서 나비가 된 것인지, 아니면 나비가 꿈속에서 나 장자가 된 것인지를 알 수가 없었네. 결국 현실과 꿈, 꿈과 현실, 나비와 나 사이에는 절대적인 선을 그을 수 없는 세상이 존재하고 있다는 생각도 갖게 되었네."

그런데요, 제자들 사이에 살며시 끼어들어 장자의 강론을 듣던 허만중 씨는 질문을 던졌다. 그러자 장자는 미소를 엷게 띠며 두 어깨를 양쪽으로 펴 보였다. 그의 수염이 무척 희고 고왔다. 허만중 씨는 그에게 다가가듯이 무릎을 고쳐 앉았다.

"스승님은 사모님께서 세상을 떠나셨을 때 슬퍼하지 않고, 장구를 치며 노래도 불렀다는 얘기를 들었는데 그것이 사실인가요?"

"음, 나는 아내가 더 크고 근원적인 자연으로 들어가 잠들었음에도 울어댄다면 이는 천명을 모르는 행위라고 생각했네. 그래서 곡소리를 내지 않고 춤도 추었지. 아내가 죽었다는 것은 계절이 바뀐 것과 같은 이치가 아니겠는가. 나비 꿈도 바로 그런 거지." 얘기를 듣다가 허만중 씨는 불쑥 영감이 치솟아 장자에게 시 한 편을 올렸다.

　　나비는 죽어서
　　땅에 묻히고

　　사람은 죽어서
　　하늘에 묻힌다

생사일여生死一如라? 삶과 죽음, 죽음과 삶은 곧 하나라? 허만중 씨는 장자의 강론을 듣다가 갑자기 친정에 간 아내가 생각이 났다. 그의 몸이 현실로 만져지자 번쩍 일어났다. 장자와 그의 제자들도 이제는 멀리 사라지고 없었다. 허만중 씨는 아내의 친정으로 전화를 걸었다.

무슨 일이세요? 마침 아내가 수화기를 들었는데 멀리서 들려오는 그 목소리는 아주 생생했다. 현실이었다. 창가로 다가가 창문을 열었다. 산과 들에서는 나비들이 날고 봄도 날개를 활짝 펴고 있었다. 하늘과 땅 사이에, 뽀얀 아지랑이가 피어오르고 제비 떼가 날아오고 있었다.

3. 집착

"석불사 주지 스님 아시죠? 그 젊은 스님 말이에요."
늦은 오후였다. 금남로 1가에서 우연히 마주친 최필녀 여사가 갑자기 허만중 씨의 팔을 부여잡았다. 그녀는 대학 시절 그와 문학동인 중 한 사람이 아닌가. 평소 두 손을 내밀어 악수하기를 좋아하던 그녀의 일상적 매너와는 달리 오늘은 아예 상대의 팔을 잡아당겼다. 늘 즐겁게 느껴지는 말 주머니를 주렁주렁 달고 다니던 것으로 생각되던 그녀가 오늘은 뭔가 다른 대목이 있었다.
"알고 있습니다. 그런데요?"
"그분이 자살했대요."
"아니, 자살이라니?"
허만중 씨는 붙잡고 있던 최필녀 여사의 손을 뿌리쳤다. 상대의 턱 밑에까지 얼굴을 가까이 들이대며 말하는 그녀의 새 소식은 너무나 충격적이었다.
"스스로 목숨을 끊어야 할 이유는?"
"그건 아무도 모릅니다."

"그런데 자살이라고 하는 말은 또 무슨 말씀이지요?"

"신도들 사이에서는 그런 소문이 무성해요. 그 절의 신도인 저 역시 일단은 그렇게 알고 있어요. 물론 그건 황당한 추측일 수도 있습니다만…."

허만중 씨는 바싹 목이 타들어 갔다. 차 한잔하죠. 그는 최필녀 여사 앞에 서서 주위에 있는 아무 다방으로나 들어갔다. 자리에 앉고 보니 금잔디 다방이었다. 아, 아직도 없어지지 않고 있었구나. 옛날 학창 시절에 제법 자주 드나들던 금잔디 다방. 몇 차례 걸쳐서 인테리어를 새로 바꿨겠지만, 그는 낯익은 풍경처럼 바라보았다.

"주지 스님께서 너무 젊었던 게 탈이었겠죠. 동자승 같은 얼굴도 얼굴이어서, 여성 신도들은 주지 스님을 서로 앞다투어 잘 모시고 싶었던 거로 생각합니다. 그럴 때 스님께서는 얼마나 괴로웠겠습니까. 우리들이 흔히 쓰는 집착이란 말이 있잖아요?"

"네, 남녀 간의 사랑도 그중 하나죠."

허만중 씨는 50대 중반을 넘어선 그녀가 순간적으로 아름답다는 생각이 들었다. 그녀는 나이에 걸맞지 않게 아름다움을 곱게 간직하고 있었다. 그녀는 찻잔 속을 가만가만 휘저으며 계속했다.

"사실 우리 중생들은 매사에 너무 집착하면서 살고 있는 것 같아요. 부처님의 가르침에 따르면 지나친 집착은 때로는 안타까운 일을 자초한다고 했습니다. 저 또한 그래서 남편도 몸속에서 비우며 살려고 합니다. 남편의 체온, 묵중하면서도 부담을 주는 것들을." 찻잔을 놓으며 허만중 씨는 잠깐 그녀를 바라보았다.

"석불사 주지 스님의 죽음은 결국 우리 중생들이 저지른 지나친 집착의 희생물 그것일 수 있다는 말씀이군요!"

"네, 적어도 저는 그렇게 생각합니다."

최필녀 여사가 가늘게 고개를 끄덕이는 순간, 허만중 씨는 먼 산사의 솔바람 소리 같은 것이 자신의 뒷등을 서늘하게 흘러내리는 느낌을 받았다. 다방 문을 나서자, 금남로 주변은 여전히 사람들로 넘실댔다. 그 사이 대형 화물차 '익스프레스 21'이 어디론가 굉음을 쏟아내며 달려가고 있었다. 아마 누구네 이삿짐을 비우고 가는 중이었으리라.

4. 식인종

"19세기 허먼 멜빌은 가장 위대한 바다 시인이요 예언자다. 그의 대작 『모비 딕』은 바다에 관해서 쓴 작품 중 거의 유례를 찾아볼 수 없는 최대의 작품이다. 멜빌은 흡사 육식동물이 아닌, 바다짐승과 같은 영육의 소유자다." 영국 작가 로렌스의 말을 귓전으로 들으면서 허만중 씨는 보스턴 항구를 뒤집고 다녔다. 멜빌의 발자취를 더듬기 위해서였다.

최첨단 문명을 전 세계에 퍼뜨리는 아메리카 대륙. 그러나 보스턴은 보수적인 도시로 유명했다. 영국 청교도 후예들의 숨결이 아직도 건재한 곳이 있다면 다름 아닌 보스턴이 아니던가. 20세기 초까지만 해도 고래잡이로 전성기를 누렸지만, 지금은 바닷가재라고 부르는 '랍스터'를 잡으러 나가는 어부들만 종종 보일 뿐이었다. 허만중 씨는 하버드 대학촌 고서점에서 한 권의 낡은 책을 발견했다. 그 책은 『허먼 멜빌과 마르케사스섬』이었다.

마르케사스 군도가 어디에 있는 섬들이더라? 허만중 씨는 우선 늘 휴대하고 다니는 세계지도를 펴보았다. 마르케사스는 1842년부터 프랑스령이 되었고 남태평양에 자리하고 있다. 면적은 1,274km², 13개의 섬으로 구성되어 있으며 누쿠히바와 파투히바가 그중 큰 섬으로 구분되어 있었다. 열대성 과실이 풍부한 이 섬들은 1595년에 스페인 탐험가 멘다냐가 발견했고 18세기 당시만 해도 10만의 폴리네시아계 원주민이 살았다. 유럽 쪽 백인들이 들어오자, 음주와 마약, 새로운 질병이 번졌고 1999년 3월 현재 인구는 6,500명으로 줄어들었다.

호텔에 돌아와 자료를 자세히 읽어 내려가던 허만중 씨는 비로소 놀라운 사실을 알아냈다. 바로 『허먼 멜빌과 마르케사스섬』이란 책에서였다. 태평양으로 고래잡이를 나간 미국 작가 멜빌이 포경선을 벗어나 거의 몇 년 동안을 이곳 마르케사스섬에서 살았다는 기록이 자세하게 적혀 있었다. 확실한 근거에서 쓰여 있는지 모르지만, 이 책은 분명히 멜빌이 식인종들과 함께 살았다는 내용이었다. 식인종들이란 원주민을 가리키는 말이었다. 더욱 충격적인 것은 그가 식인종 여자와의 사이에 아이를 두고 있었다는 대목이었다.

정말 우연하게도 프랑스 후기 인상파 화가이며 야수파(포비슴)로 알려진 고갱이 말년을 보냈던 타히티섬과 아주 가까운 곳에 있는 마르케사스섬. 그곳에서 문명의 탈을 벗어버리고 거미와 뱀도 잡아먹는 식인종 여인과 몸을 섞었을 멜빌이 두 눈에 확대되어 나타났다.

과연 그것은 가능한 일이었을까? 호텔 방 천정을 물끄러미 바라보면서 허만중 씨는 그것이 가능할 수 있다는 결론을 내렸다. 특히 상상력을 실제 현실로 옮기고 싶어 하는 작가들에게 있어서랴. 멜빌의 경우 더욱 그러고도 남을 만큼 오랜 세월을 바다 위에 떠 있었는데, 그 때문에 바다짐승처럼 '자연'과의 프리섹스를 즐겼을지도 모른다.

 아무튼 그래서 『모비 딕』은 아마도 작가 멜빌의 '남성' 같은 것이 아직도 지워지지 않고 이 세상의 군데군데에 묻어 있는 것이 아닐까. 허만중 씨는 한참 동안 그런 생각을 했다. 운명의 신神과도 같은 모비 딕, 바다의 '흰고래 모비 딕'에게 온몸을 삼킨 채 죽어가는 주인공 에이허브의 비명이 들려오는 것 같았다. 너 악마 모비 딕이여, 나는 너를 가만히 놔두지 않을 테다! 남태평양 멀리 마르케사스섬의 파도가 지금도 보스턴 부둣가 방파제에 부딪히고 있다고 생각했다. 그래서인지 허만중 씨한테는 미국의 도시 중에서 보스턴의 밤이 너무나 길고 길었다.

5. 물거미

 허만중 씨는 흥분했다. 1996년 6월 중순 어느 날 아침. 세계적인 희귀 동물 거미가, 전 세계에 걸쳐서 아직까지 몇십 마리밖에 발견이 안 되었다는 '물거미'가, 한국의 비무장지대DMZ에 근접한 민통선민간인출입통제선에서 발견되었다는 서울 K 일보 특종기사가 그 이유인 것 같았다.

 야, 놀라운 일이다! 거미라는 것들은 대체로 암놈 수놈이 평생을 붙어서 살지 않는다는데, 대단한 상징이다! 아 그런데, 이 물거미란 놈들은 그것도 비무장지대 안에서 서로 붙어 평생을 살고 있다니? 어때, 감격스럽지 않은가! 허만중 씨가 아내에게 다가서며 보여주는 K 일보는 특종을 톱기사로 다루고 있었다. 도대체 무슨 대단한 일일까? 그것도 거미 두 마리가 찍힌 사진을 가지고 아침부터 온 집안을 시끄럽게 하는 것이라니? 아내는 짐짓 얼떨떨한 표정을 지었다. 그럼, 어디 나도 한번 좀 봅시다. 방바닥에 펼쳐진 신문을 손바닥으로 훑어 내리면서 눈을 가져다 댔다.

 거미는 마디 다리가 발달한 절지동물로 거미강Arachnida 거미목에 속하는 동물의 총칭이다. 지구상에 존재하는 거미는 현재 약 4만 여종이 있으며 한국에는 6백여 종이 서식하는 것으로 알려져 있다. 거미는 벌레이기는 하나 곤충은 아니고, 머리와 가슴이 분리돼 있지 않으며, 날개와 더듬이가 없고 다리는 여덟 개다. 곤충은 발이 여섯 개, 날개가 달려있으며 몸이 머리, 가슴, 배 등 3요소로 돼 있다. 오히려 진드기나 전갈에 가깝다. 그중 물거미는 전 세계에 걸쳐 오직 1과 1종으로 학명은 아큐아티카Aquatica이다.

민통선 비무장지대 부근 민통선 습지에서 발견된 물거미. 녀석들은 여타 거미의 서식 환경과는 전혀 다른 오직 늪지 물속에서만 호흡하고 먹이를 사냥하며 번식한다는 점에서 세계적인 희귀종이다. 녀석들은 몸에 돋아난 풍성하고도 미세한 털을 이용해 물 표면에서 공기 방울을 만들어 배에 붙이고 다닌다. 따라서 배에 붙은 2개의 숨구멍으로 공기 방울 속의 산소를 호흡한다.

녀석들은 물속 수초 사이에서 거미줄을 뽑아 집을 만든다. 몸에 붙은 기포를 떼어 집에다 놓고 물 표면까지 떠올라 다시 공기 방울을 만든다. 이런 동작의 반복을 통해 물거미는 최고 지름 2cm 공기 집을 만들어 살아간다. 특히 놀라운 것은 물거미의 먹이 저장 방법이다. 수중에서 포획한 먹이를 공기 집 속에 저장해 놓은 뒤 물속이 아닌 이 수중 공기 방울 집안에서 먹는 것이다. 녀석들의 먹이는 주로 실지렁이,

옆새우, 장구벌레 등 작은 생물들이다.

물거미를 처음 발견한 사람은 '거미 박사'로 알려진 80세의 노학자 남궁준 박사. 햐아, 신기하다! 거기까지 같이 신문기사를 들여다보다가 아내는 생각보다 어린애처럼 들뜬 허만중 씨의 곁에 다소곳하게 앉았다. 그가 그렇게 흥분한 대목은 바로 이것이었다.

> 대부분의 거미는 암수가 독자적으로 행동하지만, 한국의 민통선에서 서식하는 물거미는 암수 한 쌍이 언제나 같이 살며 지낸다.

"정말 놀라운 일이다. 남과 북의 우리들은 서로 헤어져서 사는데, 비무장지대 안에서 사는 물거미는 암수가 찹쌀엿처럼 꼬옥 붙어서 살고 있다니! 그것도 죽을 때까지 말이다!" 혼잣말처럼 허만중 씨는 뒷말을 덧붙였다.

"여보, 그런데 물거미가 하필이면 왜 남북이 갈라진 철조망 안에서 살고 있는 것일까? 일찍이 한반도에 서식했던 거미가 아니었는데." 허만중 씨는 자신의 친구를 생각하고 있는 것 같았다. 그의 친구 가운데 호형호제하는 한국전쟁 때 양친을 다 잃은 사람이 있다.

요즘 주소지로 말하면 허만중 씨의 친구는 경기도 김포시 하성면 산 59–13번지에 소속한 '애기봉愛妓峰' 아랫마을 가끔

리 출생이었다. 전쟁 때 애기봉은 남쪽과 북쪽의 병사들이 낮과 밤을 달리하며 **뺏고 빼앗김**을 되풀이한 피의 봉우리였다. 여기 올라서 바라보면 멀리 연천군 쪽에서 흘러오는 임진강과 남쪽에서 발원한 한강 지류가 합수하여 북한강을 이루고 있었다.

김포 반도 애기봉 아래 나지막한 언덕들을 다독거리면서 서해로 흘러가는, 그곳에 그의 친구 고향이 있었다. 아마 그곳 늪지에도 물거미들은 서로 오순도순 자기들의 문화와 생활양식을 가지고 생명을 누리고 있을 것이었다. 허만중 씨가 신문을 덮고 일어서면서 하는 말이 있었다. 세계에서 유일한 1종, 희귀종 물거미라! "이 녀석들을 우리의 손으로 증식할 수는 없을까!" 허만중 씨가 최근에 쓴 시 「노래 물거미」는 이러했다.

    남과 북 가로지르는 / 비무장지대 DMZ 늪– // 목마른 노루 새끼나 / 종종 주둥이로 스쳐 가는 / 지뢰밭 물구덩이 안에서 / 거미 두 마리가 엉겨 붙는다 // 반경 2cm가 될까 말까 한 / 물방울 속을 비집고 들어가 / 어디서 날아왔는지 / 암놈과 수놈 / 사랑을 한다 / 작은 수초水草 하나 / 다치지 않고, 찢김도 없이 // 아흐 둥근 물방울 속에 / 들어가 몸을 섞는다 / 단순한, 소박한, 완벽한, 꿈꾸는!

  * 1996년 6월, 남궁준 거미 박사는 한반도 비무장지대와 근접한 경기도 연천 지역 민통선에서 세계에서 오직 1종뿐인 물거미를 발견했다고 발표했다. 또 국립문화재연구소는 2009년부터 6년간 역시 같은 지역인 경기도 연천군 은대리 물거미 서식지(천연기념물 412호)에서 환경과 생태 연구를 지속한 결과 물거미의 인공증식에 성공했다고 2014년 8월 12일 발표했다. 이때 증식된 55마리 새끼 물거미(학명 Argyroneta aquatica)는 평균 1.55mm 크기였으며 500원짜리 동전보다 약 500배 더 작은 크기라고 설명했다.

6. 장길산

 가을비가 추적추적 내리는 날이었다. 허만중 씨는 황금동 '느티나무집' 주막 앞에서 작가 황석영을 만났다. 무척 반가웠다. 그는 해남에서 올라온 길이라면서, 어이, 막걸리나 한잔하자고, 허만중 씨의 어깨를 툭툭 두드렸다.
 네, 좋습니다. 여전히 소설이 잘 돼 가십니까? 주막에 들어가 의자에 앉자마자 허만중 씨가 먼저 묻는 말이었다. 요즘 저는 황 선생님의 소설 『장길산』을 잘 보고 있습니다. 도탄에 빠진 민중들을 구제하겠다는 깃발을 내걸고 황해도 구월산을 거점으로 맹활약을 벌이는, 장길산의 활약은 신출귀몰하더군요. 10년 넘게 신문에 연재된 소설이지요? 가만있자, 선생님께선 해남에 내려가 사신 것이 언제부터였지요? 이제 선생님께서도 서울 사람이 아니라 완전히 해남 시골 사람이 된 것 같은데요, 어떻습니까.
 해남에서 살고 있는 지 아마 족히 8년은 넘었을 것이외다. 10년이면 강산도 변한다고 했거늘 낸들 어찌 변하지 않았겠는가. 황석영은 역시 계속하여 그 특유의 호탕한 목소리로 껄껄껄 웃어댔다. 생각해 보니 나의 가장 중요한 시절을 저 아랫녘 해남에서 보낸 셈이구먼. 대흥사, 땅끝, 동백꽃, 다도해, 뻘밭, 황토, 저녁연기, 농민, 지게, 쇠스랑, 쟁기, 작대기, 디딜방아… 그래, 그런 어휘들이 아직도 살아있는 해남은 우리처럼 역마살이 낀 사람한테도 정을 붙일 만한 곳인 것 같아. 무엇보다도 바다, 아 바다, 그래서 내가 굳이 한반도 남녘땅 해남을 택하여 사는 것이 아닌가.

이마에 흘러내린 머리칼을 쓸어 넘기더니 황석영은 잠깐 잠깐 눈동자를 반짝거렸다. 만중이 자네한테도 언젠가 말했듯이 나는 『장길산』을 쓰기 위해 해남으로 내려간 것이지. 하하핫… 그러니까 대흥사에 자신의 유물을 내려다 보존케 한 서산대사처럼 난리와 질병, 기근을 피하고자 해남으로 내려간 것은 아니지. 소설 『장길산』을 완성하고자 10년 가까이 버티며 살아온 것 같아. 그래서 내게는 해남이란 땅이 고마운 곳으로 생각돼. 이제 『장길산』은 대단원의 막을 내릴 때가 되었는데 요즘 그 결말에 매달려 있소.

허만중 씨가 그의 말 매듭을 잠깐 붙잡았다. 결말이라, 그럼 선생께서는 임꺽정, 홍길동과 같은 인물의 반열에 내세울 수 있는 대도大盜 장길산의 최후를 어떻게 마무리 지으려고 합니까. 그것이 무엇보다도 궁금한데요?

그러자 황석영은 엄숙해졌다. 잠깐 침묵이 흘렀다. 쉽게 끝맺을 수는 없지. 사실 소설은 시작보다 끝마무리가 더 어려워. 장길산은 결국 당시의 민중들이 만들어낸 영웅인데 내가 어찌 쉽게 무대에서 그를 끄집어 내리겠어. 아무리 내가 소설쟁이라지만, 만중이 자네도 잘 알지 않는가. 예로부터 민중, 민초들은 어떤 경우에도 자신들의 영웅적 지도자를 결코 포기하지 않았어. 설령 자신들의 영웅적 지도자가 어느 날 칼을 맞아 쓰러지더라도 절대로 '죽었다'라고 말하지 않았단 말일세. 아직도 살아있다고 그 민족의 영원한 전설처럼 말하고 또 전해 왔지.

그래, 그러면 그러했지. 이들 민중은 그들의 지도자가 어딘가에서 영원히 살아갈 것이라고 아주 신앙처럼 믿어왔었던 거야. 그래서 나 역시 10년 동안 장길산, 길산이가 이 척박한 땅에서 웃고 울며 노여워하도록 만들었지. 칼춤을 추게 했던 거야. 그래 장길산, 내 어찌 그를 '패배자'로서 역사의 무대에서 내려오게 할 수 있겠는가. 그래, 만중이! 나는 길산이를 저 남녘땅 전라도 운주사로 보낼 작정이라오. 미륵 세상을 꿈꾸는 민초, 민중이 하룻날 하룻밤 사이에 세웠다는 미륵 세상, 그 운주사로 말일세. 그렇게 말을 끝내는 황석영은 스스로 감격하고 있었다. 아니 떨리고 있었다는 표현이 더 적절한 것 같았다.

일찍이 북녘땅 평양에서 태어난 황석영! 익살과 해학으로 살 수밖에 없었던 한국의 '소설 문학판'에서 그의 목소리는 오늘따라 비장함을 담고 있었다. 가을 추수가 끝난 논둑

밭둑길에 서 있는 엉겅퀴처럼 그의 얼굴은 장산곶 매가 날고 날아오르던 서해의 저녁놀처럼 붉었다.

그들에게는 종종 머리를 아프게 하지만 역시 '소설'과 '대설'을 잘 쓰는 재간둥이, 그 목소리의 옥타브에는 여전히 소리 없는 울음이 스며들어 있었다. 남으로 내려온 어머니를 평양의 아버지 묘 옆에 묻지 못하고 그해, 전라도 산골에 외홀로 묻어드려야 했던 별명도 '장길산'인 황석영! 어느 해, 평양에서 북의 김일성 주석을 만난 죄로, 남으로 내려오자마자 서울 구치소에 갇혔던 그가 아닌가.

오늘, 허만중 씨가 그와 헤어지면서 손을 잡았는데 아직 그의 손은 뜨거웠다. 조선 민중의 헤아릴 수 없는 방언과 속살을 불러와서 주무르고 주물렀던 그의 두 손은, 아직은 소설의 논과 밭에 가서 삽질과 쟁기질을 할 수 있는 손이었다. 헤어질 때도 그의 웃음은 한결같았다. 그래, 또 만나자고, 음 그래. 껄껄껄!!!

7. 팔남잽이

숫무당 김용운은 강화도 출신 팔남잽이다. 숫무당은 남무男巫의 방언으로 박수무당을 가리킨다. 그는 소리에다 여러 악기를 잘 다루는 팔방미인이다. 몸뚱이는 하나지만 장구잽이, 징잽이, 피리잽이, 꽹과리잽이, 북잽이로서 온갖 소리와 온갖 악기를 자유롭게 주무르는 타고난 재능을 갖고 있다.

그가 불어 재끼는 피리와 태평소 소리는 희로애락애오욕을 죄다 통과한 음악처럼 들린다. 특히 그의 소리, 노래는 여름날 먼 산맥을 넘어가는 상여소리처럼 중모리, 중중모리의 절정에서 진양조로 밀어 올리며 애간장을 녹인다.

팔남잽이 숫무당 김용운? 역시 그는 자신이 불고 두드리는 피리와 장구 소리에 맞춰 일을 같이하는 암무당을 기다리고 있었다. 오늘 밤에도 하얀 나비처럼 춤을 추는 암무당과 공연을 같이한다. 이 고을 저 고을에서 입이 달린 사람들이라면 다 말하고 있듯이 암무당은 특히 '작두'를 잘 타는 조선반도 제일의 무당으로 소문나 있다.

숫무당 김용운과 암무당은 부부지간은 아니로되 공생관

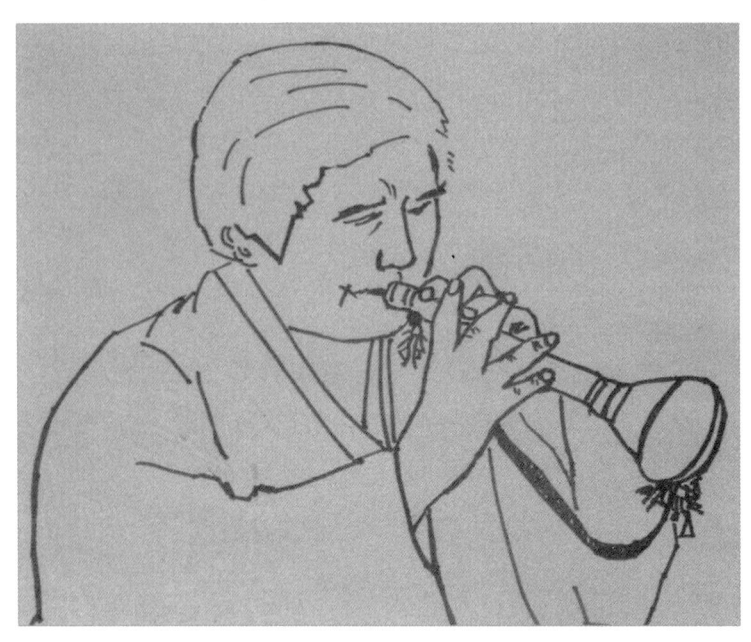

계인지라 두 사람 사이에는 철칙, 남녀 간에 지켜야 할 엄격한 법칙과 규칙이 상존한다.

공연 여행을 멀리 떠나 밤을 같이할 때도 상대의 몸에 손이 가는 것은 상상도 할 수 없는 일이다. 어쩌다 마음이 흔들릴 경우에도 서로가 서로를 탐하기는커녕 오히려 스스로를 얼음덩이처럼 차갑게 만드는 일이 숫무당 김용운과 암무당의 관계다. 공연이 끝나면 김용운은 암무당에게 두부를 썰 듯이 일한 값을 나누고 가질 뿐이다.

공연이 시작되자 창가에 솔바람이 일렁거렸다. 다른 나무들도 성큼성큼 다가서는 것 같았다. 이윽고 하늘의 초승달이 잠깐 숨었다가 얼굴을 내밀었다. 온몸을 하얀 천으로 휘감은 암무당이 관객 앞에 모습을 드러내자, 작두날이 번쩍, 빛을 뿜어냈다.

"날이 무디면 무당이 발을 벤다. 작두날은 눈에 안 보일 정도로 날카롭게, 중심을 세워 날을 세워야 한다!"

숫무당 김용운이 장구에 손을 올리자 암무당이 작두 위로 두 발, 발바닥을 옮겼다. 첫발부터 피가 흐르지 않는다. 성공이다! 다시 장구에서 손을 뗀 다음, 숫무당은 목을 풀고, 가슴을 풀고, 입술에 태평소를 가져다 댔다. 바다를 건너서 오는 누군가를 부르듯이 배에 힘을 주었다. 먼 산을 와그르르 무너뜨리듯이, 자신의 오장육부로부터 지글지글 치솟아 오르는 소리를 죄다 끌어당겨 태평소를 불었다.

암무당이나 숫무당이 작두를 탈 때는 전날 밤, 어떤 일이 있어도 어떤 유혹이 있어도, 하늘이 무너져도 섹스가 없어야 한다는 것은… '작두를 타는 무당'들의 절대 철칙이다. 만약 그것을 지키지 않으면 작두에 피가 흐르고, 발을 벤다는 것이 무당에게 전해오는 전설이요 운명이었다. 그리고 물론 작두를 타는 무당들의 오랜 풍습이었다.

허만중 씨가 여기 옮긴 글은 숫무당 김용운의 아들이요

전남대 국악과 교수를 지낸 K 선생이 언젠가 들려준 이야기다. K 선생은 피리와 태평소는 물론 징과 장구, 꽹과리를 돌려치는 팔방미인이다. 게다가 그는 야밤중이라도 어떤 귀신도 달려들지 못할 만큼 장대한 몸집을 가지고 있는 것으로 잘 알려져 있다. 역시 그 역시 숫무당, 남무, 박수무당임에는 틀림없을 것 같다. 그는 태어나면서부터 이미 그의 아버지와 영매靈媒되어 있는 무당임이 분명하리라는 생각들이 그것이겠다.

8. 레다와 백조

 허만중 씨는 사는 일이 매우 따분했다. 시적 상상력마저 고갈되는 듯하여 매우 초조했다. 에잇, 현실은 항상 마른 나뭇잎처럼 파삭파삭해. 도무지 물기가 없어. 무언가를 적시는 액체의 촉감, 그것이 좋을 터인데 말이다. 만중 씨는 오늘따라 그리스신화 속으로 걸어 들어가 제우스 왕과 레다의 사랑의 밀어를 엿듣고 싶었다. 사실은 그들이 저지른 불륜의 결과를 알고 싶은 것이었다.

 지중해의 찬란한 태양이 쨍쨍 내리쬐고 있었다. 올리브 나뭇잎들은 불어오는 바람결에 살랑살랑 춤을 추고 있었고, 신들이 산다는 올림포스산에서 쉼 없이 계곡물이 흘러 내려왔다. 물소리는 신들의 목젖에서 잘 조율된 노랫소리와도 같았다. 으음, 그러면 그렇지. 음악의 신이 자신의 노래를 저리도 푸르고 부드러운 물결에 둥둥 띄워서 보내는 게 틀림없으렷다. 주위를 찬찬히 둘러보니 갖가지 꽃들이 서로를 시샘하듯이 활짝 피어난 얼굴을 내밀기에 바빴다.

 어어, 저것 좀 봐라. 계곡 쪽으로 천천히 발길을 옮기던

허만중 씨는, 순간 올리브 나무 뒤로 바짝 숨었다. 하늘색 옷을 죄다 벗어 던지고 알몸으로 목욕하는 레다를 발견했다. 그녀는 자기의 주위에 아무도 없다는 듯이 마음 놓고 자신의 알몸에 은구슬 같은 물방울을 무수히 가져다가 비벼대고 있었다. 알몸은 너무 눈부셔 때마침 내리쬐는 햇살마저 그녀의 살 이랑에 모이지 못하고 쭈르르 미끄러져 내렸다. 평소 아름다움을 자랑하던 나비들도 그녀보다 못하다고 생각했는지 그녀의 몸으로부터 좀 더 멀리 비껴가며 날아가고 있었다.

그때였다. 그 황홀한 순간을 놓쳐서 되겠냐는 듯이 제우스 왕이 살금살금 계곡 가까이에 내려오는 것 아닌가. 가만있자, 아무리 바람둥이라 하지만 왕 중에서 왕인 내가 어찌 이 모습으로 레다에게 다가갈 수 있겠느냐. 바로 이거다. 위풍당당함도 어느새 잊은 채 흡사 도둑고양이처럼 살금살금 기어가던 제우스 왕은 자신의 두 손바닥을 만족스럽게 비볐다. 그러더니 순간적으로 젊고 건강한 백조로 변신했다. 역시 변신술에 능수능란한 제우스 왕이었다.

아, 사랑스러운 백조! 계곡물이 미끈하게 흘러내리는 하얀 모가지에 고대 그리스의 항아리를 포개 놓은 것 같은 건강미 넘치는 몸뚱이와 날개, 그리고 푸른 물빛이 젖어 있는 긴 입술! 이제 가슴이 쿵쿵 뛰는 것은 제우스만이 아니었다. 백조로 변신한 그가 레다의 허리를 긴 모가지로 휘감아대자, 레다는 장미와 백합으로 만든 꽃다발이 넘어지듯이 누워버렸다. 그와 동시에 제우스는 그 하얀 두 날개를 퍼덕이면서 레다의 알몸을 죄어들어갔다. 이곳을 지나던 계곡물도 한바탕 쿵쿵 소리를 내면서 흘러갔다.

그 장면을 몰래 숨어 보던 허만중 씨 또한 너무 숨이 막혔는지라 다시 현실로 돌아왔다. 그러나 현실은 두 마리의 백조, 제우스와 레다가 사는 세계가 아니었다. 허만중 씨는 제우스 왕과 레다와의 부정한 관계가 저지른 결과를 기억해 냈다.

내용은 이것이었다. 열 달 후 레다는 알을 낳았고 거기에서 제우스의 딸─그리스 최고의 미녀인 헬렌이 태어났다. 하지만 어쩌랴! 예의 정상적인 관계가 아닌 부정한 관계에서 태어났기에 헬렌은 '트로이 전쟁'의 원인을 제공하고 말았다. 헬렌이 트로이의 왕자 파리스와 밀통한 게 발각된 것이다. 질투의 여신 헤라가 가만히 있을 리 없었다. 총사령관 아가멤논이 이끄는 아테네 연합군이 트로이(오늘날 튀르키예 지역) 왕국을 쑥밭으로 만들어버렸다.

9. 형천刑天

 교수님, 그것은 픽션입니다. 거짓말, 허구라는 말씀입니다. 그것은 고대 중국 사람들의 상상력의 한 페이지에 지나지 않습니다. 당시 사람들은 아마도 자기 얘기를 신화 속에 집어넣음으로 안주하고, 어떤 일에 있어서는 위로를 받고 싶어 했는지 모릅니다.

 인문대 국문학부 '중국 시학' 시간이었다. 강의가 초반부를 넘어서고 있었는데 한 여학생이 그렇게 질문 아닌 반론을 제시했다. 그녀의 질문은 매우 공격적이기까지 했다. 가만히 생각해도 괘씸했다. 그러나 교수 허만중 씨는 이내 잘 참아냈다.

 학생 말마따나 물론 그들의 상상력에서 빚어진 이야기겠지. 하지만 오늘날 우리가 생각해도 그것들을 송두리째 허구라고만 단정 지을 수 없는 그 무엇이 신화 속에 담겨 있다는 것이죠. 그러니까 상당한 리얼리티가 신화 속에서는 얼마든지 발견된다는 것인데, 아무튼 강의가 끝난 후에 얘기를 나누어봅시다.

 허만중 씨의 강의는 아까보다도 더 열정적으로 진행됐다.

분필을 쥔 손에도 강한 힘이 모이는 듯했다. 학생들은 숨을 죽이고 다시 강의에 빨려 들어갔다. 그들이 앉은자리는 현실이었지만 그들이 마주친 세계는 그야말로 신화의 나라, 그 어둠 속에 둘러싸인 내부였다. 허만중 씨의 이마에는 어느덧 땀방울이 송송 맺히기 시작했고 그럴수록 그의 눈동자는 점점 서늘한 빛을 발하기 시작했다. 강의실에는 중국 고대와 당시의 시인들이 들어와 있었다. 마른 향나무 타는 냄새가 풍겨 나왔다.

때는 아득한 먼 옛날이었다. 광활한 고대 중국 땅에는 수많은 나라가 있었는데 그중 한 나라가 기굉국이었다. 그곳 사람들은 팔이 하나에 눈이 셋이며 암수가 한 몸에 붙어 있고 무늬가 있는 말을 타고 다녔다. 이곳 하늘을 나는 새들은 몸뚱이가 하나임에도 불구하고 머리는 두 개씩이나 달려 있었다.

그런 이 나라에 형천形天이라는 사람은 그중에서 유명했다. 상당한 지식과 용기 또한 남다른 데가 많았다. 대단한 마력과 신기를 지닌 사람이었다. 게다가 그는 차후에 한 나라를 통치할 수 있는 지도력도 갖추고 있었다.

이윽고 형천에 대한 소문이 기굉국의 최고 권력자인 천제의 두 귀에 아니 들어갈 수가 없었다. 천제는 악명 높은 폭군이었다. 반대 세력의 사람들에겐 목숨을 파리 날리듯이 처리했다. 백성들은 그래서 형천이 천제가 되기를 희망했는지 모른다. 그것을 두려워한 천제는 형천을 불러다 목을 잘랐다. 형천의 머리를 왕궁에서 멀리 떨어진 상양산에 묻어 버렸다. 다음은 허만중 씨가 노래한 시 '형천形天'이다.

> 형천形天이라는 사람은
> 죽어서 또 죽어서
> 밥이 되었을까 죽이 되었을까
> 개똥이 되었을까
>
> 형천이란 사람은
> 죽어서 또 어처구니없이 죽어서
> 칼이 되었을까 꽃이 되었을까

짜장면이 되었을까
1억 원이 되었을까

내 오늘 중국
『산해경山海經』이란 책을 보다가
형천이란 사람을 만났네
형천이란 사람은 옛 기굉국 사람으로
천제天帝와 신神의 지위를 놓고 다투었는데
천제가 그의 머리를 잘라
상양산商羊山 산속 어디에 묻어버렸다네
형천이란 사람은 이에 굴하지 않고
곧 두 젖꼭지로 눈을 삼고
배꼽으로 큰 입을 삼아
방패와 도끼를 들고 춤추었다네

형천이란 사람은
죽어서 또 죽어서
모르지? 천 번 만 번을 살아나서
배꼽으로 울고 배꼽으로 소리치고
배꼽으로 저승 밥을 먹으며
하다못해 손톱 발톱으로도 울면서
옛 기굉국 백성들을 찾아가고 있을까

지금도 동서남북 걷는 사람들 속에서
머리 없는 몸뚱이로 노래를 부르고
있으리라 아흐, 아흐 형천이란 사람!

생각했던 대로 역시, 머리를 빼앗긴 형천이는 두 젖꼭지로 눈을 삼고, 배꼽으로 입을 삼은 다음, 방패와 도끼를 들고 춤을 추었다. 당시 백성들은 그가 결코 죽은 것이 아니라고 믿은 나머지 사방팔방으로 소문을 퍼뜨렸다. 그런지 얼마 후에 천제는 이웃 나라와의 전쟁에 패배, 수많은 군사가 보는 앞에서 목이 베이고 말았다.

자아, 여기까지 오늘의 강의는 끝났는데 누가 질문 있습니까? 허만중 씨가 잠깐 시간을 주었지만, 질문이나 반론을 하는 학생은 없었다. 허만중 씨는 스스로 중얼거렸다. 형천이가 정말 죽은 게 아니구나! 지금도 동서남북 여기저기에서 배꼽으로 입을 삼고, 두 젖꼭지로 눈을 삼아 춤을 추고 있는 것은 아닌지 모르겠다. 음, 음흐음!

강의실을 나서자 한 남학생이 뒤따르면서 물었다. 교수님, 형천이 이야기는 상상을 초월하는 신화이겠지만, 그렇다고 아주 거짓말은 아닌 것 같습니다. 제 생각으로는 기굉국의 형천이 오늘도 우리들 속에서 걸어 다니고 있다고 생각합니다. 교수님께서 말씀한 것처럼 '머리'가 없는 몸으로 말입니다. 예, 교수님! 감사합니다!

10. 견훤

 음, 수신제가修身齊家도 하지 않고 치국평천하治國平天下한들 무엇 하랴! 자기 집안도 못 다스린 녀석이 어찌 한 나라를 만들고 다스릴 수 있으랴. 내가 어리석었을까, 아니면 지독한 운명의 노예가 돼버렸단 말인가. 내가 낳은 자식 놈들이 내 두 손을 꽁꽁 묶어 산도 설고 물도 설은 금산사로 끌고 와 이곳 첩첩산중에 가둬버렸으니 이 무슨 비극인가, 이 무슨 업보인가.

 후백제의 깃발을 들고 한때 천하의 지축을 울리던 견훤(867 ~936)은 비자나무, 갈참나무, 측백나무 사이로 치솟아 오른 모악산을 바라보며 한탄했다. 두 눈은 수명을 다한 호랑이의 눈망울처럼 서서히 빛을 잃어가고 있었다. 번득이던 이마 또한 어느덧 흰 머리칼이 수북하게 흘러내릴 뿐이었다. 그러나 그는 허물어져 내릴 것 같은 등뼈에 있는 힘을 다 주어 모악산 상상봉을 바라보았다.

 모악산은 전라북도 김제와 완주군을 사이에 두고 남쪽으로 휘달려 내려가다가 금산사란 대사찰을 앉혀 두고 있었다.

백제 법왕 1년, 서기 599년에 창건된 것으로 알려진 금산사는 신라 불교 5교 9산의 하나였다. 세월을 거듭하면서 풍수설이 먹혀들어 간 이곳은 백제 유민들의 미륵신앙을 태동시켰다. 개벽을 꿈꾸는 민중들의 도량이기도 했다.

그래, 자기 아버지를 이렇게 만든 놈들은 천벌을 받지. 음, 받고말고! 견훤은 귀신 들린 사람처럼 자리에서 벌떡 일어났다. 사찰의 어둑한 구석방에 자신을 처박아둔 세 자식 놈들을 떠올렸다. 견훤에게는 열 명의 아들이 있었다. 그 가운데서 네 녀석이 가장 활동적인 놈들이었다. 장남 신검을 비롯하여 양검, 용검, 금강이 그들이다.

견훤은 그중 넷째 아들 금강에 대하여 마음속에 신뢰를 주고 있는 터였다. 그 때문에 네 아들 간에는 불화와 내분이 일었다. 결국 나머지 세 아들이 반란을 일으켜 넷째 금강을 죽이고 각본대로 아버지 견훤을 금산사로 유폐시켰다. 그리고 첫째 아들 신검이 왕위에 올랐다. 바로 이때였다. 개성을 거점으로 세력을 모으기 시작한 왕건이 특유의 유화정책으로 천년 사직 신라를 손안에 넣고 있었다.

안돼, 돼지우리에 집어넣듯이 제 아비를 이렇게 만든 놈들은 절대로 안 돼! 견훤은 탄식을 계속했다. 태봉국 궁예의 군대를 격파시키고, 신라의 경애왕을 사시나무 떨듯이 만들어버렸던 참나무통 같은 그의 두 손, 이제는 힘줄마저 명주실처럼 잘 보이지 않는 노인의 손이었다. 쥐면 쥘수록 그가 터뜨리는 분노는 손가락 사이로 빠져나가는 모래알이었다.

엉겅퀴처럼 버텨낸 못난 목숨을 어찌하랴. 견훤은 무너지는 몸을 간신히 일으켰다. 두 눈빛을 던져 모악산 줄기를 굽이굽이 따라가 보았다. 그랬더니 때마침 검고 짙푸른 소나무 숲 사이에서 '산벚꽃' 한 그루가 불쑥 일어나 연분홍으로 활활 타오르고 있었다. 산벚꽃은 피의 자국을 씻어 내리는 부처의 하얀 옷자락처럼 희고 불그스레한 꽃잎들을 끝없이 흩날려대고 있었다.

그 후 얼마나 많은 구름이 흘러오고 흘러갔을까. 21세기의 남녘 땅, 시인 허만중 씨가 견훤을 마지막으로 본 것은 서기 936년 9월이었다. 견훤의 첫째 아들 신검의 군대가 고려의 태조가 된 왕건에게 무릎을 꿇은 바로 그날이었다. 금산사 골짜기에서 떼를 지어 내려온 나무들이 혼자가 된 견훤을 에워싸듯이 바람에 나부끼고 있었다.

견훤 왕은 경북 문경시 가은읍에서 태어나(광주에서 태어났다는 설도 있다) 황산불사黃山佛舍에서 죽어 오늘의 충남 논산시 연무읍 금곡리 산 18-3번지에 잠들어 있다. 황산불사는 연산읍 천호산에 있었으며 고려 태조 왕건 당시 중창되어 개태사開泰寺로 존재하다가 폐사, 도광사道光寺로 이름을 바꾸어 오늘에 이른다.

11. 그리고 아무 말도 하지 않았다

　동부 베를린 교외 포츠담시로 가는 길은 낙엽이 흩날리고 있었다. 북유럽 특유의 어둡고 습도 많은 날씨가 계속되는 11월 중순. 보리수와 갈참나무 숲은 그럼에도 불구하고 아름다웠다. 렌트카에서 내리자 독일 작가 루이제 린저 여사가 체칠리엔호프 궁전을 손짓해 보였다.
　"바로 여기예요."
　궁전은 바다나 다름없는 드넓은 '반제' 호숫가에 자리잡고 있었는데 입구는 아직도 옛 소련식의 화단이 펼쳐져 있었다. 건물의 벽들은 아직 동서독이 통일되기 이전의 그 모습처럼 짙은 회색빛이었다. 낯선 곳을 여행하는 사람들이 흔히 그러하듯이 허만중 씨는 벌써 호기심과 긴장감으로 가슴이 울렁거리기 시작했다. 그녀가 말했다.
　독일 여행이 처음이라 했지요? 분단된 조국의 앞날을 걱정하는 한국인들이라면 한 번쯤은 둘러볼 만한 곳입니다. 네, 저기가 바로 그 자리입니다. 트루먼 미국 대통령, 스탈린 소련 수상, 그리고 처칠에 뒤이은 애틀리 영국 수상이 서로

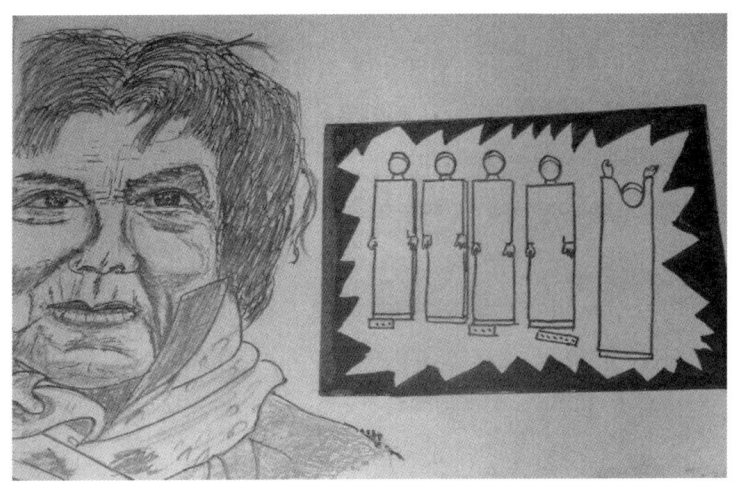

얼굴을 마주한 채 제2차 대전 이후의 세계 재편 문제에 대해 갑론을박했던 역사적인 장소입니다. 그 역사가 어떤 전략적 차원에서 진행됐는지는 잘은 모릅니다만 그 정상들은 먼저 자국의 이익을 잣대로 쟀습니다. 한반도의 운명도 걸린 일본에 대한 전쟁 종결의 조건을 선언했습니다. 하지만 일본은 이 선언을 거부했고 결과적으로 히로시마와 나가사키에 원자폭탄이 투하됐을 것입니다.

베를린 '동북아시아문화연구센터'에서 만나 사귀게 된 작가 루이제 린저는 마치 세계사 선생처럼 허만중 씨를 안내했다. 그녀는 원로 작가답게 자상한 이야기꾼이었다. 그런데 어느새 안색을 바꾸더니 변명 비슷한 말을 불쑥 내밀었다. 허만중 시인? 당신도 그런 것을 느꼈으리라 생각되는 데요,

사람이 오래 살다 보면 누구나 이야기꾼이 되는가 봅니다. 그것도 재미없는 이야기꾼 말입니다. 아마 그래서 저 역시 재미없는 소설만을 쓰는 것이 아닌지 모르겠습니다.

허만중 씨는 루이제 린저의 말에 불쑥 이마를 치켜들었다. 재미없는 소설이라니요? 앞으로 저 또한 루이제 린저 선생님의 소설을 많이 읽을 터인데 그때에도 새로운 재미를 느껴야 하는 것 아닙니까. 소설에서 말하는 재미가 정작 무엇인가를 명확하게 짚을 수는 없지만요. 저는 소설에서의 재미랄까 흥미가 진실의 발견에서 비롯된 것이 아닐까 하는데요. 선생님께서는 어떻게 생각하시는지요? 그게 궁금합니다.

루이제 린저는 그러나 허만중 씨의 말에 고개를 끄덕이지 않았다. 이해하지 못해서가 아니라는 듯이 그녀는 베를린 가장자리를 적시며 출렁거리는 '반제호수' 저 멀리에 눈을 주고 있었다. 정말 오랜 세월도 아닌 바로 50년 전, 일단의 군인들이 수많은 생목숨을 수장시킨 곳이 베를린의 반제호수였던 것을 순간적으로 회상해 내고 있었는지도 몰랐다.

결국 그녀는 소설이 왜 재미있어야 하는가에 대해선 아무 말도 하지 않았다. 그리고 허만중 씨 먼저 렌트카 쪽으로 발길을 옮기고 있었다. 자신이 살아온, 아주 작은 것이지만, 어쩌면 누군가에게 조그마한 상처를 입혔을지도 모르는 80년의 생애와 그 죄과를 송두리째 모아서 후려치고 싶어 하는 그런 모습으로 차에 오르고 있었다. 소설은 픽션만이 아니라는 듯이.

　루이제 린저는 제1차 세계대전과 제2차 세계대전 속에서 용케 살아남은 작가였다. 소설『그리고 아무 말도 하지 않았다』는 그녀에게 있어서 소설은 소설이지 인생과 역사가 될 수 없다는 뜻으로 아픈 여운을 보여주고 있었다. 전쟁은 그 누구라도 감당할 수 없는 비극을 사람의 '언어'로는 표현할 수 없는 것들을 담고 있었기 때문일 것이다. 허만중 씨에게는 베를린 반제호수가 갑자기 서울의 북한강처럼 비춰오고 있었다. 북유럽 베를린의 겨울은 어느새 재빠르게 밤이 다가오고 있었다.

12. 소멸에 대하여

 참, 얼마 만에 왔을까.

 점순이는 단숨에 고향 산마루에 올라섰다. 이마에 땀방울이 주르르 흘러내렸지만, 신발 밑으로 전해져 오는 흙의 질감이 마냥 촉촉했다. 산골짜기 나무들 가지마다 그네를 타던 바람이 산들산들 불어와 머리칼을 흔들어댔다. 늦가을 바람이었는데도 감미로웠다.

 저, 점순이예요. 은행나무 외딴집 다섯째 딸, 점순이.

 마을 초입에 들어서자 마주친 사람은 팔순을 넘긴 듯한 꼬부랑 할머니였다. 누구더라? 할머니는 멍한 눈동자로 점순이를 쳐다보았다. 쭈그러진 눈자위 밑으로 흘러내린 눈물자국이 마치 시간의 흔적처럼 묻어 있었다.

 그래, 좋아요. 할머니는 제 이름을 기억하지 못하시겠죠. 저는 은행나무 집 다섯째 딸입니다. 아버지는 제주도에서 뭍으로 장가든 사람이고요, 어머니는 키가 오종종한 강진댁이었고요. 제가 고향을 떠난 지 30년은 됐을 거예요.

 점순이는 어느새 혼자 말하고 있었다. 옷 보따리 하나

달랑 들고 서울행 열차에 무작정 몸을 실었던 30년 전의 자신을 뒤돌아봤다. 흡사 **뺑소니치듯이** 밤을 도와 호남선 열차를 탔지요. 흥부네 집처럼 자식들이 많아 밥그릇 하나라도 줄이려고 고향을 떠났지요. 할머니, 저는 정말 그랬어요.

 점순이는 새삼스럽게 북받치는 설움을 손수건으로 눌렀다. 말하는 것을 아예 잊어버린 앵두나무 집 할머니 손에만 원짜리 지폐를 살짝 쥐여주고 외딴집으로 향했다. 억새만 무성하게 나부끼는 마을의 외딴집 터. 우거진 잡초밭에 자리 잡은 아버지와 어머니의 무덤가로 다가갔다.

 모두 떠났는데 부모님은 여기 계시는구나. 아니지, 지금 두 분은 여기에 안 계실지 몰라. 사라져가는 마을처럼 소멸? 소멸했을지 몰라. 그래, 부모님께서도 그렇게 소멸해 갔을 거야. 고향을 찾아온 점순이가 두 손으로 부모님의 유택을 쓰다듬었을 때 손끝이 떨렸다. 무덤은 이제 평지처럼 주저앉아버렸다.

 얼마쯤 지나서였다. 저 사람 누구야? 서로 약속이나 한 듯이 고향을 찾아 내려온 허만중 씨가 그녀를 알아보고 다가왔다. 그는 오늘 광주에서 내려온 길이라고 말했다. 바람도 쐬일 겸 마을을 한 바퀴 돌고 있다고 했다.

 오빠, 오랜만이야. (시골에선 혈족이 아니어도 손 위에 남자한테는 의례적으로 '오빠'라고 부른다) 어쩐 일이시죠? 그녀가 먼저 손을 내밀었다. 성묘용으로 준비해 간 소주병을 열어 종이컵에 한 잔 부어 그에게 권했다. 허만중 씨는 갑자기 기분이 좋기도 하고 쓸쓸해지기도 해서 단숨에 술잔을 비웠다.

"부모님께서는 무화無化되지 않았을 것입니다. 멀리 가서 계실 것입니다. 어쩌면 우리와 여기 함께 계실지 모릅니다. 우리들의 말을 들으시면서."

허만중 씨의 말은 무척 어려웠다. 하지만 점순이는 고개를 끄덕였다. 한 잔을 그에게 더 권하며 주위를 둘러보았다. 눈 앞에 펼쳐진 고향은 가을이 갖가지 모습으로 밀려와 출렁거렸다. 이제는 누구도 가꾸지 않은 수숫대 모가지들이 희고 붉은빛을 쏘아 올리는 듯이 머리를 흔들었다. 사람처럼 그래 옛사람들처럼!!

13. 수로부인

아름다움… 아름다움은 내일의 꽃 얼굴?
그의 향기와 가슴 떨림을 만나러 가자!

강릉에 도착한 허만중 씨는 잠깐 하늘을 쳐다보았다. 물론 바다도 놓치지 않았다. 그리고 아름다움이라는 것을 이번 여행에서는 꼭 눈 맞추어 봐야겠다고 생각했다. 도시에 오랫동안 살면서 마른오징어처럼 찢어져 버리곤 하는 그의 의식 세계, 사물을 보는 눈이 요즘 좀 흐려져 있을 것 같아서였다.

이번 여행의 목적지는 강릉 아니면 양양이다. 그곳에 가면 경포대와 낙산사가 있지. 의상대사가 창건했다는 낙산사라면, 우선 사방팔방이 탁 트여서 좋지. 그곳에서 '아름다움'의 실체를 만나 동해 일출을 보면 아주 좋겠다.

그런데 아름다움을 만나지 못하면 어쩌지? 실체는 아니더라도 상징적인 것이라도! 허만중 씨는 낙산사 쪽으로 발길을 재촉했다. 바다는 희고 푸르렀다. 사방팔방 용트림을 하고 있었다. 신라 성덕왕 시절, 그때였다. 강릉 고을 곳곳에서 몽둥이를 가지고 뛰쳐나온 사람들이 아우성을 쳐댔다. 그들은 바닷가 백사장을 두드려 패댔다. 밀려오는 파도의 덩어리들을 사정없이 후려갈겼다.

> 거북아 거북아 네 이놈아, 우리 수로부인을 내놓아라
> 남의 부인네를 몰래 훔쳐 갔으니 그 죄가 얼마나 큰가
> 네 만약 이를 거역하고 수로부인을 당장 내놓지 않으면
> 우리 당장, 동해에 그물을 넣어 사로잡아 구워 먹으리라

이때 실로 놀랍고 해괴한 일이 마치 영화처럼 벌어지고 있었다. 동해 한가운데가 벌렁 뒤집히더니 호랑이 수컷보다 더 크게 보이는 거북이 한 마리가 실제로 둥실 떠오르는 것이 아닌가. 녀석은 족히 천 년을 넘어서 살고 있는 놈임이 분명했다. 늙은 놈이 뭐 하려고, 그것도 사람도 아니고 짐승도 아닌 놈이 수로부인을 탐했지? 하늘이 알고 땅이 다 아는 천하제일 아름다운 여인, 우리 수로부인을 몰래 훔쳐서 달아났지? 참으로 엉큼한 놈이다.

마침내 일판이 벌어졌다. 모두 일어선 강릉 고을 사람들의 아우성과 몽둥이질에 못 이겨 거북이 녀석이 바다 위에 떠올랐다. 등에 짊어진 수로부인을 바닷가에 내려놓고 슬그머니 물러서는 것이었다. 희뿌연 거품을 남기고 자기가 본래 살던 깊고 깊은 동해 바닷속으로 들어가 버렸다.

 강릉 태수 순정공의 아내 수로부인! 사실 그녀는 팔순 노인도 가슴 두근거리게 하는 아름다움을 갖고 있었다. 별처럼 반짝이는 두 눈동자, 초승달인 듯 갸름하게 걸려 있는 두 줄기 눈썹의 은은함, 나비 날개처럼 파닥거리는 두 손에 쥐어진 진달래꽃 향기의 떨림, 앞가슴 쪽에서 부풀어 오르는 그녀의 미소! 봄날 하늘가에 펄럭이는 듯한 길고도 하얀 치맛자락!

 잠깐 잠에서 깨어난 허만중 씨도 벌떡 일어나 그녀를 바라보았다. 그녀의 아름다움은 호메로스가 대서사시 '일리아드'에서 묘사한 서양 최고의 미인 '헬렌'을 능가하는 것 같았다. 그러지 않고서야 강릉 땅 온 고을 사람들이 몽둥이를 들고 바닷가로 달려 나와 "거북아, 거북아, 수로부인 내놓지 않으면 구워 먹겠다"라고 수백 번을 외쳐대겠는가.

허만중 씨는 믿었다. 수로부인은 사람을 모으는, 사람들을 모아서 '진선미眞善美'를 지키는 엄청난 힘을 가지고 있었다. 요즘 말로 강력한 에너지를 가지고 세상을 지켜나가는 아름다움의 중심, 그 모체였다. 그래서 먼 옛날부터 강릉에서 수로부인으로 살아왔고 그 놀라운 일이 회자되었을 것이다. 어느새 허만중 씨의 두 발은 강릉 동해 바닷물에 젖고 있었다.

14. 성화聖畵

 벚꽃이 흩날리고 있었다. 나비 떼들이었다. 잠시 기지개를 켜는 사이 서울행 완행열차가 달려가고 있었다. 덜커덩덜커덩. 늘 그러하듯이 서울행 완행열차는 옛날 영화 속에서처럼 속도가 그 속도였다. 참, 아름답다. 아까부터 창밖을 내다보던 허만중 씨는 봄날 일요일을 즐기는 중이었다. 멀리 들판을 바라보았다. 아지랑이가 한창이었다. 농부들은 밭고랑을 내면서 씨앗을 뿌리고 있었다.

 들판은 여전히 아련한 향수를 불러일으켰다. 돌아가신 할머니와 할아버지가 떠올랐다. 하얀 두루미 부부처럼 대지를 향하여 말없이 고개를 숙인 채 부지런히 씨앗을 뿌리던 할아버지와 할머니. 허만중 씨는 조부모님 두 분을 가만히 불러보았다. 먹을 것이 생기면 먼저 손자들의 입에 넣어주곤 하던 할머니, 어려운 집안이었어도 흐트러지지 않게 늘 큰기침 소리로 가족들을 다스리던 할아버지를 생각하니 두 눈이 젖어왔다.

 그래, 바로 이거다. 창밖의 풍경을 어루만지듯이 바라보고 있던 허만중 씨는 서가 속으로 손을 밀어 넣었다. 그리고 한 장의 사진을 꺼냈다. 그것은 사진작가 박하선 선생이 며칠 전에 건네준 자기 할아버지와 할머니의 사진이었다. 사진은 흑백이었다. 만중이 형, 저는 직업상 주로 컬러사진을 찍는데 이 사진만은 흑백으로 찍었어요. 작품 전시에도 내놓을 작정입니다. 마음에 드실지 모르겠습니다.

아하, 이게 진짜입니다. 사진도 이렇게 커다란 감동을 담아낼 수 있다니! 저 또한 많은 사진을 찍었습니다만, 박하선 형한테는 실력이 미치지 못합니다. 사진을 순간의 예술이라고 말하지요? 하지만 꼭 맞는 말은 아닌 것 같습니다. 박하선 형의 작품을 들여다보면 그것이 종종 순간이 아닌 영원한 시간을 가져다가 펼쳐 보인다는 생각이 듭니다. 이 작품이 특히 그것을 말해주는 것 같습니다.

박하선 선생이 건네준 사진은, 아니 작품은 그의 할머니가 할아버지의 옷을 벗겨드리고 목욕을 시켜주는 장면이었다. 목욕 시설이라곤 거의 찾아볼 수 없었던 고향 집, 아마 어느 무더운 여름날이었을 것이다. 좁고 어두운 부엌 한가운데에 둥그렇게 놓인 다라이. 팔순을 넘은 할머니가 팔순을 넘은 할아버지를 일으켜 세워주면서 그의 등과 가슴을 씻어 내려주고 있었다. 당신의 오랜 동반자인 할아버지는 중풍으로 몸을 가누지 못한 상태다. 볼륨이 사라진 하얀 엉덩이와 지나온 세월처럼 구부러진 기다란 등허리. 어쩌면 허물어져

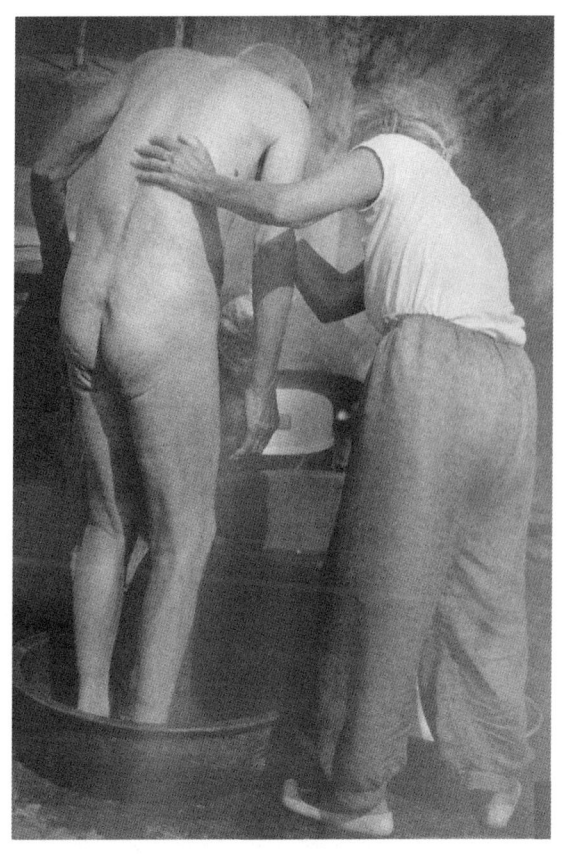

내릴 것 같은 동반자의 온몸을 부여잡고 할머니는 어루만지듯이 그의 발끝에서 머리끝까지 묵은 때 묵은 세월의 얼룩을 닦아주고 있었다.

그해 여름 고향에 내려갔다가 우연히 그 장면을 목격하고 셔터를 눌렀다는 사진작가 박하선 선생. 그와 그의 할아버지

할머니를 떠올리며 허만중 씨는 갑자기 가슴이 저리는 것을 느꼈다. '할머니와 할아버지'라는 제목의 사진 작품을 다시 책상 한편에 올려놓고 몇 번이고 바라보았다. 그러자 마음이 마냥 평화스러워졌다. 꽃바람이 파랗게 불어가는 봄날의 강 언덕에서처럼.

그때였다. 성당에 다녀온 허만중 씨의 아내가 서재 안으로 들어오더니 순간, 뒤로 물러섰다. 놀란 것이었다. 여보, 이게 무슨 사진이에요, 라고 물었다. 허만중 씨는 그저 빙그레 웃었다. 아내에게 말했다. 이건 사진이 아니라 성화^{聖畵}이지요! 노부부의 사랑과 우정과 세월이, 주름살처럼 무수한 얘기가 담긴 성화. 여보! 허만중 씨 아내의 두 눈에서도 이슬이 맺히고 있었다.

15. 봄비

"언니, 앞으로 우린 어떻게 살지?"

막내가 아까부터 조르듯이 물었으나 언니의 대답은 간단했다.

"어떻게 살긴… 이렇게 살면 되지."

막내는 그 말에 짜증이 났다.

"아이 지겨워. 우리는 날마다 낮이 아니라 밤만을 생각하고서 살아야 한다니? 언니 그건 그렇고, 오늘 낮에 유달산이나 한번 올라가면 어때?"

"또 유달산이야? 글쎄, 거기 오르면 무슨 님이라도 있어? 우리의 밤을 팔아주는 님 말이야." 걸레로 방을 훔치는 막내에게 언니가 말했다. 머리에 군밤을 주는 핀잔이었다.

"언니, 그래도 그 산이 저는 좋은데 어쩌지요. 목포 앞 다도해를 바라보면, 붕, 부우-웅 떠나는 배들을 바라보면, 뱃속이 후련해지지 않아요?"

"아유, 질기기도 해라. 그럼, 옷을 챙겨 입어라."

얼마 후 언니는 막내의 말에 응해주었다. 죽은 사람 청도 들어주는데 산 사람 소원을 내가 못 들어주겠느냐 하며 막내의 뒷등을 가볍게 두드렸다.

그녀들은 일터인 '옛사랑'을 나서고 있었다. 술 냄새, 그리고 지난밤에 찾아왔던 남자들의 짙은 살냄새와 땀 냄새가 구석구석 밴 방문을 벗어나자 우선 가슴이 탁 트였다. 유달산은 봄날이 한창이었다. 노적봉 가는 길목에는 진달래가 붉었다. 바람이 산들산들 불어와 머리칼을 마음껏 날려 주었다.

"언니, 오늘 점심은 제가 살게요."

기분이 몹시 좋아진 막내가 언니의 손목을 잡고서 칭얼댔다. 꽃잎에 앉은 갓 부화한 나비처럼 막내의 두 눈은 쉬지 않고 반짝였다. 지난겨울부터 같이 일하고 있는 막내. 언니는 막내의 고향인 제주도를 떠올리고 있었다. 혈혈단신, 이 세상천지에 혼자가 되었다는 막내. 아아, 하지만 이쁘고 귀여운 것!

"언니, 뭘 그렇게 골똘히 생각하고 있어요? 유달산에 왔으면 유달산을 보면서 즐겨야 하는 건데." 어리광을 부리는 막내에게, 네 말이 옳긴 옳다고 말하려는 순간, 언니는 50대 중반의 한 사내가 그녀 바로 앞에 다가섰음을 느꼈다. 사내는 체크무늬 회색 바지에 하늘색 잠바를 걸치고 있었다. 중년 사내들이 그러하듯 아랫배가 불룩, 곱게 나와 있었다.

"누구시더라? 아아, 그분이군요." 흑산도에서 돌아오던 그날 밤 부둣가에서 만난, 그리고 '옛사랑'으로 같이 와준 시인 H 선생. 수다를 떠는 언니의 말에 맞추어 사내가 머리를

끄덕였다. 이름은 모르지만 — 하기야 몸을 파는 술집에서 손님의 이름을 알면 무엇 하랴 — 선생은 가볍게 언니의 손을 잡아주었다. 유달산 노적봉을 한번 둘러보고 내려오겠다고 말했다. 선생은 산을 총총 오르고 있었다. 저 사람 누구세요. 막내가 기다렸다는 듯이 가까이 다가와 물었다. 언니는 꿈꾸는 사람처럼 작은 목소리로 대답했다.

"저 사람! 음, 저 사람은 봄비야. 가난한 우리가 가뭄을 탈 때, 가만가만 찾아와서 마른 목을 적셔주는 봄비! 그래, 저분은 봄비를 데리고 다니는 멋쟁이 신사야." 그렇게 말하는 언니는 어느새 모딜리아니의 여인처럼 목이 길게, 하얗게 부풀어 오르고 있었다. 꽃봉오리를 매달기 시작하는 목련 나뭇가지처럼. 아마, 언니는 오늘 밤에 그 봄비를 만나 촉촉하게 젖을 것 같았다.

16. 동지와 적

때는 계절의 여왕이라는 오월이었다.

허만중 씨는 알베르 마티에가 저술한 『프랑스 혁명사』를 펼쳤다. 그러자 18세기의 로베스피에르와 당통이 나란히 걸어 나왔다. 한 사람은 당당하고 한 사람은 약간 비틀거렸다.

그들은 진작부터 서로 친구이고 이념과 행동을 같이한 동지이며 프랑스 혁명을 실재적으로 이끈 자코뱅당 당원이었다. 노동자, 농민들을 중심으로 세워진 정부, 예컨대 '파리 코뮌'의 지도자였다. 그들은 "역사는 젊은 아가씨의 읽을거리로써 적당히 쓰인 것은 아니다"라고 말한 독일 작가 뷔히너를 기억하게 하는 사람들이기도 했다.

당통과 로베스피에르는 파리의 한복판 콩코드 광장을 가로질러 걸었다. 루이 16세와 그의 왕비인 마리 앙투아네트가 기요틴, 작두에 의해 목이 잘려 나간 바로 그 광장이었다. 왕족과 귀족, 수백 명 혹은 수천 명의 시민들이 혁명의 이름으로 죽어간 그곳이었다. 그들은 작가 롤랑 부인의 마지막 음성을 들었다. 이어서 훗날 프랑스 국가가 된, 시민 혁명군이 파도치듯이 밀려가며 부르던 '라 마르세예즈'가 멀리멀리 울려 퍼지는 소리를 들었다.

"아아, 자유여! 너의 이름으로 얼마나 많은 사람들이 죽어 가고 있는가…"

"그대들 일어나라 우리 조국의 아들딸들아 / 오 반역에 맞설 영광의 그날이 왔나니! / 우리 동지들을 헤집고 미쳐 날뛰는 적들에게 / 피묻은 깃발을 펼쳐라! / 폭압의 적들에게 피묻은 깃발을 펼쳐라! / 오, 여기 우리의 땅에서 / 온몸으로 싸우는 사람들의 음성을 듣느냐? / 학살당한 아들들, 아내들과 동족을 위하여 / 자, 무기를 들어라, 오 시민들이여!"

밤의 파리는 여전히 안개가 자욱했다. 거리마다 역시 밥과 자유에 굶주린 사람들이 털 돋은 짐승처럼 꿈틀거리며 어딘가로 가고 있었다. 가로등은 그 기다란 우윳빛 혀를 내밀어 어둠을 빨아대고 있었다.

이윽고 파리의 하늘은 한 줄기 거대한 불꽃으로 타오르고 있었다. 그 불꽃은 1789년 미라보와 라파예트가 기초하여 국민의회의 명으로 발표한 전문 17조 인권 선언문의 결과물이었다. 인간은 날 때부터 자유 평등의 권리를 가지고 있다, 권리란 자유 재산 안전 및 압제에 대한 반항권이다, 주권은

국민에게 있다, 인민은 법률에 의하지 않고서는 고소 체포 구금되지 않는다, 사상 및 의견의 자유스러운 표현은 귀중한 권리이다.

오랜 침묵이 흘렀으리라. 콩코르드 광장을 거의 벗어났다고 생각했을 때 온건파로 지목된 당통이 먼저 말했다. "우리들의 혁명이 성공하고 있다고 보는가?"

그러자 강경파로 알려진 로베스피에르가 이마를 번쩍 치켜들었다.

"그건 자네가 더 잘 알고 있지 않는가? 쟈코뱅당 안에도 반혁명 세력이 너무 많아. 이들을 하루빨리 처단해야 해. 더 많은 피를 흘리기 전에, 혁명의 가속도가 그래서 중요하지."

 로베스피에르의 말은 단호했다. 그 말은 물론 피가 묻어나오는 단호함이었다. 당통은 친구이며 혁명의 동지인 그가 곧 자기를 거세시키리라는 것을 직감했다. 몸이 떨렸다. 기요틴의 예리한 칼날이 그의 목에 닿는 오싹함을 느꼈다. 파리의 하늘이 무덤의 뚜껑처럼 짓눌러 왔다. 잠시 눈을 감았다 떴을 때 로베스피에르가 이미 그의 곁에서 떠난 뒤였다. 고양이들이 먹이를 찾아 배회하는 시간이 계속되고 있었다.

 며칠 후 파리에서 당통의 목소리는 그림자도 찾을 수 없다. 프랑스대혁명이 끝난 후에 독일의 작가 뷔히너는 희곡 『당통의 죽음』을 썼다. 그리고 20세기의 프랑스 역사가 알베르 마티에는 그의 책 『프랑스 혁명사』에서 당통을 우유부단한 기회주의자로, 로베스피에르는 혁명을 이끌어간 '아이콘'으로 묘사하고 있다. 아, 다 읽었다. 한국의 독자 허만중 씨가 이 두꺼운 책을 덮고 일어섰을 때 계절은 6월로 옮겨가고 있었다.

17. 콩란

잊는 게 좋아요. 네, 잊고 살아야 건강에 좋지요. 연구실을 나오며 이만석 교수와 황덕팔 교수가 같은 내용의 말을 너절하게 교환했다. 그들은 동료 교수 조만식 씨가 육십도 채 넘기지 못하고 세상을 떠난 것을 벌써 잊어가고 있는 것 같았다.

싱겁긴! 대학 직계 선배의 죽음을 술안주처럼 꺼내면서 자신들의 건강이 어쩌고저쩌고하는 소리를 들었을 때 허만중 씨는 입맛이 씁쓸했다. 야하, 요즘 젊은 교수들 무섭긴 무섭구나. 잠시 그런 생각을 하다가 허만중 씨는 강의실을 향해 가던 발길을 돌려 조만식 교수의 연구실 문을 가만히 들여다보았다. 미처 치우지 못한 책들이 흡사 이끼가 돋은 돌들처럼 보였다.

창밖에는 가을바람이 소슬하게 불고 있었다. 멀리 무등산의 나무들이 솨–아 솨–아 어딘가로 바람 소리를 보내고 있었다. 허만중 씨는 조만식 교수의 의자에 잠깐 앉아 보았다. 그리운 사람 같으니라고! 오늘따라 조 교수의 의자가 낯설게 느껴졌다. 의자에 앉자마자 몸이 구름처럼 붕 뜨는 것 같았다.

마침, 잘 됐다. 오후 강의도 없으니 조만식 교수의 고향 불갑사나 가 보자. 누굴 데리고 갈까? 이런 날은 젊은 시인이나 꿰차고 갔으면 좋으련만. 그러나 오늘은 혼자라도 가 보자. 오전 강의는 괜찮았을 것이다. 학생들도 멕시코 시인 옥타비오 빠스의 장시 「태양의 돌」을 좋아하지 않던가. 특히 시에 담긴 '나는 너다, 그리고 너는 나다'란 주제가 학생들을 적셔주었을 것이다.

> 내가 존재하기 위해서는 나 아닌 남이 되어야 한다.
> 내게서 뛰쳐나와 남들 사이에서 나를 찾아야 한다.
> 내가 없으면은 남들도 없는— 남들은 나에게 완전한
> 실존감을 준다. 홀로서는 나는 존재 않고, 나는 없다.
> 항상 우리가 있을 뿐이다. 나와 너 사이에서 우리가.
> —「태양의 돌」에서

옥타비오 빠스의 '태양의 돌'을 되새기던 허만중 씨는 어느덧 영광군 불갑사에 닿아 있었다. 사천왕이 주먹만 한 눈알을 부라리고 있는 절을 들어섰어도 경내는 여타의 사찰과는 달리 탑이 보이지 않았다. 가령 삼층탑, 오층탑이 없었다. 굳이 탑이라고 하면… 야하, 신기하다! 탑은 대웅전 지붕 한가운데에 마치 조그마한 보석상자처럼 올려져 있었다.

 나중에 주지 스님한테 들었는데 한반도에서 유일하게 '남방불교'의 흔적을 보여주는 증거란다.

 중국이 아니라 남해를 통하여 들어온 소승불교로서 창건된 불갑사. 허만중 씨는 대웅전 안에 모셔진 조만식 교수의 영가靈駕에 다가가 두 손을 모았다. 그리고 법당을 나오자 경내 주위에 서 있던 감나무가 눈에 띄게 다가왔다. 가지 빈자리마다 파랗게 송골송골 맺혀있는 것들이 신기했다.

 난초과 식물인 콩란! 작고 푸른 꽃망울로 뿌리를 내린 그것들은 역시 감나무 가지의 허전한 부분을 메우듯이 채워주고 있었다. 오랜 세월을 살아온 생명 세계의 여느 가족들처럼 고만고만한 모습으로 숨 쉬고 있었다. 어디 보자! 세상에 이렇게 오종종하게 모여 살고 있구나. 허만중 씨는 순간적으로 조만식 교수가 감나무 가지의 빈틈을 한자리 얻어 살기 시작했다고 생각했다. 사실 조교수의 아버지는 먼 옛날에 입적했지만, 이 절의 주지 스님이었다.

18. 백두산

 마음의 상처를 크게 입은 사람들은 자주 산에 오르려 한다. 그 산에 가서 자신이 입은 상처의 하나하나를 풀어놓을 수 있기 때문이다. 바람과 햇살에 반짝이는 갖가지 나무 잎새마다 우선 상처의 아픔을 배 띄우듯이 올려놓고서 말릴 수도 있고, 뱃속 저 깊은 곳으로부터 솟구쳐 나오는 목소리로 야호 야-호 메아리를 칠 수 있어서이다.
 허만중 씨와 강연균 화백의 백두산 등정은 그런 생각에서 시작되었을 것이다. 그들은 우연히, 실로 너무 우연히, 북만주 벌판에 자리 잡은 연길 시의 '백산 호텔'에서 예측도 없이 만나 함께 백두산을 오르고 있었다. 겉으로는 멀쩡한 사람들이었지만, 곁에 가서 가만히 대화를 듣다 보면 한반도 남녘 중심 도시인 광주에서 이미 숨길 수 없는 몇 가지 커다란 상처를 받았던 사람들이다. 그들은 서로를 너무 잘 아는 사이인데 한 사람은 시인이고 한 사람은 화가였다.
 "어이, 허만중 씨! 생후 처음으로 백두산에 오르게 되는 기분이 어때?"

"그야 말로 해서 무얼 하겠습니까. 삼팔선을 통과하지 않고 중국 땅을 거쳐서 오르긴 합니다만… 오늘 강 선생님과 같이 오른다니 꿈같습니다."

1988년 8월 15일. 그러니까 광주 민중봉기(광주항쟁)가 일어난 지 8년째 되던 그 해였으리라. 허만중 씨와 강연균 화백은 어떤 동기로 출발했든 각각 집사람들의 곗돈을 축내어 마침내 백두산 여행길에 돌입한 것이었다. 허만중 씨는 홍콩을, 강 화백은 베이징을 거쳐서 중국의 북동부 도시인 연길에 도착, 이윽고 저 웅혼한 백두산에 오르는 것이었다.

여행을 하면 마음이 많이 가라앉을 것입니다. 그해 5월 금남로와 충장로, 도청 앞에서 온몸으로 받아야 했던 총소리와 상처의 껍데기들도 벗을 수 있겠다고 생각해요. 누구의 피든 어떤 죽음의 그림자이든지 간에, 그것들이 자신의 마음에 묻어 있으면 살아가기가 힘들 수밖에 없는 것이지요.

아무튼 부인들의 부추김도 있고 해서 이들 허만중 씨와 강 화백은 백두산을 등정하는 것인지 몰랐다. 정말이지, 백두산 가는 길은 세상에서 가장 아름다운 꽃들만 피어 있는 것 같았다. 개망초, 두메자운, 만병초, 동자꽃, 부처꽃, 노랑매미꽃, 장백폭포꽃이 그랬다.

"강 선생님, 꽤 힘이 드시죠? 보름 동안 그 머나먼 실크로드를 다녀오셨으니…."

"뭘, 아무렇지 않아요. 내 지금은 마치 두 어깨에 훨훨 날개를 달아놓은 기분이야. 그래, 통일이 되어서 오르고 있다면 얼마나 신명 나는 일이겠소."

8월, 백두산 가는 길은 하늘이 유난히도 쾌청했다. 조선족들이 심어 놓은 고추들은 더욱 빨갛게 익어가고 있었다. 아무래도 북쪽이라 가을이 먼저 오고 있는 것 같았다. 해바라기꽃들이 집집이 둥그렇게 얼굴을 내밀고 있었다. 장백폭포 아래 도달했을 때였다.

야아, 천지에서 흘러내리는 폭포수다! 허만중씨가 강 화백에게 피로도 풀 겸 발 좀 씻고서 정상에 오르자고 했다. 그러자 강 화백의 대답은 아주 엄숙했다. 분명, 농담이 아닌 목소리로 허만중 씨의 얼굴을 찬찬히 쳐다보았다.
 "허만중 시인, 백두산에서 흘러내린 물에다, 어찌 내 발바닥을 씻을 수 있겠습니까. 차마 이 천지에서 내려온 물에 발을 담그기가 좀 그렇습니다."

19. 시애틀 추장

먼저 피어스 대통령이 물었다.

"추장께서는 내가 아메리카의 대통령이란 사실을 알 것이다. 그런데 하느님께 맹세하고 만들어진 아메리카의 성스러운 법을 정말로 모른단 말인가?"

인디언 수와미족의 추장은 그러나 눈썹 하나 까딱하지 않았다.

"법이라니요? 그런 법이 어떤 법인지는 모릅니다만, 피어스 대통령은 이미 잘 알고 있습니다. 용기 있고 총명하며 국가에 충성스러운, 그리고 무엇보다도 우리들을 잘 알고 있다는 점에서 말입니다. 그런데요? 이렇게 저를 부르심은 무슨 일이 있어섭니까?"

피어스 대통령은 입술을 깨물었다. 그런 다음 단호한 목소리로 추장을 쳐다보았다. 그는 오늘 분명, 어떤 중대 사안을 발표할 것임이 틀림없었다.

"당신들의 땅을 우리한테 팔아야 할 것 같습니다. 그러니까 우리 아메리카 합중국 앞으로 이곳의 땅을 내놓아야 한다,

그 말씀입니다. 돈은 준비되어 있습니다."

"아니, 그럼 우리들이 여기 이 땅에서 떠나야 한다는? 사막이나 다름없는 그 악명 높은 〈인디언 보호지역〉으로 떠나야 한다는 그런 얘기군요?"

대통령의 말에 추장은 벌떡 일어섰다. 쿵쿵쿵 거대한 폭발음을 터뜨리며 쏟아지는 폭포수를 오른손으로 가리켰다. 하늘을 찌를 듯이 솟은 원시림 사이로 어둠을 찢듯이 그것은 흘러내리고 있었다. 숲속의 꽃들은 마음껏 웃으며 그 어여쁜 눈썹들을 깜박거리는 것이었고 새들은 예로부터 그래왔듯이 삐종삐종 무어라고 노래를 부르고 있었다. 그러나 대통령의 입술은 굳게 다물고 있었다.

"피어스 대통령, 어떻게 감히 하늘의 푸르름과 땅의 따스함을 사고팔 수가 있습니까? 우리의 소유가 아닌 신선한 공기와 햇빛에 반짝이는 냇물을 당신들이 어떻게 돈으로 살 수가 있다는 것입니까? 이 땅의 모든 부분은 우리 종족에게 있어 소중한 것입니다. 아침 이슬에 반짝이는 솔잎 하나도, 냇물의 모래밭도, 빽빽한 숲의 이끼 더미도, 모든 언덕과 곤충들의 윙윙거리는 소리도 우리 민족의 경험에 따르면 소중한 것입니다. 우리는 땅의 한 부분이고 땅은 우리의 한 부분입니다. 향기로운 꽃들은 우리의 형제이고 사슴, 말, 커다란 독수리까지도 모두 우리의 형제입니다. 그리고 거친 바위산과 초원의 푸르름, 조랑말의 따스함, 그리고 사람은 모두 한 가족입니다.

산과 들판을 반짝이며 흐르는 물은 우리에게 있어 그저 물이 아닙니다. 물속에는 깊은 의미가 담겨 있습니다. 그것은 우리 조상의 피입니다. 생명의 실타래는 사람이 만든 것이 아닙니다. 사람은 그중 하나의 실 가닥일 뿐입니다."

수와미족 추장은 신을 부르는 듯한 목소리를 계속 이어 나갔다. 그리고 종이 위에 또박또박 글씨를 쓰는 것 같은, 하지만 그의 가슴은 깊숙이 떨리고 있었다. 백인 대통령에 대한 두려움에서가 아니라 수와미족의 최후가 보이는 것 같아서였다. 그는 3만 년 전 저 베링해협을 건너온 조상들을 떠올렸다. 그리고 이제 대통령의 말을 거역하면 수와미족 형제들 모두가 어떻게 된다는 사실도 예견할 수가 있었다.

서쪽 산으로 이미 태양이 무너져 내리고 있었다. 독수리 떼가 몰려오고 있었다. 추장은 단도를 꺼내 스스로 자신의 가슴에 박았다.

    몇 달 뒤, 수와미족 추장의 말과 행동에 감복한 피어스 대통령은 그의 이름을 따서 태평양 연안 북부 도시를 '시애틀 시'라고 명명했다. 145년이 지난 후. 한국의 시인 허만중 씨도 시애틀 추장을 기리는 시를 지어 종종 어느 자리에서나 노래를 불렀다.

20. 논개

"진주 술맛이야, 그만이지. 여봐, 소주 한 병 더!"

"그럼, 민물 장어인지 바닷장어인지 몰라도 한 접시 더 주소."

서울 토박이 수주 변영로와 진주 토박이 설창수는 어느덧 취해가고 있었다. 두 사람은 이미 문단에서 두 번째 가라면 서러울 만큼의 주객이요 시인이었다. 거기에다가 그들이 지금까지 벌여온 그 소문이라는 것이 문자 그대로 세인들의 귀와 시선을 충분히 잡아끌 정도였으니, 오늘 이 얘기를 들려주는 허만중 씨도 그중에 한 사람이었다.

아는 사람들은 다 알고 있듯이 수주 변영로 시인의 '마포 소동'은 너무 유명했다. 그는 대낮에, 그것도 실오라기 하나 걸치지 않은 벌거숭이 알몸으로 황소 타고 마포 동네를 휘돌다가 그만 경찰한테 끌려간 대사건(?)도 있었다. 그는 낭만주의의 슬픈 전형이었다.

그럼 설창수는 또 어떠했을까. 그의 행적은 과연 경탄할 만했다. 4백 년 전, 그러니까 임진왜란 당시 바다 건너에서

침략질을 해온 왜장 기다 마고베를 끌어안고 남강에 몸을 던져 죽게 한 '논개'를 영영 잊지 못해, 일평생 진주 시내를 휘젓고 다닌 위인으로 유명했다. 자세히 말한다면 이렇다. 설창수는 논개라는 애국 처녀 하나가 분명히 진주 시내에 아직도 살고 있을 거라 믿고 무려 60여 년을 노래 부르고 다녔던 것으로 기억되는 위인이었다.

손님을 대접하겠다는 뜻에서 설창수가 먼저 시 한 수를 읊었다.

"하나인 것이 동시에 둘일 수 없는 것이면서 민족의 가슴에 살아있는 논개의 이름은 백도 천도 만도 넘는다. 한갓 기생으로서가 아니라 민족의 가슴 속에 영원토록 남을 처녀의 자태였으며 만 사람의 노래와 춤으로 보답을 받은 위대한 여왕으로서다. 아아 어느 날 조국의 다사로운 금잔디밭으로 물옷 벗어들고 거닐어오실 당신이여."

이에 수주 변영로가 고개를 들어 설창수 시에 화답하였다.

"민족을 위한 거룩한 분노는 종교보다도 깊고 불붙는 정열은 사랑보다도 강하다. 아, 강낭콩보다도 더 푸른 그 물결 위에 양귀비꽃보다도 더 붉은 그 마음 흘러라."

그러면 그러하리… 흐르는 남강물도 길이길이 푸르듯이 논개의 꽃다운 혼 어이 아니 붉으랴! 변영로의 시구에 몇 자 더 넣어 노래 박자를 받아주던 진주 토박이 설창수가 그의 옷자락을 살며시 잡아끌었다. 진주라 천 리 길을 당도하여 촉석루에 오를 양이면 없던 기운도 솟아오르고 고목에 새순이 돋듯이 회춘이 된다고 가만히 귀띔을 해주는 것이었다.

정말 그럴까? 서울 양복쟁이 변영로는 그 말에 사뭇 호기심이 발동했다. 그것을 눈치챈 설창수가 이윽고 촉석루 나무 계단 쪽을 가리켰다. 열아홉 살쯤 되어 보이는 처녀, 거기 처녀 하나가 오르고 있었다. 그녀는 방금 남강에서 솟아나온 것처럼 온몸에 푸른 물빛이 흘러내렸다. 눈동자 역시 싱싱한 모습이었다. 결국 변영로는 한마디를 던졌고 설창수는 기다렸다는 듯이 대답했는데, 이미 그들은 어느 사이 술이 깬 상태였다.

"진주에서 만난 여성들은 모두 논개를 닮은 것 같구려!
"그건 다 남강에 부는, 쉼 없는 바람 때문이 아니겠어요?"

21. 슬픈 열대

"비디오에 담고 있군요!"

허만중 씨와 레비스트로스 교수는 약속이나 한 듯이 똑같이 말했다.

"저들은 유럽으로 가지고 가서 돈으로 바꿀 것입니다."

"네, 물론 그럴 것입니다. 돈이 되는 것이라면 뭐든 긁어서 파는 게 우리 같은 문명인…? 문명인일 것입니다."

둘은 역시 서로를 향해 머리를 끄덕였다.

"레비스트로스 교수와 나 또한 저들과 마찬가지로 같은 죄를 짓고 있습니다. 저들처럼 비디오로 찍지 않는다는 것일 뿐, 두 눈으로는 보고 있기 때문입니다. 예, 그렇지요 소위 문명사회에서 온 우리들의 눈은 죄악으로 가득 차 있습니다."

"허만중 씨, 어쨌든 브라질의 아마존강은 아름답습니다."

"아름다울 뿐만 아니라 솔직합니다. 모든 것들을 그대로 보여주는…."

시인 허만중 씨와 인류학자 레비스트로스는 그렇게 말하면서 숨을 죽이고 있었다. 비디오카메라를 돌리는 영국의

BBC 방송국 기자들과는 다른 장소에 숨어서 아까부터 그 장면을 훔쳐보고 있었다. 그 장면이라? 이들이 함께 보고 있는 장면은 다름 아닌 '남비콰라족'의 섹스 장면이었다.

브라질의 중심부를 흐르는 아마존강은 넘치고 있었다. 짙푸른 야성을 토해내고 있었다. 숨길 수 없는 그 무엇, 그러니까 속살까지 전부 햇빛 속에 송두리째 드러내고 있는 것이었다. 나무들은 저마다 때마침 불어오는 바람결에 휘청거리고 있었다. 새들은 구석기 시대의 새들처럼 끼루룩끼루룩 괴성을 지르고 있었다.

바로 그러한 자연의 조화를 아는지 모르는지, 아니 그것과는 아무런 상관이 없다는 듯이, '남비콰라족'에 속하는 한 사내와 한 여자는 아까부터 한 몸이 되어 뒹굴고 있었다. 이를테면 그들은 손댈 수 없는 원색의 그 깊은 곳으로까지 잦아들어 가고 있었다. 서로 다른 두 덩어리의 살을 섞으면서 아마존강의 거센 흐름과 비슷한 호흡을 되풀이하고 있었다. 그 장면을 내려다보고 있는 하늘 또한 어지럼증을 타는 듯이 빙글빙글 돌고 있었다.

"'남비콰라족'은 알다시피 평상시에도 옷을 입지 않습니다."

"새끼줄처럼 꼬여지는 살덩어리, 보시다시피 서로 다른 두 몸이 합하여질 때는 보석 같습니다. 티 한 점 묻어 있지 않은 보석! 문화인류학자이신 레비스트로스 박사께서는 저

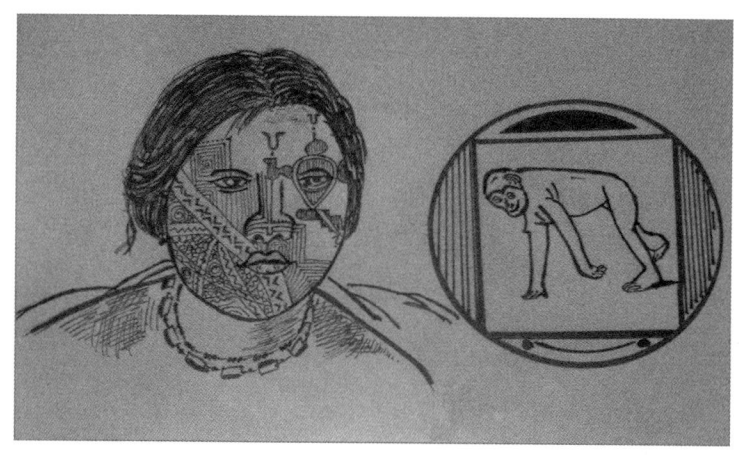

모습을 어떻게 생각하십니까?"

"허만중 씨, 나는 『슬픈 열대』라는 책에서도 썼습니다만, 저들이 야만인이라고 보지 않습니다. 야만인은 저들의 섹스 장면을 몰래 즐기고, 또 그것을 비디오에 담아서 돈으로 만드는 영국의 BBC 방송국 기자들과 우리들이 다름 아닌 야만인이라고 생각합니다."

한국의 시인 허만중 씨가 마지막처럼 노학자 레비스트로스를 바라보았을 때, 그 역시 어느새 옷을 훌훌 벗어버리고 있었다. 그는 영원히 프랑스 파리로 돌아가지 않을 사람이 되어가고 있었다. 아마존강 원시림의 주인이나 다름없는 '남비콰라족'처럼 이글거리는 태양 속에 자신의 알몸을 검게 그을리는 것이었다. 때는 20세기가 끝나 가는 어느 날이었다.

22. 수선화

 날씨가 정말로 좋구나. 앞산 새들의 노랫소리도 구슬이 구르는 소리처럼 맑구나. 허만중 씨는 기지개를 크게 켜면서 베란다로 나갔다. 창문을 열자 보드라운 바람결이 얼굴을 가볍게 문질러댄다. 아파트 창문에 미끄러지는 햇빛이 유난히 찬연하다.

 아침이다. 언제나 그렇듯이 먼저 베란다를 가득 채운 수목과 꽃들에게 물을 준다. 그러자 그네들은 저마다 길게 목을 뽑으며 여보세요! 여보세요! 말을 걸어온다. 응, 밤새 잠은 잘 잤니? 너희들도 잠을 예쁘게 자야 꽃 이파리와 잎새가 영롱한 빛깔을 내뿜게 되거든. 역시 그래. 영산홍은 잠을 푹 잤는지라 마냥 싱싱하고 환한 얼굴이야.

 어, 내 자칫하면 수선화한테 인사를 빠뜨릴 뻔했구나. 지금은 바로 수선화의 계절이기도 하지. 연초록 기다란 꽃대를 세워 노란 얼굴을 곱게 매달아 올린 수선화! 이미 오래전부터 우리네 한국 땅에도 찾아와 뿌리내렸다지. 이네들의 혈통은 아주 여러 종류일 거야. 변종까지 합한다면 빛깔과 모양도 물론 가지각색이 될 듯싶어.

 허만중 씨가 다정하게 중얼거려주자, 수선화는 우선 기분이 좋아졌다. 오늘따라 자기한테 친근함을 보여주는 그가 맘에 들었다. 옳지, 이런 때는 이파리 하나라도 빠뜨리지 않고 보여줄 필요가 있어. 수선화는 있는 힘을 다해서 얼굴을 더욱 곱게 내밀었다. 아무래도 오늘은 제가 제일 아름답죠? 네, 그럴 거예요. 한국에서의 4월과 5월은 모두 제 향기로 그득 찼으면 하는데요, 어때요? 수선화는 그렇게 허만중 씨의 귓불을 잡아당겼다. 그리고 그만이 펴 보일 수 있는 아름다움이라는 듯 쉴 새 없이 자랑을 섞어 꽃잎을 반짝이는 것이었다.

 아냐, 이곳 세상에서 피는 꽃들은 모두 모두 아름다운 거야. 조그마한 차이는 있을 수 있겠지만 생명을 가진 것들은 다 아름답고 귀중한 거야. 그래서 난 그래. 꽃이라고 이름을 붙여진 것들은 어느 것 하나 놓치지 않고 눈여겨보고 싶거든. 그네들도 자신만이 지닌 독특한 아름다움과 향기를 이웃 생명들에게 조금, 조금씩이나마 건네주고 있기 때문이지.

 허만중 씨는 수선화가 기분 나쁘지 않게 머리를 쓰다듬어 주었다. 다른 꽃들이 듣지 못하게 귓속말로 말했다. 그리스 신화 속으로 그의 기억을 되돌려 주는 것이었다. 제우스 아내인 헤라 여신의 질투로 깊은 산 속 '메아리'가 돼버린 에코, 남의 말 끝자락만 되풀이하는 네 연인의 증오 때문에 너 역시 수선화란 이름의 꽃이 돼버렸다는 것을 모르느냐?

어머니가 예언자에게서 들은 그 말, "자기 자신을 모르면 오래 살 것이다"라는 예언을 망각했기 때문에, 헬리콘산의 샘물에 비친 네 얼굴을 스스로 보듬으려다가 익사한 것이지. 가냘픈 수선화로 변해버린 우울한 청년 나르시스야! 하기야, 꼭 너만은 아닐 테지. 우리도 지금 옛날의 너처럼 못난 자신 속에만 **빠**져들어서 살고 있는 것인지 몰라. 자기가 쏟아놓은 말만을 믿고, 거울에 비친 자기 얼굴만을 진짜라고 생각하는 우리들… 그것이 너무 지나치기 때문에 죽은 후에는 너를 닮은 꽃은커녕 들꽃조차도 못될 것 같다는 생각이 들어.

허만중 씨는 수선화의 드러난 둥근 뿌리에 흙 알갱이를 얹혀 주었다. 그를 거듭 위로해 주며 몇 차례 물을 부어 주었다. 그랬더니 그는 물방울 속으로 자신의 눈썹을 밀어 넣기라도 하는 듯이 노란 꽃잎들을 겹겹마다 깜박거렸다. 바로 이것이다! 꽃으로 몸이 바뀐 채 살아가는 나르시스의 그런 모습은 허만중 씨가 오랜만에 느껴보는 낯선 감격 중의 하나였다.

23. 낯선 곳에서 사랑하기

프랑스의 북부 도시 스트라스부르(독일어-슈트라스부르크)는 아름다웠다. 독일과의 전쟁으로 수많은 상처를 입은 곳이었지만 그 도시는 우선 60여 개의 웅장하고 화려한 성당들이 나그네의 발길을 오랫동안 붙잡아두었다. '스트라스부르 노트르담 대성당'은 무려 7백 년에 걸쳐서 지었다는데 바로크와 로코코 예술 양식이 하나의 건축물 속에 혼재하고 있었다. 장인들의 땀과 혼, 세월의 그림자가 오늘날까지도 그대로 살아서 빛의 스펙트럼을 보여주고 있었다.

바로 이 아름다운 도시 스트라스부르에서 허만중 씨는 유학을 온 김남수 선생을 만났다. 참 오랜만이었다. 그들은 오래전부터 아는 사이였다. 그녀는 한국의 K 시에서 미술 선생을 하다가 유학을 온 터이었고 허만중 씨는 독일어를 가르치는 외국어 선생이었다. 말하자면 허만중 씨와 김남수 선생은 K 시에서 교사 활동과 예술 활동을 하면서 적당한 관계를 유지해 온 터이었다. 그런데 이렇게 스트라스부르에서 만난 것이다.

아, 여기가 그곳이군요. 알퐁스 도데의 소설 「별」과 「마지막 수업」에 나오는 그 마을과 가까운 곳에 있는 도시이군요. 독일과 국경을 같이하는 곳으로 역사의 숱한 발자국이 찍혔다고 말할 수 있겠군요. 알사스 로렌 지역이라. 이곳은 프랑스 영토이면서도 먼 옛날부터 독일 병사들의 말발굽과 탱크 바퀴들이 쉴 새 없이 찾아온 곳이지요. 한데 저건 무슨 조각이지요? 한 여인이 남자를 무릎에 올려놓고 있는 모습은?

네, 저 조각품 말입니까. 스트라스부르 시청 앞에 세워진 저것은 사랑하는 한 남자와 한 여자를 새긴 조각이 아닙니다. 가까이 가서 보시면 아시겠지만, 저것은 독일군에 희생된 아들의 주검을 부여잡고 통곡하는 한 프랑스 어머니의 모습입니다. 스트라스부르 시민들은 오늘날도 시청 앞을 지날 때는 이 조각물 앞에서 고개를 숙이곤 합니다.

오늘은 참 많이 돌아다녔는데, 어디 가서 좀 앉아 쉴까요? 저기가 좋겠는데요. 앞서 걸으며 부지런히 가이드를 하는 김남수 선생에게 허만중 씨가 어느 조그마한 카페를 가리켰다. 그런 다음 잠시나마 그녀의 마음을 들여다보았다. 눈동자가 반짝, 빛나고 있었다.

프랑스 생활이 15년째라 했지요. 유학생으로 입학한 스트라스부르대학을 중퇴, 이제는 수출회사에서 일한다고 했지요. 그런데 왜 혼자 사는 거지요? 프랑스에 유학을 오면 모두 독신자가 되는 것 같군요. 그렇게 상상하면서 허만중 씨는 김남수 선생의 귀밑머리를 슬쩍 훔쳐보았다. 하얀 머리칼이 많았다. 그녀는 말없이 커피잔에 입술을 가져다 대고 있었다.

멀리 떠나와서 살면 외롭지 않으세요? 그렇게 묻고도 싶었지만, 그녀의 침묵은 사뭇 자연스럽게 계속되고 있었다. 고독이 때로는 친구보다도 더 좋다는 말이 있던가. 요즘 세상은 남자와 함께 사는 것보다는 홀로 사는 게 더 사람답게 사는 것이라고 말하는 여자들이 많다던가. 그런 생각을 떠올리던 허만중 씨는 갑자기 용기를 내고 말았다. 커피잔을 비운 그녀의 두 손을 살며시, 둥그렇게 감싸주었다. 일정이 많은 여행을 하느라 그동안 느끼지 못했던 감정이 가슴 한복판을 흔들어대는 것이었다. 비로소 그녀가 말문을 열었다.

저는 혼자 사는 게 익숙한 사람이 돼버렸어요. 한국과 멀리 떨어진, 그리고 이곳 교민들과도 자주 만나지 않는 생활 속에서 몸과 마음이 완전히 굳어버린 것인지 몰라요. 허만중 시인처럼 감정이 항상 열려있는 사람이 그래서 두려워요. 하지만 왜 그러지요? 오늘 허만중 시인의 손이 무척 따뜻하고 두툼하게 느껴지니, 아무래도 저는 여자일 수밖에 없는….

허만중 씨가 김남수 선생과 팔짱(그들은 어쩌면 껴안고 있었으리라)을 끼고 카페를 나왔을 때 북프랑스의 도시 스트라스부르는 어느새 깊은 밤 속으로 달려가고 있었다. 그는 그녀의 머리카락을 가볍게 쓰다듬으며 말했다. "우리 오늘 밤, 서로 사랑해도 좋을까요." 그러자 그녀의 대답은 간단했다. "네, 스트라스부르에 온 이후 처음으로 한국 사람의 시를 읽고 싶습니다."

24. 꽃

해부학 교실 조수들이 방금 앰뷸런스에 실려 온 죽은 사람의 옷을 벗겼다. 시체는 이미 죽음과 약속이나 한 것처럼 단단하게 굳어 있었다. 베드 옆에 부착된 코드를 누르자 해부실 천장에 매달린 샤워기가 내려오면서 물을 쏟아냈다. 그러자 시체에 아직 달라붙은 땀과 피와 그리고 닫힌 두 눈 사이로 흘러내린 눈물을 쏴-아 쏴-아 씻어 내렸다.

'아아, 차라리 죽음이 더 아름답구나!' 조수 녀석 하나가 짓궂게 시체의 살갗을 어루만지고 있었다. 어떤 사건으로 죽은 거지? 아주 젊은 것 같은데? 결혼도 하지 않는 주제에 섹스를 많이 경험한 것 같기도 하고? 아냐, 어쩌면 너무 지나친 수음을 즐겼는지도 몰라? 조수는 그 시체가 살아있었을 때의 부끄러웠던 부분을 손끝으로 툭툭 치기도 했다.

시체는 여자였다. 앰뷸런스를 따라온 경찰이 잠깐 흘린 말에 의하면 시체는 베를린 공원에서 발견된 것이라 했다. 숲속, 까마귀 떼가 사람도 무서워하지 않고 마구잡이로 날아다니는 베를린 중앙공원의 산책로에서 그녀는 당했다는 것이었다. 누군가에게? 아무도 모르게? 어느 날 밤에? 시체는 실로 눈으로는 볼 수 없을 만큼 아주 잔인하게 난도질당한 상태였다.

해부학 교실 그 조수는 계속해서 중얼거렸다. 짜식들, 어떤 놈들이 이렇게 잔혹하게 저질렀지! 몰라, 아마 게이들이 아니면 레즈비언들이 저지른 짓일 거야. 또 아니면 머리를 빡빡 깎은 스킨헤드족의 짓인 것 같기도 해. 참 우스운 세상이야. 스킨헤드족은 요즘 부쩍 외국인 추방운동을 벌인다고 하는데, 정말, 왜 그러지? 아무리 생각해도 시대착오적인 발상이야.

― 게이는 남자들끼리의 동성애자를 가리키며 레즈비언은 여자들끼리의 동성애자를 가리키는 말이었다. 특히 스킨헤드는 독일 통일 이후에 나타난 신종 인종주의자들로 나치 부흥을 부르짖는 극렬 히틀러주의자들이었다. 아무튼 죽임을 당한 그녀는 동양인이었다. 나중에 확인된 것이지만 그녀는 한국에서 멀리 유학을 온 여학생이었다. 그녀는 홀로 베를린 중앙공원을 산책하다가 그렇게 희생을 당한 것임이 틀림없었다.

조수들이 준비를 다 끝냈다고 눈짓으로 사인을 보냈다. 피부비뇨기과 전문의 고트프리트 벤 박사는 메스를 들었다. 조심스럽게, 그러나 능숙한 손놀림으로 죽은 자의 배를 갈랐다. 한밤중에 시를 쓰듯이 자신의 몸속에 담긴 세포들을

모두 움직여 시체의 전부를 열어 가는 것이었다. 가느다란 숨결 한 줄기도 붙어 있지 않은 심장, 간과 콩팥, 창자들이 마치 바람에 휩쓸린 꽃밭처럼 두 가슴팍 사이에 꾸역꾸역 누워 있었다.

2시간쯤 흘렀을까. 20세기 독일 최고의 시인이기도 한 벤 박사는 조수들을 밖으로 내보냈다. 조용히 묵상 기도를 올리려는 것이었다. 군의관 시절 때부터 계속 그래왔듯이 시신을 해부한 다음, 두 손을 합해 고개를 숙이는 것이었다. 두 차례의 세계 전쟁을 거치면서 양친과 형제들을 모조리 비행기 폭격으로 잃고, 이후 사망한 첫째 부인에 이어 재혼한 둘째 부인과 셋째 부인마저 먼저 저세상으로 보낸 닥터 벤!

수술대 위에

올려진

죽은 처녀의

벌거숭이 시체

나는 벌거숭이

그 처녀의 자궁 속에

빨간 꽃 한 송이를 심어주었다.

  죽은 시체 속으로, 그녀의 자궁 속으로 이슬 묻은 아스터꽃 한 송이를 밀어 넣는 마취과 의사이자 시인인 닥터 벤. 메스를 든 의사랴, 펜을 가지고 시를 쓰는. 이렇듯 처절하게 쓰러져간 몸속에 생명을 불어넣는 존재가 아닐까. 물론 책무를 가진 존재로서….

  오늘 역시 벤은 숨을 거둔 사람에게 자신의 젖은 눈빛을 던져주었다. 그가 그렇게도 좋아하는 작은 아스터꽃을 그녀의 자궁 속에 꽂아 주었다. 벤은 물론 아스터꽃이라는 시를 그녀의 몸속으로 밀어 넣었다. ― 그대의 죽은 육신은 그대의 꽃병! 오호라, 거기 담긴 그 영혼을 마시고 마음껏 피어나거라! ― 마음속으로 노래하면서 창밖을 내다보았다. 시체 해부가 끝난 다음에는 언제나 그렇듯이 창밖 저쪽의 현실이 늘 새롭게 보인다고 생각했다. 마침, 벨이 울렸다. 한국에서 베를린으로 날아온 시인 허만중 씨가 내일 오후쯤 찾아봬도 좋겠느냐고 묻는 전화였다. 고트프리트 벤과 허만중 씨는 시를 통해 서로 아는 사이였다.

25. 달나라에는 그리운 사람들이 살고 있습니다

아빠, 왜 달은 저렇게 둥글고 밝지요?
응, 그건 달 속에 착한 사람들이 많이 살고 있어서 그렇단다.

아이들이 아주 어렸을 때는 그렇게 대답해도 좋았다. 그러나 아이들이 초등학교 4, 5, 6학년 학생일 때에는 그렇게 대답할 수가 없었다. 좀 더 과학적인 상식을 넣어서 대답해야 했기 때문이었다. 허만중 씨의 아이들은 어느새 웬만큼 성장하여서 동화 같은 이야기, 당나라 시인 이태백 같은 말로는 통하지 않았다.
아빠, 달이 밝은 것은 태양의 도움 때문이라고 하던데요? 저희가 어렸을 적 아빠께서 하신 말씀은 그래서 틀렸지요. 에이, 솔직히 인정해 주세요. 저희는 이제 초등학교 상급 학년인걸요. 옛날에 하신 말씀은 그저 농담이었지요? 정말이지, 달나라에 어떻게 사람이 살 수 있겠어요?
그럼, 너희들이 학교에서 배운 대로 말해 보려무나. 허만중 씨가 빙긋 웃으며 묻자, 4학년에 다니던 둘째 녀석이 그의 턱 밑으로 달려들며 종알거린 내용은 이러했다. 녀석은 이미 스마트폰으로 달에 대하여 나름대로 검색을 끝마친 다음이었다. 줄줄 말해주는… 과학적인 달은 바로 이런 모습이었다.

달은 지구에서 가장 가까운 곳에 있는 천체이며 지구의 주위를 돌고 있는 유일한 천연의 위성이다. 지구는 물론 태양의 주위를 돈다. 달의 질량은 지구의 81분의 1밖에 되지 않는다. 지구에서 달까지는 38만 4,400km인데, 그것은 지구에서 태양까지의 400분의 1에 해당하는 거리다.

흥미롭게 생각할 수 있는 것은 달이 스스로 빛을 내뿜지 못한다는 사실이다. 달은 단지 태양의 빛을 받아 그것을 반사함으로써 빛날 따름이다. 달은 태양으로부터 90° 떨어졌을 때는 반달로 보인다. 달과 태양이 180° 떨어지면서 지구 반대쪽에 있을 때는 둥근 달, 말하자면 만월이 된다.

달은 지구의 적도에서 떨어져 나가 생긴 것인데 그 빈자리가 바로 태평양이 되었다는 설이 있다. 달의 표면은 130℃ 이상의 높은 온도를 유지하고 있으며 지구에 아주 큰 영향을 미친다. 지구의 표면에서 일고 있는 조수간만 현상, 밀물과 썰물의 운동이 그 대단한 영향력을 확인시켜 준다.

하지만 이제 허만중 씨에게는 아이들이 들려준 과학 상식 따윈 흥미가 없었다. 달나라를 맨 처음 밟은 우주인 닐 암스트롱마저 아주 먼 옛날 사람으로 기억될 뿐이라서 또 그렇게 생각한 것은 아니다.

이제 달에 관해 묻는 사람은 없다. 허구한 날 같이 살을 섞으며 살고 있는 아내 역시 묻지 않는다. 그렇지만 그는 지금 달을 향하여 홀로 묻고 대답한다. 모두 잠든 밤 교교하게 빛나는 달빛에 자신의 온몸을 젖게 한다. 아아 달빛에 감전된 인간의 영혼! 허만중 씨는 어느덧 자신도 조금씩 먼 길을 가고 있다고 생각한다. 동쪽에서 떠올라 서쪽으로 가는 달처럼.

허만중 씨는 지난 시절 무수히 죽어간 사람들이 다시 반짝일 것 같다고 생각한다. 거대한 생명의 덩어리, 어쩌면 어머니의 둥근 배처럼 끊임없이 생명체를 잉태하는 달! 아마 나이 때문이기도 하리라. 허만중 씨는 오늘따라 쉬지 않고 달을 쳐다보았다. 사람들이 죽은 다음에도 언젠가는 당도해야 할 나라처럼 달을 향하여 말하고 있었다. 허만중 씨가 써서 노래한 시는 「달」. 두 줄이었다.

  달나라에는 죽은 사람들이 살고 있다
  그래서 달은 밝은 것이다!

그랬다. 두 줄의 시였지만 언젠가는 알게 될 많은 내용을 담고 있었다. 아마도 허만중 씨가 지난날, 두 차례의 전쟁을 겪은 나머지 쓸 수밖에 없는 그런 시였다. 아이들이 잠들자,

허만중 씨는 베란다로 나와 창문을 열었다. 달은 어느새 서쪽 저 먼 곳으로 가고 있었다.

    달나라에는 그리운 사람들이 살고 있습니다
    그래서 달은 저러이도 밝습니다!

그리고 10년이 지난 어느 가을날 밤이었다. 바람은 소슬하게 불고 나무들은 어느새 지상으로 그 자기 잎새들을 떨어뜨리고 있었다. 허만중 씨는 그가 살면서 만난 수많은 사람들의 얼굴을 자신도 모르게 하늘 쪽으로 떠올렸다. 그래, 이제는 '죽은 사람들'이 아니라 '그리운 사람들'이 달나라에서 살고 있던 것이다. 아, 그리운!

26. 기저귀를 갈아주는 남자

　이 얘기는 'xxx요양원' '+++요양원'이 전국 곳곳에 들어서기 전의 이야기다. 허만중 씨의 고향 후배 문창수는 노인들이 기다리는 단독 집이나 아파트로 출근하는 남자다. 현관문을 나서기가 바쁘게 가까운 빅마트로 달려가서 먼저 기저귀를 산다. 그런 다음에 아반떼를 몰아 여기저기 주로 아파트촌을 누빈다. 올해 나이로 쉰세 살인 그가 무슨 힘이 그렇게 남아서? 어떤 일을 하는데? 하필이면 왜, 밤늦게까지 헐레벌떡 뛰어다니는 걸까?

　독자들이 벌써 궁금할 것 같아 미리 말한다면 이렇다. 문창수 씨의 직업은 시간제로 '기저귀를 갈아주는 직업'이다. 이른바 신종 벤처사업이라 불러도 좋을, 몸을 제대로 가누지 못하는 할아버지나 할머니들의 기저귀를 갈아주는 일로 생계를 꾸려나가고 있다.

　원래 그의 직업은 광부였다. 지하 4천 미터, 8천 미터 그 깊은 곳까지 내려가서 석탄을 캐는 일이 그의 직업이었다. 그러니까 그의 직장은 강원도 태백시에 소재한 석탄 광산이었다. 그런데 2년 전이던가, 그 광산이 문을 닫아버렸다. 집집이 기름보일러를 돌리고, 대부분의 아파트 역시 도시형 가스 시설이 들어서면서 석탄 수요가 부쩍 줄었기 때문이었다.

어떻게 살지? 목구멍에 풀칠은 그렇다손 치더라도 자식들은 어떻게 교육하지? 이 궁리 저 궁리 끝에 서울로 흘러들어와 머리를 짜낸 것이 바로 '기저귀를 갈아주는 직업'이었다. 아무래도 광고 비용이 적게 든 생활 정보지에 그는 다음과 같이 몇 줄의 광고를 내고 전화가 걸려 오면 그 일을 해주는 것이다. 대체로 장기간을 요구하는 환자가 많아 계약제로 일을 해주고 있었다.

> 손발을 움직이지 못하는 노인, 대소변을 가리지 못하는
> 치매 환자를 매일 방문, 기저귀를 갈아주고 간병을 해줍니다.
> 간병사 문창수. 연락처는 02-567-9595.

물론 간병사 문창수를 부르는 집은 부유층이다. 아무리 늙은 부모라 한들 매일 똥오줌 치워주고 기저귀를 갈아줄 수가 없어, 아예 전문 간병사를 시간제로 고용하는 그런 부유층이다. 특히 젊은 며느리를 둔 부잣집의 경우 더욱 간병사를 원했다. 아무튼 오늘도 문창수는 불알에 풍경 소리가 나도록 이집 저집을 향해 뛴다. 보호자들이 있으나 없으나

단독 집, 아파트 문을 따고 들어간다. 환자를 둔 대부분의 집주인이 그에게 열쇠를 복사해서 맡겼기 때문이다.

 할머니, 좀 괜찮으세요? 허허, 오늘은 설사를 많이 하셨군요. 못 잡수실 음식을 드셨나? 이런! 소화도 안 되는데 피자를 드셨구먼. 혹시 손자놈들이 먹다 남긴 피자를 드셨나? 그런 생각을 하면서 막 할머니의 얼굴을 들여다보는 순간, 간병사 문창수는 그만 황급히 뒤로 물러서고야 말았다. 그 할머니가 숨을 거둔 뒤였다.

 아아, 홀로 가셨구나. 수첩을 꺼내 번호를 확인하고 전화를 걸었다. "여보세요, 백두건설 김 사장님이시죠? 네, 저는 간병인 문창수인데요, 집에 와 보니 할머니께서 돌아가셨습니다. 아마 두 시간쯤 지난 것 같습니다. 사모님께서도 외출 중이시고, 핸드폰이 터지지 않습니다. 빨리 와주셔야겠습니다."

그러자 김 사장의 목소리가 와르르 무너지듯이 수화기를 울렸다.

"어머니가, 우리 어머니가! 아아, 임종도 지켜보지 못한 저는 불효자식입니다. 문창수 씨! 우선 당장 도와주셔야 할 일이 있군요. 제 어머니의 손과 다리가 오그라지지 않게 묶어 주시길 바랍니다. 그래야 염을 하는데 어려움이 뒤따르지 않으니까요. 곧 달려가겠습니다."

문창수 씨는 마지막으로 할머니의 기저귀를 갈아드렸다. 채 감지 못한 두 눈을 감겨드리면서 자신도 모르게 기도를 했다. 성당에서 익힌 '주님의 기도'로 숨을 거둔 할머니의 두 손을 꼭 잡아주었다. "하늘에 계신 우리 아버지 / 아버지의 이름이 거룩히 빛나시며 / 아버지의 나라가 오시며 / 아버지의 뜻이 하늘에서와 같이 / 땅에서도 이루어지소서 / 오늘 저희에게 일용할 양식을 주시고 / 저희에게 잘못한 일을 저희가 용서하오니 / 저희 죄를 용서하시고 / 저희를 유혹에 빠지지 않게 하시고 / 악에서 구하소서 / 아멘."

27. 그리움이라는 병

"여보세요! 허만중 시인 댁이시죠?"

"예 그렇습니다만… 누구십니까?"

"저는 김막례라는 여자입니다. 오늘 아침 K 신문에 발표된 선생님의 시 「그리움」을 읽고 이렇게 전화를 드립니다. 네에, 오늘 아침 선생님의 시는 저의 가슴을 무척 따뜻하게 녹여 주었습니다. 그래서 이렇게 아침부터 전화를… 아무튼 죄송하고요. 허만중 선생님께 오늘 저녁 식사를 맛있는 걸로 대접하고 싶습니다. 약속해 주시죠."

"졸작인 저의 시를 가지고 칭찬이 과하십니다. 그러나 저녁 식사는 좀 곤란할 것 같습니다. 밤늦게까지 써야 할 원고도 있고 해서."

"어떤 원고인데요? 궁금합니다."

"소설 원고입니다. 연재 소설…."

"소설이라니요? 아니, 그럼 시인도 소설을 쓴다는 말입니까?"

"물론입니다. 우리나라에서는 흔치 않은 일이지만 유럽의 여러 나라에서는 시인과 소설가의 이름이 특별하게 분리되어 있지 않습니다. 특히 독일 같은 나라는 시인이면 곧 소설가이기도 하고 수필가이기도 하며 희곡 작가, 그리고 평론가이기도 합니다. 오래전부터 한국에 널리 알려진 헤르만 헤세나 브레히트 같은 시인이 그 경우입니다."

"아, 그것을 저는 몰랐습니다. 그렇다 하시고, 저는 오늘 저녁 허만중 시인을 꼭 식사로 모시고 싶습니다. 선생님께서 퇴근 후 귀가하는 길에 만나주시면 시간도 많이 아낄 수 있을 것 같은데요, 네에, 부탁드리고 싶습니다. 아마 저를 만나 얘기를 나눈 다음에는 소설이 더 잘 쓰일 거로 생각하는데요. 네에, 그렇겠지요?"

정말로 못 해보겠구나. 아무리 남자라 해도 결국은 여자들을 이기는 남자가 어디 있겠느냐. 그렇게 생각하고 허만중 씨는 결국 약속을 하고 말았다. 그리고 퇴근길에 충장로에서 김막례 여사를 만났다. 그녀는 예측했던 대로 50대 중반을 앞에 둔 가정주부였다.

고맙습니다, 감사합니다, 반갑습니다, 하는 말을 연이어 터뜨리면서 그녀는 허만중 씨의 두 손을 먼저 덜컥 잡는 것이었다. 마치 고향 친구를 만난 듯이 수다를 떨었다.

"대학교에서 시를 강의하시죠. 아침에 발표하신 '그리움' 시 밑에 선생님의 약력이 나와 있더군요. 피곤하실 터인데 제가 이렇게 졸라서 죄송합니다. 음식은 어떤 걸로 하시면 좋을까요? 외식을 많이 하는 남자들처럼 음식점 이름을 골고루 알지는 못해요. 친구들한테 알아봤는데 '목포갈치찜 / 목포홍어탕집'이 있더군요. 거기로 가시죠."

"예, 저는 아무거나 좋아합니다."

그렇게 만나 식당에서 갈치찜을 먹고, 이런저런 대화를 나누고 나왔을 때, 김막례 여사는 갑자기 부딪칠 정도로 몸을 가까이했다. 그동안 아무에게도 하지 않았던 비밀을 털어놓기라도 하는 듯이 허만중 씨 어깨 옆에 바짝 달라붙는 것이었다. 그녀의 남편은 32년 전 베트남에서 전사했다고 했고, 남편이 남긴 아들과 딸은 모두 시집과 장가를 갔다고 말했다. 얼마쯤 같이 걸었을까. 그녀는 불쑥 이런 말을 꺼내는 것이었다.

"허만중 선생님! 한 달에 한 번씩이라도, 아니 석 달에 한 번씩이라도 만나 뵙고 싶습니다. 네에, 시인들은 시로서만이 아니라, 이렇게 직접 만나주는 것으로서도 사람들을 더 사랑해 줄 수 있다고 생각합니다. 선생님, 제게는 무너뜨릴 수 없는 그리움이란 병을 너무 크게 앓고 있는 여자입니다. 남편이 베트남 전쟁터로 떠난 그 이후부터 계속…."

28. 밥

 남녘 해남으로 가는 길은 '땅끝'이라는 느낌이 전혀 들지 않는다. 논과 밭, 그리고 산자락 밑 여기저기에 모여 앉은 시골 마을의 집들이 어쩌면 우리네 사람들의 '중심'이라는 생각이 들었다. 노란 장다리꽃들이 나비 떼를 불러들이고 있는 작은 텃밭들을 지나갈 때 더욱 그런 마음이었다.
 아, 정겹구나. 눈에 보이는 마을과 자연의 풍경들이 옛날 모습 그것으로만 보이지 않았다. 오히려 새로운 삶과 생명의 전형, 그 품속처럼 다가왔다. 참으로 그런가. 시골은 하느님이 창조하셨고 도시는 인간들이 만들었다고 했던가. 그런 생각을 하는 사이 허만중 씨는 어느덧 해남읍에 도착했다.
 해남은 동백나무가 유난히 푸르렀다. 하늘도 더없이 푸르렀고 나뭇가지 틈새를 바지런히 날아다니는 새들의 노랫소리도 맑았다. 골목에 주저앉아 봄날의 햇볕을 쬐는 노인네들의 눈동자도 어쩌면 맑은 빛이었다. 산속 옹달샘 물결 위에 떠 있는 동백나무 열매처럼 그렇게 둥그렇게 반짝이는 것이었다. 아마 그것은 도시와 멀리 떨어진 남녘의 땅끝마을 해남에서만이 느낄 수 있는 그런 살아있는 것들의 숨결이랄까 찬란함이었다.

읍내 남동에 있는 K 시인 댁으로 들어섰더니 시인의 부인이 기다렸다는 듯 점심을 곧바로 내왔다. 요즘 들어 말을 잘 하지 않는다는 K 시인이 먼저 말문을 열었다.

반갑네. 허만중 형은 나와 문단 데뷔 동기이기 때문에 더욱 친근하게 느껴진단 말이야. 그래, 요즘 사는 일이 좀 어떤지? 물론 나는 종종 허만중 형의 시를 읽고는 있지. 그렇게 몇 마디를 한 뒤 K 시인은 두 손을 가슴 한가운데로 가져가며 합장을 했다.

익히 들어서 알고 있었지만, 그는 마치 스님처럼, 혹은 새벽녘 성당에 앉아서 기도하는 신부처럼 두 눈을 지그시 감았다. 잠시 후 허만중 씨가 그더러 과연 누구를 향해 합장하고 기도하느냐고 묻자, "농부들을 향해서 합니다!"라고 말했다. 부처도 예수도 아닌, 농사를 지어 하얀 밥을 먹게 해준 농부들에게 고개를 숙이는 것이라고 대답했다.

그리고 K 시인은 70년대 시절 서울 근교 성남시에서 일어난 사건을 회상했다. 전라도에서 올라간 어느 빈농 출신의 한 아낙네가 자신의 갓난아이를 솥에 넣어 삶아 먹으려 한 그 무시무시한 사건을. 그러니까 너무 굶은 끝에 눈알이 완전하게 뒤집힌 아낙네가 결국에는 실신, 거의 치유할 수 없는 정신병으로까지 발전하여 저지른 끔찍한 얘기를 들려

주었다.

 역시 그의 말은 계속되었다. 허만중 시인! 밥은 맛있게 먹어야 해. 젓가락으로 밥알을 세 듯이 먹어서는 안 되지. 이렇게 수저로 가득 떠서 입안 가득히 넣어야 하는 걸세. 참 그렇지. 동학을 만드신 수운 최제우 선생이 말씀한 것처럼 밥은 하늘이야! 아니 더 자세히 이야기하자면 저 광활한 대지의 논바닥에서 곡식을 키워 우리에게 밥을 먹게 한 농부들이 바로 하느님이 아닐까. 그래, 농민들이 바로 우리들의 하느님이고 말고!

K 시인은 거의 신이 들린 듯이 입술을 움직였다. 허만중 씨가 그의 밥그릇을 잠깐 들여다봤더니 정말이지 밥알 하나 묻어 있지 않았다. 밥은 남겨서는 안 돼. 구정물 통이나 쓰레기통으로 들어가니까. 아, 그래! 음식물 쓰레기통에다 생명을 주시는 하느님을 버려서야 어디 되겠어! K 시인은 허만중 씨뿐만이 아니라 누구에게도 그렇게 말해온 것 같았다.

둥근 밥그릇! 하얀 밥이 담긴 그릇은 바로 하느님이요 사람 또한 하느님이라는 생각이 들었다. 허만중 씨가 K 시인의 얼굴을 들여다봤을 때 그 역시 하느님의 얼굴을 닮은 것 같았다. 둥그런 하늘, 그 하늘의 한쪽을 가만히 가져다 닮은 얼굴이라고 생각했다.

29. 기차 여행

 허만중 씨는 기차를 볼 때마다 가슴이 설렌다. 왠지? 정말 왠지 모르지만, 그는 그렇게 가슴이 설레고 때로는 그것을 참지 못해 무작정 기차를 잡아타는 버릇이 있다. 서울이든 강원도 태백시이든, 목포항이든 여수항이든, 아니면 순천을 거쳐서 부산으로 달리는 전라선 열차에 아무렇게나 몸을 싣곤 한다.
 고속버스나 비행기가 싫어서 꼭 그런 것만은 아니다. 그렇다고 개인용 자동차가 없어서 그런 것도 아니다. 아무튼 그는 특히 토요일이나 일요일이면 광주역으로 발길을 옮긴다. 그리고 목적지와 시간도 별로 고려하지 않고 열차 안으로 날개 달린 듯 푸드덕거리는 듯한 그의 몸을 밀어 넣곤 한다.
 부—웅! 부—웅! 기적을 울리며 열차가 떠날 때 그는 자신이 비로소 어디로 떠나고 있다는 것을 알아차릴 따름이다. 역마살이 끼어서 그럴까? 그렇지 않으면 그의 조상이 장고나 꽹과리를 두드리면서 생계를 유지했던 남사당 패거리의 피가 섞여서 그러하다는 말일까? 떠돌이 집시족, 저 유랑 민족의 피를 마음껏 받은 중세 유럽의 보헤미안처럼 좌우지간 오늘도 허만중 씨는 달리는 열차 안에서 명상을 즐긴다.

아주 게으른 시간을 만끽하는 것이다. 머리에 가득 담긴 1, 2, 3, 4, 5 따위의 아라비아 숫자를 털어버리고, 자신만이 들을 수 있는 콧노래를 불러보는 것이다. 역시 여행은 혼자 해야 제맛이야, 아암 그러면 그렇지! 그는 그렇게 중얼거리면서 어떤 뿌듯한 만족감에 젖는다. 창밖을 스치는 나무들에 안녕, 안녕 인사를 한다. 손짓까지 해주면서 낯선 고장의 산과 들을 향해서도 잘 있었니, 정말 잘 있었니, 하고 인사를 해준다.

그래, 유럽 여행 때였지. 아마 베를린 중앙역에서 프랑스 파리행 열차를 타고 갔을 때였으리라. 허만중 씨는 오늘따라 그때 그곳들을 떠올린다. 안녕하십니까. 먼 여행길인데 함께 얘기나 나누며 가는 게 어떨까요. 독신이라고요? 네, 그렇습니다. 그럼 잘 됐군요.

저는 독신은 아니지만 최근 두어 달 동안은 독신이나 다름없습니다. 히말라야 티베트 고지대 마을에서 5년을 보내셨다고요. 인간은 홀로 사는 시간이 많아야 한다고요? 그래야 악해지지 않고 선해진다, 그 말씀인데, 선생님, 하지만 그것은 너무 이기적인 사고방식에서 나온 말씀이 아닐까요? 아닙니다. 인간은 홀로 있을 때만이 타인을 생각하는 시간을 갖습니다. 어차피 타인일 뿐인 사람과 너무 오랫동안 몸을 비비며

살다 보면 인간은 누구나 자기의 몸, 자기의 살덩이 속의 욕망에만 집착하는 습성이 굳어지기 때문이죠….

허만중 씨가 유럽 여행 때 만났던 프랑스 태생의 독신 여자와의 대화를 머리에 떠올리는 사이, 기차는 어느덧 여수역에 도착하고 있었다. 아니 여수역에 도착하는 것이 아니라 어쩌면 오동도 앞 그 깊은 바닷속으로 빨려 들어가는 그런 느낌을 주었다. 철썩 처얼썩, 방파제 옆구리로 부딪치는 파도 소리에 눈을 크게 떴더니 조그마한 섬 오동도는 어느새 동백꽃 붉은 얼굴을 곱다랗게 들어 올리며 그에게 깊숙이 안겨 왔다. 아아, 오동도! 허만중 씨는 그 오동도가 혼자 사는 여자 같다는 생각이 들었다. 그의 말과 음성은 혼자 사는 여자들만이 써낼 수 있는 시였다.

"여기 여수에서, 하룻밤 주무시다 가세요! 바다가 마음껏 열려있답니다."

30. 몰려다니는 귀신들

스님들은 아마 광주가 초행길일 거예요.

네, 그러니까 당연히 마중을 나가야겠지요. 초행길이 아니더라도, 노스님들이 많이 오시기 때문에 꼭 마중을 나가야합니다. 그것이 사람의 도리요 불자의 도리가 아닙니까. 네, 그렇습니다. 스님들은 어쩌면 제물祭物을 준비해 올 것 같은데요.

그런 대화를 나눈 끝에 허만중 씨는 다른 불자들과 함께 광주역으로 나갔다. 열차는 아직 도착하지 않았다. 역 건물 앞에 앉아 잠시 무료한 시간을 보내는 사이, 허만중 씨는 문득 발밑에 떨어져 있는 '콩알 하나'를 발견했다.

허만중 씨는 생각했다. 아무리 하찮은 콩알 하나라도 주워야지. 이대로 놔두면 메말라 죽어버릴 것이다. 아니 수많은 사람들의 발밑에 깔려 짓뭉개져 버릴 것임은 틀림없으리라. 그는 그렇게 생각하면서 조심스럽게 콩알을 집어 올렸다.

"아, 아직은 짓밟히지 않았구나. 그래, 그래도 용케 살아 있었구나. 이걸 호주머니에 넣어 가지고 가서 아파트 빈터에라도 심어주어야지."

누가 흘렸을까

막내딸을 찾아가는
다 쭈그러진 시골 할머니의
구명 난 보따리에서
빠져 떨어졌을까

역전 광장
아스팔트 위에
밟히며 뒹구는
파아란 콩알 하나

나는 그 엄청난 생명을 집어 들어
도회지 밖으로 나가

강 건너 밭이랑에
깊숙이 깊숙이 심어 주었다
그때 사방팔방에서
저녁노을이 나를 바라보고 있었다.

 허만중 씨는 광장의 돌의자에 앉아 그렇게 즉흥시 한 수를 읊었다. 제목은 「콩알 하나」였다. 부--웅! 서울발 광주행 열차가 들어와 출구를 통해서 승객들이 쏟아져 나왔다. 마중을 나온 사람들은 얼굴을 쭈뼛쭈뼛 들면서, 여기예요, 여기예요, 라고 소리를 쳐댔다. 간혹 옛날에 볼 수 없었던 파키스탄 사람들과 아프리카 사람들의 얼굴이 승객들의 꿈실거리는 어깨에 묻어서 나왔다.

 바로 그때였다. 출구를 빠져나오던 노스님들이 갑자기 쓰러지는 것이었다. 칡넝쿨에 걸린 듯이 앞으로 쓰러졌다. 아니, 평소에 동안童顔이시던 스님들께서 먹지 말아야 할 음식일랑 잘못 드신 게 아닐까. 허만중 씨 또한 그렇게 중얼거리며 스님들을 일으켜 세우려 했다. 그러자 한 스님이 이렇게 고함을 치듯이 토해냈다.

허허, 귀신들도 우리가 스님들인 줄 아는 모양이지. 망월동에 참배하러 온 스님들인 줄 알고 이렇게 우리들의 발목을 붙잡아대는 것이여. 허허, 그래, 웬만큼만 발목을 잡아다오. 걷지 못할 정도로 붙잡아둬서 무엇을 하려고 한단 말이야. 억울하다고? 억울하게 죽었다고? 그래, 내 자네들의 영혼을 해방시켜 줄 테니까, 제발 우리들 발목만을 풀어다오. 해원解寃을… 맺혔다면 맺힌 한을 풀어주겠으니… 나무아미타불 관세음보살…… 허허, 여봐라! 원한이 높아 밤이고 낮이고 광주 바닥을 기어다니는, 날아다니는 귀신들아, 떼 몰려다니는 귀신들아… 나무아미타불 관세음보살…….

허만중 씨는 마중 나간 사람들과 함께 그들 노스님, 큰스님들을 일으켜 세워 드렸다. 그랬더니 한 스님이 절뚝거리면서 말했다. 모르긴 몰라도 광주에는 당분간 귀신들이 꽤 득실거릴 것이에요. 그들의 혼백에 묻은 억울함이 다 풀어지기 전까지는 말입니다.

31. 원로를 찾습니다

부산에서 돌아오면서 허만중씨는 무척 흐뭇한 생각이 들었다. 동대신동에 있는 작가 김정환 할아버지를 만나고 오면서 가슴이 뭉클해지는 것이었다. 야아, 부산 문인들이 부럽다. 원로를 모시는 그들이 부럽다. 꼭 웃어른을 모시면서, 장유유서長幼有序 정신을 잃지 않고 살아가는 그들이 부럽기도 하다.

광천동 고속터미널에 내리자마자 허만중 씨는 금남로로 향했다. 5월의 금남로는 신록의 계절을 맞아 푸르러지고 있었다. 햇살을 받아 나뭇잎들이 더욱 반짝거리고 있었다. 고층 건물들도 싱그러운 햇살 속에서 마치 살아있는 나무들처럼 흔들거리고 있었다. 어떤 건물은 껑충껑충 걸어 다니는 듯한 느낌을 주었다.

길을 가는 사람들은 흡사 꽃송이처럼 향기를 풍겼다. 아름답다. 허만중 씨는 금남로 3가에 있는 광주작가회의 사무실로 발걸음을 옮겼다. 잠시 머리를 쳐들었을 때 하늘은 유난히 눈부시게 빛나고 있었다. 사무실에 도착하자 소설가 정남식과 시인 김원탁, 그리고 시인 황영수가 기다리고 있었다.

며칠 사이이었지만 그동안 잘 있었느냐, 서로 인사를 나누었다.

그런데 그때 젊은 소설가 정남식의 얼굴이 밝지 않았다. 어두워 보였다. 심각했다. 입술에까지 무언가 하고 싶은 많은 말을 담고 있었다. 잠시 침묵이 흘렀을까. 정남식은 이마를 들어 그동안 참았던 말을 털어놓듯이 쏟아냈다.

"허만중 선생님! 한데 말씀입니다. 최근 광주에는 좋지 못한 풍조가 일고 있습니다."

"좋지 못한…?"

"네에, 좋지 못한 그런 풍조가!"

"내용은?"

"젊은 사람들이 어른들을 내리깎고 있습니다. 부르튼 입술에 어른들의 이름을 함부로 올려놓고 퉁겨버린다는 것입니다. 한때 금남로와 충장로 거리에서 젊은이들 못지않은 열정으로 가투를 벌였던 어른들인데요. 민주주의와 민족문제, 통일문제를 위해 정말 열렬하게 외쳤던 사람들이 그분들이 아니겠어요? 물론 5월 그날의 함성을 목소리에 담아서 말입니다."

"아마 세월 탓이겠지. 세상도 많이 변하고… 그런데 말일세. 그 어른들이 과거에는 그러했지만, 혹시 최근에 들어와선 처신이랄까, 그런 것을 잘못한 것은 아닐까? 가령 다른 생각을 하시면서 사신달지 혹은 이해할 수 없는 행동을 보이면서?"

"네에, 저는 깊은 속사정은 잘 모릅니다. 하지만 제가 허만중 선생님께 털어놓고 싶은 것은 그럴수록 우리가 서로 함께 생각하고, 함께 어우러져야 한다는 것입니다. 특히 웃어른을 존경하는 풍토가 우리가 사는 도시 안에서도 밝게 살아나야 한다는 것입니다. 우러러볼 수 있는 어른, 가르침을 제대로 보여주는 아버지와 같은 그런 어른들이 많아야 우리가 사는 도시가 훨씬 풍요로워지기 때문입니다."

"참 좋은 말이네. 그러니까 자네들의 생각도 어른, 즉 원로를 만들어서라도 우리가 사는 도시를 아름답고 정든, 질서와 사람 냄새가 물씬 풍기는 공동체 사회로 나아가야 한다는 그 말이겠지."

"네에, 그렇습니다. 어른들이 잘 버티고 있어야 그 울타리 안에서 어린아이들과 젊은이들이 제 모습을 지니고 커갈 수 있다고 생각합니다." 허만중 씨와 젊은 소설가 정남식은 마치 합의라도 하는 듯이 그렇게 대화를 끝내고 있었다.

32. 15일 만에 발견된 주검

둥근 달이 떠오르고 있었다. 무등산 상상봉을 어루만지듯이 그렇게 높다랗게 떠올라 마치 하늘의 전령사처럼 시가지를 굽어보고 있는 것이었다. 그리하여 기다랗게 달빛을 쏟아내리고 있었는데 그 모습은 어쩌면 상처 입은 나무들에도 하얀 붕대를 감아주는 듯했다. 나무들의 상처를 곱게 곱게 감아주는 달빛의 붕대.

허만중 씨는 아까부터 계속 창밖에 눈을 주었다. 어둠 속에서는 역시 헤아릴 수 없는 수많은 불빛이 명멸하고 있었다. 멀리 서울행 호남선 열차가 떠나가며 길게 기적을 울렸다.

그 기적소리는 굉음이 토해내는 파열하는 음색이 아니라 떠나가는 사람들의 이별 노래처럼 들려왔다. 정말이지 그 기적소리는 촉촉한 봄비처럼 가슴에 깊숙이 스며들어왔다.

허만중 씨는 그때 문득 친구 박종건 시인이 그의 창가에 머무는 듯한 환시幻視에 빠져들었다. 그리고 박종건과 그의 부인이 서로 말하는 것을 환청으로 듣는 것이었다. 그의 부인은 얼마나 울었는지 목이 쉬어 있었다. 얼마나 스스로 가슴을 쥐어뜯었는지 젖가슴을 가린 저고리도 풀어 헤친 그대로였다.

"여보, 세상에 이럴 수가 있어요? 보름이 지나서야 내 앞에 나타나다니요? 이렇게 죽어서, 이렇게 얼음창고에 누워서나 당신 주검이 발견되었다니?"

"여보, 미안하오. 그날 밤 나는 마포 굴레방 다리 밑에서 죽은 거라오."

"왜, 무엇 때문에 말입니까?"

"글쎄, 죽은 나 자신도 몰랐던 상황이었다오. 아주 순식간에 일어난 사건이었다오."

"정말 땅을 치고 하늘을 모조리 쳐도 너무너무 억울한 일이어요. 도대체 당신은 어떻게 해서 죽은 거예요? 누구한테⋯ 어떤 놈들한테 말입니까!"

그럼, 이야기해 주겠네. 서울 중앙병원 영안실 냉동 창고에 누워있던 박종건 시인은 그의 아내에게, 그리고 지금 광주에 살고 있는 친구 허만중 씨도 들으라는 식으로 자신이 비명횡사하게 된 끔찍한 내용을 털어놓기 시작했다. 그러니까 여보! 15일 전 그날 밤이었다오. 회사에서 퇴근하고 사원들과 간단히 소주 한잔을 한 뒤 전철을 타려고 마포 애오개역으로 향하여 있었다오. 거, 당신도 언젠가 나와 같이 내렸던 애오개역 말이야.

가만있자. 그 주변에는 대우빌딩이 솟아있기도 하지. 나는

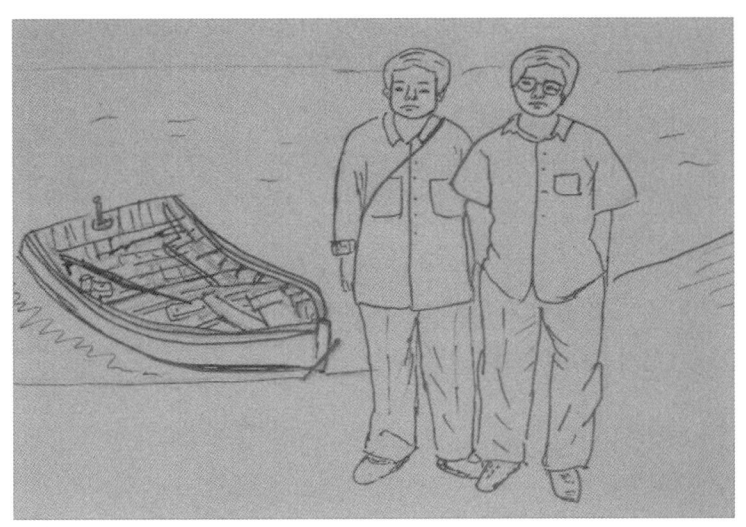

집으로 돌아가기 위해 굴레방 다리 밑을 터덜터덜 걸어가고 있었던 참이었다오. 아, 그런데 말이야. 순식간에 나타난 젊은 놈들 몇이 나에게 다짜고짜 시비를 걸어오더군. 동생뻘 나이도 안된 놈들이었어. 우리 집 둘째 나이 또래였던 것으로 기억돼. 드디어 화풀이할 곳을 찾았다는 듯이 녀석들은 갑자기 달려와 내 두 다리를 걸어찼고, 그래서 나는 — 세상에, 이런 놈들이 있나! — 하고 고함을 쳤지.

그러자 생면부지의 녀석들은 나를 무지막지 때려눕혀, 결국 이렇게 만들어버린 것이지. 아, 미안하오, 여보! 죽은 다음 꿈에라도 당신을 찾아가지 못한 나를 용서하오. 여보! 어쨌든 내 이제 당신 앞에 나타났으니, 내 고향 무등산 자락 어디에라도 좋으니, 데려가서 묻어주오. 어머니가 언제나 나를 부르는 그리운 고향 그곳에!"

 그 이야기는 역시 환시와 환청으로 끝나고 있었다. 허만중 씨는 주체할 수 없게 흘러내리는 눈물을 손바닥으로 닦아내렸다. 둥근 달은 어느새 밤하늘 한복판에 떠올랐다가 어딘가로 가고 있었다. 멀리서는 여전히 개구리 떼의 울음소리가 그치지 않고 있었다.

33. 라이브 재즈

 뉴욕에서 5일은 너무 짧은 일정이었다. 적어도 허만중 씨 경우엔 더욱 그랬다. 출국할 때 잡지사의 부탁도 있었는지라 우선 만나서 인터뷰할 사람이 많았다. 태평양을 건너고 아메리카 대륙을 횡단하여 처음 찾아온 곳이라 여기저기 들여다볼 곳이 많았다.
 사진으로만 보았던 갖가지 풍물들을 실제로 접해보고 싶었다. 세계 최대의 다인종 국가인 아메리카, 그리고 최대의 도시인 뉴욕에서 그네들의 갖가지 문화를 눈치채고 싶었기 때문에, 하루하루의 일정은 아무래도 빠듯했다. 허만중 씨는 뉴욕대학 경제학부에 재학 중인 고향 후배의 안내로 맨해튼 중심부를 마음껏 관광할 수 있었다. 고층 빌딩들이 마치 문명의 정글처럼 빼곡하게 솟아있는 뉴욕의 맨해튼. 이 거대한 공룡의 도시를 가리켜 사람들은 맨해튼이라고 부르고 있었다. 가만있자, 맨해튼이 무슨 뜻이더라?
 맨해튼은 원래 아메리카 인디언들의 말에서 비롯되었다. 허드슨강 한복판에 질펀하게 퍼져 있었던 원시림의 땅, 그 옛날엔 나무들이 울창하게 솟아있던 곳이었다. 허드슨강이 휘감아 돌면서 쉴 새 없이 적셔주었기 때문에 이 삼각지 땅은 자연히 기름질 수밖에 없었다. 그래서 아메리카 인디언들은 이곳을 가리켜 〈신神들이 사는 숲〉이라고 명명했다.

하, 그렇다면 이제 뉴욕의 맨해튼은 신들이 사는 숲이 아니라 인간들이 사는 숲이 되었단 말인가! 그런 생각을 하면서 허드슨강을 가로지르는 브루클린 다리를 지나갔다. 브루클린 다리? 오늘날도 미국의 국민 시인으로 추앙되고 있는 휘트먼이 아메리카 대륙의 힘을 '강철 덩어리'로 비유하여 노래한 곳이 브루클린 다리였다.

세계 화폐 경제의 25%를 장악하고 있는 월스트리트를 통과하여 잠깐 틈을 내어 흑인들의 거주지인 할렘가로 발걸음을 옮겼다. 허만중 씨는 흑인 아낙네들을 배경으로 카메라의 셔터를 누르려고 했다. 이른바 아메리카의 내부를 들여다보고 싶었기 때문이다.

그녀들은 맨해튼의 이름과는 너무 대조적으로 가난한 사람들의 전형처럼 보였다. 먼저 라이트 부분을 어루만진 다음 셔터를 누르려고 하자, 아침부터 길을 안내하던 고향 후배가 소리 없는 비명을 지르듯이 허만중 씨의 카메라 렌즈를 막았다.

안 됩니다. 여기 할렘 지역에서 카메라 플래시를 터뜨리면 총알이 날아올지도 모릅니다. 흑인들은 자신들의 모습을 카메라에 담는 것을 아주 싫어합니다. 아니 증오합니다. 만약 셔터를 누르게 되면 어느 골목에선가 사내들이 뛰쳐나올지 모릅니다.

허만중 씨는 결국 사진 찍는 일을 체념하고, 맨해튼의 중심부에 있는 뉴욕 현대미술관MOMA에 갔다. 1층 뮤직홀에서는 그가 음반이나 테이프로 자주 들었던 '라이브 재즈'를 직접 들을 수 있었다. 그러니까 흑인 음악가들의 연주를 바로 코앞에서 볼 수 있고 들을 수 있는 것이었다. 검은 얼굴들이 온몸을 비틀어 쏟아내는 첼로와 색소폰과 드럼의 음악이 뮤직홀의 천장을 찢었다. 그러다가는 다시 고요한 음색으로 바뀌어 청중들의 가슴속으로 스며들었다.

허만중 씨는 속옷이 젖는 느낌이었다. 흑인들이 온몸으로 쥐어 짜내는 라이브 재즈가 다름 아닌 한국의 '판소리' 한 대목으로 들려왔다. 그것도 구구절절 진양조 가락으로 말이다. 여름날 주검을 상여에 메고 먼 산봉우리를 넘어가는 듯 애련하고 비통한 한국의 전통적인 진양조 가락! 그 상엿소리가 어찌하여 이곳 맨해튼에서는 라이브 재즈로 변주되어 들리는지… 아무리 생각해도 허만중 씨는 그런 이유를 알아낼 수가 없었다.

그는 갑자기 이상한 상상을 했다. "어어 그래, 저 흑인 연주자들과 우리 한국 사람들은 어쩌면 한 핏줄일지 몰라!" 허만중 씨는 깊은 생각에 빠져 그 음역音域으로부터 빠져나오지 못했다.

34. 반달곰 한 마리

"지금, 지리산에 곰이 살고 있을까?"

"아마 한 마리도 살고 있지 않을 거야?"

"그걸 어떻게 알아?"

"어제 아침 신문에도 났던데, 서울의 어떤 동물학 박사의 말을 빌려서…."

"그렇다고 완전히 신문 기사를 믿을 수 있단 말이야?"

"하긴 그래, 기자들이 직접 지리산을 뒤지지는 않았을 테니까."

"그렇다면 철식이도 이젠 곰의 씨앗이 완전히 소멸했다고 믿는 건가?"

"글쎄? 어쨌든 노고단까지 자동차들이 씽씽 달리고 있으니, 곰이라 한들 어디에서 마음 놓고 살 수 있겠어? 하늘에는 종종 전투 비행단들이 비행 연습을 하고, 땅 위에서는 오일 냄새를 지독하게 풍기며 달리는 자동차가 있는지라, 짐승 녀석들이 어디 살아갈 수가 있겠어? 이러다간 사람들마저 숨쉬기조차 힘든 세상이 들이닥칠지 모르겠어. 안 그러겠는

가?"

 허만중 씨의 오랜 친구 곽철식은 지리산 아랫마을 구례 땅에서 살고 있었다. 그는 광주에서 고등학교를 졸업하고 서울에서 대학을 나왔지만, 어느 해든가 갑자기 고향으로 내려와 아예 말뚝을 박아버렸다. 다시 뿌리를 내려버렸단 말이 더 옳은 표현이리라. 곽철식은 화엄사 '코재' 아랫마을에다 배나무 과수원을 벌여놓고 있었다. 대만으로 수출 길을 터놓은 상태여서 이제는 재미도 쏠쏠한 모양이었다. 거기에다가 토종꿀을 따내는 한봉韓蜂도 30여 통이 있어서 연간 수입이 웬만큼은 채워지는 것이었다.

이제 그는 학교 다닐 때를 제외하고는 지리산의 완전한 터줏대감이다. 그러기 때문에 지리산 산세 하며 수많은 등산로는 두 눈에 환하다. 갑자기 변하기도 하는 기후 변화는 물론 짐승들의 움직임 또한 어느 정도는 몸으로 알아내는 사람이다. 이름은 낱낱이 모르지만, 눈에 맞추어 보지 않는 꽃과 나무들이 거의 없을 정도이다.

그렇지만 허만중 씨는 곽철식의 말을 믿고 싶지 않았다. '지리산에는 곰이 한 마리도 살지 않는다'라는 말이 오히려 거짓말처럼 들리는 것이었다. 곽철식이 아무리 지리산 터줏대감이라 하지만, 일년내내 이 골짝 저 골짝, 이 산봉우리 저 산봉우리를 누비고 다닌다고 하지만 그의 말에 고개가 끄덕거려지지 않았다. 그는 눈을 좀 더 크게 뜨고 지리산을 바라보았다.

아암, 지리산에는 분명히 곰이 살고 있을 거야. 먼 옛날부터 종족을 퍼뜨려왔던 그 곰이란 녀석이 지금도 어느 산기슭을 경중경중 걷고 있을 거야. 새끼를 낳으며, 암수 서로 뜨겁게 사랑을 하고 야생 꿀을 넓은 손바닥으로 훔쳐먹고 있겠지.

막걸리 사발을 몇 차례 교환하고 나자 허만중 씨 또한

상당히 취한 상태였다. 그는 자리에서 비틀비틀 일어서더니 이렇게 말했다. "철식이 자네도 알지, 조가趙家라는 시인을? 행동도 곰처럼, 말도 곰처럼, 사랑과 우정도 곰처럼 하던 그 조가란 시인 말이야? 얼마 전 죽어서 지리산 근처에 묻혔는데 나는 그가 곰으로 환생했을 거라고 믿어! 철식이 자네는 어떻게 생각해? 가슴에 흰 띠를 두른 배달겨레의 조상인 반달곰 후손, 언제나 그렇듯이 그는 이제 지리산 어느 산줄기를 마냥 기분 좋게 달리고 있을 거야. 지리산에 살다 보니까, 하하핫, 이제 나도 시인이 다 됐네."

35. 아빠가 추는 테크노댄스, 어떻니?

　날씨가 참으로 쾌청했다. 인왕산이 두 눈 안으로 가깝게 들어왔다. 허만중 씨와 그의 아내가 한강을 건너 동서울 고속터미널에 내리자, 아들 녀석이 '엄마, 여기예요'하고 달려왔다.

　아들 녀석은 서울에서 대학에 다니는 중인데 마중을 나온 것이었다. 마냥 싱글벙글했다. 오랜만에 아버지인 허만중 씨와 어머니를 만났는지라 그렇게 기분이 좋은 모양이었다. 언제 보아도 자식새끼라면 귀여웠다. 키 또한 아버지인 자기보다 크고 눈도 또록또록 커 보였다. 그래서 더욱 자랑스럽게 보이는 것 같았다.

　먼저 사근동으로 가자. 냉장고에 김치와 생선을 넣어야겠다. 잘못하다가는 쉬어버릴지 몰라. 아무리 빨리 달려온 고속버스였다지만 많이 익어버렸겠다. 이 생선은 어제 여수에서 올라온 것인데 광주 우리 집에서 얼음 조각을 많이 넣었다. 그래도 마음이 안 놓인 걸 어떡하겠느냐고 아내는 발걸음을 재촉했다.

여자들은 어디를 가도 그놈의 밥과 반찬뿐이야. 좀 쉬면 어때? 허만중 씨는 아내가 자식새끼를 위해 마련해 온 김치통과 생선 박스를 들여다보며 투덜대듯 중얼거렸다. 그러나 그는 곧 자식새끼를 위한 것이라면 조금도 빈틈이 없는 아내를 보고 새삼 감격스러웠다. 아들 녀석의 뒤를 따라 전철에 오르는 아내의 뒷등이 그래서 오늘따라 안쓰러워 보이는 것이었다. 안쓰럽게 보인다는 말은 사랑스러워 보인다는 말에 다름 아닐 것이었다.

아들 녀석의 자취방에 들러서 짐을 풀어놓은 다음 허만중 씨와 그의 아내, 그리고 아들 녀석은 동대문 시장으로 나갔다. 아야, 서울은 역시 무덥구나. 이제 겨우 5월인데 서울은 한여름이구나. 우리 해남이의 옷을 먼저 사야겠어요. 평화시장 안으로 들어가 아들 녀석이 입을 여름옷들을 이것저것 고르며 아내가 부지런히 손을 움직였다. 아들 녀석과 아내는 결국 서울의 젊은 대학생들이라면 누구나 좋아할 그런 옷을 골랐다.

평화시장을 나오고 있을 때였다. 길 한복판에서 젊은이들이 DDR을 즐기고 있었다. 아들 녀석이 — 아빠, 저 춤 출 줄 아세요 — 하고 물었다. 허만중 씨는 빙그레 웃으면서 — 글쎄, 잘은 출 수가 없겠지. 하지만 테크노댄스는 추지. 거 말이야, 마이클 잭슨인가 뭔가 하는 친구가 개발해 냈다는 춤 말이야. 그거라면 출 수 있지. 내가 가르치는 대학생들이 가르쳐 줬거든. 이 근처에 그런 춤 출만한 곳이 있니? 우리 해남이와 함께 추고 싶은데….

테크노댄스장에 들어서자 보이는 사람들은 모두 젊은이들뿐이었다. 노인이 주책이 없어, 라고 핀잔을 주는 아내를 저만치 앉혀 두고 허만중 씨는 우선 몸을 전후좌우로 흔들었다. 그리고 누워서 빙글빙글 몸을 돌렸다. 마치 상수리나무에서 방금 잡아 온 풍뎅이가 뒷등으로 돌듯이 허만중 씨는 자신의 몸을 전후좌우로 돌려댔다.

레이저 광선이 쏟아지면서 허만중 씨의 온몸을 휘감아버리고 있었다. 빛의 실오라기에 칭칭 감기는 그의 몸은 어쩌면 하얀 누에고치 같았다. 누에! 뽕잎을 다 갉아 먹고 이제는 하얀 고치 안으로 들어간 번데기! 테크노댄스를 추는 허만중 씨의 몸은 다만 그렇게 보일 뿐이었다. 그 누에고치 안에서 허만중 씨가 노래하듯이 ― 해남아, 내가 추는 테크노댄스 어때? ― 하고 아들에게 물었다. 아들은 자기 아버지가 어느덧 중노인으로 늙어가고 있다는 생각이 들었다. 그러나 아들은 이렇게 말했다.

"아빠, 정말 잘 추십니다. 아빠는 역시 젊은 사람이에요!"

36. 베스트셀러 작가 그리고 환희의 송가

많이 변했어요. 통일이 저는 무엇인지를 모르겠어요. 저기 '레닌 광장'을 한번 휘둘러보시면 허만중 씨도 금방 알 수 있을 거예요. 거기 가게의 주인은 동부 베를린 사람들이 아니라 대부분 서부 베를린 사람들이거든요. 좀 괜찮은 자리랄까 장사가 잘되는 곳은 그들 서부 베를린 사람들에게 죄다 팔렸거든요.

한때 동부 독일 전역, 특히 동부 베를린 지역에서 대단한 베스트셀러 작가였던 아우라 씨를 만났더니 첫마디에 한다는 말이었다. 그는 1년 혹은 2년 사이에 부쩍 늙어버린 모습이었다. 목소리마저 지극히 쉰 목소리였으며 눈동자는 한곳에 머물러 있지 못하는 그런 얼굴이었다.

아우라 씨는 그 유명했던 '레닌 광장'을 가리켰다. 허만중 씨, 좌우지간 사회주의 혁명의 우상인 레닌의 목은 일거에 날아갔어요. 목뿐만이 아니라 온몸이 날아가 버린 것이지요. 어마어마한 몸짓을 보여주던 청동의 레닌, 아니 그 신화를 이제는 이곳 동부 베를린 지역에서는 더 이상 볼 수 없다는 말을 애써 해주었다.

 약속대로 어느 조그마한 카페에서 만난 아우라 씨의 말은 그렇게 계속되고 있었다. 그는 허만중 씨가 웬만큼은 독일 말을 한다는 것을 알자 더욱 다가앉으면서 온갖 말을 털어놓았다. 아니 어쩌면 그는 허만중 씨의 말을 전혀 듣지 않고 자기 말만을 되풀이하고 있는지 몰랐다. 그의 얼굴을 유심히 바라보았더니 상당하게 이지러진 상태였다. 한참 듣고만 있던 허만중 씨가 아우라 씨에게 묻고 대답하는 식의 대화를 유도해 냈다.

 "통일된 이후로 아우라 씨의 작품 활동이 궁금한데, 어때요?"

 "작품 활동이라? 손이 떨려 작품을 전혀 쓰지 못합니다. 그러니까 요즘 저는 어떤 강박관념에 사로잡힌 것이 아닌가 하고 스스로 묻곤 합니다. 밤잠을 자지 않고 써본들 어디 책이 팔려야 하지요. 통일되기 전에는 그래도 책을 써서 내놓으면 1백만 부 정도는 거뜬히 나갔는데 통일되고 나서는 삼류 작가의 소설보다 훨씬 더 안 팔리게 되었으니… 어쩔 수 없습니다."

 "왜 그럴까요?"

 "물론 재미가 없어서 그런 것 같습니다. 하지만 그 재미란 게 과연 무엇입니까. 점차 나는 그 원인을 눈치채는 중인데… 아마 내 소설에는 사랑의 행위가 안 들어 있는 모양입니다.

이를테면 제가 자본주의의 절대적인 생리인 섹스의 비밀과 거친 호흡 따위를 작품 속에 녹여 넣는 재주가 없어서 통일 독일의 독자들에게 먹혀들지 못한 것 같습니다."

"천만의 말씀입니다. 왕년에 동독 최고의 베스트셀러 작가인 아우라 씨는 다시 통일 독일 안에서도 베스트셀러 작가가 될 수 있을 거예요. 굳이 섹스 행위를 소설의 바닥에 안 깔아도 말입니다."

허만중 씨가 위로 삼아서 그렇게 말하자 아우라 씨는 고개를 내저었다. 아주 참담한 모습으로, 저물어 가는 석양과 같은 모습으로 몇 마디 말을 남길 뿐이었다.

"코리아에서 오신 허만중 시인, 이제 저는 늙은이입니다. 한 여자도 사랑할 수 없을 만큼 온몸이 형편없게 말라버린 사람이, 이제 무슨 사랑의 이야기를 쓸 수가 있겠습니까. 통일 독일이 가져다준 또 다른 사랑의 이야기는 아무래도 젊은 후배 문인들이 써야 할 것입니다."

    모든 사람은 서로 포옹하라!
    이것은 온 세상을 위한 입맞춤!
    형제여 별의 저편에는
    사랑하는 아버지가 있으니.
    모든 사람은 서로 포옹하라!
    이것은 온 세상을 위한 입맞춤!
    환희여, 아름다운 신의 광채여,
    천상 낙원의 딸들이여,
    환희여, 아름다운 신의 광채여, 신의 광채여.

    Seid umschlungen, Millionen!
    Diesen Kuß der ganzen Welt!
    Brüder, überm Sternenzelt
    Muß ein lieber Vater wohnen.
    Seid umschlungen, Millionen!

Diesen Kuß der ganzen Welt!

Freude, schöner Götterfunken

Tochter aus Elysium,

Freude, schöner Götterfunken, Götterfunken.

— 베토벤이 '합창'으로 작곡한 실러 시 일부

— 허만중 씨가 한국에 돌아와 안부 전화를 걸었더니 아우라 씨는 최근에 다시 소설을 쓰기 시작했다고 말했다. 그는 프리드리히 실러(1759.11.10~1805.5.9)의 시에서 영감을 얻었다고 했다. 실러의 시는 저 유명한 '환희의 송가'였다. 베를린 장벽이 무너지고, 동부 베를린과 서부 베를린이 만나는 지점에 세워진 '브란덴부르크 문'에서, 베를린 필하모닉이 독일 통일을 기념하여 전 세계에 방영한 베토벤 교향곡 제9번 '합창'의 제4악장이 바로 '환희의 송가'가 아니었던가. 나는 독일로 전화하여 작가 아우라 씨의 건강과 건필을 빌었다.

37. 선암사

 시대가 바뀌고 있어서 그러는 것일까? "패러다임, 패러다임!" 운운하면서 신문과 잡지, 방송들은 연일 야단법석이다. 변해야 한다느니, 변화를 추구해야 한다느니 그렇게 호들갑을 떨면서 연일 TV 화면과 지면을 가득히 채우고 있는 것이었다.

 도대체 무엇이 변해야 한다는 말일까? 허만중 씨는 그러나 요즘 매스컴의 그런 모습들에 대하여 영 시큰둥하다. 새로운 삶의 전형, 새로운 삶의 전범典範, 새로운 삶의 모델과 패턴, 그리고 미래에 대한 새로운 삶의 전망이라고 풀이되는 '패러다임'이란 어휘의 정체를 그는 매스컴을 통하여서는 터득할 수가 없기 때문이었다.

 그에게는 '변해야 산다'라는 말이 '변질돼야 산다'라는 말로 들릴 뿐이었다. 변화와 변질은 분명히 다른데? 삶의 본질을 뒤집어버리는 것이 변질이 아닌가! 그래서 삶을 보다 발전적으로 이끌어 올리는 변화란 말과 그 변질이라는 말은 근본적으로 다르지 않은가!

그런데 매스컴이 떠들어대며 부추기는 것은 변화가 아닌 변질을 유도하는 그런 유사類似 패러다임에 다름 아니겠느냐고 허만중 씨는 생각하는 것이었다. 많은 세월은 아니지만 올해로 쉰세 살인 허만중 씨는 그렇게 투덜투덜 중얼거렸다. 왜냐하면, 다는 그렇지는 않지만, 매스컴이 내놓고 있는 전망이랄까 그 패러다임은 다분히 상업주의에 의존한 것들로 채워진 듯이 보였다.

에라, 머리가 아플 때는 여행이 최고다! 이것이 저것이고 저것이 이것처럼 뒤죽박죽으로 보일 때는 여행이야말로 최고의 스승이다! 그렇게 생각을 한 끝에 허만중 씨는 아무렇게나 옷을 걸치고 무작정 선암사로 달려갔다. 출발하면서 꼭 선암사를 선택한 건 아닌데, 가다 보니 그렇게 그곳에 이르고만 것이다.

전라남도 순천시 승주읍 죽학리에 소재한 선교양종禪敎兩宗 대본사인 천년 고찰 선암사. 그러나 그는 그곳에서 미처 예상치도 못한 한 여자와 나란히 마주 앉게 된 것이었다. 여자는 아치형 다리인 승선교를 건너가 혼자 여행 중인 것 같았다. 옷차림이 소박했다. 옷차림만큼이나 말씨 또한 소박하고 단순했다. 40대 중반의 여인네들한테서 흔히 발견되는 요염함 같은 것을 느낄 수는 없었.

흠이 있다면 이마 한가운데에 검은 점이 볼록 나와 있었다. 병원에 가면 레이저로 말끔히 뽑아버릴 수 있을 터인데?

저 고운 얼굴에 점은 웬 점이야? 그녀 스스로가 말해서 안 것이지만, 이마 가운뎃점을 뽑아버리면 나중에 큰 화를 입는다고 어떤 스님을 통해서 주의받았다는 것이다. 그녀는 묻지도 않았는데 서울에서 훌쩍 떠나왔다고 말했다.

이렇게 깊숙한 사찰에 오면 마냥 좋아요. 옛사람들의 말처럼 물소리 바람 소리로 귀를 맑게 씻을 수 있어요. 그리고 잃어버린 시절을 찾을 것 같다는 생각이어요. 프랑스 작가 마르셀 프루스트의 소설『잃어버린 시간을 찾아서』 주인공처럼 멀리 불어오는 바람 소리 속에서 옛사랑의 목소리도 찾을 수 있을 것 같다는 생각이 들어요.

그녀는 갑자기 온몸이 허물어지는 사람처럼 허만중 씨 앞으로 밀려왔다. 남자들과는 다른 혼자 사는 여인네들만이 간직할 수 있었던 가슴 속 그 깊숙한 곳의 들먹거림을 그의 옆구리에 가져다 비비는 것이었다. 허만중 씨 역시 가쁜 숨이 목젖까지 차올라 겨우 한마디 말을 내놓고야 말았다.
"선암사가 우리를 함께 부른 것 같습니다. 곧 달이 떠오를 시간인데 어디 같이 가시죠!"

38. 얼굴 속의 얼굴

세종로는 황량했다. 옛 국회의사당도 눈에 들어오지 않았다. 이순신 장군의 동상도 먼 나라 사람의 동상처럼 보였다. 퇴근길에 날마다 걷는 길이었지만 오늘따라 정말 낯설었다. 어디로 갈까? 교보빌딩을 지나 미국대사관 앞을 지날 때도 허만중 씨는 갈 곳을 잃어버린 나그네였다. 어디로 가야 할까? 어디로? 어디에 사는 누구한테?

오늘따라 덕수궁 돌담길을 걸었다. 가로수들이 그의 어깨에까지 다가와 마치 새들이 날아가 버린 텅 빈 둥지만 남은 나무처럼 흔들렸다. 오늘은 70년대 가수 배호의 노래나 부르자. 그 저음 가수 있잖아? 그런 생각으로 중얼거리다가 배호의 히트곡 '덕수궁 돌담길'이란 노래를 불렀다. 비나리는 덕수궁 돌담길 옆에 한 여자와 한 남자는 그렇게 울었단다… 아무도 알아들을 수 없는 목소리로 그렇게 노래를 불러댔다. 아니 누가 들었다면 그는 더 큰 소리로 노래를 불렀을지 몰랐다. 그래도 슬픔이 가라앉지를 않았다. 분노도 가라앉지를 않았다. 두 눈에 마냥 눈물만 핑그르르 돌았다.

그리고 자식새끼들과 아내의 얼굴이 흡사 슬로비디오처럼 달려들었다. 흑백영화처럼 그의 두 눈에 젖어 들었다. 어디로 갈까? 누구한테? 아까부터 계속 그런 말만을 되풀이하면서 허만중 씨는 세종로 한복판에서 뱃속의 모든 것들을 토해낼 것 같았다. 낮에 간부회의가 떠올랐다.

회사가 어렵습니다. 할 수 없습니다. 누군가는 물러나야 합니다. 지금은 IMF 구제금융 시대입니다. 네에, 먼저 전산부 직원들을 모두 잘라야겠습니다. 하루 3교대를 2교대로 바꾸어야겠습니다. 기자들도 더 이상 필요하지 않습니다. 우선 문화부 기자들부터 손을 봐야 하겠습니다. 정치부와 경제부를 하나로 통합하고, 문화부와 체육부를 하나로 통합하고, 그까짓 가정생활부는 없애도 됩니다. 그리고 안됐습니다만, 우리 부국장들도 떠나야겠습니다.

기사는 누가 쓰고요? 하하핫, 걱정도 많습니다. 로이터 통신, 유피아이 통신, 신화사 통신, 타스통신, 에이피 통신이 있지 않습니까. 그리고 우리나라에는 훌륭한 연합통신이 있지요. 따라서 우리 같은 신문사는 그걸 그대로 베껴도 지면이 그럴듯한 신문을 만들 수 있지요. 후후 훗. 허만중 씨는 신달라 편집국장이 지껄이던 말들을 몇 번이고 떠올렸다. 불쌍한 자식, 부려 먹을 대로 부려 먹고 자기 모가지만 남겨놓고 부하직원들의 모가지를 추풍낙엽으로 만들어버리다니⋯ 후후 훗! 그러면서도 놈은 고정란을 두어 '편집국

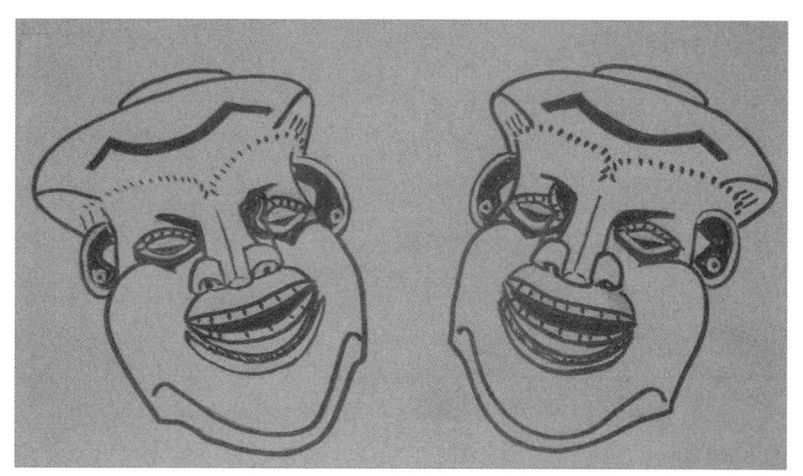

장 신달라 칼럼'을 쓸 테지. 통일이 어떻고, 조국이 어떻고, 민족이 어떻고, 사회가 어떻고, 이웃이 어떻고, 인간이 어떻고, 아버지와 아들의 관계가 어떻고, 어린이날이 어떻고, 환경이 어떻고, 공동체 사회가 어떻고, 그리고….

허만중 씨는 신달라 편집국장을 머리에 떠올리며 몸서리를 쳤다. 언제는 허만중 부국장, 허만중 부국장 없으면 우리 신문사는 있으나 마나야 하면서 입에 침도 안 바르고 뇌까리던 신달라 편집국장의 혓바닥이 떠오른 것이었다. 하나의 얼굴 속에 수십 개의 얼굴을 가지고 다니는 그가 마치 굶주린 짐승처럼 무서워졌다. 그러나 덕수궁 돌담길이 끝나는 지점에서 허만중 씨는 이렇게 자신에게 말하고 있었다.

"지상에 마지막으로 남은 자는 짐승이 아니라 서로 밥을 나눠 먹고 사는 인간일 것이다!"

39. 카프카의 성城

　허만중 씨는 체코 프라하 출신의 작가 카프카의 안내로 여행을 떠나고 있었다. 엘베강의 내륙 항구로 유명한 함부르크시로 향하였다. 독일을 방문한 지 30일째가 되는 날이었다. 시속 200km를 달리는 쾌속 열차 '인터시티'를 이용할까요? 아니죠. 먼저 여객선을 이용하여 라인강을 타고 올라가다가 쾰른시에 내려 자동차를 이용, 로렐라이성城을 방문하면 더 좋은 여행이 될 것이라고 카프카가 말했다.

　도나우강과 더불어 유럽의 젖줄로 불리는 라인강은 아름다웠다. 원시림처럼 우거진 숲과 숲 사이로 흐르는 풍부한 수량水量도 수량이려니와 그 라인강을 노래했던 시인들의 수많은 시편이 어쩌면 더 아름답게 떠오르고 있었다.

　오랜 전설을 간직하고 있는 로렐라이 산봉우리 밑자락에 이르자 '하인리히 하이네'의 시가 아득히, 그러나 아주 가까이서 노래로 들려왔다. 슈만과 멘델스존 그리고 브람스에 의해 작곡되어 전 세계적으로 널리 불리는 하이네의 주옥같은 시 '로렐라이 언덕'이 허만중 씨와 카프카가 타고 가는 여객선 앞으로 다가왔다.

"알 수 없는 일이네. 어찌하여 먼 옛날의 이야기 하나가 잊히지 않고 나를 슬프게 하는지… 바람은 차고 날은 저무는데 라인강은 고요히 흐르고 산봉우리 위에는 저녁 햇살이 빛나네… 저 건너 언덕 위에는 놀랍게도 선녀처럼 아름다운 아가씨가 앉아 금빛 장신구를 번쩍거리며 금발의 머리칼을 빗어 내리고 있네!"

로렐라이 언덕이라? 그 옛날 라인강을 오르내리던 뱃사공들을 무수히 수장水葬시켜버렸다는 로렐라이 언덕의 처녀를 허만중 씨는 기억해 냈다. 어두워지는 저녁 무렵이나 으스름 달밤이면 어김없이 나타나 너무너무 고운 노래를 불렀다는 천하의 미모였던 처녀. 사람이었을까? 아니면 사람들을 홀리는 귀신이었을까?

체코 작가 카프카가 친절하게 설명했다. 그녀의 노래에 넋을 빼앗긴 뱃사공들은 한눈을 팔다가 그만 로렐라이 작은 언덕 아래 암초에 걸려 목숨을 잃었다고 손짓해 보였다. 로렐라이는 그리 높지 않은 작은 언덕이었다. 먼저 앞장서서 오르던 카프카가 숨을 몰아쉬면서 말했다.

"언덕 위에 버티고 서 있는 저 성城이 보이지요? 네에, 아마 저 성안에서 로렐라이 처녀는 살았을 겁니다. 누군가에게 몸을 빼앗긴 끝에, 배신감으로 복수를 노리고 있다가, 때마침 노를 저어 다가오는 뱃사공들을 그 원한의 희생물로 삼아버린 것이 아니었을까, 하고 저는 생각합니다. 물론 제 생각은 다분히 소설적 상상력에서 비롯된 것입니다만."

아까부터 계속 듣고만 있던 허만중 씨의 호기심은 더욱 발동했다. 부지런히 발걸음을 옮기는 카프카의 뒷등에 바짝 다가붙었다. 그리고 '성城'이란 소재로 소설을 썼던 그에게 넌지시 물었다. 우리 인간은 누구나 자신이 이르고자 하는 그 목적지의 성문에는 끝내 도달하지 못한 채 죽게 된다고, 결국 죽어서나 그 성문에 이르게 된다고, 그 소설에서 말하고 있는데 왜 그럴 수밖에 없느냐고 묻는 것이었다. 그러자 기다렸다는 듯이 카프카가 말했다.

"이곳 로렐라이의 고성古城에서처럼 그 어떤 최고의 목적지 바로 앞자리에는 정령들이, 귀신들이 득실거리고 있기 때문입니다. 그러니까 그 정령들과 귀신들의 문을 통과해야 마침내 우리 인간은 찬란한 신神의 나라에 도달할 수 있는 것이 아니겠어요? 예, 아직 로렐라이의 성에 오른 사람은 없다고 합니다!"

40. 소년

 일요일 아침이었다. 창밖에서는 오랜만에 비가 내리고 있었다. 논밭에 수북하게 쌓인 흙의 겨드랑에 촉촉하게 간지럼을 먹이면서 비는 내리고 있었다. 그러나 허만중 씨는 꿈을 꾸고 있었다. 일찍 일어난 아내가 부엌에서 마냥 딸그락거렸지만 세상모르고 깊은 잠 속을 홀로 가는 중이었다.
 나뭇잎들이 파릇파릇 나부끼고 있는 듯한 그 아득한 잠 속에서 허만중 씨는 어느새 한 소년으로 걸어가고 있었다. 밑 터진 바지를 입은 채 그렇게 강 언덕을 걸어가는 것이었다. 기분이 좋아 몇 발짝 달리기라도 하면 꼭 그때마다 그의 밑 터진 바지 속에서는 곱게 생긴 불알이 달랑달랑 흔들렸다. 여기야, 여기야 만중아, 나랑 같이 놀자! 이름도 모르는 수많은 풀잎이 손짓했다. 소년 허만중은 혼자 노는 아이들이 그렇듯이 중얼중얼 말했다.
 아냐, 오늘은 강낭콩하고 이야기하며 놀 거야. 너희들, 강낭콩을 아니? 돌보는 주인도 없이 자라는 야생의 강낭콩. 아빠의 손가락만큼이나 기다란 푸른 껍질 속에서 동글동글

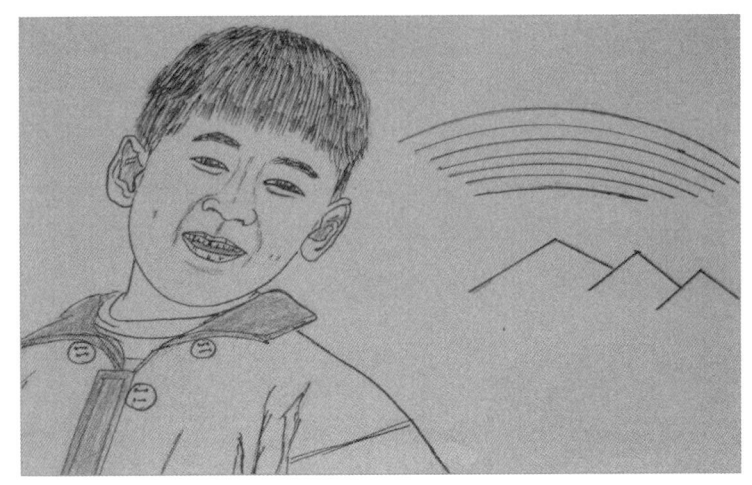

한 알맹이들이 반짝거리는 그 예쁜 강낭콩을 너희들은 정말 모를 거야. 그래, 강낭콩 알맹이만이 이제 내게 남은 유일한 친구들이란다.

그러자 풀섶에 깊숙이 숨어 있던 제비꽃이 보라색 얼굴을 쑤욱 내밀었다. 만중아, 네 친구들 많이 있잖아. 순돌이, 복순이, 승만이, 정희, 두환이, 태우, 영만이, 철식이, 막례, 영철이, 끝순이, 영삼이, 대중이, 남진이, 춘하, 미자, 대관이, 용복이, 재종이, 호균이, 형철이, 태일이, 남순이, 조아라 등 많잖아? 그 소리에 각시풀이 덩달아 얼굴을 내밀었다. 때마침 강가에 놀러 온 바람도 만중이의 대답을 가만히 엿들으려고 숭숭 돋은 그의 머리칼 속에까지 달라붙어서 나풀거렸다.

　만중이는 갑자기 쓸쓸해졌다. 역시 너희들은 잘 모르고 있구나. 그 친구들은 모두 우리 마을을 떠나버렸단다. 엄마 아빠를 따라서 서울로 부산으로 광주로 마산으로 인천으로 군산으로 춘천으로 대구로 미국으로 프랑스로 떠나버렸단다. 누구는 육군 대장이 되겠다고 떠나버리고, 누구는 대통령이 되겠다고 떠나버리고, 누구는 영화배우가 되겠다고 떠나버리고, 누구는 돈 많이 벌어서 배 터지게 쌀밥 좀 먹어보겠다고 떠나버렸단다. 그래서 나는 이렇게 혼자 남았고 또 그것을 눈치챈 강낭콩이 지금은 내 다정한 이야기 친구가 되어 준 것이지.

　그때였다. 아까부터 말 한마디 않고 있던 엉겅퀴가 가시와도 같은 꽃술을 내밀더니 만중이의 손가락을 쿡 찔렀다. 만중아, 만중아! 저기 미루나무 숲속에 어슬렁거리는 어른들 좀 봐! 은행나무 집 할아버지네 개를 잡아 저렇게 뻘겋게 그슬리고 있어. 무섭지? 저 봐, 강변의 물총새들도 그것이 무서워 삐종삐종 울면서 어딘가로 도망치고 있잖니? 어른들은 몸에 좋다면 뭐든지 다 잡아먹고 있으니, 아이, 무서워!

　만중이는 그것이 너무 슬퍼 앉은자리에서 벌떡 일어났다. 강낭콩이 더 놀자고 보챘지만, 신발을 고쳐 신었다. 이것 봐라! 신발 근처에 개미 떼들이 무수히 몰려와 있었다. 그리고 영차영차 소리를 지르며 죽은 송장 메뚜기 한 마리를 어딘가로 끌고 가는 중이었다. 강 언덕을 날던 풀여치란 놈도 그 모습이 두 눈에 들어갔는지 찌르르 찌르르 울어댔다. 만중이가 마을 멀리 지평선을 달려가다 바라보았더니, 아 그러나, 하늘 높이 무지개가 다리를 놓고 있었다. "여보 무슨 잠을 그렇게 오래 자는 거요?" 아내가 등을 두드리며 잠을 깨웠다.

아직 잠이 덜 깬 허만중 씨의 대답은 간단했다. "응, 오랜만에 고향에 갔다 왔어!"

41. 사막의 달밤

― 꽃 피는 무등산에 봄이 왔건만, 형제 떠난 황금동에 갈매기만 슬피 우네, 잿등을 넘어가는 군용차마다, 목메어 불러보는 대답 없는 내 형제여, 돌아와요 황금동에 그리운 내 형제여 ―

어허, 썰렁한데 노래는 무슨 노래야? 허만중 씨가 단란주점 '새천년 NHK'를 들어섰는데도 마담 정숙이 여사는 마냥 홀로 노래를 부르고 있었다. 오늘 밤 저 여자가 왜 이러지? 손님이라고는 쥐새끼도 안 보이는데 무슨 흥이 나서 노래를 부르는 거지. 1980년대 그해 조용달이가 불러서 전국을 강타했던 '돌아와요 부산항에'를 노가바(노래 가사 바꿔 부르기)로 부르는 걸 보니 오늘따라 무슨 곡절이 있는 모양이다. 어이, 정 마담! 그 많던 손님들 모두 어디로 가버렸지? 허만중 씨가 정숙이 마담의 어깨를 툭 쳤더니 그제야 고개를 꾸벅했다.

"세상이 재미없으니까 그래요."

"듣는 소문엔 잘 돌아간다고 하던데."

"잘 돌아간다고요? 딱 망하게 됐는데, 글쎄, 신문도 안 보고 사세요? 저희 '새천년 NHK'는 이젠 망하게 됐다 이 말이에요. 국회의원 나으리들이 다녀간 뒤로 우리 집은 아주 쫄딱 망하기 좋게 선전이 돼버렸다는 거예요. 후후 훗, 허만중 선생님! 그러니까 오늘 밤 한잔 사주시라 이겁니다. 역시 세월이 가도, 지금 그 사람 그 입술은 내 가슴에 남아있듯이, 우리같이 못난이들을 사랑하는 사람은 시인들인 것 같군요."

가까이 얼굴을 들여다보니 마담 정숙이 여사는 이미 취해 있었다. 혼자 그렇게 마신 끝에 자신도 모르게 혀가 반쯤 꼬부라지고 있었다. 그녀의 말은 계속됐다.

"좌우지간 금남로에서 5·18 전야제가 있던 날 밤, 국회의원 몇 분이 우리 집에 와서 한잔한 것은 사실입니다. 물론 우리 집 애들이 정성껏 술 심부름을 한 것 또한 사실입니다. 그런데 그걸 어떻게 알고 신문이란 신문, 방송이란 방송은 모두 고주알미주알 까발리더니… 보시다시피 이제 우리 집은 파리만 날리게 됐습니다. 그놈의 여론인가 뭔가 하는 것들한테 집중사격을 받은 것이 돼버렸다 이 말입니다."

"386세대라 했죠? 망월동을 참배한 것은 좋았는데, 하필이면 5·18 전야제에 광주 한복판에서 몸이 흐트러질 정도로 술을 마신 것은 아무래도…."

허만중 씨가 그렇게 말을 받아주자, 마담은 발끈했다.

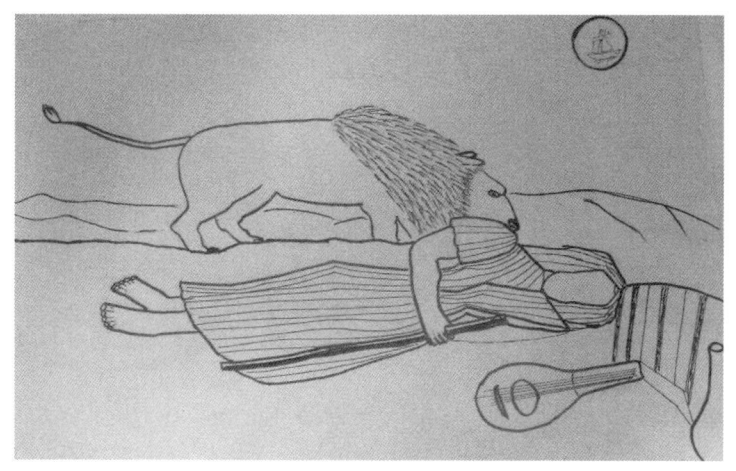

"허만중 시인님! 뭐라고요? 선생님께서도 알다시피 저희 술집 여자들도 5·18 광주항쟁 때는 길거리에 나갔습니다. 대검과 M16 총탄 부상자들이 계속하여 밀려드는 적십자병원에 가서 헌혈했고요. 아, 그랬어요. 이렇게 술집을 열어놓은 저희는 몸이야 더럽지만 피는 더럽지 않다는 생각에서 그날 헌혈을 한 거예요. 그런데 그때 신문과 방송은 무엇을 했어요? 광주 시민을 모조리 폭도로 몰았지요? 심한 경우 빨갱이의 조종을 받아서 광주 시민들이 그렇게 난동을 부린다고 계엄사의 각본대로 놀아났지요. 후후 훗! 안 그랬어요? 정말이지, 80년대 내내 그들 언론이야말로 권력의 총부리에 몸을 팔아버린 창녀가 아니고 뭣이었습니까? 그런 그들이 오늘에 와서 윤리가 어떻고, 공인公人이 어떻고, 5·18 영령들에 사죄하라고 술 좀 마신 일부 국회의원들을 마치 마녀사냥하듯이 몰아붙이고 있으니 가소롭고 가소롭습니다. 물론 술을 마시고 비틀거린 그 젊은 국회의원들을 두둔한 것은 아닙니다만…."

주점 '새천년 NHK' 정숙이 마담은 끝내는 울어버렸다. 그녀가 30년 동안 버리지 않은 채 가지고 다녔던, 그리고 손님들의 청이 있으면 켜곤 했던 악기 만돌린을 껴안더니 더욱 청승맞게 흐느끼는 것이었다.

"이제 나와 우리 집 애들은 사막에 버려졌어요. 어딘가로 가서 술을 팔고 몸을 팔아야 먹고 살 수 있답니다. 멀리 아라비아 사막쯤에 가서 낙타 행상이라도 있으면 그들에게 이 만돌린을 켜주며 술을 팔 거예요. 누가 뭐라 한들 우리도 80년 5월의 광주를 지킨 여자들입니다." 그랬다. 당시 그녀들은 피가 부족한 광주에서 헌혈에 앞장섰다. 그리고 그때, 그 사실을 누구에게도 말하려고 하지 않았다.

42. 휘트먼은 노동자의 품에 안겨 잠들었다

"빠삐, 빠삐! 누가 담을 넘어왔어요!"
"그래, 누구냐? 무덤을 폭파할 놈들로 보인다고?"
어린아이의 비명이 울려 퍼짐과 동시에 그의 아버지로 보이는 멕시칸(멕시코계 미국인)이 뛰쳐나왔다. 그의 손에는 장총이 쥐어져 있었다. 곧바로 불을 뿜어내기라도 할 듯이 단단히. 그는 캠던시의 공동묘지를 지키는, 이른바 무덤지기였다.

"도대체, 당신은 누구냐?"
금방이라도 쏘아 죽일 듯이 멕시칸은 꽥 소리를 질렀다. 검게 탄 얼굴은 우선 상대방에게 엄청난 공포를 주는 그런 표정이었다. 두 눈은 밀림 지대에 사는 야수의 눈알처럼 붉은빛을 머금은 채 이글거렸다.

"저는 태평양 건너 코리아에서 온 사람입니다."
허만중 씨는 혼이 나간 사람처럼 번쩍 두 손을 들어 보였다. 그렇지 않으면 총알이 그의 가슴팍에 꽂혀버리고 말 것 같은 일촉즉발의 순간이었다.

"코리아? 그런데 왜 당신은 이곳을 들어올 때 하필 뒷구멍으로 개처럼 몰래 들어왔지?"

"묘지 방문 시간이 오후 4시 30분까진 줄 알고 있었어요. 뉴욕에서 시속 80마일을 달려서 왔는데도 이곳저곳 찾아 헤매느라 늦었어요. 그래서 결국 정문을 통과하지 않고 뒷구멍으로 들어온 것입니다. 물론 제가 이곳에 도착했을 때는 이미 정문도 닫혀있었습니다."

멕시칸은 그래도 다그쳐 물었다. 무슨 일로 공동묘지를 개처럼 숨어들어왔느냐고 계속 압박해 오는 말투였다. 허만중 씨는 마침내 자신이 시인이라는 것을 밝혔다. 그리고 오늘날 미국이 추앙하는 대표적인 국민 시인 '월트 휘트먼'을 흠모한 나머지 그가 묻힌 묘지를 방문하게 되었노라고 떨리는 목소리로 말했다. 허만중 씨는 무덤지기 멕시칸에게 더욱 믿음을 주기 위해 휘트먼의 시를 읊었다. 전 세계적으로 널리 알려진 「브루클린 다리를 지나며」와 「나 자신의 노래」라는 시였다.

"흘러라 강이여! 석양 녘의 화려한 구름이여! 너희의 광채로 나를 그리고 내 다음에 오는 젊은 세대들의 남녀를 적셔라! 솟아오르라, 맨해튼의 돛대들이여! (…) 그대는 여자의 육체를 사랑해 본 적이 있는가? 그대는 남자의 육체를 사랑해 본 적이 있는가? 왜 그대는 이들이 지상의 모든 곳에서 시대와 민족을 통틀어 같다는 것을 알지 못하는가? (…) 오오 나는

내가 영원히 죽지 않는다는 것을 아오. 내 생애의 궤도는 목수들의 캠퍼스로도 휘두를 수 없다는 것을 또한 알고 있다오. 나는 어린이가 밤에 불덩이를 가지고 돌리는 불꽃처럼 쉽사리 사라지지 않는다는 것을 아오. 그리하여 한 잎의 풀잎이라도 별들의 운행에 못지 않는다는 것을 나는 믿는다오."

아아, 당신은 분명히 시인이군요. 멕시칸은 비로소 안심하는 눈치였다. 아까부터 놀라서 어쩔 줄 모르고 있던 그의 아이를 집안으로 돌려보내고 나더니 얘기를 시작했다. 요즘 미국 안에선 이스라엘계와 이슬람계 사이에 서로 상대의 무덤을 파헤쳐 버리는 도굴 사건이 종종 일어나고 있다고 말하고, 그래서 지금은 묘지 관리인들이 총기를 휴대하게 되었노라고 자신이 처한 상황을 털어놨다.

그리고 이제는 아주 친절하게 숲이 무성하게 우거진 캠던 시의 공동묘지 안쪽까지 앞장서서 안내해 주었다. 월트 휘트먼의 묘지 앞에 이르자 묻지도 않았는데 그는 허만중 씨에게 이렇게 말하는 것이었다.

"코리아에서 오신 허만중 시인이라고 하셨지요. 예, 지금은 국가적으로 보살피고 있지만 월트 휘트먼이 죽는 순간은 너무도 쓸쓸했답니다. 그는 이 마을에 사는 가난한 노동자들의 품에 안겨 눈을 감았답니다. 그들이 교회의 찬송가처럼 노래해 주는 그 자신의 시를 들으면서 고요히… 예, 아주 고요히…."

43. 어머니

 일요일이었다. 허만중 씨가 창밖을 내다보니 오동꽃이 참으로 예쁘게 피어서 손짓을 했다. 5월의 햇살은 그렇듯 연보라색 오동나무 꽃잎마다 반짝반짝 달라붙어 마냥 나풀거리고 있었다. 역시 5월은 '계절의 여왕'이라고 불러도 좋을 만큼 찬란한 빛깔을 온 누리에 퍼뜨리고 있었다.

 하지만 집에 박혀서 그동안 쌓아 둔 책들을 읽을까? 아니면 학생들 리포트를 찬찬히 들여다볼까? 이렇게 가슴이 헛헛할 때는 차라리 '장 폴 사르트르'가 저술한 『문학이란 무엇인가』를 다시 들여다보며 마음을 추슬러 볼까?

 그렇지 않으면 철원 비무장지대에서 군 복무 중인 둘째 아들 녀석에게 길고 긴 편지를 써서 보낼까? 어느새 키가 장대같이 커버린 둘째 녀석! 대학교에 다니는 큰놈이 학교에서 돌아오면 으레 '엄마, 엄마!' 부르면서 자기 엄마의 젖무덤을 살짝 훔쳐대던 귀여운 둘째 녀석! 어린양이 그렇게 많던 놈이 군 생활은 잘하고 있는지?

 그래, 편지는 밤에 쓰기로 하고 오늘은 망월동에 가자!

찔레꽃일랑 피어 있을지 모르잖아. 찔레나무, 지금쯤은 하얀 꽃잎을 내밀어 향기도 멀리멀리 날려 보내고 있으리라. 찔레꽃뿐이겠어? 누가 심었는지 모르지만 아마도 수많은 꽃이 피어 있겠지.

아침부터 엉덩이를 한곳에 두지 못하고 이리저리 옮겨 다니던 허만중 씨가 이윽고 망월동 '5·18묘지'에 도착한 것은 정오쯤이었다. 하늘은 푸르렀고 묘지 주위를 감싸고 있는 소나무 숲에서는 맑은 바람결이 솔솔 넘쳐 흘러나왔다. 찾을 때는 언제나 그랬듯이, 아니 습관처럼 허만중 씨는 묘비마다 새겨진 비문… 그 많은 문구를 차례차례 읽어 내려갔다.

여보 당신은 천사였소! 내 죽어 하늘나라에 가면 다시 만납시다.

허만중 씨는 그중 한 묘비를 쓰다듬어 내렸다. 임신 8개월의 몸으로 전남대 근처 중흥동 집 앞에서 계엄군의 총탄에 맞고 쓰러진 최말례 여사의 묘비에 오랫동안 시선을 두었다. 콧등이 아파졌다. 학교에서 퇴근하여 돌아오고 있을 남편을 기다리다가 계엄군의 M16 총탄에 쓰러진 최미애 여사… 허만중 씨는 그녀의 무덤에 돋은 풀포기들을 몇 번이고 어루만졌다.

그리고 뒤돌아서서 몇 발짝 옮기려고 할 때였다. 60에 가까운 할머니가 아이를 품에 안고 와서 그녀의 묘 앞에 엎드렸다. 누굴까? 지난번에도 보았던 저 할머니는 최말례 여사의 친정어머니가 틀림없어! 허만중 씨가 다가서서 머리 숙였으나 할머니는 실어증 환자처럼 말이 없었다. 딸의 묘 앞에 풀썩 주저앉아 이제는 배가 몹시 고파 칭얼대는 자기 외손자에게 젖을 물려주고 있었다.

세 살쯤 되어 보였다. 아이는 정신없이 젖을 빨아대고 있었다. 마치 쥐어뜯듯이 외할머니의 쭈글쭈글하게 말라버린 젖무덤을 움켜잡고 있었다. 세상에! 그 마른 젖꼭지에서 무슨 젖이 나온다고… 외할머니는 한에 서린 듯 콧노래를 부르고 있었는데 그 앞을 지나는 묘지 참배객들은 그 노래에 담긴 말이 무엇인지를 알아들을 수 없었다. 기막힌 일이구나. 바깥세상에 저렇듯 첫째 아이를 남겨놓고 최말례 여사는 뱃속의 8개월 된 아이와 함께 이 세상을 떠나버렸구나.

어머니는 죽어서도
자식에게 젖꼭지를 물린다
산이라면 산을 넘어
강이라면 강을 건너
아, 우리들의 어머니!

허만중 씨는 그 아이의 외할머니가 바로 최말례 여사라고 생각했다. 그렇다. 지난해 5월에 죽은 딸이 다시 친정어머니의 몸속으로 들어가 자기 아이에게 젖을 물려주고 있다고 생각했다. 그는 갑자기 가슴이 울먹거려 「어머니」란 시를 멀리서 데리고 온 것처럼 다시 노래로 만들어 불렀다.

44. 고향 형님

 비가 죽죽 내리는 늦은 오후였다. 현관문 벨이 울렸다. 누구세요? 응, 나다. 문을 열자, 고향 해남의 형님이 들어오면서 빙긋 웃었다. 형님, 어쩐 일이세요? 어쩐 일은, 네가 보고 싶고 우리 제수씨도 보고 싶어서 이렇게 왔지 뭐. 형님은 그렇게 말하면서 신발을 벗었다.

 허만중 씨는 오랜만에 형님이 오셨는지라 우선 반가움뿐이었다. 그래서 아내더러 빨리 밥상을 차려 오라고 재촉했다. 단 하나뿐인 고향 형님! 형님은 해남에서 막차를 타고 오신 모양이었다. 참으로 그렇다, 늙어가면 못난 혈육이라도 더 그립고 그리워진다더니, 허만중 씨는 형님의 웃옷을 옷걸이에 걸면서 슬쩍 그의 얼굴을 바라보았다.

 농부인 형님은 눈에 띄게 지쳐 보였다. 어쩌면 구겨지고 쭈그러진 모습이었다. 밥술을 뜨는 형님께 막걸리 한 사발을 권했다. 그랬더니 평소에 술도 잘 들지 못하는 형님은 그걸 마치 시래기 국물처럼 후루룩 마셔버렸다. 형님, 농사짓기가 갈수록 힘들죠? 만중 씨가 민망스러워하며 그렇게 잠깐의 침묵을 깨자, 형님은 아니 뭐 괜찮다, 하면서 말을 받았다.

그러더니 곧 농사짓기가 이젠 죽기보다도 힘들다고 말했다. 농사짓기가 갈수록 어려워진다고. 세월이 변했을까? 사는 게 변했을까? 도대체 무엇이 변했을까? 아니면 이놈의 머리통이 변해버렸단 말일까. 철없는 아이놈이 켜 놓은 텔레비전에선 아무리 봐도 재미라곤 손끝만큼도 없는 화면이 부풀어져 나오고 있었다. 미스코리아 뽑긴가 뭔가가 한창이었다. 허만중 씨도 그랬지만 형님 역시 수영복을 입고 왔다 갔다 하는 텔레비전 속의 그녀들이 못내 안쓰러운 듯이 푸념했다.

만중아, 그냥 훌쩍 올라왔으니 그리 신경은 쓰지 말아라. 우리 제수씨 반찬 솜씨는 여전히 좋단 말이야. 형님은 그렇게 말하면서 응접실 안을 빙 둘러보았다. 응접실 한복판에 걸린 그림 한 폭이 눈에 들어온 것이었다. 만중아, 저 그림 누가 그렸니? 형님은 호박 하나가 덩실하게 그려진 액자를 눈짓했다. 아, 저 그림 말입니까. 저건 제가 그린 것입니다. 옛날 고향이 생각나서 대충 그려놓은 것입니다. 허만중 씨는 형님에게 막걸리 한 사발을 또 권했다. 순간, 30년 전의 형님이 클로즈업됐다.

만중아, 너 베트남에 가면 죽는다. 거긴 남의 나라 전쟁터야. 총알이 어디에서 날아왔는지도 모르게 날아오는 그런 나라야. 그래서 네 대대장을 한번 뵈려고 천 리 길 포항 땅까지

찾아온 거 아니겠니? 만중아, 아무튼 우리 집 황소를 팔아서 왔다. 이걸 대대장님과 중대장님께 나눠드리고 너를 월남 군대에서 **빼내야겠다**. 전쟁터에 가는 너를 그냥 놔두고 내가 어찌 농사만 짓고 살겠느냐. 그래, 어서 묵어라. 30년 전, 베트남 전쟁이 한창이던 그날, 머나먼 전라도 해남 땅에서 할머님과 함께 면회 와서 닭고기를 찢어주던 형님의 모습이 다시 생생하게 살아나고 있었다.

창밖에는 여전히 비가 주룩주룩 내리고 있었다. 야, 좋은 비다. 내일 아침에 일찍 해남으로 내려가야겠다고 형님은 중얼거렸다. 못자리 걱정을 하는 것이었다. 그리고 외양간에서 자기를 기다리고 있을 황소 녀석의 눈동자를 떠올리고 있었다. 방으로 들어간 형님께 베개를 놓아드렸더니 어느새 코를 골았다.

 만중아, 서 마지기 아래 배미 논둑이 혹 무너질지 모르겠다. 형님은 그렇게 말하다가 잠든 것이었다. 이불을 덮어드리면서 바라보았더니 고향 형님은 나이보다 훨씬 더 늙어 보였다. 농사꾼이라면 대부분 그렇듯이 구겨지고 쭈그러진 모습 그대로였다. 삼백 년 묵은 고향의 팽나무보다도 어쩌면 더 주름살이 많게 늙어가고 있는 것이 형님의 얼굴이었다. 허만중 씨는 형님의 손을 가만히 만져 보았다. 그랬더니 아주 따뜻했다.

 "형님, 형님은 이 나라의 변함없는 하느님입니다. 쌀과 보리로 우리의 배를 채워주는 천상천하 제일가는 농사꾼입니다." 그렇게 중얼거리면서 아우 허만중 씨는 형님의 손을 가만히 움켜쥐었다. 깊은 잠 속을 걸어가던 형님은 어느새 고향 논둑에 서서 빗물이 넘치는 물꼬를 트고 있었다.

45. "나는 하느님을 보았다"

 1980년 7월 31일 오후 7시, 허만중 씨가 충장로 M 다방에 나타나 "나는 하느님을 보았다"라고 말하자 그의 친구들은 깜짝 놀랐다. 평소 유머나 농담을 하지 않고 살던 그가 갑자기 "나는 하느님을 보았다"라고 말하는 걸 보고 친구들은 두 눈이 휘둥그레지는 것이었다.

 친구들은 아무 말 없이 허만중 씨의 말에 귀를 기울였다. 허만중 씨처럼 대부분 특별한 종교가 없던 친구들은 그의 얼굴을 경탄의 모습으로 바라보았다. 전남고등학교 독일어 교사였던 그가 '5·18 광주항쟁' 때 가장 치열한 현장들을 보았다는 것을 알고 있기 때문이기도 했다. 아무튼 허만중 씨는 마치 선전포고를 하듯이, 아니 풀 한 포기 없는 광야의 한복판에서 두 손을 모아 기도하는 '세례 요한'처럼 큰 목소리로 좌중을 흔들었다. 누가 들어도 그의 말은 폭포수처럼 쏟아지는 즉흥시였다. 자리에서 벌떡 일어나 시를 낭송하는 그의 목소리는 차라리 고백이요 커다란 외침이었다.

나는 하느님을 보았다

인간성에 대한 신뢰를 잃어서는 안된다.
인간성이란 바다와 같은 것이어서, 설령
바닷물의 한쪽이 더럽힌다 해도 그 바다
전체가 더럽혀지지는 않는 것이다.
―마하트마 간디

1980년 7월 31일
저물어가는 오후 5시
동녘 하늘 뭉게구름 위에
그 무어라고 말할 수 없이
앉아 계시는 하느님을
나는 광주의 신안동에서 보았다
몸이 아파 술을 먹지 못하고
대신 콜라로나 목을 축이면서
나는 정말 하느님을 보았다
나는 정말 하느님을 느꼈다

1980년 7월 31일 오후 5시
뭉게구름 위에 앉아 계시는
내게 충만되어 오신 하느님을

나는 광주의 신안동에서 보았다
그런 뒤로 가슴이 터질 듯 부풀었고
세상 사람들 누구나가 좋아졌다
내 몸뚱이가 능금처럼 붉어지고
사람들이 이쁘고 환장하게 좋았다
이 숨길 수 없는 환희의 순간
세상 사람들 누구나를 보듬고
첫날밤처럼 씩씩거려 주고 싶어졌다
아아 나는 절망하지 않으련다
아아 나는 미워하거나 울어 버리거나
넋마저 놓고 헤매이지 않으련다
목숨이 붙어 있는 것이라면 피라미
한 마리라도 소중히 여기련다
아아 나는 숨을 쉬는 것이라면 무엇이든지
사람이 만든 것이라면 하찮은 물건이라도
입 맞추고 입 맞추고 또 입 맞추고 살아가리라
사랑에 천번 만번 미치고 열두 번 둔갑하여서
이 세상의 똥구멍까지 입 맞추리라
사랑에 어질병이 들도록 입 맞추리라
아아 나는 정말 하느님을 보았다.

*사족: 나는 유신론자도 무신론자도 아니다. 솔직히 말해

서 어린 시절의 나의 할머님은 당골레(무당)를 이만저만 좋아하는 게 아니었고 또 그것을 나에게 강요했기 때문에, 나는 기껏해야 도깨비밖에 상상 못 하는 놈이다. 좌우지간에 나는, 라이너 마리아 릴케가 그의 시 「너는 기다려서는 안 된다」에서 하느님의 존재를 노래한 것을 기억은 하고 있는데 그 전편을 소개하면 이렇다.

神이 와서 〈나는 존재한다〉고 말할 때까지
너는 기다려서는 안 된다
그의 힘을 밝히는 그러한 神이란 의미가 없다
太初에서부터 너의 內面에
神이 바람처럼 일고 있음을 알아야 한다
그리하여, 너의 마음이 달아오르고 비밀을 지킬 때
神은 그 속에서 창조를 한다.

그런데 시인 릴케에 있어서의 신은 모세의 "I am who I am"이란 말과 묘한 상응相應 내지는 동일한 뉘앙스를 이룬 것 같기는 하나, 내 따위가 제대로 알 턱이 어디 있으랴. 니체가 괴로워했던 "Gott ist tot(신은 죽었다)"란 엄청난 이야기도 뭐가 뭔지 도무지 모르고 있으며, 그렇다고 라인홀드 니버가 니체와 상대적으로 부딪쳤던 "There is no God"의 의미도 모른다. 유대인의 메시아사상도 모른다. 그러나 나는

soma(헬라어로 '몸'), 즉 하느님을 보아버린 것이다. 아, 나 같은 놈도 하느님을 보아버렸으니 지화자 좋구나. 지화자 좋구나. 세상을 살아갈 참맛이 나는구나.

흡사 본회퍼 신부님의 외침이 들려오는 것 같구려. 제2차 세계대전 때였지. 파시스트 히틀러의 부하들에게 총살당한 본회퍼 신부의 외침이 말이야. 무수히 죽어간 유대인의 주검들 속에서 "나는 하느님을 보았다"라고 설파한 그 신부님의 목소리가 다시 우리들 속에서 터져 나오고 있는 것이 아닌지 모르겠네. 친구 중 한 사람이 그렇게 말하자 좌중의 친구들은 아무런 거부 반응이 없이 고개를 끄덕였다. 또 한 친구가 허만중 씨에게, 그럼 하느님의 실체는 어떻게 보였느냐고 물었다. 그러나 시인 허만중 씨의 대답은 그의 흥분과는 달리 그리 간단하지 않았다.

"하느님의 말씀을 전할 수는 있어도 하느님의 모습은 그림으로 그려서는 안 돼. 만약 하느님의 모습을 그림으로 그리려고 한다면, 그 사람은 그 그림을 그리기도 전에 이미 지상의 삶을 끝내야 하기 때문이지. 그러니까 벼락을 맞은 듯이 곧바로 죽게 된다, 그 말일세."

"그러니까… 하느님께서도 몸, 실체가 있다, 그 말이겠군." 또 한 친구가 호기심이 작동했는지 허리를 굽혀오며 물었다. 허만중 씨의 대답은 그러나 갈수록 어려운 얘기를 늘어놓을

뿐이었다.

 "바이블을 들여다보면 알겠지만, 구약성서에서 모세가 말했지. 하느님께서는 누구한테나 자신의 모습을 보여주지 않고 다만 '계시^{啓示}'할 따름이라고 했지. 하느님은 오직 유일한 '나는 나$^{I\,am\,who\,I\,am}$' 그 자체이기 때문에 우리 인간들은 그분을 함부로 볼 수 없다는 것이지. 하지만 내가 굳이 친구들에게 말한다면, 유대의 메시아 사상엔 '하느님의 몸'을 말하는 신성한 어휘가 있지. 거기엔 하느님의 몸을 곧 '소마^{Soma}'로 표현하고 있지. 영어로 이 말을 옮긴다면 'The Body of Christ'라고 할 수 있겠으나, 이것 역시 말도 안 되는 틀린 번역일 거야. 사실 그래, 어찌 하느님의 말씀과 몸을 우리 인간의 언어인 상형문자로 표현할 수가 있겠는가! 독일의 시인 라이너 마리아 릴케도 그래서 "하느님의 모습을 누구도 그릴 수 없고 또 그려서도 안 된다'라고 그의 시 「신神이 와서」에서 역설했던 것이 아니겠어?"

무신론자이며 신앙인이 아닌 친구들이 점점 그의 주위로 몰려들자 허만중 씨는 결국 이렇게 말을 끝맺을 수밖에 없었다. "피의 학살이 자행되던 1980년 5월 그날부터 광주에는 하느님이 더 많이 찾아오고 계시는데, 그 모습을, 시를 쓰는 내가 본 것이지. 아아, 그러나 나는 내가 죽을 때까지 그 모습을 말해줄 수 없게 되어 미안하네. 하느님께서는 이미 내 육신과 그리고 우리들의 삶터 광주와 이 땅 한반도에 생명과 사랑과 자비의 파도를 출렁출렁 부어 주셨기에 난 말할 수 없어. 그날 죽은 시민들은 사실 하느님의 피를 대신 흘려주면서 쓰러진 것이야. 그래서 그때 쓰러진 사람들은 이윽고 부활할 수 있었던 것이야. 땅에 떨어진 밀알만이 나중에 새싹으로 돋아나듯이, 그날 그들은 부활한 것이야. 바로… 친구들이여!" 그래서 그럴까. 광주항쟁 40주년이 다가오는 오늘도 허만중 씨는 입술에 담고 살고 있었다.

"아아 나는 정말 하느님을 보았다!"

46. "이어도를 본 사람은 죽는다"

 한반도의 남녘 땅 해남 앞에는 멀리 수평선이 뻗어있었다. 구름과 안개가 걷히는 날 바라보면 마치 한 자루의 기다란 칼날처럼 떠 있었는데 때마침 쏟아지는 햇빛을 받을 양이면 살기殺氣라도 내뿜는 듯 번쩍거리는 모습으로 보였다. 바다가 파도를 시퍼렇게 토하는 바람 거센 날은 수평선이 더욱 이상하고 무서운 느낌을 주기도 했다.

 해남 태생인 허만중 씨는 어릴 적에 바다와 수평선을 무수히 보면서, 아침저녁으로 늘 바라보면서 자랐는데 그는 그 시절 어른들이 했던 말을 지금도 기억하고 있었다. '6·25 한국전쟁' 중에 그래도 용케 살아남은 어른들이 했던 말은 특히 그의 머릿속에 꾹꾹 들어와 차 있어서 때로는 그의 가슴을 울렁거리게 했다. 마치 못 먹을 음식을 먹은 양 그렇게 뱃속까지 뒤흔들어대는 것이었다.

 만중아, 저 소리 들리니? 바다가 우는 소리 말이야, 하고 어른들이 물었을 때, 그러나 소년 허만중은 그 말이 무슨 뜻인지 알지를 못했다. 세상에, 무슨 바다가 운다는 말일까?

어른들은 참 알다가도 모를 일이다, 하며 소년 허만중은 시무룩했을 뿐이었다. 어른들은 좌우지간 이상한 사람들이라고 생각했다.

그래, 들어봐! 밤에도 자지 않고 뒤척이는 바다의 울음소리를 가만히 들어봐. 꼭 사람의 울음소리 같지 않으냐? 그런 말을 들었던 밤은 몇 됫박 소나기가 억수같이 쏟아질 때가 많았고, 다음 날은 거짓말처럼 하늘이 쾌청했다. 소년 허만중은 그때마다 수평선을 더욱 멀리멀리 바라다보았다. 오후 늦은 무렵이면 그 붉게 타는 노을 속에서 수평선이 흡사 피 묻은 칼날처럼 번쩍거리는 것을 볼 수 있었다.

그런데 어둠이 수평선의 그 붉은 칼날을 검은 보자기로 싸버리고 나면 들려오는 소리가 있었다. 어른들이 말하곤 하던 바다의 울음소리를 들을 수 있었다. 달이 둥그러니 솟아오를 때쯤에 수평선 한복판에 섬 하나가 둥둥 떠오르는 것을 볼 수 있었다. 저긴 섬이 없었던 곳인데 웬 섬이 나타난 것이지? 혹시 '갈매기섬'이라고 부르고 있는 섬이 아닐까? 끼루룩끼루룩 울부짖는 갈매기 떼가 온 섬을 뒤덮곤 하는 그곳이 갈매기섬이 아니면 다른 섬이 거기 있을 수 없는데….

소년 허만중은 어쩌면 그 섬이 '이어도'가 아닐까 생각했다. '이어 이어 이어도 사나… 우리 한번 가보자꾸나… 이어 이어 이어도 사나…' 허만중은 어느새 어른들이 부르곤 했던 노래를 자신도 모르게 부르고 있었다. 아무도 살지 않는, 아니 아무도 살 수가 없다는 아득한 바다 저 멀리 무인도, 폭풍우가 몰아오면 바닷속에 가라앉는 섬, 달이 떠오르면 꽃상여처럼 떠오르는 섬을 바라보았다.

어른들은 그랬다. 이름이 이어도인지 갈매기섬인지는 모르지만, 한국전쟁이 터지기 3년 전엔가 제주도에서 무슨 난리가 일어나 사람들이 엄청나게 죽었다고 말하면서 바로 이 무렵, 그 섬에 수백 명의 젊은이들을 실어다 퍼부어 놓고 두두두두… 집단 총살해 버렸다고 귓속말로 수군거렸다.

해송과 풍란이 바위마다 뿌리를 내리고 있는 섬 ─ 어쩌면 유인도보다도 더 많은 슬픔과 더 많은 꽃과 주검의 잔해들이 쌓여있을지 모르는 그 섬을 바라보면서 어른들은 몸서리를 쳤다. 당시 아무도 말할 수 없었던 갈매기섬 그리고 이어도 ─ 그 옆을 지나는 어부들은 섬이 토해내는 미친 듯한 울음소리를 들었다.

무인도라 부르지 맙시다
폭풍우 오면 바닷속에 가라앉는 섬
달이 뜨면 꽃상여처럼 떠오르는 섬
수백 명의 젊은이들을 실어다 퍼부어 놓고
두두두두…… 집단 총살해 버린 저 어둠의 섬
해송과 풍란이 바위마다 뿌리내린 섬
수평선 님이여, 그곳은 유인도보다
더 많은 슬픔 더 많은 꽃과 죽음
새들이 시퍼렇게 살고 있었습니다
아아, 달이 뜨면 꽃상여처럼 떠오르는 섬
달이 뜨면 생사람처럼 울기 시작하는 섬.

어른들은 정말로 들어서는 안 될 무시무시한 비밀처럼 조심조심 말했다. 주위를 살핀 뒤 어른들이 나누었던 말은 이것이었다. "이어도를 본 사람은 죽는다!" 왜 이어도를 보면 죽는 것일까. 허만중 씨가 어른이 되어, 전쟁이 끝나고 수십 년을 지나고서도 풀지 못한 수수께끼가 있었다면 앞서서 살다 죽은 어른들의 그 말이었다.

47. 베트남 1

"여기 서울 KBS인데요, 시인 허만중 선생님 댁 맞지요?"

아니 지금 몇 시인데 방송국에서 전화지? 불쾌하고 짜증스러웠지만 허만중 씨는 전화를 받았다. 시계를 보니 자정을 향해 가고 있었고, 사실 지금 그는 긴 원고를 쓰는 중이었다.

"네, 그렇습니다만, 이 밤에 무슨 일이 있으신지?"

"저는 KBS 중앙방송국 박문찬 PD입니다. 정말 밤늦게 전화 걸어서 죄송합니다. 다름 아니오라 취재 협조를 부탁하고자 이렇게 실례를 무릅쓰고 전화를 걸고 있습니다. 저희 방송국에서는 이번 주 토요일 밤에 방영될 〈한국군, 과연 베트남에서 양민을 학살했는가?〉라는 프로를 준비 중인데요, 참전했던 사람들로부터 직접 증언을 따고 있습니다. 내일 광주에 내려가 허만중 선생님의 증언을 받고 싶은데 시간이 어떠신지요? 특히 선생님께서는 베트남 전쟁에 대하여 수십 편의 시를 쓰셨기에 아무래도 생생한 기억을 더 확실하게 더듬을 수 있을 것 같아서…."

베트남 전쟁에 대한 증언이라? 이유야 어떠했든, 고의적이든 아니면 우발적 실수였든지 간에 현지 양민들을 학살한 사실이 있었다면? 아냐, 혹 몰라? 그런 일이 있었을지도 몰라? 조금 전까지 쓰던 원고를 뒤로 미루어 놓으면서 허만중 씨는 갑자기 목젖이 바싹바싹 타는 듯한 느낌이 들었다.

잠시만 기다리세요 — PD에게 그렇게 말하고 나서 우선 물 한 모금을 마셨다. 그리고 서재의 창문을 열었다. 멀리 어둠 속을 달리는 차량의 불빛들이 마치 불나비와도 같이 보였다. 순간, 허만중 씨는 32년 전의 베트남으로 날아가고 있었다. 베트남은 우기가 다가오고 있었지만 대지는 맨발로 숯불 위를 걷는 것처럼 따가웠다. 엄청난 더위가 숨구멍을 컥컥 막아오는 것 같았다. 그러나 밤이 오자 곧 대지는 야자수와 바나나 숲을 흔들며 시원한 바람을 내뿜었다.

도마뱀들은 이때를 놓칠세라 울었다. 치렁치렁하게 늘어진 야자수 잎과 바나나 나무 잎새 위에 내린 밤이슬을 빨아먹을 양으로 그렇게 울어대는 것이었다. 그러다가도 누군가 그들 옆을 지나가노라면 거짓말처럼 울음을 그쳤다. 도마뱀의 울음소리는 한국의 솔매미 울음소리와 거의 흡사했다.

도마뱀이 울음을 그치면 베트콩(북부 공산 베트남의 지령을 받고 움직이는 남부 베트남권 내 게릴라 전투 부대원의 총칭)이 우리 옆을 지나간다는 신호나 다름없었다. 그러니 참호에

이어도를 본 사람은 죽는다 _ 185

처박혀 있지 말고 곧바로 크레모아를 터뜨리며 집중사격을 해도 좋다는 것이 당시 소대장들의 한결같은 교육이기도 했다.

크레모아? 참전군인들 사이에선 일명 '떡'이라고 불렀는데 스위치만 누르면 일순간 250발 분량의 총알이 쏟아져 나갔다. 고막을 찢기라도 하는 듯이 어마어마한 굉음을 터뜨리며 쏟아져 나가는 것이었다. 도마뱀의 울음소리가 그치면 즉시 눌러라! 아, 그러나 혹시 베트콩이 아니고 민간인이라면? 게릴라가 아닌 인근 마을에 거주하는 양민들이라면?

창밖을 내다보며 순간적으로 그런 생각을 하는 사이, KBS 방송국 PD가 '여보세요, 여보세요, 허만중 선생님!'하고 확인하듯 불러댔다. 허만중 씨는 그제야 비로소 '네' 하고 대답했다. 그는 아직도 베트남의 정글 속을 걸어가는 사람처럼 PD에게 다음과 같은 말을 남기고 수화기를 내려버렸다.

"사실을 말할 수는 있어도 진실은 말할 수 없습니다. 박 PD께서도 현지 취재를 해서 아셨겠지만, 베트남에서 학살된 양민들이 많다고 했습니다. 그러나 저는 누가 그들을 죽였는지는 알지 못하고 있습니다. 그래서 증언을 유보하겠습니다. 총을 맨 군인으로 베트남을 다녀왔다는 그 사실 하나만을 가지고 말하더라도 저는 '통일 베트남'을 다시 찾아가기가 부끄러운 사람입니다. 더구나 미군들의 C-레이션(전투식량)을 먹고 일 년을 보낸 저로서는… 박 PD님, 도움을 주지 못해서 죄송합니다."

48. 나는 너다, 그리고 너는 나다

증심사에서 원효사로 가는 길은 오동나무 꽃향기가 한창이었다. 연보라색 오동꽃은 해마다 보고 있지만 올해 또한 새로웠다. 바람이 머리칼을 휘날렸다. 어디에선가 좔좔좔 흐르는 물소리가 들려왔다. 그리고 바람 또한 나무숲 사이로 불어오더니 이내 가슴팍을 후련하게 더듬고 지나갔.

아는 사람은 다 알고 있는데 일명 무당골 옆을 끼고 돌아갈 때였다. 뒤따르던 제자 정노석 군이 바짝 다가와서 물었다.

"교수님, 예가 바로 무당골이 있었던 곳이죠?"

그렇다네, 하고 허만중 씨가 대답해 주었더니 정노석 군은 어디서 들었는지 20년 전에 있었던 '무당골 살인사건'을 꺼내는 것이었다.

"박홍석이라고 들었는데요, 그자가 시청 철거반원들을 도끼로 살해했다지요? 자기가 사는 움막집을 정화 작업 차원에서 허물어 내리며 불을 지르자 말이죠. 움막집 서까래 밑에는 *그가* 품팔이하여 번 지폐 다발들이 숨겨져 있었다는데 그것이 몽땅 불에 타버리는 것을 보고요. 교수님, 그래서 그가 눈알이 뒤집힌 것이 아니었을까요?"

허만중 씨는 제자의 말에 잠깐 오싹해짐을 느꼈다. 하지만 그는 제자의 말에 맞장구를 칠 수가 없었다. 젊은 사람들의 혈기는 때로는 너무 감정적이라는 생각이 들었기 때문이었다. 그는 그 끔찍스러웠던 이야기를 떠올리고 싶지 않았다. 오동나무 가지와 가지 사이를 다람쥐들이 노닐고 있는 모습이 눈에 들어왔다.

"정노석 군, 어때, 저 다람쥐 녀석들 노는 모습이 귀엽지 않아?"

"그렇긴 하는데요."

다람쥐의 노니는 모습에 대하여 제자는 별스러운 감흥을 보여주지 않았다. 허만중 씨는 제자의 그런 안색이 느껴지자 갑자기 피곤해졌다. 예서 쉬었다 가자고 제자의 뒷등을 가볍게 두드렸다.

"정노석 군, 그 철거반원들이 아무리 잘못했다손 치더라도 살인을 해서는 안 된다는 것을 그 당시 박홍숙이는 잊어버렸던 게지. 아무리 따져봐도 박홍숙이가 순간적으로 자기 마음마저 내팽개쳐 버렸다고 생각해. 자기와 타인을 너무 멀리 놓고 보아버리는 그런 마음이 결국 살인의 결과를 가져왔다 이 말이네."

제자의 얼굴은 굳어 있었다. 그래서 허만중 씨는 그 이야기를 계속할 수밖에 없었다.

"요즘 우리들이 지나치게 자신에게만 집착하며 살고 있다는 생각이 안 드는가? 그래, 자신에 대한 집착이란 무엇인가? 너와 나를 확연하게 구분 짓는 그런 사고의 집착이야말로 스스로 가두어버리는 또 다른 감옥이 아니고 무엇일까?"

제자는 그래도 얼굴이 굳은 채였다. 그때 마침 스님 한 분이 올라오고 있었다.

"스님, 어디로 가십니까? 혹시 원효사 쪽으로 가시는 길 아니십니까?" 하고 허만중 씨가 물었다. 스님은 빙긋 웃으며 대답했다.

"원효사요? 아닙니다. 나는 지금 나한테로 가고 있습니다. 나를 찾아서 이렇게 터벅거리며 가는 중입니다."

바로 이것이다! 허만중 씨는 어쩌면 제자 정노석 군이

이어도를 본 사람은 죽는다 _ 189

들으라는 식으로 되물었다.

"그럼 '나'란 결국 산속에 있다는 것입니까? 스님께서 지금 가고 계시는 산속에?"

스님은 허만중 씨와 정노석 군을 바라보더니 다시 한번 빙긋 웃어 보였다.

"나란 사람은 이 깊은 산 속에는 없습니다. 바로 당신들 두 사람 속에 내가 있을 것 같습니다."

스님의 말이 끝나기 바쁘게 허만중 씨가 제자 정노석 군의 얼굴을 훔쳐보았더니 그 역시 웃고 있었다. 오동꽃 짙은 향기가 더욱 가깝게 풍겨오는 순간이었다.

49. 주홍 글씨 A

 미국 방문 27일째였다. 허만중 씨는 보스턴시를 떠나 뉴잉글랜드의 서북부에 있는 내륙도시 콩코드시로 향했다. 자동차로 한 시간 달린 끝에 도달한 이 도시는 완연한 전원도시였다. 아니 도시라기보다는 온통 울창한 숲과 숲으로 쌓인 조용한 시골이었다.

 "잘 오셨습니다. 미국 문화와 역사에 관심이 있는 사람이라면 꼭 방문해야 할 곳이 보스턴의 근교에 있는 콩코드시입니다. 저 19세기 시절에 '아메리칸 르네상스'를 꽃피운 곳이기 때문입니다."

 가이드로 나선 최영묵 씨가 자동차의 핸들을 느슨하게 돌리며 말했다. 그는 하버드대학에서 19세기 미국 문학사를 전공하고 있는 한국 유학생이었는데 여름 방학 중이라 잠시 콩코드시에 머무는 터였다. 그는 친절하게 말을 이어 나갔다.

 "먼저 에머슨의 할아버지가 지었다는 '옛 목사관'으로 가 보시죠. 미국 최대의 사상가요 시인이며 『자연론』의 저자로 널리 알려진 에머슨이 한때 살았던 곳이 바로 그 건물입니다."

허만중 씨는 호기심이 더욱 발동했다. 책에서만 읽었던 그곳이 오늘날도 잘 보존되고 있다는 유학생 최영묵 씨의 말에 우선 흥분이 앞섰다.

"아, 그러니까 '올드맨 하우스'란 집이 그대로 있다는 말이군요. 그 집이라면 소설 『주홍 글씨』의 저자 너새니얼 호손도 한때 살았던 곳이 아닙니까?"

"네, 그렇습니다. 호손이 자신의 아내와 궁핍한 세월을 보냈던, 그러니까 신혼생활을 시작했던 곳이 그 집이기도 합니다. 당시 호손 부부는 너무 가난해서 목사관 건물인 '올드맨 하우스' 이층 다락방에 얹혀서 살았던 것으로 전해지고 있습니다."

얼마쯤 달렸을까, 최영묵 씨가 자동차의 시동을 껐다.

"허만중 선생님! 바로 저 집입니다. 19세기 아메리칸 르네상스를 불 밝힌 에머슨과 호손, 그리고 헨리 데이비드 소로와 루이자 메이 올컷의 발자취가 아직도 숨 쉬고 있는 집입니다. 네, 조금 후에 가 보시면 아시겠지만, 여기에서 1km 떨어진 '더 슬리피 할로우 공동묘지'에는 역시 그들이 나란히 잠들어 있습니다."

최영묵 씨를 따라 '올드맨 하우스' 2층으로 올라갔더니 작가 호손이 신접살림을 차렸던 방이 그대로 보존되어 있었다. 아주 가난하게 그러나 소박하고 정결하게 살았던 그들 신혼부부의 실루엣이 눈앞에 어른거렸다.

"이게 『주홍 글씨』의 원고가 쓰인 바로 그 책상입니다."라고 최영묵 씨가 말했을 때 조금 전부터 그것을 어루만져대던 허만중 씨는 전기에 감전되는 기분이었다. 찌르르, 그 어떤 전류가 순간적으로 그의 가슴을 파고들어 오는 것 같았다.

삐거덕거리는 계단을 내려오면서 최영묵 씨가 느닷없이 어려운 질문을 던졌다.

"『주홍 글씨』는 보스턴에서 실제로 일어났었던 사건을 소설화한 작품이라고 알고 있습니다. 주인공 헤스터가 젊고 잘생긴 목사 딤즈데일을 유혹하여 간음죄, 혹은 간통죄로 걸려들었다는 이야기죠. 시인이기도 한 허만중 선생님! 그럼 헤스터의 죄가 더 클까요, 아니면 하느님의 목자라고 말할 수 있는 딤즈데일 목사에게 더 큰 죄가 있는 것일까요? 보스턴에서 일어났던 실제의 현실 속에선 주로 여자가 마녀로 몰렸다고 하는데요. 선생님 생각은 어떻습니까?"

"사람은 누구나 원죄를 짊어지고 태어난 아담과 이브의 관계가 아닐까요? 그런 만큼 꼭 헤스터만을 향하여 저년 죽여라, 하고 마녀사냥하는 것은 잘못된 판단인 것 같습니다."

최영묵 씨의 물음에 별로 시원한 대답을 못 했다고 생각하며 '올드맨 하우스'를 나왔을 때 하늘은 마냥 푸르러 보였다. 새들은 숲속에서 무슨 뜻인지 모르게 지저귀고 있었고 해는 여전히 동쪽에서 서쪽으로 가고 있었다. 허만중 씨는 갑자기 자신이 한국에서 너무 멀리 떠나왔다는 느낌이 들었다.

50. 국토 여행

오랜만에 시간을 내 나서는 여행이었다. 서울에 올라간 허만중 씨는 친구 이만재가 운전하는 승용차로 경기도 화성 쪽으로 향했다. 김포공항에서 북쪽으로 40km쯤 달려가노라니 이만재와 함께 옛날 군 생활을 했던 매향리가 나타났다.

조금만 더 달리면 임진강과 북한강 물줄기가 서로 만나서 서해로 길게 흘러가는 모습이 보이는 곳이었다. 가까이는 북한 땅을 향하여 치솟은 애기봉의 〈통일전망대〉가 있고, 언제나 그렇듯이 북쪽의 대남 선전 방송이 귀를 아프게 할 정도로 쉬지 않고 들려오는 곳이었다.

갯내를 실은 바람이 곳곳에서 산들산들 불어왔다. 시원했다. 게들이 올망졸망 무리를 지어 기어다니는 강변의 개펄도 새삼스럽게 정다운 모습으로 눈에 비쳤다. 매향리에 도착하자 군대 시절 자주 드나들던 담뱃가게 아저씨가 아직도 살아 있었다. 오백 년 됨직한 느티나무 그늘에서 반갑게 손짓했다. 여든 살이 족히 넘어섰을 듯한 담뱃가게 아저씨는 이제는 백발이 하얀 할아버지였다. 햇볕에 그은 얼굴 속에서 유난히 하얗게 반짝거리던 앞니도 어느새 빠져 있었다.

"허 병장님과 이 병장님이 아니신가? 세월이 많이 흘렀어도 금방 알아볼 수 있겠구려."

아저씨께서도 역시 건강하시고 정정하십니다. 그렇게 말하며 다소곳하게 고개를 숙였더니 담뱃가게 아저씨는 앞으로 다가와 허만중 씨와 이만재의 손을 한꺼번에 움켜잡았다. 거칠었지만 두툼하고 체온이 따뜻하게 전해오는 손이었다.

"허허, 우리도 같이 늙어가는구먼. 그런데 무슨 일로 여긴?"
"네에, 옛날 군대 시절 추억도 생각나고 해서 이렇게 훌쩍 찾아온 것입니다. 참, 여기는 변한 게 없습니다. 그동안 하늘과 땅을 오염시키는 공장 굴뚝이 들어서지를 않았고요. 저기 느티나무 또한 마음대로 가지를 뻗으며 푸르게 살고 있으니."
그러나 일순간 담뱃가게 아저씨의 안색이 변했다.

"시커먼 공장 굴뚝은 없어도 고막을 찢는 소리가 새롭게 찾아왔지, 뭐."

아저씨는 힘이 빠진 어깨를 들썩거리더니 매향리 앞산 청운봉을 가리켰다.

"말이 청운봉이지 올해 일월부터 미군 폭격기의 사격연습장이 돼버렸단 말일세. 산 사람 고막이 찢어질 정도는 그만두고서라도, 지붕이 들썩들썩할 정도로 폭음이 굉장하다는 말일세. 그렇지 않아도 불면증에 시달리는 이 늙은인데 그 소리가 종일 머릿속을 쾅 쾅 쾅 울려대고 있어. 이러다간 머릿속이 빠개져 버리는 정신병으로 몸져누울지 모르겠네."

사이다 한 잔을 권하며 자리를 일어섰더니 담뱃가게 아저씨는 두 눈에 물방울이 고이고 있었다. 살아서는 언제 다시 보겠느냐는 눈빛이었다.

다시 서울로 돌아가기 위해 이만재가 자동차의 시동을 걸었다.

"만중이, 며칠 전 신문을 안 보았어? 강원도 철원 쪽에선가 그랬다지. 사격훈련장에서 날아온 유탄으로 논에서 일하던 농부 한 사람이 관통상을 입었다는 사건 말이야. 우리처럼 여행하다가 느닷없이 날아온 유탄에 맞아 죽을 수 있는 곳이 이 땅이라고 생각하니…."

아까부터 말이 없던 허만중 씨가 결국 한마디 거들었다.

"유탄은 그렇다 치고, 불과 몇 년 전만 하더라도 혼자서 여행하기 힘들었던 곳이 이 나라 이 땅이었지. '산에서 내려온 사람 간첩인가 다시 보자'란 포스터가 마을 공회당마다 붙어 있어, 아무리 산을 좋아한 사람이라 한들 낯선 산을 등반하기가 무서운 세상이었지. 예컨대 인자요산仁者樂山이란 말이 안 통하던 세상이었다 그 말이네. 바닷가도 혼자서 거닐었다가는 인근 파출소에 간첩으로 신고돼 버리는 일이 허다했어."

허만중 씨와 이만재가 서울로 돌아오고 있을 때 역시 미군 폭격기의 훈련이 이어지고 있었다. 쾅 쾅 쾅! 피-유-잉-쾅 쾅 콰아아앙!

51. 아버지의 아들

 토요일 오후였다. 경기도 성남시에서 살고 있는 허길남 씨가 아파트 현관문을 두드렸다. 그동안 내내 소식이 없다가 불쑥 찾아온 것이었으나 무슨 특별한 일은 없는 것처럼 보였다. 터덜터덜하는 걸음걸이가 우선 그렇게 느껴졌다.
 "아니, 작은아버지 아니세요! 어서 들어오세요."
 "만중이도 이젠 머리칼이 하양구먼. 세월이 왔다는 증표이겠지."
 현관문을 닫으며 어린애처럼 꾸벅 고개를 숙이자, 길남 씨가 먼저 손을 내밀었다. 이미 머리가 완연하게 벗겨진 모습이었다.
 "아버지 산소에 성묘하려고 내려왔다. 그동안 너무 찾아뵙지 못해 늘 죄책감을 느끼며 살아왔는데 오늘은 일부러 시간을 냈지. 같이 해남에 내려가면 어떻겠느냐?"
 "네, 그렇게 하시죠. 저 역시 고향에 내려간 지가 두어 달 됩니다."
 남녘 6월의 국도는 온통 싱그러운 녹음으로 둘러싸여 있었다. 달리는 버스는 옛날처럼 덜커덩 덜커덩거리지 않고 마치 음악이 길게 흐르듯 달려가고 있었다. 세월 또한 저 많은 산봉우리를 스쳐 갔으리라. 버스가 영암 월출산 옆구리를 달리고 있을 때 길남 씨는 옛 시절 이곳을 지나면서 으레 그랬듯이 고산 윤선도의 시조 한 수를 입술에 소리 없이 떠올렸다. 조선시대 고산이 한양에서 해남으로 귀양을 가는 길에 읊은 것이었다.

> 월출산 높더니마는 미운 것이 안개로다
> 천황 제일봉을 일시에 가리웨라
> 두어라 해 퍼진 후면 안개 아니 걷히우랴

길남 씨는 눈앞으로 밀려오는 해남 우슬재 터널을 바라보면서 지그시 눈을 감았다. 1954년 초여름 어느 날 거제도 포로수용소에서 풀려나온 북조선 인민군이었던 자신의 모습을 그려 보았다. 성은 김, 이름은 찬묵. 나이 열여덟 살의 소년병이었지. 출생지는 황해도 옹진. 6·25 전쟁이 터지자, 인민군으로 달려 내려온 그는 진주 남강 다리에서 미군 특공대에 붙잡힌다. 그리고 경상남도 거제도에서 포로 생활.

남북 포로 교환이 이뤄지고, 한국 정부 방침에 따라 전라남도 해남으로 배속된 그는 문자 그대로 혈혈단신이었는지라 허만중 씨네 집으로 들어간다. 허만중 씨 할아버지의 배려로

성은 허, 이름은 길남이로 민적民籍에 올리게 된다. 허만중 씨의 아버지 동생으로. 민적은 요샛말로 호적과 주민등록을 합친 말. 그리하여 본래의 이름인 '김찬묵'을 버리고 지금까지 '허길남'으로 살아오게 된 것이다. 결혼하여 얻은 딸과 아들의 성씨도 물론 허 씨가 되었다.

허만중 씨 할아버지 그리고 허길남 씨 아버지의 무덤은 멀리 남쪽 바다를 바라보고 있었다. 철썩철썩! 뻐꾹뻐꾹! 건너편 바다에서는 파도가 밀려오고 있었고 주위 산에서는 뻐꾸기가 울고 있었다. 길남 씨는 조카 허만중 씨가 따라주는 '새천년' 소주 한 잔을 지금은 먼 옛사람이 된 자신의 아버지 앞에 조심스럽게 놓으며 무릎을 꿇었다.

"아버지, 황해도 옹진 출생, 북한군 인민군이었던 포로병 김찬묵이가 왔습니다. 아버지의 아들 허길남이가 이렇게 찾아와 엎드렸나이다. 오랜만에 드리는 이 못난 불효자식의 인사를 받으세요."

길남 씨는 자신의 나이가 67세라는 사실도 잊은 채, 마치 어버이를 잃은 어린애처럼 그렇게 흐느끼고 있었다. 아까부터 무덤가에 가만히 쭈그리고 앉아 있던 바람이 길남 씨의 들먹거리는 등을 가만가만히 어루만져댔다. 허만중 씨가 바다를 바라보았을 때 수평선 멀리에서는 저녁놀이 붉게 타들어 가고 있었다.

52. 강 건너 마을의 어둠

 허만중 씨는 안돼, 그러면 안 돼! 하고 헛소리를 해댔다. 꿈을 꾸고 있는 것이었다. 옥수수 잎새들이 치렁치렁 매달려서 바람에 서걱거리는 강변의 밭두렁, 밑 터진 삼베 바지를 입은 한 소년이 어딘가로 마구 뛰어가는 모습이 보였다.

 소년의 한 손에는 작은 대나무 막대기로 만든 낚싯대가 쥐어져 있었다. 또 한 손에는 무엇인가가 붙들려 있었다. 무엇일까? 그것은 진흙을 주물러서 만들어낸 여자아이의 모습이었다. 토우土偶였다.

 오늘은 너랑 참 많이 놀았다. 내일도 강변에 나와 가장 부드러운 흙으로 네 얼굴을 더 예쁘게 만들어 줄 거야. 네가 나를 좋아한다면 너의 코, 너의 귀, 너의 눈을 참말로 더 예쁘게 만들어 줄 테니 오늘은 이만 놀자. 그래, 그렇게 울상짓지 말고 대답을 좀 해봐. 정말 날 싫어하면 꼬집어 줄 테야, 이 얄미운 가시내야.

 그런데 녀석은 누굴까? 밑 터진 바지를 입고 뛰어가는 소년. 아, 그렇지! 자세히 살펴보니 열두어 살쯤 되어 보이는 녀석은 다름 아닌 어린이 허만중, 먼 옛날의 자신이었다. 바람과 햇볕에 그은 얼굴, 머리는 온통 기계충이 번져 있는 소년이었다. 그래도 밑 터진 삼베 바지 속에서는 작고 귀엽게 생긴 검은 불알이 반짝반짝 빛나고 있었다.

잠든 지 얼마쯤의 시간이 지났으리라. 어른 허만중 씨는 계속, 안 돼, 그러면 안 돼! 하고 헛소리를 해대는 것이었다. 꿈속에서 아마도 어떤 일을 보기는 본 모양이었다. 갑자기 그는 어, 그쪽으로 가면 안 돼! 하면서 소년 허만중에게 버럭 소리를 내질렀다. 하지만 그 소리는 누구도 들을 수 없는 작은 모깃소리에 지나지 않았다.

허만중 씨가 그렇게 놀라고 있는 장면은 강 건너 마을 쪽에서 벌어지고 있었다. 무시무시한 비명이 들려오고 있었다. 쫓고 쫓기는 짐승의 울음소리 같은 비명이었다. 한 사람은 하얀 한복 바지저고리를 입고 있었고 또 한 사람은 검은 양복을 입고 있는 것이 강 이쪽에서도 뚜렷하게 보였다.

검은 양복이 하얀 한복을 향해 낫을 휘둘러대고 있었다. 당신은 왜, 동생에겐 기름진 논밭을 물려주고, 형인 나는 무엇이 미워서 모래땅일 뿐인 두 마지기 논 다랑이만 남겨두는 거죠. 왜, 왜? 강변 새 떼들마저 놀라서 떨어질 정도로 검은 양복이 꽥꽥 소리를 질러대는 것이었다. 그렇지만 하얀 한복은 시퍼렇게 휘둘러지는 낫 아래서 — 아니다, 아니다, 이 녀석아! — 하며 두 손을 겨우 휘저을 뿐이었다.

검은 양복은 아들이었고 하얀 한복은 늙은 그의 아버지임이 틀림없었다. 어른 허만중 씨가 소년 허만중을 향하여 발을 동동 굴렀다. 이제 그는 완전히 넋이 나간 듯 — 안돼, 너는 저걸 보면 안 돼! 세상에 저런 일이! — 하고 몇 번이고 소리를 쳐대는 것이었다.

순간, 하얀 한복 바지저고리는 강변 풀섶에 파묻히고 있었다. 검은 양복은 조금 전까지 움켜쥐고 있었던 낫을 강물 속으로 휘-익 던져버리는 것이었다. 주위에 우두커니 서 있던 몇 그루 미루나무도 그것을 보았는지 한쪽으로 고개를 돌려 때마침 불어오는 바람결에 미친 듯이 흔들렸다.

서쪽 하늘엔 어느새 해가 스러지고 있었다. 그 흔하던 까마귀도 날지 않았다. 때가 되었는지 읍내를 통과하여 떠나가는 서울행 열차의 기적만이 마치 돼지 멱 따는 소리처럼 들려올 뿐이었다. 어른 허만중 씨는 이미 멀리 떠나버린 소년 허만중에게 그러나 역시 계속하여 외쳐대는 것이었다. 안돼, 너는 그걸 보면 정말로 안 돼! — 하면서 땅을 치듯이 홀로 울부짖었다. 악몽이었다.

53. 물속에서 사는 연습

차 한잔하지유?

그래, 좋지. 어, 저기로 가세.

허만중 씨와 오광록 화백은 다방 '돌체' 문을 열었다. 혼자 우두커니 앉아 있던 마담이 벌떡 일어났다. 그 모습은 먼 옛날 사람처럼 보였다. 다방 안의 어둑한 분위기도 그러했거니와 선풍기 바람에 몇 가닥 흘러내리는 염색을 한 듯한 머리카락이 그런 느낌을 주었다.

오광록 화백이 다방 안의 적막을 갈랐다.

"손님도 없이 혼자 무얼 하고 있었수?"

"일편단심으로 허 시인님과 오 화백님을 기다리고 있었지 뭐유!"

"차라리 소설을 쓰며 사는 게 좋겠는데, 기약 없는 손님들만 기다리고 있으니?"

"소설? 아, 소설은 쓰진 않지만, 소설처럼은 살고 있는데요. 여기 이렇게."

"허니까 굉장한 스토리를 가지고 살고 있다, 그 말씀이군?"

 "후훗, 꼭 굉장한 스토리만 있어야 소설입니까. 이렇게 우두커니 사는 것도 대단한 소설, 대단한 인생이 그려내는 소설이라고 말할 수 있을 것 같은데요."

 마담은 너스레를 떨면서 오 화백의 충청도 사투리를 잘도 받아냈다.

 "하긴 그 말도 틀린 말은 아니구먼유."

 오광록 화백이 허리를 뒤로 젖히며 웃자 허만중 씨도 따라서 웃었다. 그러나 그의 웃음은 씁쓸한 웃음이었다. 최근 경기가 영 엉망인지라 오 화백의 그림이 전혀 팔리지 않고 있다는 사실을 그는 알고 있었기 때문이었다. 그리고 그 또한 직장에서 구조조정인가 뭔가로 밀려난 상태였기에 그렇게 힘없이 웃을 따름이었다. 찻잔을 조심스럽게 놓으며 마담이 오 화백의 곁에 앉았다. 평소 유머 감각이 풍부한 오 화백이 가만히 있을 리가 없었다.

"또 내 옆구리를 더듬으려고 하는 수작은 아니겠지유?"

"요즘, 그림을 많이 그리시는 것 같군요. 이렇게 손이 거치니!"

마담이 오 화백의 손을 자기 손인 양 어루만졌다.

"레지도 쫓아내고 어떻게 이 일을 할 수 있지? 장사를 계속하려면 차라리 크게 벌리는 게 어때유. 이탈리아식 피자나 아예 맥도날드 햄버거를 파는 집으로 바꾸면 그래도 젊은 손님들이 북적북적 몰려들 것인디. 안 그래유?"

"네에? 오 화백님! 제 나이가 몇입니까. 저는 그런 욕심이 필요 없습니다. 제겐 다방 '돌체'를 지킬 힘만 있으면 됩니다. 따끈한 커피와 음악, 시를 쓰는 허만중 선생님과 그림을 그리는 오광록 화백님 같은 분들만 찾아주시면 되는 거지요"

마담은 마치 문학소녀처럼 말하면서 이번에는 허만중 씨의 얼굴을 응시했다. 그녀는 지금까지 자기가 너무 떠들었다고 생각한 모양이었다.

"허 선생님께서 한마디 하셔요."

그러나 허만중 씨의 눈동자는 이미 다방 안의 어항 속을 향하고 있었다. 먼 나라 사람 같았다.

"시인을 잠수함 속의 토끼에 비유한 독일의 한 작가가 있었지. 잠수함 속에 오리, 닭, 다람쥐, 송아지, 개, 원숭이,

쥐, 비둘기, 참새, 독수리, 늑대, 여우, 토끼, 호랑이, 염소 따위를 태우고 바다 그 깊은 곳으로 들어갈 때 가장 민감한 반응을 보인 놈이 토끼라고 말했더군. 그러니까 잠수함 속에 산소가 부족하냐, 부족하지 않으냐를 맨 처음으로 알아내는 놈이 토끼였다 이 말인데."

아무 말 없던 허만중 씨가 그렇게 중얼거리듯 말하자 눈치가 빠른 마담이 이번에는 허만중 씨의 손을 잽싸게 부여잡았다. 전혀 엉뚱한 표현이었으나 허만중 씨와 오 화백이 고개를 끄덕여줄 만한 말을 족집게처럼 들려주었다.

"그럼, 우리도 깊은 물 속에서 사는 연습을 하면 되지 뭐 걱정입니까!?"

54. 꿈

"할머니, 내가 죽으면 무엇이 될까?"

소년 허만중은 할머니 곁에 바짝 다가앉으며 물었다. 아침나절 인근 대흥사에서 동냥 스님이 다녀간 뒤로 갑자기 호기심이 발동, 몹시 보채는 기색이었다.

"죽긴? 귀여운 놈 같으니라구. 너는 죽지 않고 영원히 사람으로 살 거야. 그러니 아무런 걱정일랑 말고 저기 논둑에 가서 꼴이나 많이 베어 오거라. 알겠니?"

"그렇지만 할머니, 스님께서 분명히 나더러 하신 말이 있어요. 내가 죽으면 얼굴이 잘생긴 소가 될 거라고요."

"소? 그러니까 네가 푸줏간에 걸릴 황소가 된다, 이 말을 스님께서 하시진 않았겠지?"

"그럼요, 적어도 나는 흰 소가 될 것이다, 하고 스님께서 말씀하셨다 이겁니다."

"흰 소? 부처님을 태우고 다니는 흰 소?"

"네, 그 부처님을 태우고 다니는 흰 소 말입니다."

할머니는 머리를 좌우로 흔들었다.

"만중아!"

"네, 할머니!"

"사람은 누구도 앞날을 장담할 수 없단다. 하물며 아직 어린애인 네가 흰 소가 된다는 말은 당치도 않은 소리란다. 사람은 살면서 천번 만번 변할 수도 있는 것이기 때문에 함부로 죽은 후를 점칠 수는 없는 것이야."

"할머니, 그럼 내가 흰 소가 되지 않을 수도 있다는 거네요?"

"그렇단다. 아까는 네가 영원히 죽지 않고 사람으로 산다고 했다만. 우리 사람이란 언젠가는 누구나 죽게 되는 것이니 이것이 모두 다 하늘의 이치요 부처님의 큰 뜻 때문이란다. 따라서 어떤 사람은 죽어서 매미가 되고, 어떤 사람은 죽어서 무당벌레가 되고, 어떤 사람은 죽어서 잠자리가 되고, 또 어떤 사람은 죽어서 달팽이가 되고. 아, 그리고 살아생전 잘못이 많은 어떤 사람은 죽어선 늑대나 여우가 되기도 하는 거지."

"늑대나 여우가 되기도 한다고요?"

"뿐이겠느냐. 늑대나 여우가 되었다가 그만 사냥꾼의 총에 맞아 다시 죽게 되는 거고, 아니면 눈도 코도 없는 흙 지렁이가 되었다가 저잣거리에서 아무에게나 밟혀버리는 운명을 겪게 된단다."

갈수록 복잡해지는 할머니의 말씀에 소년 허만중은 어리

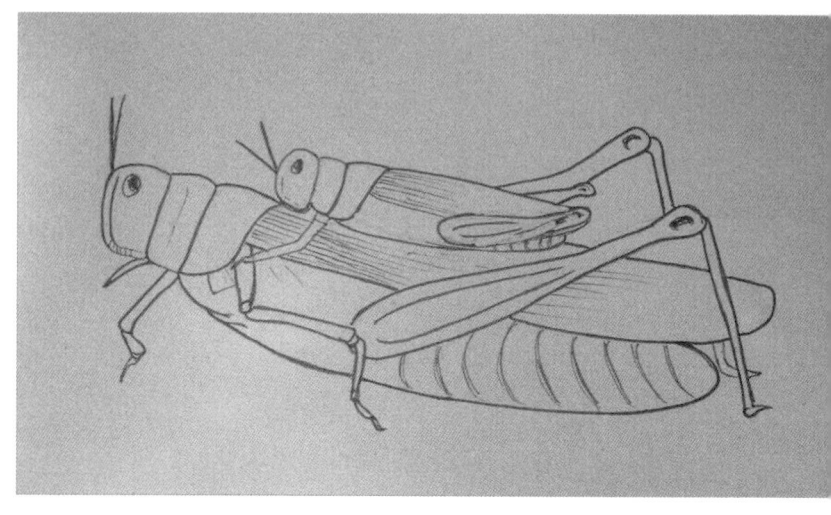

둥절해졌다. 그러나 그대로 눌러앉을 수는 없었다. 할머님께서는 비록 '낫 놓고 기역 자'도 모르는 문맹인이었으나 손자에게는 언제나 대단한 선생님이었기 때문이었다.

꼴을 베어와 외양간 구유에 가득 부어 주었더니 소란 녀석이 사각사각 먹어댔다. 그 소리가 듣기에도 좋았다. 그래, 나 이젠 잠 좀 자야겠다, 그렇게 소한테 말하고 나서 사랑채에 누웠으나 영 잠이 오지 않았다. 할머니의 말씀이 귀속에서 빙글빙글 도는 것이었다.

'어떤 사람은 흙 지렁이가 되어서 저잣거리에서 아무에게나 밟혀서 죽고…!'

소년 허만중은 웅크렸던 몸을 펴며 계속 혼자 중얼거리는 것이었다.

"아, 그래! 먼 훗날이겠지만 내가 죽으면 아기 메뚜기가 되었으면 좋겠다. 오늘 논둑에서도 보았던 그 메뚜기처럼… 엄마 등에 업혀 마음대로 날아다니던 그 아기 메뚜기처럼 말이야."

그렇게 중얼거리다가 소년 허만중은 아까부터 깊이 잠들어 있던 어른 허만중의 몸속을 살며시 빠져나와 어느새 지평선 그 먼 곳으로 날아가고 있었다. 그런데 그 모습은 재미있게도 엄마 메뚜기의 등에 업혀 함께 후루룩 날아가는 아기 메뚜기였다.

55. 나무는 무엇 때문에 사는가

"오늘은 불갑산을 오르세!"
허만중 씨는 설거지하는 아내를 졸랐다.
"여보, 또 불갑산이어요? 거긴 지난봄에도 다녀왔잖아요?"
허만중 씨는 그 말에 상관하지 않고 아내의 뒷등을 가만히 두드렸다. 언제 두드려도 사랑스러운 아내의 뒷등, 허만중 씨는 손끝에 전해져 오는 아내의 체온을 느끼며 빙긋 웃었다. 끝없이 퍼낸다 한들 다시 그득히 채워지고야 마는 그런 따뜻함이 아내에게 늘 있다고 일순간 생각했다.
"오늘은 불갑사 구경이 아니라 불갑산의 숲속을 깊이 들어가 보자는 것인데, 아무튼 서둘러 보세. 도시락도 간단히 마련하고서 말일세."
한반도 서남쪽으로 달리던 노령산맥이 잠시 숨을 돌려 해발 517m의 봉우리를 치켜 올려세운 불갑산. 백제 무왕 때 창건되었다는 불갑사를 둥그렇게 에워싸고 있는 불갑산은 참식나무뿐만이 아니라 각종 식물이 군생群生하고 있는지라 허만중 씨가 여느 산보다 더욱 즐겨 찾는 곳이었다.

약수터에서 먼저 바가지를 들어 올리며 아내가 말했다.

"아침에는 좀 짜증스러웠는데 다시 와도 좋군요. 아이, 물이 참 시원하구나!"

허만중 씨는 바로 산길로 접어들고 있었다. 물론 50이 가까워진 아내의 등산 실력을 감안하고 천천히 걸었다. 길은 가파르지 않았지만, 산 중턱을 채 오르기도 전에 속옷은 이미 젖은 상태였다. 허만중 씨는 숨을 몰아쉬었다.

"여보, 여기저기서 나무들이 부르고 있어요?"

"나무가요? 어떻게? 무슨 소리로?"

허만중 씨는 아내의 손을 잡아 이끌었다. 무슨 말인지를 몰라 머뭇거리는 아내에게 나무하고 대화하는 것을 보여주려는 것이었다. 그는 식물들하고 나눈 이야기로 책을 써서 유명한 일본의 철학자 하시모토 겐橋本健처럼 입을 열었다. 그가 선택한 나무는 암수 은행나무였다.

"은행나무야, 나는 그대를 사랑하고 싶단다."

아, 그러자 녹색 꽃 이파리를 날리며 은행나무가 말했다.

"허만중 시인님, 저도 선생님을 사랑하고 싶습니다."

마침, 바람이 산들산들 불어오고 있었다. 허만중 씨는 계속 물었다.

"그대는 지금 몇 살이지?"

"열여덟 살이어요. 아직 어리지요?"

"어리긴? 그대는 어떤 나무보다도 속살이 예쁜 처녀 은행나무인걸."

허만중 씨는 아내가 한눈을 파는 사이에 잠깐 은행나무를 끌어안았다.

"불갑산에는 그대의 남자 친구들이 몇 그루나 있지?"

"네, 자세히는 모르지만, 열 그루쯤 있을 거예요."

"그들 남자 은행나무는 그대에게 무슨 일을 해주지?"

"제가 열매를 맺도록 꽃가루를 날려 보내주지요. 인간들은 그걸 정충^{情蟲}이라 말하더군요."

은행나무는 부끄러운 듯이 자기 나뭇가지를 한쪽으로 돌렸다.

바람이 다시 눈과 코와 귀를 숨긴 채 불어왔다. 허만중 씨는 은행나무뿐만이 아니라 지구상의 모든 식물에 남성과 여성이 골고루 깃들어 있다고 생각하며 불갑산을 내려왔다. 이마에 송골송골 땀방울이 맺힌 아내의 손을 살며시 잡아당기며 가만가만 중얼거렸다.

"나무들도 서로 사랑하기 때문에 저렇듯 푸릇푸릇 살아갈 수가 있는 거겠지!?"

56. 관흉국 사람들

2000년 6월 14일 밤 12시. 허만중 씨는 관흉국 안으로 들어가려고 서둘렀다. 우선 화장실에 들어가 정결하게 몸을 씻었다. 몸의 곳곳에 손톱자국처럼 찍혀 있는 온갖 욕망의 정액을 말끔히 씻어냈다. 그 나라는 아무나 들어갈 수 없는 온통 신화의 숲으로 둘러싸인 나라였기 때문이었다. 그 나라는 역시 컴퓨터 회로를 타고 들어가야 겨우 찾아갈 수 있는 나라였다.

그 나라의 주소는 http://www.kwanhunggook.south&north.kr이었다. 허만중 씨는 먼저 이메일과 인터넷이 동시에 접속·가동되는 chollian.net 2000을 클릭했다. 그랬더니 곧 인터넷의 바다라고 말하여지는 아득한 수평선이 펼쳐졌다. 1945년 그해 히로시마와 나가사키에 투하된 원자폭탄의 구름이 아직도 소멸하지 않고 둥둥 떠다니는 수평선 위로 관흉국은 마치 연꽃처럼 진분홍빛으로 떠올랐다.

그는 쉴 새 없이 마우스를 눌러대며 수평선을 넘었다. 불과 1초 전만 하더라도 도저히 넘을 수 없었던 금단의 수벽*

彎— 수평선을 넘어서자, 관흥국이 눈앞으로 서서히 다가왔다. 지금까지 그 누구도 말할 수 없었던, 아니 그 누구나 말해서는 안 될 관흥국이 두둥실 다가오는 것이다. "여기에도 사람이 살고 있어요!"라고 새겨진 선전 문구가 우선 눈길을 끌었다. 정말이지, 저곳에도 사람이 살고 있었구나—그렇게 중얼거리며 허만중 씨는 모니터에 나타난 〈더 자세히〉란 문구를 클릭했다.

그 나라 수도는 어디에 있을까? 마우스의 오른쪽 키를 눌렀더니 지금까지 한 번도 보지 못했던, 세계의 어떤 도메인 회사들도 감히 상상할 수조차 없었던 이상한 홈페이지 하나가 나타났다. 그 홈페이지로 들어가는 문에는 http://www.kimjungill.kwanhunggook.nk란 주소가 선명하게 부착되어 있었다.

그러나 곧 허만중 씨는 알아내고 말았다. http://www.kimjungill.kwanhunggook.nk 안으로 들어가기 위해서는 먼저 http://www.kimdaejung.kwanhunggook.sk를 클릭해야 한다는 사실을 발견한 것이었다. 다시 kimjungill의 홈페이지를 빠져나온 허만중 씨는 즉시 kimdaejung의 홈페이지를 열었다. 그랬더니 비로소 kimjungill의 방문이 열렸다.

아, 여기였구나!— 허만중 씨가 그렇게 탄성을 지르는 순간, 모니터의 화면이 보다 선명하게 밝아지고 있었다. 그리고 재빨리 영문 주소가 한글 주소로 바뀌었다. 'kimdaejung'이 '김대중'으로, 'kimjungill'이 '김정일'로 바뀌면서 수많은 수행

원을 거느린 두 사람이 원탁을 사이에 두고 앉아 있었다. 흉금을 터놓고만 있는 게 아니라 수행원들과 두 사람은 아예 배꼽이 다 보일 정도로 발가벗은 알몸 그대로였다.

그런데 허만중 씨가 더욱 경악할 만한 사실은 그들 두 사람과 수행원들은 두 손이 쑥 들어갈 만큼의 구멍이 저마다 가슴 한가운데에 뚫려 있었다는 것이다. 앞에서 들여다보면 저쪽 뒤도 보일 정도로 그렇게 훤하게 뚫려 있었다.

정확한 시간으로 말해서 기원전 4333년 6월 14일 밤 11시 20분이었다. 심장이 두근거렸다. 이 사실을 재빨리 바다 건너 모든 나라에 알려야겠다! — 하고 허만중 씨가 '김대중'과 '김정일'의 홈페이지 방문을 삐거덕 열었다. 그런 다음 마지막으로 http://www.kwanhunggook.south&north.kr 문턱을 넘어섰을 때 수평선의 수벽도 와그르르 무너지면서 푸른 파도가 넘실대기 시작했다.

와아아아아아 — 관흥국 여행이 끝나고 있는 순간이었다. 아까부터 가슴이 이상하여 손을 갖다 대던 허만중 씨는 화들짝 놀랐다. 그 역시 구멍이 둥그렇게 뚫려 있었던 것이었다. 그 또한 관흥국 사람이었던 거다. 그는 컴퓨터 화면에서 http://www.kwanhunggook.south&north.kr를 아예 지워버리고 http://www.kwanhunggook.korea라는 프로그램을 새롭게 깔고 나서 만세, 만세! — 소리쳤다.

57. 누구도 자신의 자화상은 그릴 수 없다

"이 풍경화 어때?"

"괜찮은데. 그런데 저쪽에 걸린 인물화가 더 마음에 드는군."

"풍경화는 풍경화대로 맛이 있고 인물화는 인물화대로 맛이 있는 거 아냐?"

"하긴 그래. 정물화는 정물화대로 또 맛이 있듯이."

"아무튼 정춘복 화백이 이번 개인전을 아주 의욕적으로 준비한 것만은 사실이야."

"풍경화에다 인물화, 그리고 정물화까지 나란히 걸어놓고 있는 게 우선 그렇군."

〈정춘복 개인전〉을 둘러보면서 허만중 씨는 친구 김학민과 쉬지 않고 대화를 나누었다. 김학민은 소설을 쓰는 친구였는데 그 역시 그림을 무척 좋아하고 있었다. 오늘 그래서 이들 두 사람은 르네상스 화랑에서 열리는 정춘복의 개인전을 일부러 첫날부터 찾은 터였다.

"이 친구들 오랜만이네. 바쁜 틈에도 이렇게 와주셔서

고맙네."

다른 손님들과 이야기를 나누던 정 화백이 반갑게 악수를 청했다. 소설가 김학민과 시인 허만중의 손을 한꺼번에 잡으면서 그는 계속 고맙다는 말을 되풀이했다.

"열심히 그려 본다고 했는데, 그림이 됐는지 나도 영, 모르겠어."

"겸손은? 정 화백의 의욕과 실력이 그대로 보이는 역작들이야."

허만중 씨는 나이 50대 중반을 바라보는 사람답지 않게 수줍어하는 정 화백의 어깨를 툭 쳐주었다.

"수고했어. 나야 시를 쓰는 사람이어서 그림은 잘은 모르네만… 이번 정 화백의 작품들은 나이에 걸맞게 무르익을 대로 무르익었다는 그런 느낌이 들어." 그 사이를 놓칠세라 소설가 김학민이 거들었다.

"허만중 시인, 그리고 정춘복 화백! 거 공자님께서도 말씀하셨잖아. 시서화음詩書畵音, 그러니까 시와 글씨와 그림과 음악은 같은 형제지간이라고 하셨지. 시 속에 그림이 있고 음악이 있듯이, 그림 속에도 또한 시와 음악이 있는 게 아니겠어. 그렇게 생각한다면 시인 김만중이가 정춘복 화백의 그림을 높게 평가하는 것은 확실한 안목에서 비롯된 말일 거야. 정 화백 안 그런가?"

"소설가 김 선생님께서 그렇게 말씀을 하니 일단은 안심이

되는군. 하하하."

정춘복 화백은 기분이 좋은 듯 너털웃음을 웃었다. 그리고 다시 한번 자신의 그림들을 쭉 바라보더니 사뭇 상기된 얼굴로 말을 이었다.

"어이 친구들, 그런데 말이야, 이번 전시회에서 나는 내 자화상이랄까 하는 그런 작품을 내놓지 못해 마음속으로는 상당히 섭섭한 면도 있다네. 이제 겨우 그림이 보일까 말까 하는 나이네만, 그래도 자화상 한 점쯤은 내놓고 싶었는데."

허만중 씨는 그러나 고개를 가로저었다.

"정춘복 화백! 자네도 알다시피 나 외국 화랑들 많이 가본 사람이 아닌가. 프랑스의 루브르박물관, 미국 뉴욕 현대미술관, 베를린의 여러 화랑들, 그리고 중국 베이징의 거대한 화랑들도 많이 다녀본 사람으로서 내린 결론인데, 자신의 자화상을 그린 화가들이 그렇게 많지 않더란 말일세."

소설가 김학민이 또 가세했다.

"자신의 자화상을 그려 더 유명해진 반 고흐도 어디에선가 실토한 적이 있지. 그 그림은 자기의 자화상이 아니라면서 변명 아닌 변명을 했지. 정말 누구도 자신의 자화상은 그릴 수 없다고. 그 말은 바로 화가 자신이 그린 자화상은 모종의 꾸밈 혹은 작위성을 배제할 수 없다는 것인데. 그래서 소설 쓰는 나는 이렇게 생각해. 정 화백이 자신의 자화상을 전시회에 내놓지 않는 이유는 바로 고흐 같은 심정 때문이었을 거라고."

여기에 한술 더 떠서 허만중 씨가 말했다.

"어떤 인간도 자신을 제대로 그릴 수는 없는 것이지. 우리 인간을 제대로 그릴 수 있는 자는 오직 하느님뿐 아니겠어? 그러니 정 화백께선 너무 섭섭하게 생각 말게, 친구!"

58. 함부르크의 밤

"독일에 오셨다면 함부르크는 꼭 방문할 만한 도시죠. 시를 쓰시는 허만중 씨한테는 괴테와 실러가 함께 살면서 활동한 바이마르시가 더 의미 있는 곳일 터이겠지만요. 네에, 일정이 그렇게 빠듯하지 않으시다면 함부르크에 가셔서…"

베를린의 동아시아문화센터가 주최한 국제세미나가 끝난 자리에서 힐트만 교수가 허만중 씨에게 다가와 그렇게 말했다. 그는 장장 35년 동안이나 서부 베를린 대학에서 '동아시아 정치사'를 강의했는데 무엇보다도 분단 한국의 통일 문제에 대하여 심도 있는 연구논문을 지속적으로 발표하여 이미 국제적으로 널리 알려진 유명한 원로 교수였다.

"함부르크시에는 물론 하이네 시인의 발자취가 여러 군데 남아 있지요. 중앙 공원 숲속에 드높이 세워진 그의 전신상이 우선 그것이고, 은행가였던 숙부 일을 도우면서 자주 거닐었을 엘베강 연안의 부둣가가 눈길을 끌 만한 곳이죠. 하지만 제가 한국에서 오신 허만중 시인에게 유독 권하고 싶은 곳은 '함부르크 세계 사상연구소'입니다.

극단적인 양극 이데올로기에 갇혀 신음했던 사람들한테는 그 연구소가 시사하는 점은 상당한 것이니까요. 이 연구소는 특히 이념과 사상에 시달리는 사람들을 위해 개발된 '정치사상사적 정신의학' 분야가 가장 탁월한 연구 성과로 알려져 있습니다. 저는 그래서 그곳 주임교수인 하우프트만 박사를 소개해 드리고 싶습니다.

사회과학을 하는 저로서는 문학은 역시 다른 어떤 학문도 해낼 수 없는 독특한 '치유의 힘'을 갖고 있다고 보는데, 그런 차원에서 보면 하우프트만 교수가 시문학을 하시는 허만중 씨한테는 조금은 유익한 분일 걸로 생각됩니다."

"힐트만 교수님, 감사합니다. 교수님의 말씀을 듣고 보니 거긴 정말 방문할 만한 곳이라고 느껴집니다. 저희와 마찬가지로 오랫동안 분단을 체험하신 독일인으로서, 그리고 독일 지성을 대표하는 원로 교수로서 저에게 '함부르크 세계 사상연구소' 방문을 안내해 주심에 대하여 거듭 감사드립니다. 분단의 배경은 다른 것이었습니다만 독일인들과 한국인들이 가졌던 동병상련의 아픔은 결국 같았다는 것을 힐트만 교수님한테서도 느낍니다."

독일 체류 10일째였다. 허만중 씨는 힐트만 교수의 '함부르크 세계 사상연구소' 방문 추천서를 받아 쥐고 함부르크시로 향했다. 베를린에서 초고속 기차를 타고 4시간을 넘게 달리자, 북유럽 특유의 12월 야경이 나타났다. 엘베강의 내륙

항구 도시인 함부르크는 그야말로 북부 유럽의 전형적인 모습인 백야白夜현상을 드러내고 있었다. 허만중 씨는 하이네의 「노래의 날개를 타고」를 입속으로 읊조렸다.

노래의 날개를 타고

나의 사랑이여
내 너와 함께 가련다. 갠지스강의 들판 저편으로.
아아, 거기에 나는 가장 아름다운 곳을 알고 있다네…

허만중 씨는 하우프트만 교수와 다음 날 연구소에서 만나기로 전화를 한 다음, 역마살이 낀 나그네들이라면 누구나 그렇듯이 일찍 호텔 방으로 들어가지 않고, 부둣가로 나갔다. 함부르크시가 자랑하는 세계 최고 수준의 독dock에 각 나라에서 찾아온 대형 선박들이 정박해 있는 모습이 보였다. 여객선이 발을 내린 부둣가를 따라가노라니 여행용 가이드 책자에서 읽었던 그 유명한 '섹스 박물관'이 나타났다.

섹스 박물관이라? 호객 행위란 절대로 있을 수 없다는, 성인들이라면 누구나 자유스럽게 드나들 수 있다는 세계 유일의 '섹스 박물관'이 그야말로 '고요한 숨결'로 불을 켜놓고 있었다. 허만중 씨는 속으로 껄껄 웃었다.

'함부르크에선 누구나 사상의 자유를 누릴 수 있고, 누구나 섹스의 자유를 누릴 수 있다? 그래, 이것이 바로 오늘의 독일 통일을 가져온 힘이 아니었을까?'

온통 유리문만 달린 박물관 속에서 인어들이 전신 나체로 드러누운 함부르크의 밤, 그곳을 찾은 코리아의 남쪽 출생 허만중 씨는 무슨 생각이 들었는지 갑자기 목이 메어옴을 어찌할 수가 없었다. 아마 분망하게 돌아가는 함부르크의 밤공기 때문이었는지도 몰랐다.

59. 바람·구름·모래·도시

"옛날엔 여기가 '연꽃마을 저수지'가 있던 곳인데…."

"맞습니다. 그리고 저쪽으로는 그래도 꽤 넓은 실개울이 흘러가고 있었지요."

허만중 씨와 최병두 씨는 25년 전에 예의 '연꽃마을 저수지'를 매립하여 세웠던 시청 정문을 들어서면서 서로 말을 주고받았다. 최병두 씨는 K 시 환경운동연합회 사무국장을 맡아보고 있는 사람으로 그의 고향 후배였다.

"만중이 형님, 당시 시민들은 연꽃마을 저수지만은 살려야 한다는 쪽으로 여론이 비등했지요. 그런데 K 시 행정 당국이 결국 그 저수지를 매립해버렸습니다. 그 좋은 태봉산을 허물어서요. 뒤에 알려진 사실이지만 당시 시 행정 당국의 무지도 무지였거니와 지역 건설업자들의 검은 로비가 엄청나게 가세한 결과였을 겁니다."

"오늘 공청회는 어떻게 될까요?"

"글쎄, 두고 봐야지."

허만중 씨와 최병두 사무국장이 시청 회의실에 들어서자,

예정 시간보다 먼저 와서 많은 시민이 공청회 시작을 기다리고 있었다. K 시가 주관한 공청회는 '흑석 저수지 매립'이 안건이었다.

오늘은 시장이 직접 참석하신다면서? 그럴 모양이지. 사안이 사안인 만큼 시장이 직접 참석하는 게 당연하잖아. 아냐, 또 바쁘다는 핑계로 안 나올 수도 있지. 그나저나 좌우지간 기다려 보세. 시 쪽에서 아무튼 어떤 말이 나오겠지.

허허, 한데 말일세. 우리 K 시에는 수기水氣가 없단 것일세, 수기가? 아암, 나도 그렇게 생각하는구먼. 지기地氣만 거세게 남아 있을 뿐, 갈수록 수기가 사라져 가고 있다는 걸세. 지기가 양陽이라면 수기는 음陰인데 그런 조화가 점차 깨져 버리고 있다, 그 말씀이야.

하하, 그렇지. 양의 기운이 너무 세면 그곳에 사는 사람들의 심성도 자연 거칠어지게 마련이지. 반면에 음의 기운이 너무 세면 사람들이 주눅 든 것처럼 힘이 빠져버리고? 해서 양과 음, 음과 양의 조화가 예로부터 중요하게 여긴 거 아냐?

거 보라니까. 40년 전에 일어났던 그 무시무시한 전쟁 말이야. 내 생각이 틀렸는지는 모르겠네만, 나는 풍수風水라는 것을 믿어. 풍수지리 말일세. 수량도 풍부했던 그 좋은 연꽃마을 저수지를, 가만히 앉아 있는 태봉산 봉우리를 몽땅 깎아다가 매립해 놓으니까 그만 그런 놈의 전쟁이 일어난 거 아냐? 외국과의 전쟁도 아닌데 공수부댄가 뭔가 하는

놈들이 쳐내려오고. 아무 죄도 없는 사람들이 무수히 죽고. 그게 다 수기를 없애버린 데서 비롯된 '전쟁'일 수도 있다고 생각해요.

사람들이 잠시 여기저기서 웅성웅성하는 사이 시장이 들어와 의자에 앉았다. 도시계획 관련 국장들도 함께 따라 들어와 앉았다. 공청회는 발제자와 토론자, 이 자리에 참석한 시민들의 열띤 논쟁으로 계속됐다. 점차 열기가 고조돼 가고 있었다. 허만중 씨와 최병두 씨는 서로 약속이나 한 듯이 몇 차례 공청회 참석자들의 얼굴빛을 훔쳐보았다. 그들 속에는 예측한 대로 K 시의 내놓으라는 건설회사 간부들이 끼어 있었다.

공청석에 앉아 있는 시민들에게 발언권을 주자 한 시민이 불쑥 일어나 앞으로 가더니 마이크를 잡았다. 70세쯤 보이는 백발의 노인이었다.

"시장님, 인자仁者에게는 요산요수樂山樂水라 하는 말을 알고 계시죠. 흙으로 치솟은 산만이 아니라 어머니와 같은 물을 자주 접해야 사람은 어진 마음을 갖게 된다는 그 말씀을, 시장님께서는 어떻게 생각하십니까? 물을 멀리하면 사람은 누구나 사나워집니다. 하오니 흑석 저수지를 그대로 살려두어야 한다는 것입니다."

그러자 K 시 환경운동연합회 사무국장인 최병두 씨가 일어났다.

"어르신 말씀이 옳은 말씀입니다. 우리 시에 하나밖에 남아 있지 않은 흑석 저수지를 없애버리면 우리 시는 바람과 구름과 모래뿐인 도시가 될 것입니다. 물이 없으면 사람들은 서로의 젖무덤을 파헤쳐서라도 맹수처럼 상대의 젖을 빨아 댈지 누가 알겠습니까! 물론 저 멀리 인공 댐에서 물을 끌어온다고 하지만 말입니다."

60. 사람 몸이 책이다!

낫 놓고 ㄱ자도 모르는 할머니의 몸도
엄청난 장서藏書, 책으로 가득 찬 도서관이다.

"김 군, 꼭 책만이 책이 아니네. 종이에 활자를 박아서 묶은 것만 책이라고 말할 순 없지요."

허만중 씨가 그렇게 말하자 제자인 김 군의 두 눈도 반짝, 빛났다. 교수님께서 또 무슨 말씀을 하시려나 하고 두 귀를 모았다. 허만중 씨는 C 대학 국문학부에서 외국 문학 특강과 '시와 철학'이란 과목을 강의하는, 이른바 문학 분야의 초빙 교수였다.

산책을 삼아 걷고 있는 광주 근교의 드들강, 때마침 시원하게 불어온 바람이 미루나무를 흔들었다. 6월 중순을 넘어서면서부터 미루나무의 잎새들은 마치 음부音符처럼 펄럭이고 있었다. 쏴–아 쏴–아 바람에 나부끼고 있는 잎새들은 영락없이 도레미파솔라시도, 음부 혹은 음표처럼 펄럭거렸다. 허만중 씨가 손짓하였다.

"저 푸르른 나무들, 저 숲과 산봉우리들도 수천 권의 책이 아니고 뭘까요. 하늘의 구름도, 눈에 안 보이는 바람 소리도 모두 책이 아니고 또 뭘까요. 김 군, 저기 봐. 꿈틀거리는 강물도 어느새 우리의 눈과 가슴속에 들어와 책으로 펼쳐지고 있어요."

"교수님, 그럼 이 세상에는 책이 아닌 것이 없겠네요."

김 군이 머리를 긁으며 물었다. 그는 시를 쓰고 노래하는 허만중 교수의 말을 이제 정말로 받아들이고 있었다. 허만중 교수의 이야기가 시적 상상력에서가 아닌 일상적 삶의 철학에서 나온 거로 생각했다.

"김 군, 그리고 자네 몸이야말로 최고의 책이지. 읽어도 읽어도 바닥이 나지 않는 책. 그래, 자네 몸뿐만이 아니네. 이 세상을 살아가는 사람들의 몸은 모두 진리와 생명을 담은 책이라네! 가령 자네 어머니의 몸을 바라다보아도 엄청난 책이지."

"네, 제 생각에도 그럴 것 같습니다." 김 군은 어느새 고개를 숙였다. 드들강을 함께 걸으면서 허만중 교수로부터 듣는 어머니라는 존재는 설명을 다 할 수 없는 거대한 도서관 그 이상일 것이라고, '여자의 몸' 어머니야말로 최고의 책이라고 생각했다. 어머니의 몸은 시간과 공간이 공존하는 우주의 축소판이었다. 허만중 교수 말에 따르면 인체 과학자들이 지금까지 밝힌 여자의 몸, 어머니의 몸은 우리들이 밤새도록,

평생을 두고 읽는다 해도 신비하고 무궁무진하다는 것이었다.

 여자의 몸: 피부 1평방 인치에는 평균 1,950개의 세포, 1,300개의 근육 조직, 78개의 신경 조직, 650개의 땀구멍, 100개의 피지선, 65개의 털, 20개의 혈관, 178개의 열 감지기, 13개의 냉 감지기가 분포돼 있다. 피부는 4주마다 완전히 새 피부로 바뀌며 일평생을 통해 1,000번 이상의 피부를 갈아입는다. 심장은 매분 4~7리터의 피를 퍼 보내고 있으며 잠자는 동안에도 심장은 매시간 300리터의 피를 퍼낸다. 7년마다 몸 전체의 모든 뼈가 새 조직으로 바뀌며, 근육은 650개, 관절은 100개 이상이며 뼈의 숫자는 260개 정도다. 겨우 1평방 인치에 불과한 눈의 망막 속엔 130만 개의 감광 세포가 들어있고, 125만 개의 간상세포가 흑백을 감지하고, 7만 개의 원추세포가 원색을 감지하는데 실제로 이 원추세포는 150가지의 색을 구분한다. 눈은 뇌의 뒷부분과 100만 개 이상의 신경 조직으로 연결되어 있으며, 한번 눈을 깜박거리는 데 40분의 1초가 걸리고 1분에 평균 15번, 한 시간에 900번, 일평생 3억 번이나 눈을 깜박거린다. 자동차를 만드는 데 1만 3천 개의 부속품, 보잉747 여객기엔 3백만 개의 부속품, 우주선에는 5백만 개의 부속품이 필요하다. 그리고 인간의 몸엔 10조 개의 세포 조직, 8만 킬로미터의 모세혈관을 합하면

지구를 두 바퀴 반 도는 길이다. 살아있는 붉은 핏속에는 산소를 운반하는 적혈구가 25조 개가 있으며 질병과 싸우는 백혈구는 250억 개가 있다.

"아, 여자인 어머니! 어머니인 여자! 제 어머니가 그렇게 엄청난 생명체, 책인 줄을 이제야 알았습니다. 어머니뿐만이 아니라 아버지도, 그리고 허만중 교수님이 저에게는 평생을 두고 읽어도 시간이 부족한, 헤아릴 수 없는 엄청난 두께의 책이라는 것을 비로소 알 수 있을 것 같습니다. 그리고 우리 사람들은 모두가 저마다 도서관이라는 것을, 나아가 저마다 박물관 그 이상이라는 것을 알았습니다."

김 군이 우리들 어머니의 몸 혹은 인간의 몸에 대하여 비로소 탄복하는 사이, 허만중 씨는 드들강 쪽으로 바짝 내려가고 있었다. 김 군이 궁금해서, 교수님, 무슨 일로 물가까이 내려가십니까, 하고 물었다. 허만중 씨의 대답은 간단했다. "응, 물결 좀 보려고 내려가고 있다네. 흐르는 강물만 책이 아니라 흐르는 강물이 보여주는 꿈틀거림과 물결의 높고 낮음도 더없이 소중한 책들의 꿈틀거림인 거지."

61. 보리

　초 여름밤, 오늘따라 잠자리에 빨리 든 허만중 씨는 꿈을 꾸고 있었다.
　그렇게 많이 날던 새들은 어디로 갔지? 하늘에서 삐종삐종 노래하던 종달새도 안 보이고, 산에 가면 예쁜 주둥이로 벌레를 잡아먹던 산새들도 영영 안 보이니, 참말로 고향 산천이 텅 비어버린 것 같구나! 보리밭 사잇길로 걸어가면 / 뉘 부르는 소리 있어 발을 멈춘다 / 돌아보면 아무도 뵈이지 않고 / 저녁노을 빈 그림자만 눈에 차누나. 오랜만에 고향을 찾아 내려온 허만중 씨는 이제는 겨우 서너 뙈기밖에 살아남지 않은 보리밭을 바라보았다. 혼자 중얼거리다가, 혹은 기억 속에서 가물거리는 그런 곡조曲調로 노래를 부르며 터덜터덜 고향의 논과 밭둑길을 걸어보는 것이었다.
　허만중 씨는 기억 속으로 다시 낚싯바늘을 던져 쌀붕어 새끼들을 낚아 올리듯이 옛노래를 불렀다. 고향에 고향에 돌아와도 / 그리던 고향은 아니러뇨 / 산꿩이 알을 품고 / 뻐꾸기 제철에 울건만 / 마음은 제 고향 지니지 않고 / 머언 항구로 떠도는 구름 / 오늘도 뫼 끝에 홀로 오르니 / 흰점 꽃이 인정스레 웃고 / 어린 시절에 불던 풀피리 소리 아니 나고 / 메마른 입술에 쓰디쓰다 / 고향에 고향에 돌아와도 / 그리던 하늘만이 높푸르구나.

뜸북뜸북 뜸북새 논에서 울고 / 뻐꾹뻐꾹 뻐꾹새 숲에서 울 때 / 우리 오빠 말 타고 서울 가시면 / 비단 구두 사 가지고 오신다더니. 고향 마을 앞 논들을 바라보며 아무리 노래를 불러대도 뜸북새는 울지 않았다. 다 어디로 가버렸지? 녀석들이 살고 있다던 옹달샘 주변을 지나쳐가도 뜸북새 울음은 들려오지 않고 억새와 갈대들만 어디서 불어왔는지도 모르는 바람결에 흔들리고 있을 뿐이었다.

얼마쯤 꿈을 꾸고 있었을까. 동구 밖에 펼쳐진 보리밭 쪽으로 가고 있는 한 소년이 보였다. 검정 고무신이 닳아지는 것이 걱정스러워 늘 두 손에 쥐고 다니던 그 소년은 허만중이었다. 가만있자, 몇 살이더라? 45년 전 저편에서 아스라하게 걷고 있는 소년은 여덟 살이었다. 그는 보리를 꺾어 피리를 불었다. 삘릴리 삘릴리리– 보리밭은 정말이지 푸르게 넘실대고 있었다. 싱싱한 잎새를 마냥 살랑거리며 셀 수도 없는 모가지들을 쭈뼛쭈뼛 들어 올리고 있었다. 조금 전까지 안 보이던 종달새가 하늘 맨 높은 곳을 날며 삐종삐종 우는지 노래하는지 그렇게 보일락 말락 날고 있는 것이었다.

그때였다. 대추나무집 정동주 할아버지가 긴 담뱃대를 물고 동구 밖으로 나오더니 갑자기 혀를 끌끌 찼다. 허허, 이런 놈들 봤나? 남의 집 보리밭을 아주 뭉개 버렸구나! 대관절 어떤 젊은 놈들이? 이것 봐라! 우리 집 보리밭 속에다 아예 신방新房을 차려버린 모양이지? 짜식들, 누구네 새끼들인 줄은 몰라도 밤새도록 이리 뒹굴고 저리 뒹굴고 그 짓을 한 모양인데, 이거 으쩌면 좋지? 에라, 그렇다고 밤이면 밤마다 지켜 설 수는 없고.

대추나무집 정동주 할아버지는 그러나 다시 무슨 생각이 들었는지 담뱃대를 가지고 자신의 뒷등을 긁었다. 베적삼 속으로 넣어서 긁어대는 긴 담뱃대는 영락없는 '효자손手'이었다. 에헴, 기침 한번 크게 하고 나더니 혼자서 박장대소를 하는 게 아닌가.

"핫핫핫핫핫! 잘했어. 아암 잘하고말고! 이렇게 해서라도 하루빨리 장가가고 시집을 가야지. 뭐라 한들 올해는 우리 동네에 풍년이 들게 되었어. 총각 처녀들이 장가가고 시집을 갈 조짐을 보여야 풍년이 드는 것인데. 올가을에는 온 동네가 웃음 풍년이 들겠구먼. 내년이면 누구네 집인 줄은 몰라도 떡덩어리 같은 손자 녀석을 보겠어. 까짓, 보리밭이 좀 뭉개지고 부서지면 어때! 우선 우리 동네 젊은이들이 장가가고 시집을 가야 하는 거 아녀? 옆에 있다면 누가 내 말 좀 들어보면 좋겠어! 핫핫핫핫핫. 자고로 보리 풍년이 들어야 나락 풍년도 드는 것이여!"

"대추나무집 할아버지, 그 말씀을 제가 듣고 있어요."

소년 허만중이 하하하하 웃으며 대추나무집 정동주 할아버지 곁으로 다가서고 있었다. 보리밭도 아까보다 더욱 푸르게 출렁, 출렁거리는 것이었다. 그러자 거기에 박자를 맞추듯이 종달새가 은빛 날개를 반짝이며 날아오르기 시작했다. 제비와 산꿩, 까치와 파랑새, 굴뚝새와 물총새, 그리고 천년을 산다는 학鶴의 무리도 무수히 날아올라 소년 허만중의 고향 하늘을 푸드덕푸드덕 가득 채우는 것이었다.

62. 흰 저고리

 서편으로 가던 달이 구름 속에 얼굴을 숨기자, 호박잎에 빗방울이 후드득후드득 떨어지고 있었다. 한지韓紙 창문에 어른거리던 300년 묵은 은행나무 그림자도 어둠 속으로 사라지고 마을 앞 논바닥에서는 개굴개굴 개구리의 울음소리가 그치지를 않았다. 멀리 산모퉁이를 돌아가는 등불 하나만이 뽀얗게 빛을 발할 뿐 마을은 깊숙한 정적에 휩싸여 있었다.
 그러나 그 정적도 잠시였다. 하늘을 가르며 천둥 번개가 우르릉 쾅쾅 내리쳤다. 마을 앞 당산나무의 어깨를 우지직 부러뜨리는가 싶더니 뒷산 성황당 느티나무를 후려치면서 들판 저쪽의 어둠을 잽싸게 찢어 놔 버렸다.
 논에 나간 영감은 여태까장 뭐다는 것이당가. 지금쯤은 물꼬를 다 터놨을 것인데 말이여. 쯧쯧, 자식이 없으면 할 수가 없당께. 야밤중에도 늙은 몸뚱이로 물꼬를 들여다봐야 한다니 참말로 안쓰럽구먼. 오늘따라 천둥 번개도 저리 쳐대고 있으니 아무래도 비가 억수같이 바가지로 쏟아질 모양이네.
 우르릉 쾅쾅- 우르릉 콰아앙-

아까부터 할머니 곁에 웅크리고 앉아 있던 소년 허만중은 이제는 더 이상 참지 못하겠다는 듯이 이불을 뒤집어썼다. 무서워 도무지 견딜 수 없기 때문이었다. 하지만 이불을 뒤집어쓰고 있으면서도 녀석은 한 손을 밖으로 내밀어 할머니의 치맛자락을 붙잡아 다녔다.

뭣이 무섭다구? 즈그 할아버지는 이 칠흑 같은 야밤에 논 가운데 혼자 서서 논을 지키고 있는데, 하고 푸념을 늘어놓으면서도 할머니는 손자 녀석의 머리끝까지 이불을 덮어주었다. 그러더니 손자놈도 들으라는 분명한 목소리로 씨와 뼈가 꽤나 박힌 말 보자기 하나를 털어놓기 시작했다.

"만중아, 만중아, 우리 손자 만중아! 저 천둥 번개 치는 소리를 듣고 있느냐, 잉? 우르릉 쾅쾅, 우르릉 쾅쾅. 천지를 내리치는 저 엄청난 소리를! 아암, 그랬단다. 예로부터 벼락 맞아 죽은 사람들은 크게 죄지은 사람들이었단다. 하니까, 우리 만중이도 벌레 한 마리라도 함부로 밟진 말아라. 좌우지간에 꿈틀거리는 것들은 절대로 짓밟아서는 안 되느니라. 그게 다 돌이킬 수 없는 죄가 된단다."

마치 스르릉 스르릉 물레를 돌리며 노래하듯이 할머니는 그렇게 천천히 말했다. 소년 허만중은 이불 밖으로 얼굴을 내밀어 할머니를 보았다. 언제나 그렇듯이 할머니께서는 할아버지 옷 아니면 만중이의 해진 옷을 깁고 있었다. 너울거리는 등잔 불빛을 받아 할머니의 흰 저고리가 더더욱 하얗게

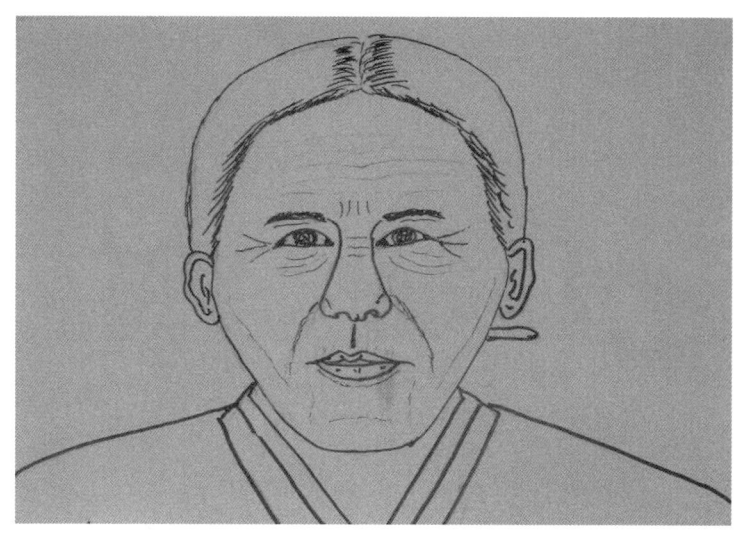

느껴졌다. 창밖은 여전히 천둥 번개가 우르릉 쾅쾅, 천지를 가르며 어디론가 날아가고 있었다.

"할머니! 오늘 낮에 저는 큰 죄를 지었는데 괜찮을까?"

"무슨 큰 죄를 지었는데?"

"상수리나무에서 풍뎅이를 잡아다가 다리를 모조리 꺾어 버렸어요. 한 마리도 아니고 열두 마리나! 풍뎅이를 마루에다 눕혀 놓고 그 녀석들이 뒷등으로 빙빙 도는 것을 보며 마냥 좋아했는데, 그것 또한 큰 죄가 아닐까 모르겠어요?"

"물론 큰 죄지. 우리 집 만중이는 뽕나무에서 달팽이를 잡아다가 구슬로 만들어 놓고, 좀팽나무에 올라가서는 뺑재기벌레 괴롭히고. 그게 다 죄가 아니고 뭣이당가. 허지만,

이 할미가 부처님한테 빌겠다. 대홍사 부처님한테 가서 빌겠다 잉. 앞으로 만중이는 절대로 그러지 않을 것이오니 용서해 주십사하고 말이여. 만중아, 이 세상 아무리 미물微物이라도 모다(모두) 사람만큼 소중하고 귀중한 생명이거니 혹시라도 장난삼아 죽이지는 말거라. 한 발짝 물러서서 생각하면, 사람이라는 것도 이 무궁무진한 우주 가운데서는 니가 좋아하는 잠자리와 같은 미물이 아니겠느냐 잉, 만중아!"

"네, 이제부터는 개미 한 마리인들 무심코 밟지 않겠어요."

그렇게 대답하고 나니 소년 허만중은 천둥 번개가 무섭지 않다는 생각이 들었다. 이불을 훌훌 밀어버리고 일어나 한지 창문을 열었다. 물꼬를 보살피려고 논에 나간 할아버지께서 '어험!' 큰기침하면서 집으로 들어서고 있었다. 할아버지 역시 흰 저고리에 흰 바지를 입고 계셨는데, 그 모습은 올해로 50대 중반을 앞에 둔 허만중 씨가 아득한 꿈속을 걸어가다가 발견한 그런 날개와 같았다. 하얀 날개 — 아아, 지평선 그 너머로 사라지며 펄럭이던 새들의 하얀 날개!

63. 장미의 그림자

"여자들은 사는 동안 언제까지 아름다움을 간직할 수 있을까?"

"늙어가는 주제에 아름다움은? 우리도 이제는 시들어가는 꽃이야."

"야야, 말 말아라. 늙어가면서도 얼마든지 곱게 살 수가 있는 것 아니겠어?"

예수님께서 돌아가신 날이라 육식을 금하고 있다는 '성聖금요일' 오후, 세 여자는 수만리 마을로 향하고 있었다. 소나무 오리나무 측백나무 상수리나무 이팝나무 산수유나무 소태나무 감나무 모과나무들이 아무렇게나 서서 짙푸르러진 산길. 한참을 달려도 지루하지 않은 듯 세 여인은 시끌벅적 떠들어대고 있었다.

"그런데 잔 다르크란 여자 있잖아?"

"어, 있지. 학창 시절, 세계사 시간에 나온 여자."

"백년전쟁 때 프랑스의 영웅이었지. 영국과의 전쟁에서 프랑스를 승리로 이끈 성녀聖女."

"성녀는 무슨 성녀? 전쟁이 끝나자마자 마녀사냥으로 몰려 죽었는걸."

"장작불에 올려 태워 죽였지. 네 말마따나 마녀라고 해서."

"그러나 오늘은 성녀로 추앙받고 있는 것이 사실 아니냐."

출발할 때부터 그랬지만 세 여자의 대화는 특별한 주제가 없었다. 생각나는 대로 아무 이야기나 내밀어 화젯거리로 삼았다. 세 여자는 '여고 동창생'으로 시인 허만중 씨의 제자들이었다. '어느 날 여고 시절 우연히 만난 사람 변치 말자 약속했던… 어쩌고저쩌고'하는 가사로 시작되는 노래를 부르면서 자란 세대였다. 그러니까 세 여자는 1960년대 중반에 여고를 졸업하고 지금은 모두 50대 중반을 바라보는 중늙은이 여자들인 셈이었다. 남편들한테는 아직은 사랑스러운 아내이겠으나 자식 손자들한테는 '할머니'라고 대접받으며, 이제 서서히 인생의 내리막길을 바라보고 있었다.

세 여자를 조금씩 언급하자면 한 여자는 목사 부인이고, 또 한 여자는 남편이 모 건설회사를 다니다 쉬는 중이고, 마지막 한 여자는 요즘 전염병처럼 돌고 있는 구조조정인가 뭔가로 은행 간부직에서 쫓겨난 '퇴출 남편'을 데리고 사는 K 시 여고 동창들 사이에서는 조금은 알려졌다고나 할까.

"야, 수만리다!"

"어머, 저 망초꽃들 좀 봐라!"

"이 냄새! 역시 늙어갈수록 자연은 친정집이야."

일명 '국민차'로 불리는 아토스 승용차 안에서 세 여자는 저마다 한 마디씩 감탄사를 연발하였다. 누가 그 모습들을 본다면 중늙은이 여자들이 아니라, 그리고 집안에 손자를 둔 할머니들이 아니라, 대단스럽지 않은 것 앞에서도 가슴이 괜스레 부풀어 오르는 여고생이었다. 흙냄새가 물씬물씬 풍기는 비포장도로 하며 아직은 문명에 간음 당하지 않은 주위 자연경관이 그녀들의 혼을 빼앗는 중이었다. 어머, 이런 곳도 있었네. 세 여자는 누구랄 것도 없이 서로 먼저 휘파람을 불고 싶은 심정이었다.

수만리에 도착하자마자 한 여자가 아까 했던 이야기를 되짚는가 했더니 엉뚱한 말을 했다. 남은 두 여자 또한 가만히 있지를 않았다. 립스틱을 짙게 바른 입술을 내밀어 말 장구를 치는 것이었다.

"살다 보면 성녀도 마녀가 되는 거 아냐? 우리 여자들처럼."

"꽹과리도 오래 두드리다 보면 제소리를 못 내고 찢어지는 소리를 내듯이 우리도 그렇게 돼가는 것 아냐?"

"무슨? 한때 우리도 장미꽃이었기 때문에 우리 새끼들과 손자 녀석들이 지금 그렇게 장미꽃으로 활짝 피는 게 아니겠어? 그러니 늙어간다고 너무 슬퍼하지 말지어다! 호호호!"

세 여자가 그렇게 수만리의 정적을 깨뜨리는 사이, 모처럼 그녀들이 가졌던 '성금요일'이 저물고 있었다. 그녀들은 이제 장미가 아니라 장미의 그림자일 뿐이었다. 불과 몇 년, 예전 같으면 엉덩이에 불이 붙은 것처럼 정신없이 집으로 달려가서 가족들의 저녁 식사를 준비할 시간. 하늘에서는 이윽고 별들이 하나, 둘 돋아나고 있었다.

64. 길 찾기

 허만중 씨의 친구 이창복 씨는 세상에서 흔히 말하는 위태위태한 남자, 위태위태한 가장家長이다. 그는 한 말로 장기 실직자이다. 날을 거듭할수록 불면증이 깊어지고 심장 박동 또한 고르지 못해서 해 질 무렵이면 '새천년'이란 술 한 병을 마셔야 안정감을 찾는 그런 사람이다. 밀레니엄 새천년, 그러나 그에겐 새천년 술병만이 새천년일 따름이었다.
 하지만 그렇다고 그는 집안에만 처박혀 그냥 빈둥빈둥 노는 게 아니다. 시내 중심가에 문을 연 라이온스 기원에 나가 남들이 두는 바둑을 물끄러미 들여다보곤 하면서 소일한다. 그리고 그 또래의 친구들이 보내온 갖가지 결혼 청첩장과 부고 소식 등으로 집안에서 궁둥이만 붙여 놓고 있을 신세는 아니었다. 오늘 또한 별 특별한 일이 없어 그럭저럭 보낼 수밖에 없다고 생각하다가 기원을 찾았는데 여기저기 굴러다니는 신문 한쪽이 그의 시선을 길게 붙잡았다. D 신문이었다. 경제면 톱으로 실린 그 기사의 머리 제목은 '실버, 골드를 캔다'라는 것이었다.

도대체 이 말이 무슨 말이지? 아, 그렇구나! 젊은 사람들이 너도나도 벤처 사업이다 뭐다 하고 떠드는 세상에 50대 중반 혹은 60대 전 후반 사람들을 겨냥해서 기획한 그 신문 기사는 신종 보험사업을 다뤘다. 젊은이들에 비해 아무래도 발이 넓은 노인층들, 그러니까 그동안 세상을 살아오면서 인적 관계랄까 대인관계의 노하우가 풍부한 노인들을 상대로 하는 보험사업이 요즘 주목받기 시작했다고 D 신문의 K 기자는 쓰고 있었다.

하지만 곧 이창복 씨는 스스로 풀이 죽어 심드렁해졌다. 요즘 돌아가는 세상에 맞춰 기사는 그럴듯하게 쓰였으나 도대체가 자기로서는 현실성이 없어 보인 것이었다. 난 또 뭐라고? 늘그막에 괜히 주위 사람들을 괴롭혀선 안 되지. 한 핏줄로 태어난 가까운 형제지간은 물론 심지어는 얼굴도 잘 모르는 사돈에 팔촌까지 쫓아다니며, 나 이렇게 됐습니다, 현재 나는 촉망받고 있는 미래산업 Q 실버회사에 다니고 있습니다, 도와주십시오, 하고 너스레를 떤다는 일은 왠지 못마땅한 일일 것 같았다.

입맛이 떨떠름했다. 나 먼저 집에 들어가겠수다, 끼니를 모르고 한참 열이 붙어가고 있는 기원 친구들을 뒤로하고 이창복 씨는 거리로 나왔다. 6월 중순인데도 벌써 장마 전선이 북상했는지 하늘이 몹시 흐리고 바람이 불었다. 간헐적으로 빗방울이 떨어졌다. C 의과대학 부속병원 앞이었으리라.

벽보판에는 부속병원 노조원들이 붙여 놓은 선언문이 눈길을 끌었다. '허점투성이 의약분업제도 국민 건강을 위해 바로 잡자'란 고딕 문구가 벽보판을 기어다녔다. 비닐 커버를 씌워 놓은 가판대에는 석간이 놓여있었는데 '의대 교수도 폐업' "응급실 철수'에 빗발친 비난' '병원 전전 음독 30대 환자 끝내 절명' 등 굵직굵직한 타이틀이 때마침 내리는 빗방울에 젖고 있었다.

허만중 씨의 친구 이창복 씨는 이상했다. 2000년 들어와서

이어도를 본 사람은 죽는다 _ 249

자주 마시기 시작하는 '새천년'을 오늘은 한 잔도 마시지 않았는데 가슴이 몹시 후끈거렸다. 나도 어디가 아프긴 아픈 모양이다. 그러지 않고서는 숨쉬기가 이렇게 어렵지 않겠지. 이창복 씨는 두 어깨를 하늘로 세워 흔들었다. 길게 숨을 내뿜었다. 가로수로 서 있는 메타세쿼이아 나무들이 후들후들해 보였다.

그래. 죽는 날까지 무슨 일이든지 해야 해. 놀고먹는 귀신은 지옥에도 갈 수 없어. 아, 그래! 베트남 전쟁터에서도 살아남았던 내가 아니더냐! 그렇게 혼자 중얼중얼 다짐하다가 이창복 씨는 단골 술집 '돌아와요 부산항에' 안으로 쑥 들어갔다. "오늘도 새천년이죠?" "네, 나는 언제나 새천년입니다." 술집 주인에게 눈인사하고 앉자, 탁자 한쪽에 신문 나부랭이가 선풍기 바람 사이로 누워있었다.

그때였다. 술상을 기다리던 이창복 씨가 음, 바로 이거다, 이 회사가 내가 찾아갈 길인 것 같다, 하고 치켜든 것은 P 신문 1면 귀퉁이에 나온 돌출 광고였다. 내용은 대략 이러했다. '우리 회사는 K 시에 처음으로 문을 연 '가족 납골당 전문 회사'이다. 사원을 뽑는데 대상은 50대 이상의 남자이며 K 시에 40년 이상을 거주한 사람이라면 더욱 환영한다.'

65. 꽃은 시들어도 아름답다

언제나 그렇듯이 대학 병원은 만원이었다. 무슨 질병 사고가 그리 잦은지 응급실은 시간마다 밀어닥치는 외래환자들과 보호자들로 숨이 막힐 듯이 북적거렸다. 인턴들과 간호사들이 뛰어다니고 요즘같이 무더운 여름철엔 의사들의 유니폼은 늘 젖어 있었다. 접수 창구와 약국 앞은 늘 기다란 줄이었다. 북적대는 것은 내과, 외과, 소아과가 다를 바 없었다. 중환자실 옆에 붙은 비좁은 보호자 대기소는 환자들을 돌보느라 녹초가 된 가족들이 축 늘어진 채 앉아 있었다.

오늘도 역시 허만중 씨는 6병동으로 올라갔다. 복도 나무 의자에 아무렇게나 걸터앉아 있는 보호자는 대부분 여자였다. 허만중 씨의 부인 강민숙 여사도 그중에 한 사람이었다. 만약에 여자들이 없다면 남자들은 직장 일이나 바깥일을 제대로 할 수 없을 거야. 여자들이 집안의 모든 일을 하나하나 챙겨주고 있기 때문에 남자들은 바깥에서 떵떵 큰소리치고, 활개 치면서 자기 일을 헤쳐 나가는 것이지 뭐. 문득 그런저런 생각들을 떠올리다가 허만중 씨는 며칠 사이 갑자기 늙어버린 듯한 아내의 얼굴을 들여다봤다. 그는 아내의 컨디션을 묻기 전에 우선 어머니의 상태를 물었다.

"오늘은 어때요? 호전되는 기미가 안 보여요?"

"어제와 똑같은 상태입니다. 당신 알다시피, 우리 어머니 병이 어디 금방 나을 병입니까? 저대로 계신 것만 해도 다행입니다. 의사 선생님 말씀으로는 앞으로 계속 두고 보자는 것인데요, 아마 지금도 관찰 중인 모양이에요."

"하긴 그래, 그 병이 결코 쉬운 병은 아닐 터이니."

"여보, 당신 저녁 식사는 어떻게, 해야지요."

부인 강민숙 여사는 남편에게 다가서며 와이셔츠를 슬쩍 훔쳐보았다. 이틀째 그대로 입고 나온 것임이 분명했다. 쯧쯧쯧, 내가 집을 비우고 있으니까 남편 속옷이 저렇듯 땟국물이 주르르 흐르는 것 아냐. 그녀는 주위 사람들한테 들리지 않게 귓속말로 입방아를 찧었다. "세상에! 눈이 없어요, 코가 없어요? 옷장 안에 걸어놓은 와이셔츠가 몇 벌인데, 누구 창피 줄려고 한 것 아녀요? 아니 학생 중에는 여학생도 많을 것인데, 그 애들이 당신 와이셔츠 깃을 보면 뭐라고 숙덕거리겠어요?"

허만중 씨는 그 말을 들은 둥 마는 둥 하고 병실 안으로 들어갔다. 그의 어머니가 누워있는 방은 6인용 병실이었다. 여섯 개의 병상 옆마다 역시 여섯 개의 보호자 침대가 나지막하게 놓여있었다. 그것은 서민들이라면 누구나 겪는 또는

겪게 되는 그런 풍경이었다. 인생은 생로병사라더니, 우리 어머니께서도 어느새 이렇게 되셨구나. 허만중 씨는 아직 눈동자와 혀가 제대로 돌아오지 않은 어머니의 마른 손을 가만히 쥐어 보았다. 옛날 같지는 않았으나 조금은 따뜻함이 숨 쉬는 그런 손이었다.

어머니의 병명은 뇌경색이었다. 뇌경색이라? 이 병이 잘못 풀리게 되면 치매로 돌아선다는데! 허만중 씨는 어머니의 두 눈에 고여있는 눈물 자국을 종이 티슈로 가만가만 찍어내 주었다. 아직 의식이 제대로 돌아오진 않았으나 어머니는 아들을 알아보고 있는 듯 입술을 열었다 닫았다 했다. '하지만 어머니는 언제나 향기로웠어요. 네, 어머니!' 그렇게 속말을 하는 순간, 허만중 씨는 어머니의 머리맡에 놓여 있어야 할 노란 프리지어꽃이 없어진 사실을 발견하였다.

"여보, 프리지어꽃이 어디로 갔지요? 바로 며칠 전에 내가 화병에 꽂아 놓은…."

"그거요. 싱싱함이 사라져서 내다 버렸어요."

"참, 그래도 며칠은 더 갈 것인데."

강민숙 여사가 안타깝다는 듯이 바라보자 허만중 씨는 섭섭한 듯 그러나 간절한 음성으로 말했다.

"꽃은 시들어도 아름답다오. 우리 어머니처럼 이렇게 고요하게! 아, 그러니 내게는 어머님이 항상 꽃이라고 생각하는 것인지 모르겠소. 매일매일 달려드는 세월 앞에서 비록 시들어가고 계시지만요, 여보!"

66. 제우스

 그리스 북부 올림포스 산정에선 '청문회'가 시작되고 있었다. 과연 '제우스는 신의 편인가, 아니면 인간의 편인가'란 주제였다. '낮의 밝은 하늘' '아버지인 하늘' 혹은 인도의 산스크리트어로 '하늘'로 알려진 그리스 신 중에서 최고의 지배자인 제우스! 비, 우박, 눈, 번개를 자유자재로 다스리는 그가 오늘은 청문회에 불려 나와 검증을 받고 있었다.

 연중 9개월 동안이나 눈에 덮여 있는 해발 2,918m 높이의 올림포스산 봉우리. 이 산정엔 역시 황금으로 빛나는 제우스의 궁전이 솟아 있는데, 바로 이곳 메인 홀에서 제우스가 과연 신으로서 자격이 있는지 없는지 하는 신랄한 물음이 터져 나오고 있었다. 발언석에 나와 앉아 있는 신들은 제우스를 포함한 12신이었다.

 그들 주요 신을 열거하면 다음과 같다. 제우스의 아내이며 질투의 화신인 헤라, 바다의 신 포세이돈, 제우스와 메티스의 딸로서 지혜와 전쟁의 여신 아테나, 제우스와 레토의 아들로 음악·궁술·예언·의술의 신 아폴론, 제우스와 레토의 딸로

아폴론과 쌍둥이 남매이고 수렵과 궁술을 맡아보며 특히 약한 자뿐만이 아니라 인간들의 순결과 처녀성을 수호하는 여신 아르테미스, 제우스와 디오네의 딸로서 사랑과 미와 풍요의 신으로 널리 알려진 여신 아프로디테, 제우스와 헤라의 아들로 불과 대장장이의 신 헤파이스토스, 제우스와의 사이에서 태어난 헤라의 외아들이며 전쟁 신인 아레스, 제우스와 아틀라스의 딸 마이아에서 태어난 아들로 제우스의 전령이자 죽음의 나라에 영혼을 인도하는 안내자 헤르메스, 대지와 생산 그리고 곡물의 여신으로 남동생인 제우스와 근친결혼을 하여 여신 페르세포네를 낳은 데메테르, 화덕과 불의 여신이며 오직 처녀만을 고수하는 여신 헤스티아, 제우스가 인간의 딸인 세멜레와 결혼하여 낳은 술과 도취와 해방의 신 디오니소스, 혹은 인간 세상 출신으로선 제우스의 마지막 연인이었던 알크메네 사이에서 태어난 헤라클레스 등이 그들 신이었다.

뿐이랴. 이 청문회에 당연히 참석한 신들 속에는 제우스의 아버지인 크로노스와 어머니 레아도 끼어 있었다. 레아는 크로노스의 누이동생으로 이른바 근친결혼을 하여 6남매 중 맏아들인 제우스를 낳았던 것이다. 크로노스는 대지의 신 가이아와 하늘의 신 우라노스의 아들이다. 그는 아버지인 우라노스의 남근을 금강석 낫으로 잘라버린 사건으로 유명했다. 또 그뿐이랴. 그리스에서 내로라하는 시인 호메로스와

 철학자 소크라테스, 플라톤을 비롯하여 세계 각 처에서 참석한 수많은 시인이 예의 '제우스는 신의 편인가, 아니면 인간의 편인가'란 내용으로 실시되는 청문회에 두 귀를 바짝 모으고 있었다.

 눈이 하얗게 쌓인 올림포스 산정. 하늘에선 제트 비행기가 날아다니고, 각국에서 몰려든 TV 카메라가 쉴 새 없이 돌아가고 있었지만, 청문회 발언자들과 방청객들은 열띤 논쟁 때문에 전혀 그 사실을 눈치채지 못했다. 제우스는 신의 편인가, 아니면 인간의 편인가? 그러나 여기에 참석한 어떤 신도 자신 있게 그에 관해 대답하지 못하고 다만 제우스를 '벗기기'에만 급급하였다. 그가 근친상간에다 동성애는 물론 수많은 여신女神들과 심지어는 인간 세상의 여자들을 무수히 농락했

이어도를 본 사람은 죽는다 _ 257

다는 그 말만을 되풀이할 뿐이었다. 가령 제우스 고유의 권한인 '변신술'에만 발언의 초점을 맞추기에 급급했다.

그러자 지루한 청문회를 참지 못하고 불쑥 일어나 외치는 자들이 있었다. 그들은 두 쪽으로 갈라져 언쟁을 벌이고 있었는데 한쪽은 제우스와 여신 사이에서 태어난 신들이었으며 한쪽은 제우스와 인간 사이에서 태어난 자들이었다. 한국에서 비행기로 날아간 허만중 시인이 마지막으로 말한 것이 그중에서 흥미진진한 이야기였는데 그의 목소리는 14세기 음유시인처럼 낭랑하고 큰 목소리였다.

"오늘은 21세기입니다. 제우스는 신의 편에 서 있지 않으며 인간의 편에도 서 있지 않았습니다. 그는 지금 신과 인간 양쪽을 바라보며 어느 쪽으로 자신의 발걸음 옮겨야 할지 몰라 쩔쩔매고 있을 따름입니다. 그러니 제우스에게 묻기 전에 먼저 우리 자신한테 신의 편인가 인간의 편인가를 물어야 할 것입니다. 자, 두 손으로 머리를 감싸고 생각해 봅시다. 헤라클레스처럼 우리 모두도 신의 아들이면서 인간의 아들이 아닌가요!"

67. 춘산春山에 불이 붙어 못다 핀 꽃 다 붙는다
— 충장공 김덕령 장군 이야기

광주, 북구 연제동 H 아파트 17층. 북쪽으로 창문이 달린 6평 크기의 서재. 허만중 씨는 오늘따라 멀리 담양 추월산을 눈여겨 바라보고 있었다. 소슬한 바람도 그득히 불어대는 가을날의 산이라, 내장산과 견줄 만큼 단풍빛이 좋아 옛사람들은 그래서 산 이름을 추월산秋月山이라 했던가. 해발 697m. 그리 높지는 않지만, 깎아지른 듯한 석벽이 산 정상에서부터 장엄하게 흘러내려 더러는 비장미까지 감도는 추월산. 그 동쪽에는 300리를 흐르는 영산강의 근원 '용소龍沼'가 자리 잡고 있다. 산 정상을 향하노라면 기암괴석 아래쯤에 세워진 보리암이라는 사찰이 지나는 나그네들을 손짓한다.

하지만 허만중 씨는 곧 눈을 감았다. 그리고 시간의 바늘을 거꾸로 돌렸다. 지난 역사의 수레바퀴를 돌리며 저 멀리 아득하게 치솟은 추월산을 지그시 바라보는 것이었다. 지금 그가 찾아가는 시대는 정유재란이 터지던 바로 그 해 어느 날이었다. 그러니까 도요토미가 고니시로 하여금 14만 대군을 이끌고 침탈의 마수를 뻗쳤던 1597년 정유재란의 깊숙한 곳으로 시간의 바늘을 돌리고 있었다.

허만중 씨는 전란에 휩싸인 백의민족의 그림자들 속에서 조선의 한 여인을 발견했다. 왜적들을 피하라. 붙잡히면 당한다. 몸은 물론 마음까지도 짓밟히고 짓밟힌다. 그러니 피하라. 아니 차라리 죽음을 택하자. 그녀는 뒤좇아오는 왜적들을 피해 휘이휘이 산을 오르고 있었다. 그녀는 다름 아닌 충장공 김덕령 장군의 부인 흥양이씨興陽李氏였다. 하얀 치마저고리를 입고 있었는데 그 옷자락은 이미 나뭇가지에 찢기고 찢겨 때마침 불어오는 거센 바람결에 나부끼고 있었다.

붙잡히면 당한다. 마침내 그녀는 칼날처럼 치솟은 추월산 정상에 올라 임진왜란 중에 옥사한 남편의 시를 입술에 올렸다. 1596년 8월 21일 경상남도 진주 감옥에서 모진 고문을 이겨내지 못하고 숨을 거둔 의병장 김덕령 장군의 넋을 향해 두 손을 모았다. 간신배들이 꾸민 '역적 모반죄'로 죽임을 당한 남편의 극락왕생을 빌고 빌었다. 나라를 위해 의병장으로 싸웠음에도 오랏줄에 묶인 김덕령 장군, 헝클어진 머리카락은 쑥대머리 귀신 형용이었다. 김덕령 장군이 지어 읊은 시에서 '춘산春山'은, 오늘에 읽어도 '무등산'으로 읽힌다.

> 춘산에 불이 붙어 못다 핀 꽃 다 붙는다
> 저 뫼 저 불은 끌 물이나 있거니와 이 몸의
> 내 없는 불 일어나니 끌 물 없어 하노라

 저 산 저 불은 끌 수도 있으련만 내 마음속의 억울함은 끌 수도 없나니, 풍전등화 조선의 땅이여 여기 추월산 상상봉에 올라 내 몸 던져 일편단심 순결함을 지키고자 함이니, 자아 받아주오, 몸과 마음을 하얀 치마저고리로 펄럭이게

하소서, 스물아홉 젊은 나이에 모함으로 죽어간 님이여, 그대 또한 내 몸 내 마음을 받아주소서!

장군의 부인 홍양이씨는 몇 번이고 두 손을 모아 천지신명께 빌더니 추월산 칼바위 아래로 몸을 던졌다. 아아, 역사의 한복판에서 곱고 고운 버선발로 뛰어내려 승천하는 하얀 넋! 뒤쫓아오던 왜적의 무리도 더 이상 접근하지 못하고 산봉우리에서 투신하는 그녀를 다만 바라볼 뿐이었다.

시간의 바늘이 다시 제 자리를 잡고서 돌아간다. 광주시 북구 연제동 H 아파트 17층. 북쪽으로 창문이 달린 6평 크기의 서재. 허만중 씨는 다시 눈을 뜨고 멀리 추월산 정상을 바라보았다. 홍양이씨가 꽃잎처럼 몸을 던져 산화한 추월산은 어느새 봄과 여름을 지나 시월의 깊은 가을로 접어들고 있었다.

춘산에 불이 붙어 못다 핀 꽃 다 붙는다. 아, 봄날은 아니어도 단풍이 붉게 물들기 시작하는 이런 가을날엔 충장로를 걸어볼까? 허만중 씨는 모처럼 아내와 시내 중심가로 나갔다. 거리는 가을맞이로 쏟아져나온 젊은이들로 가득했다. 남녀노소의 시민들이 여기저기 놓인 각종 국화꽃 사이를 걷고 있었다.

충장공 김덕령 장군의 시호諡號를 따서 이름 붙여진 충장로를 걸으면서 허만중 씨는 잠깐 다물었던 입술을 열었다.

"충장로에 나오면 언제나… 충장공 김덕령 장군을 만날 수 있지요, 여보!"

68. 철도원 우관욱 씨

 밤 12시 목포역. 서울행 열차가 들어오고 있었다. 어둠을 가르며 호남선을 달려온 열차는 아직도 더 멀리 달려갈 수 있다는 듯이 벌컥벌컥 숨을 몰아쉬었다. 다도해 저 멀리, 수평선 저 너머 제주도까지도 달려갈 수 있겠다는 그런 기백이 엿보였다. 여느 때처럼 철도원 우관욱 씨는 개찰구로 나가 승객들이 내미는 티켓을 하나하나 받았다. 그들 중엔 평소 안면이 있던 사람들이 더러 끼어 있었다. 그러나 오늘은 예상치 못한 승객 한 사람이 바짝 다가오더니 씨익 웃었다.
 "아니, 선배님 아니어요? 이 밤중에 무슨 일로!"
 "무슨 일은? 그냥 자네가 보고 싶어서 왔네. 그런데 근무 시간은?"
 "네, 몇 분 있으면 교대합니다. 속이 헛헛한 참이었는데 선배님께서 오셨으니, 삼학도로 가시죠. 오랜만에 마주 앉으면 술통처럼 우리의 가슴에서도 시 또한 콸콸 쏟아져 나올 성싶습니다."
 그럼 그렇게 하세. 허만중 씨는 우관욱 씨의 뒷등을 가볍게 두드렸다. 대학 후배이며 문단 후배이기도 한 그가 더없이 정겹게 느껴졌다. 마침내 둘은 삼학도로 가서 술집 '항구'에 자리를 잡았다.

"관욱이 자네, 올해로 쉰이지. 쉰?"

"네, 벌써 그리됐습니다."

"하지만 자네는 아주 건강해 보여. 쌀가마니 하나 정도는 허리에 차고 달릴 수 있을 만큼 건장하게 보인단 말일세."

"하하핫, 그렇게 보인다니 고맙습니다."

"자아, 우선 한잔하세. 18번 '돌아오라 쏘렌토로'는 조금 있다가 부르세."

"그런데, 선배님께서 이렇게 밤늦게 목포에 오신 것은?"

우관욱 씨는 잠깐, 선배의 눈빛을 살폈다. 그러자 허만중 씨는 삼학도— 말이 삼학도이지 육지가 된 지 이미 오래였다— 앞 밤바다에 잠깐 눈을 주더니 첫 잔을 단숨에 비워버렸다.

"에잇, 자넨 내가 역마살이 낀 사람이라는 걸 어느새 잊어버렸는가. 삼학도는 날개를 잃어버린 학鶴처럼 어둠 속에 길게 누워 있겠지만 오랜만에 마주 앉은 우리의 만남, 새삼 감격스럽네."

술잔이 몇 바퀴 돌아가자 철도원 우관욱 씨 또한 얼굴이 벌겋게 달아오르고 있었다. 나이가 들었다 해도 '후배'라는 딱지가 붙으면 누구나 그렇듯이 그 또한 선배인 허만중 씨에게 슬쩍 어깨를 기대려 했다. 그동안 쌓였던 고단한 무엇인가를 선배에게 털어놓고 싶어 하는 그런 눈치였다. 조금 전까지 선배님이라고 부르다가 이제는 완전히 '형님'이라고 부르는 것이 그런 모습이었다.

"아무튼, 형님께선 마음대로 돌아다닐 수 있다는 사실이 부럽습니다. 종종, 발길 닿는 대로 여기저기 몸을 갖다 댈 수 있다는 것은 행복한 일입니다. 그런데 말입니다, 형님! 저는 제자리에만 박혀 있는 사람이어요."

제자리라니? 하고 허만중 씨가 타이르듯이 말하자 취기가 오른 우관욱 씨는 고개를 좌우로 흔들었다.

"만중이 형님, 목포역은 매일 아침부터 저녁까지 수많은 사람이 떠나가고 돌아옵니다. 그러나 저는 아직 저 자신으로부터 멀리 떠나가 본 적도 없고 돌아와 본 적도 없습니다. 다만 목포역 개찰구에 서서, 비상구로 사용하는 출구에만 붙어 서서, 오르내리는 사람들을 떠나보내고 맞이할 뿐입니다. 가끔은 저 자신으로부터 훌쩍 떠나가 있다가 돌아오고 싶은 심정이 굴뚝같은데 말이에요."

허만중 씨와 우관욱 씨가 삼학도 주막 '항구'에서 일어섰을 때 시간은 4시를 가리키고 있었다. 목포발 서울행 새벽 열차가 출발의 기적을 울릴 시간이 째깍째깍 다가오고 있었다. 부웅 부우웅. 목포는 역시 항구였다. 그리고 서울행 열차가 떠나는.

69. 포옹

화장실 안에서 '큰일'을 보고 있던 허만중 씨는 뛰듯이 걸어 나왔다. 평소 같으면 변기통에 더 앉아 있어야 할 일이었지만 재빨리 TV 앞에 앉았다. 평양을 다녀온 고은 시인 특별대담 때문이었다.

"이제 한이 없습니다."

TV 화면에 나와 시인 고은은 그렇게 말하고 있었다. 소년의 모습 같았다. 직관력과 직정直情이 여느 시인에 비해 더 남다르다는 그는 솔직하게 털어놓고 있었다. 2000년 6월 13일 김대중 대통령을 따라 민간사회단체의 한 사람으로 평양을 방문했던 감회를 마치 폭포수처럼 쏟아내는 것이었다.

혹자는 그래서 '어차피 시인들은 모두 낭만주의자다'라고 실토했는지 모른다. 낭만주의자라? 그렇지만 지금 허만중 씨한테는 그 말이 나쁜 말은 아닐 것 같다는 생각이 들었다. 지나친 합리주의가 때로는 역사의 발전을 더디게 한다는 것을 그도 알고 있어서였다. 허만중 씨는 TV에서 계속 눈을 떼지 않았다.

 "갈라진 땅, 김대중 대통령과 김정일 국방위원장의 만남은 하늘이 부여해 준 운명적인 만남이기도 합니다. 생각해 보세요. 우리가 그동안 흘렸던 피가 얼마입니까."

이어도를 본 사람은 죽는다 _ 267

고은 시인은 미리 준비해 온 그 자신의 시를 펴 보였다. 그리고 머리를 땅에 찍듯이 낭송했다. 목소리는 예전보다 더욱 신들린 목소리 같았다. 제목은 '남한에서'였는데 시 속의 화자인 고은은 마치 '북한 여자'를 향한 것처럼 간곡하게, 아니 초혼곡招魂曲을 부르는 사내라도 된 듯이 가볍게 몸을 떨고 있었다. 하지만 이번 TV 모니터에서의 '떨림'은 남한의 김대중 대통령과 북한의 김정일 국방위원장의 만남에서 기인한 그런 흥분이랄까 행복감에 젖은 떨림이었을까.

> 북한 여인아 내가 콜레라로 죽어서
> 그대의 살 속에 들어가
> 그대와 함께 죽어서
> 무덤 하나로 우리나라의 흙을 이루리라.

아, 무서운 시다. 통절한 시다. 역시 고은 시인다운 시다. 무속의 세계에서나 가능한 주술적인 목소리로 노래한 시다. 깊은 산 속에라도 들어가서 산 메아리처럼 울어보고 싶은 시다. 남북 통일! 전염병 중에서도 가장 무서운 위력을 발휘하는 '콜레라'로 죽어서라도 분단의 땅 저쪽 북한 여자의 몸에 들어가 하나의 '육체 통일'을 이루고 싶다는 표현은 비장미의 절정을 이룬다. 아니 그래, 무덤 하나로 한반도 남북 전체를 이루리라? 그것도 흙으로! 그렇다. 이 '흙'이야말로 세상

만물을 소생케 하고 모든 생명을 더욱 자라가게 하는 그 본바탕이 아닌가. 우리들 어머니의 젖가슴과도 같은 그런 부드러움으로!

허만중 씨도 고은 시 「남한에서」를 따라서 음송해 보았다. 그 또한 고은처럼 가슴이 부풀어 올라 냉장고 문을 열었다. 얼음물을 시원하게 들이켰다. 아는 사람은 다 알다시피 허만중 씨는 감상적 통일론자도 아니었지만, 오늘따라 가슴이 뛰었다. 10년 이상이나 신문에 '시사 칼럼'을 쓴 경험이 있는데도 그랬다. 시와 칼럼? 칼럼과 시? 감성과 이성? 이성과 감성? 고전주의와 낭만주의? 낭만주의와 고전주의?

고은 시인의 특집 대담을 끝낸 뒤 TV는 다시 '김대중-김정일 남북정상회담'을 재방영하고 있었다. 남한의 김대중 대통령과 북한의 김정일 국방위원장이 포옹한 장면을 거의 5분 간격으로 되풀이해서 내보내고 있었다. 허만중 씨는 그런데도 싫증을 낼 겨를이 없었다. 보면 볼수록 두 정상, 두 사람의 포옹 장면이 정작 새롭게만 느껴질 따름이었다. 저들이 백 년 만에라도 만났다는 말인가? TV를 보는 내가 왜 들떠 있는 것일까? 하지만 허만중 씨는 그러한 자신의 마음을 스스로는 알아낼 수가 없었다. 주방에서 아침밥을 짓는 아내에게 그에 대한 이유를 물었더니 대답은 의외로 쉽게 나왔다.

"사람이나 짐승이나 서로 껴안을 때는 항상 새로운 기분이 들게 마련이지요!"

70. 용서

"이렇게도 많은 사람을 학살했다니?"
"세월이 흘렀어도, 정말 용서할 수 없는 일입니다."

허만중 씨는 독일 여행 중에 시인 한스 씨와 함께 '작센하우센 나치 수용소'를 방문했다. 베를린 중앙역에서 열차로 2시간 거리 떨어져 있는 그곳은 제2차 세계대전 당시 히틀러의 비밀경찰과 나치 군대에 의해 감금된, 그리고 무참하게 죽임을 당한 사람들의 잔영이 아직도 생생하게 보존되고 있었다. 오늘날은 역사 교육장, 평화를 지키기 위한 국민교육장으로 운영되고 있는 곳이었다.

생사람을 잡아다가 잔인한 실험을 끊임없이 자행했던 생체실험실, 가스 처형장, 집단 총살 현장, 심지어는 수감자들이 사용했던 밥그릇과 포크, 변기통, 침대, 옷가지, 일기장 등 수많은 유품을 전시해 두고 있었다. 생체실험을 주도했다가 전후 재판정에서 사형선고를 받은 나치 군의관의 두개골과 사진을 나란히 비치한 후 '학살자의 최후는 이렇다'고 보여주고 있음이 더욱 기억할 만한 대목이었다.

 아직도 엄청난 비명이 울려 퍼져 나올 것만 같은 집단 총살 현장을 들어서자, 한스 시인이 말했다. 여러 나라말로 기록된 안내판을 가리키며 새삼 긴장된 목소리로 허만중 씨의 얼굴을 쳐다보았다.

 "전후 독일의 나치 재판 경우엔 공소시효가 따로 없습니다. 언제라도 붙잡히면 학살에 개입한 전과자는 비록 지팡이로 몸을 의지하며 살고 있는 극노인이라 할지라도 잡아들여 심판받게 합니다. 다음 시대를 위해서라도 역사적 심판은 맹숭맹숭한 관념이 아니라, 보다 확실한 실천, 단죄함을 보여 줘야 하기 때문입니다. 19세기 철학자 헤겔은 일찍이 그것을 '역사 발전'이라고 쓰고 있습니다."

 "저는 며칠 전에 프랑스 파리를 방문했는데 그곳에서도 전범자戰犯者 나치 재판에 있어서만은 공소시효가 따로 적용

되지 않더군요. 아마 그것은 프랑스 혁명의 교훈에서 비롯된 전통이기도 하지만 드골 대통령의 전후 국가 통치 철학에 더 큰 뿌리를 두고 있는 것 같았습니다. 집권 중 드골 대통령은 독일군 게슈타포나 비시 정부에 협력한 사람들을 과감하게 공개재판을 했음은 물론, 독일군 장교들과 매춘을 한 여자들도 샅샅이 찾아내어 그녀들의 머리를 **빡빡** 깎아버리게 했다더군요. 아무리 목구멍이 포도청이라 한들 독일군한테 몸을 팔았던 여자들은 가차 없이 '까까머리'로 만들어버렸다는 것인데, 드골 대통령의 민족 반역자에 대한, 대량 학살자들에 대한 전후 문제 척결은 단호했던 것 같습니다."

허만중 씨의 프랑스 얘기를 의미 깊게 듣고 있던 한스 시인이 고개를 들었다. 그는 제2차 세계대전 당시 쑥밭이 돼버린 카셀시 태생으로 한때는 독일 통일과 전후 문제를 가지고 시를 썼던 사람이었다. 그리고 한국전쟁의 원인과 결과, 분단 이후의 정치 상황을 거의 전문가 수준으로 알고 있는 시인이기도 했다.

"광주에 가면 망월동 5·18묘지가 있지요? 네, 그런데 그 많은 시민을 죽인 학살 당사자는 지금 어떻게 지내고 있습니까? 한국을 다녀온 친구들한테서 들었습니다만, 최근 한국 안에선 학살 주모자를 용서해야 한다는 분위기가 돌고 있다는데 사실입니까. 5·18묘지가 곧 국립묘지가 될 것이라는 소문도 들리고, 국립묘지 승격과 역사적 의미 부여, 그리고 용서와 화해의 문제를 한국 사회에선 앞으로 어떻게 풀어나갈 것인지가 궁금합니다."

한스 시인의 물음에 허만중 씨는 마치 신앙인처럼 하늘로 얼굴을 향하였다. 한국의 하늘이 아닌 독일 '작센 하우젠 수용소' 위에 펼쳐진 하늘이었지만, 그는 오직 하나밖에 존재하지 않는다는 그 높고 푸르른 하늘을 올려다보는 것이었다.

"국립묘지 승격? 용서와 화해? 그렇습니다. 용서는 우리 사람들이 할 수 없습니다. 아니 그 학살자들을 용서해 준다 한들 그것은 살아남은 사람들의 역할이나 몫이 아닙니다. 살아남은 사람들은 이제 너무 때가 묻어 있습니다. 학살자들에 대한 진정한 용서와 화해는 하느님만이 할 수 있는 권한입니다. 아마 이곳 '작센 하우젠 나치 수용소'의 경우에도 그러할 것입니다."

71. 흰 구름

 전쟁이 끝난 그해 여름이었다. 아빠와 두 삼촌은 그러나 어디에 갔는지 돌아올 줄을 몰랐다. 엄마와 누나들은 남은 식구들의 배를 채워주기 위해 이 산 저 산을 오르내리며 칡뿌리를 캐고, 소나무 속살을 벗기고, 고사리나 두릅나물 따위를 꺾으려고 깊고 깊은 산 속으로 들어갔다. 초근목피만이 유일한 식량이 되어 주었던 그해 길고 긴 여름날이었다.

 소년 만중이는 칭얼대는 누이를 등에 업었다. 온종일 집에 붙어 있기가 너무 심심해서였다. 누이를 등에 업은 채 마냥 걸었다. 힘들었지만 등에 바짝 붙어주는 누이가 고마웠다. 제비야, 제비야. 소년은 하늘을 나는 제비와 이야기하면서 걸었다. 논길 밭길마다 뛰는 메뚜기, 방아깨비, 심지어는 물사마귀하고도 얘기를 걸었다.

 역시 마을에서 바닷가로 가는 길은 즐거웠다. 민들레와 엉겅퀴꽃들이 얼굴을 내밀어 여기 봐, 여기 봐, 하고 손짓했다. 논에서는 엄마와 누이들이 심어 놓은 어린 벼 이삭들이 뭐라고 뭐라고 속삭여주었다. 실개울을 건너뛰면 저마다 높은 키를 자랑하는 미루나무들이 나란히 서 있었는데 매미란 놈들이 쉴 새 없이 노래를 불러주었다. 고추밭에선 고추가 서로 다투기라도 하는 듯이 빨갛게 익어갔고 마늘밭에서는 하얀 마늘이 맵고 둥글고 통통하게 익어갔다.

그래, 울지 않아야 같이 놀아주지. 맛있는 삐비를 뽑아서 줄 테니 조금만 참아라. 그리고 말이야, 바닷가에 가면 너랑 같이 놀아줄 친구들이 얼마나 많이 있는지 아니? 저것 봐. 우리가 오는 줄 알고 바다가 벌써 저렇게 발을 동동 구르고 있잖아. 푸른 신발을 아무렇게나 내던지고 저렇듯 하얀 맨발로 우리에게 뛰어오고 있구나. 참말로 착하디착한 나의 누이야.

소년 만중이는 누이를 내려 걷게 했다. 아장아장 걷는 누이가 마냥 귀여웠다. 알맞게 솟아나기 시작하는 코와 갸름한 눈썹, 두 눈이 그렇게 예쁠 수가 없었다. 아직 젖 냄새가 물씬 풍기고는 있었지만, 그에게는 누이가 더없이 좋은 친구처럼 느껴졌다. 소년은 삐비를 입에 넣고 우물거리는 누이의 손을 이끌었다. 그러자 아직 말이 서투른 누이가 바다 저 멀리 수평선을 가리켰다. 수평선은 흰 구름이 두둥실 떠 있었다. 갈매기 떼가 끼루룩끼루룩 날아올랐다.

"아, 바다!"

소년 만중이는 바다가 둥둥 '큰북'을 울리고 있다고 생각했다. 그렇지 않고서야 어찌 저렇게 높은 소리를 낼 수 있겠느냐

고 오랫동안 의문을 품는 것이었다. 둥둥둥, 바다는 정말 엄청난 북소리를 내며 소년과 누이를 향하여 달려오고 있었다. 그때였다. 소년은 수평선 멀리 떠오른 돌아오지 않는 아빠와 두 삼촌을 보았다. 그들은 흰 구름 위에 앉아서 손짓하고 있었다.

"애들아, 애들아!"

소년 만중은 그 모습을 놓칠세라 모래 위에 손가락으로 동그라미 세 개를 그렸다. 모서리가 나오면 다시 그것을 지우고 되도록 커다랗게 동그라미를 그렸다. 그런 다음 세 동그라미 속에다 서로 다른 모양의 눈과 코와 귀를 그려 넣었다. 하나는 수염이 긴 아빠의 얼굴이었고 나머지는 언제나 너털너털 웃기를 잘했던 삼촌들의 얼굴이었다. 큰삼촌의 입술에다가는 보리피리를 그려주었고, 작은삼촌 입술에다가는 하모니카를 그려 넣었다. 두 삼촌은 실제로 보리피리와 하모니카를 잘 불었기 때문이었다.

무슨 심술이야? 수평선 멀리서 상어 떼와도 같은 '큰 파도'가 밀려왔다. 쏴-아! 철썩, 처얼썩! 다 그렸다 했을 때 '큰 파도'가 아빠와 두 삼촌의 얼굴을 모조리 지워버렸다. 소년은 눈물이 피잉 돌았다. 정말이지, 큰 파도 녀석을 때려주고 싶었다. 녀석의 뒤통수에다 발길질이라도 한번 힘차게 해주고 싶었다. 하지만 소년은 다시 누이를 힘껏 업으며 말했다.

"파도야, 까불지 마. 우리 마을에는 언제나 바다가 있다는 걸 너도 알잖아. 난, 내일도 누이와 함께 바닷가에 와서 아빠와 삼촌들의 얼굴을 아주 아주 커다랗게 그려놓을 테야."

전쟁이 끝나고 수평선 위에 구름 떼가 유난히 하얗게 부풀어 오르던 여름이었다.

72. 북한 여자

35번 버스 종점에 내리자 송촌 마을의 흙냄새가 훅 달려들었다. 오랜만에 느껴보아서 그런지 그 냄새는 향기롭기까지 했다. 흙에 무슨 꽃들의 향기라도 숨어 있나? 아스팔트 길을 벗어나 10분쯤 걸어가노라니 콩꽃, 깨꽃들로 풍성한 밭길이 열렸다.

키 큰 옥수수 잎새들이 서걱거렸다. 멀리서는 염소 두어 놈이 풀을 뜯고 있었다. 야아, 그래도 여기는 아직 숨 쉴 만한 곳이구나. 휴—우! 허만중 씨는 샛강을 건너면서 윗옷의 단추를 풀었다. 그랬더니 들판을 나부끼며 달려온 푸릇푸릇한 바람이 가슴속을 시원하게 식혀 주었다.

허만중 씨는 소설가 우연석 씨의 집을 찾아가는 중이었다. 불청객이니까 뭐 준비할 것 없어. 자네가 좋아하는 막걸리 한 되면 돼. 작품이 안 될 땐 친구와 술 한 잔을 마셔야 이야기가 술술 풀리거든. 그래, 요즘 자네 소설 진도는 잘 나가는가. 세상이 하 수상할 때는 원고 쓰기가 징역살이 같았지만, 요즘처럼 사람들이 남북을 왔다 갔다 하는 세상에는 소설다운 소설이 잘 나올 것 같다는 생각이 들어. 평소 가깝게 지내는 터라 허만중 씨는 전화를 끝낸 후에 우연석 씨 집을 방문했다.

"모친께서는 어디 가셨나?"

"마을 이장님하고 동사무소에 나가셨지. 고향 방문 신청서를 접수하시려고."

"아. 한데 말이야. 오늘 아침 신문에 따르면 남북 이산가족들의 북한 방문 신청이 쇄도해서 이번 경우엔 700대 1이 넘어설 것이라 하던데, 아무튼 잘하셨구먼. 이번에 안되더라도 자네 모친께서는 고향 땅을 곧 밟아볼 수 있겠지."

우연석 씨 어머니의 고향은 함경도 흥남이었다. 그녀는 그 처절했던 흥남 철수 때 사실은 자신도 모르게 배를 탔던 사람이었다. 북한 전 지역에 UN군의 폭격이 가해질 것이라는 소문이 알려지자 흥남 시민들은 물론 함경도 일대 거의 모든 사람이 부둣가에 몰려들었고, 그때 인파에 섞여 그녀도 남으로 향하는 피난민 후송 선박에 올라탄 것이다. 눈보라가 휘날리던 바람 찬 흥남 부두에, 하고 시작되는 유행가에서처럼 밤새도록 흥남 부둣가를 헤매다가 남으로 내려온 것이다.

결국 송촌 마을에 사는 일 잘하는 남자와 배가 맞아 2남 3녀를 낳았는데 맏아들 우연석 씨의 어머니가 바로 그분이었다. 그러나 마을 사람들은 그녀가 안 보이는 곳에서는 '연석이 어머니'라는 표현 대신에 '북한 여자'라고 숙덕거렸다. 심한 경우엔 '북녀北女'라고도 부르곤 했는데 그것은 우연석 씨의 어머니가 마치 별난 세상에서 온 것처럼 생각했기 때문이다.

송촌 마을 사람들은 우연석 씨의 어머니가 그네들과는 전혀 다른 생각으로 살아가는 그런 이방인으로 알고 지내왔다는 표현이 더 옳은 듯싶었다. 여인네들은 서로 일상적인 말을 하다가도 그녀가 나타나면 우선 쉬, 쉬 하며 입을 다물었다. 그 소리는 남정네들의 술상에도 간혹 오르내리는 안줏거리였는데 우연석 씨의 아버지 역시 생전에 그것을 눈치 못 챘던 위인은 아니었다.

주전자의 술이 바닥이 날 때였다. 우연석 씨가 허만중 씨에게 한 잔 더 하겠느냐고 물었다. 무슨 대단한 일을 다 끝낸 사람처럼 후련한 목소리로, 만중이 형님, 오늘은 참으로 기분이 좋습니다, 하고 말했다.

"사실 저는 오늘 새벽에 장편을 끝냈습니다. 제 어머니의 일생을 담은. 제목이 궁금하지요?"

허만중 씨가 놀라서 묻자, 우연석 씨는 하하 웃으며 일어났다. 서재로 들어가 보따리 하나를 들고나왔는데, 그것은 상당한 분량의 원고 뭉치였다. 그는 허만중 씨에게 자문을 구했다.

"이게 제 소설인데요, 제목을 '북한 여자'로 했다가 다시 '어머니'로 고쳤습니다. 남쪽 사람은 물론 북쪽 사람들도 별 선입감이 없이 읽게 하려고 그랬는데, 만중이 형님 생각은 어떻습니까?"

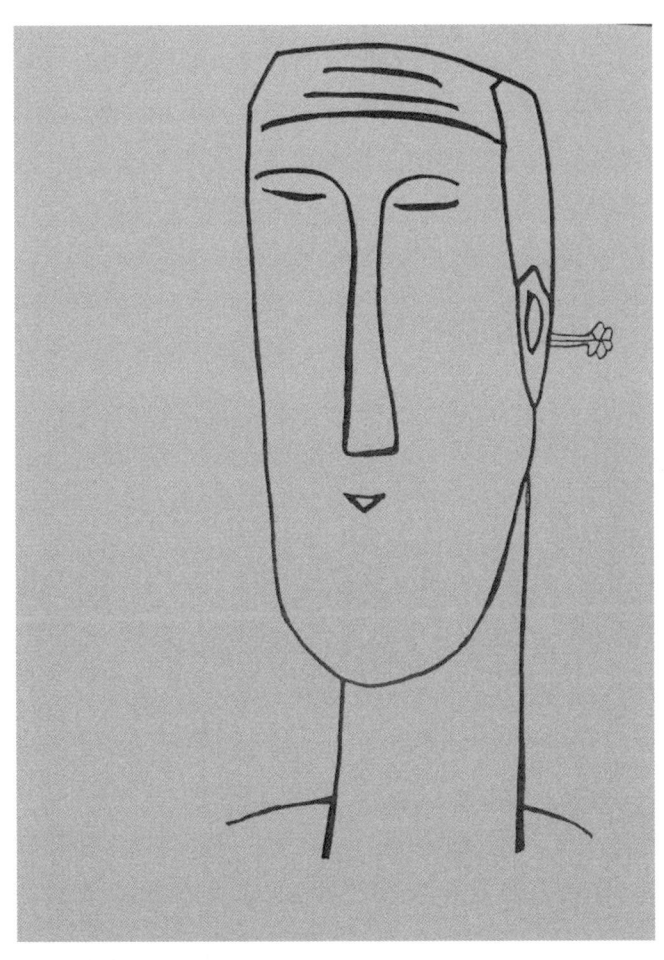

73. 안면도 가는 길

"어디 가시는 길이죠?"

"안면도로 갑니다."

"아, 그래요. 저는 거기까지는 아니지만 서산까지 가는데요."

대전 버스 터미널에서 같이 오른 여자가 옆자리에 앉으며 꼬치꼬치 물었다. 그녀는 세상의 단맛을 어느 정도 빨아먹은 후 이제는 조금씩 늙어가는 40대 후반의 여자로 보였다. 혼자 여행 중이라 말 상대가 그렇게 싫지 않을 것 같아 묻는 말에 고분고분 대답해 주었다. 여자는 주인을 만났다는 듯이 철썩 달라붙었다. 묻지도 않는 자신의 신상에 대해서 마구 털어 내놨다.

"저는 논산 출생입니다. 일찌감치 남편을 딴 세상으로 보내고 홀몸으로 이 산 저 산 기도드리러 다니는 여자죠. 갑사, 동학사, 수덕사, 내장사, 백양사, 미황사, 금산사, 신흥사, 선암사, 보림사, 천은사, 범어사, 전등사. 이 땅의 절이란 절은 모두 안 다녀본 곳이 없어요. 돌아가신 남편은 제게

그래도 죽을 때까지 먹고 살 만큼의 재산은 남겨주었습니다. 그래서 이렇게 쉬지 않고 길을 돌아다니는데. 오늘은 좋으신 선생님을 뵌 것 같아요. 참 반갑습니다."

'아니, 언제부터 나를 보았다고? 이 여자가?'

허만중 씨는 약간 싱겁고 짜증이 났다. 하지만 절을 부지런히 찾아다닌다는 말에 그래도 조금은 보살 같은 마음이 한쪽에 붙어 있겠거니 생각했다.

"부처님 앞에 시주 많이 하십니까?"

"그럼요. 그런데…."

"그런데, 라니요?"

"사람한테는 아직 시주를 못 했습니다."

"어떤 사람한테요?"

"선생님같이 좋으신 남자분한테 말이죠."

이어도를 본 사람은 죽는다 _ 283

허허, 이런 큰일 날 여자 다 봤나! 허만중 씨는 순간 오싹했다. 그리고 숨이 답답했다. 순식간에 꽃뱀으로 변한 그녀가 그의 목을 휘감아 죄어오는 것 같았다.

이러면 안 되지. 여기까지 와서 이 여자에게 꼬여 들면 오늘 중으로는 안면도에 당도할 수 없지. 내가 드디어 이르고자 했던 안면도, 서해 붉은 노을 속에 잠긴 친구의 영혼을 만날 수가 없지. 이 여자와 함께 가다가는 나 자신도 모르게 옆길로 빠져들지 몰라. 그래, 어서 이 여자에게서 벗어나자. 50대 중반의 사내들이라면 누구나 뿌리치기 힘든 이런 기괴한 유혹을 송두리째 잘라버리자.

허만중 씨는 배낭을 집어 들었다. 버스가 칠갑산을 돌아 청양을 거쳐 잠시 홍성에 도착하여 쉴 때였다. 그는 차에서 훌쩍 뛰어내렸다. 유혹을 뿌리쳤다는 말이 더 옳은 표현이었다. 그는 뒤에 오는 차에 옮겨 탔다.

"아, 안면도! 여기가 죽은 채광석 시인의 고향이구나!"

섬에 도착한 허만중 씨는 채광석의 이름을 입술에 젖어 올리며 바다 멀리 지는 해를 보았다. 정말이지, 서해는 이미 황홀하게 일몰을 연출하고 있었다. 가슴이 터져 오르는 듯싶어 그는 온몸을 뒤흔들어 노래를 불렀다. 그것은 채광석뿐만이 아니라 이 땅에서 죽어간 모든 사람을 불러 모으는 초혼곡이었는지 몰랐다.

흰 베적삼 깊숙이 알토란처럼 영글었던 님이여
　충청도 산천이 낳은 님이여
　저녁 붉은 노을 속에
　혀를 박고 죽고 싶을 만큼
　그대 서해는 아름답구나!

 허만중 씨는 바닷가로 내려가서 잘게 부서지는 파도에 두 손을 내밀어 적셨다.

74. 괴테의 여자

어머머, 귀족 신분에 그런 여자와 결혼하다니?
그러니께 말이여.
세상에, 우리 같은 사람들의 체면은 어떻게 생각하고?

때는 1788년 7월 하순 어느 날. 허만중 씨가 독일의 바이마르 공화국을 찾았을 때 귀족 출신의 여자들은 어디에서나 그렇게 숙덕거리고 있었다. 여자들뿐만이 아니라 남자들 또한 또래끼리 만났을 적엔 술안주로 삼았다. 부와 권세와 미모를 가진 여자들이 아무리 프러포즈해도 눈짓 한번 보내주지 않던 요한 볼프강 폰 괴테(1749~1832). 서간문 소설 『젊은 베르테르의 슬픔』으로 프랑스 황제 나폴레옹의 마음마저 사로잡았던 그가 서민계급에 속한 여자와 동거생활에 들어갔다는 소문이 퍼지자 한 말로 그것은 바이마르 공화국 최대의 스캔들로 부상했다. 괴테는 바이마르 공화국의 재상이었다.
도대체 그 여자는 누구야?

뭐, 크리스티아네 불피우스라고 하던가?

맞아, 올해 스물세 살인 모양인데.

조화造花공장에서 일하는 직공이래.

알다시피 괴테는 이미 6년 전에 신성로마제국 황제 요제프 2세로부터 귀족 칭호를 하사받았던 명실공히 귀족의 신분이었다. 그것도 바이마르 공화국의 막강한 지배자인 아우구스트 공의 추천을 받아서 말이다. 이 때문에 그를 향한 입방아는 신분 차별이 심한 계급사회에서는 당연한 일이었다. 하지만 허만중 씨가 확인한 바에 따르면 괴테는 귀족 부인들이나 남자들이 제아무리 비방하며 떠들어도 모른 체 했다. 아니 당당하게 크리스티아네를 그 누구도 얕잡아 볼 수 없는 아름답고 사랑스럽고 정숙한 아내로 받아들이고 있었다.

1806년 10월이었으리라. 허만중 씨가 두 번째로 바이마르 공화국을 방문한 그 무렵이었다. 나폴레옹의 프랑스 군대가 예나에서 독일의 프로이센 군대를 격파하고 바이마르를 또한 점령한 그 며칠 뒤였다. 단호한 비기독교인으로 알려진 괴테는 아이러니하게도 궁정 교회의 부속실에서 크리스티아네와 결혼식을 올렸다. 평화 시 같으면 그녀를 버리든지 관직을 버리든지 어느 하나를 선택해야 해야 할 운명의 순간이었다. 실로 동거생활 18년 만의 일이었다.

허만중 씨가 보기에도 그녀는 사과처럼 둥근 얼굴에 불타는

두 눈을 가지고 있었다. 이탈리아 여행에서 돌아온 괴테가 충분히 감격할 만한 그런 근대적인 자유분방함과 보통 사람으로서의 성향을 그녀는 지니고 있었다. 예컨대 18세기 사회계급의 한계를 뛰어넘는 풋풋한 순진성과 재기발랄한 생기, 두 발을 땅 위에 딛고 서 있는 듯한 그런 현실 의식을 그녀는 유감없이 보여주고 있었다. 하지만 남의 이야기를 좋아하는 귀족 사회의 참새 떼들은 괴테와 그녀의 결혼을 마구 헐뜯었다.

한국 시인 허만중 씨가 괴테를 방문했을 때 그는 말했다.
"저에 대한 소문 들어서 알고 있지요? 혹자는 저더러 수많은 여자한테 한눈을 잘 파는 남자라고 말하고, 혹자는 하층 계급 출신 크리스티아네하고나 살고 있다는 둥, 저에 관한 이야기를 마치 불 석쇠 위의 고기처럼 올려놓고 있지요?"

허만중 씨가 대답이 없자 괴테는 혼잣말처럼 중얼거렸다.

"크리스티아네는 내겐 구원의 여자입니다. 권위에 구속되지 않는 가장 평범한 삶의 전형을 보여줍니다. 그녀가 비천한 출신이라고 말들을 합니다만, 그녀야말로 앞으로 다가올 근대 시민 사회의 한 모델이며 나의 문학과 사상이 추구하는 전인적全人的 평등 세계관의 전망을 예견해 주고 있습니다. 미완성이 될 작품 『파우스트』의 마지막에서 나는 이렇게 노래할 것입니다. '영원히 여성적인 것만이 우리 인간을 높은 곳으로 이끌어간다'라고 말입니다."

영원히 여성적인 것이라? 괴테를 바라보며 허만중 씨가 그 말의 뜻을 헤아렸을 때 그것은 다름 아닌 거친 세상에 대한 '영원한 부드러움'의 의미로 받아들여졌다. 역시 괴테는 서양 중세의 유물인 계급과 권위주의를 자기로부터 무너뜨리기 시작한 명실공히 '근대인'이었다. 허만중 씨가 그와 헤어지는 순간 괴테는 그의 대표 시 중의 하나인 「미뇽戀人」이 실린 시집을 선물로 내밀었다.

그리움을 아는 사람만이 / 내가 괴로워하는 것을 알리라. / 모든 기쁨으로부터 홀로 떨어져서 / 저 멀리 푸른 하늘을 바라보노니. / 아! 나를 사랑하며 이해하는 사람 / 참으로 머나먼 곳에 있어라. / 가슴 또한 설레이며 닳아오르니. / 그리움을 아는 사람만이 / 내가 괴로워하는 것을 알리라.

(Nur wer die Sehnsucht kennt, / weiss, was ich leide! Allein und abgetrennt / von der Freude, / sehe' ich ans Firmament / Nach jener Seite. / Ach! der mich libet und kennt, / Ist in der Weite. / Es schwindelt mir, es brennt / Mein Eingeweide. / Nur wer die sehnsucht kennt, / Weiss, was ich leide.)

미뇽. 역시 그의 연인은 일찍이 그가 사랑했던 모든 여성이었고 그리고 오늘은 평민 출신의 부인 크리스티아네였다. 역시 괴테는 프랑스대혁명이 가져다준 낭만주의자, 자유와 평등과 박애(사랑), 그리움의 시인이었다. 새로운 시대를 자신의 삶 속으로 끌어들인, 그의 시대를 뛰어넘어 근대사회를 향하여 손짓하는 '새로운 시대로 향하는 영혼'을 가지고 있었다. 허만중 씨가 괴테의 생가인 '괴테하우스'를 빠져나오자, 프랑크푸르트의 11월은 이미 나뭇잎들이 모두 떨어지고 있었다. 그리고 바람이 불어오기 시작했다. 허만중 씨는 호주머니에 손을 집어넣으면서 20세기 최고의 서정시인 라이너 마리아 릴케의 시구를 떠올렸다. "나뭇잎이 떨어진다 한들 서글퍼하지 말라, 봄이 오면 그 자리에 어여쁜 새순들이 돋아나지 않더냐!"

75. 스피드

"아빠, 이번 여름엔 자동차 운전면허를 따야 할 것 같아요."
"그렇게 하려무나. 넌 자동차 기계공학을 공부하기 때문에 쉽게 따겠구나."
"아이, 아빠도! 자동차를 만드는 공부와 운전면허 따는 일은 전혀 달라요."

허만중 씨는 오랜만에 아들 녀석을 보았는지라 기분이 좋아졌다. 그래서 대화 속에 간혹 농담을 섞어 넣었다. 녀석은 서울에서 대학을 다니고 있는데 방학을 맞이해 잠시 고향에 내려온 것이다. 수염이 거뭇거뭇했지만, 여전히 귀여운 어린애처럼 보였다. 하기야 어린애처럼 보이는 것은 아버지인 허만중 씨 혼자의 마음이고 녀석은 그야말로 세상 물정 다 알고 세계가 어떻게 돌아가는 줄도 잘 아는, 요즘 말로 글로벌 시대의 젊은이가 아닌가.

자취는 할 만하지? 냉장고에다 전기밥솥, 가스레인지까지 있어서.

그래도 자취는 자취인걸요. 바쁘면 대충 라면을 끓여 먹습니다.

 아빠는 말이야, 고등학교 1학년 때부터 대학 졸업할 때까지 자취를 했지. 연탄불로 밥을 해 먹었는데, 불이 꺼지면 어땠는지 아니? 하도 배가 고프면 버리기 아까운 헌 잡지라도 찢어서 불을 피운 뒤 그걸로 밥을 해 먹었거든.

 또 아빠는 호랑이 담배 피우던 시절을 말씀하시는군요.

 호랑이 담배 피우던 시절? 얘야, 말 말아라. 그건 불과 30여 년 전의 일이다.

 아빠, 그러나 지금 세상이 얼마나 빨리빨리 달려가는 줄 아세요? 잘 아시겠지만, 세상은 스피드를 최고의 미덕으로 받아들이고 있어요. 스피드의 역할이 개인과 개인을 신속하게 이어주고 확인시켜 주는 사회적 모럴로 정착한 지가 이미 오래됐다는 것이죠. 이런 현상은 나라와 나라 사이의 거래에서도 마찬가지입니다.

 그래도 아빠의 세대가 걸어왔던 느림의 세계 또한 중요한 것 아니냐? 아, 그랬다. 아빠의 세대는 돌다리도 두드리며 천천히 걸어라, 하는 말이 널리 권장되는 격언이자 교훈이었는데.

 꼭 그 말만이 아니었잖아요? 가령 일찍 일어난 새가 벌레를 많이 잡아먹는다, 하는 말도 그에 못지않게 뭇사람들에게 크게 힘을 발휘했지요. 일찍 일어난 새가, 네 그렇습니다. 의미의 차이는 있겠습니다만, 만약 오늘날 어떤 사람이 돌다리를 두드리는 식으로 천천히 걸어간다면 그자는 낙오자 아니면 사회적 시간, 사회적 약속, 사회적 모럴을 깨뜨린 사람으로 취급을 받을 것입니다.

허만중 씨는 새로운 세대라고 불리는 아들 녀석에게 교육을 받는 처지가 되어가고 있었다. 녀석의 입에서는 그가 귀에 전부 담을 수 없는 갖가지 '스피드' 관련 용어들이 쏟아져 나왔다. 스피드 도둑, 스피드 운전면허, 스피드 일본어, 수험영어 스피드 완성, 컴퓨터 2급 필기 스피드 총정리, 10분 완성 스피드 요리, 스피드 에니메이션, 스피드 문서 작성, 스피드 전쟁 게임, 국제 외교 스피드 전략, 스피드 택배, 스피드 살빼기, 스피드 결혼 작전, 스피드 접속 등의 어휘들이 그를 어지럽게 만들었다.

모든 것들이 전속력으로 달려간다면, 모든 것들이 번갯불에 콩 볶아먹는 식으로 팔딱팔딱 뛰어댄다면, 그럼 나 같은 사람들은 어떻게 살아가는 거지? 스피드가 우상으로 떠받들어지는 세상에서.

서울에서 내려온 아들 녀석이 고교 시절에 사용했던 자기 방으로 들어가자, 허만중 씨는 그와의 대화가 떠올라 이리저리 몸을 뒤척였다. 미국의 시인 칼 샤피로가 짐승의 껍질skin of animals이라고 비유한 자동차들이 새빨간 불빛을 입에 문 채 고속도로를 씽씽 달려가는 모습이 창문을 통하여 뛰어들어왔다. 아들 녀석은 이내 컴퓨터를 두드리며 '대화방'을 기웃거리고 있는 모양이었다.

 하지만 내 나이에 너무 속도에 쩔쩔매면 그것 역시 주책없는 짓이야. 그래, 천천히 생각하고, 천천히 먹고, 천천히 숨 쉬고, 천천히 사는 것도 좋아! 허만중 씨는 앞으로 불거져 나온 배꼽을 쿡 눌러 보았다. 그랬더니 뱃속이 시원해졌다. 암 그러면 그렇지. 아파트 건너편 논에서 들려오는 개구리 울음소리를 자장가 삼아 어느새 그는 깊은 잠 속으로 빠져들어 가고 있었다. 아주 평화스럽게 하늘의 달 또한 천천히 서쪽으로 둥글게 굴러가고 있었다.

76. 베트남 2

"아니, 왜? 공동묘지 안에 매복 호를 파야 하지요?"

"파라면 파지, 이유는 무슨 이유야. 적들에게 노출되기 전에, 번갯불처럼 순식간에 파야 해. 그래야, 베트콩의 바주카포를 피할 수 있어."

1969년 8월 15일. 남부 베트남 북쪽 고노이섬. 파월 청룡부대 3여단 3대대 3중대. 허만중 일병은 매복을 위한 흙구덩이를 파고 있었다. 정말 숨도 쉬지 않고 야전삽으로 목까지 깊이 빠지는 참호를 파댔다. 주인 없는 산닭과 들고양이 떼의 울음소리, 모든 것이 낯설고 으스스한 베트남에서.

구덩이 파던 일을 마치자, 월남 고참이 다가와 귓속말로 속삭거렸다.

"허 일병, 베트콩들은 공동묘지 안에는 절대로 포탄을 쏘지 않아. 총알도 날려 보내지 않는 것이 그네들의 오랜 풍속이며 변치 않는 불문율이야. 왜, 그런지 알아?"

허만중 일병은 열대의 태양과 밤이슬로 검어져 버린 월남 고참의 얼굴을 보았다. 하늘에서는 어느덧 남십자성이 길게 돋아나고 있었다. 그렇지, 어둠이 내리고 별들이 돋아나기 시작하면 베트콩들은 전투를 시작하기 위해 정글을 귀신처럼 날아다닌다고 했지? 풀벌레보다도 더 가벼운 몸짓으로 정글의 곳곳을 누비는 남부 베트남에서 호찌민의 월맹군 게릴라들. 소위 '베트콩'이라 불리는 그들이 소련제 AK 소총을 거머쥐고 한국군 청룡 부대 소대원들을 향하여 압박해 오는 시간이었다.

도마뱀들이 찌익찌익 울어댔다. 작은 공룡을 닮은 수백 마리의 도마뱀들이 정글의 어둠을 찢으며 온통 울부짖었다. 그러자 묘한 공포와 긴장감이 한국 군인 허만중의 심장을 압박해 왔다.

"허 일병, 베트남 민족은 우리처럼 공자와 불교에 익숙한 동양권 문화에 속해 있지. 그런데 조상에 대한 숭배만은 같은 문화권의 다른 나라들에 비해 철두철미한 것 같아. 프랑스 식민지로 70년, 제2의 인도차이나 전쟁이라 일컫는 베트남 전쟁을 30년 가까이 치르고 있지만, 그들이 조상을 섬기는 정신은 대단해. 예컨대 지금 당장 전투를 개시해도 무덤이 모여 있는 공동묘지 안에는 절대로 총을 쏘지 않거든. 그래서 오늘 밤 우리가 여기 무덤 속에다 매복 호를 파는 것이 아니겠어. 하하, 월남에서 우리가 죽어서는 안 되겠기에 말이야."

참전 병사들 사이에선 '고노이 중대'라는 별칭으로 더

많이 알려진 청룡 부대 3여단 3대대 3중대. 허만중 일병은 무덤 가운데 파놓은 매복호 속에서 월남 고참의 얘기를 듣다가 그만 묘한 감동을 받았다. 식민 시절 '디엔 비에프 전투'에서 프랑스군 4만여 명을 전멸시킨 그들 힘의 원천이 과연 어디에서 비롯됐는가를 깨달은 것이었다.

"최 병장님! 무서운 놈들이군요. 무섭지만 대단한 민족이군요. 그들 조상의 무덤 속에 매복해 있으므로 총탄이나 포탄을 쏘아대지 않는다 하니, 아마 이것이 앞으로 베트남을 통일시킬 힘으로 작용하지 않겠느냐 하는 그런 예감이 듭니다."

최 병장과 허만중 일병이 하늘을 바라보자 때마침 달이 둥실 떠오르고 있었다. 가슴속에서 향수가 파도처럼 밀려들기 시작했다. 허만중 일병은 M16 개머리판 위에다 종이를 놓고 한 편의 시를 옮겨갔다.

달아 달아 밝은 달아. 머나먼 한반도 우리 땅에도 더욱 환하게 비춰다오. 조상들 묘소마다 밝게 비춰다오. 반달 아닌 둥근 달로 떠올라 남북 사람들 서로 그리워 마음 환장하도록 그렇게 비춰다오.

허만중 일병이 귀국하고 5년이 지난 1975년 7월, 하늘에는 제비 떼가 날고, 프랑스 소설가 사르트르가 말했듯이 '인류의

양심을 실험한 전쟁'도 끝나기 직전인 어느 날이었다. 남부 베트남 수상 구엔 카오 키는 개인용 헬기에 금은보석을 가득 싣고 미국의 마이애미로 도망을 쳤지만 결국 본국 민족 운동 세력의 줄기찬 투쟁에 쫓겨 아프리카 이집트로 재차 달아났다가 거기서 죽었다. 20세기의 신화, 그것은 베트남의 남북통일이었다.

77. 안경

　허만중 씨의 눈은 근시와 원시다. 하지만 그는 요즘 그 흔한 다초점 안경이 없다. 눈알을 아래로 굴리면 돋보기가 되고 위로 치켜뜨면 근시를 해결해 주는 간편한 다초점 안경을 지금까지 껴 본 적이 없다. 그는 신문이나 책을 볼 때 필요한 돋보기안경 하나만 있으면 그만인 사람이다.

　여기에서 먼저 독자들이 기억할 것은 그가 안경을 낀 사람을 두려워한다는 것이다. 어렸을 적부터 너무나 많이 들어왔던 말, 그러니까 거의 세뇌된 말이 있기 때문이었다. 안경 낀 사람을 항시 눈여겨보거라. 혹시 간첩이 아닐지 모를 일이니까, 하는 말이 지금도 그의 뇌리에 꽉 박혀 있었다.

　그 때문에 허만중 씨는 웬만한 일이 아니면 안경을 눈에 달고 다니지 않는다. 심한 근시와 원시로 앞에 서 있는 사람이 누구더라 할 정도로 시력이 형편없이 떨어져 있지만 되도록 안경을 호주머니 속 깊은 곳에 넣고 다닌다. 작은 글씨로 된 서류를 갑자기 보아야 할 때에는 그것 때문에 낭패를 겪는다. 어이 자네 혹시 돋보기 없어? 제기랄, 하면서도 호주머니 속에 들어있는 돋보기안경을 아예 기억해 내지 못하는 때가 더러 있기가 마련이었다.

"어, 누구더라, 여보, 이 사람 누구지? 검은 테 안경을 낀 이 사람?"

아파트 현관 문구멍으로 들어온 신문을 들척이던 허만중 씨가 아내를 불렀다. 아내는 주방에서 아침 식사 대용으로 먹을 달걀 후라이를 한창 만드는 중이었다.

"난들 어떻게 알겠어요? 잘 안 보이면 안경을 끼시구려."
"가만있자, 어디에 놔뒀더라? 항상 그놈의 돋보기가 말썽이란 말이여."

"아유, 그러니까 서재에 하나, 응접실에 하나를 놔두면 될 게 아니어요."

참, 서재 책상 서랍 속에 놔뒀구나. 허만중 씨는 혼잣말처럼 중얼거리면서 아침 신문을 응접실 바닥에 펼쳤다. 예의 돋보기를 기사 속 사진 위에 갖다 댔다. 그 사람은 독일의 세계적인 석학 위르겐 하버마스의 제자이며 현재 뮌스터대학 교수인 송두율 씨였다. 뮌스터대학이라면 한때 서울 명동성당의 주인이었던 김수환 추기경의 모교였다.

그 대학의 이름은 그렇다 치고, 송두율 교수는 한때 국내 여론 매체에 자주 오르내렸던 소위 좌파 계열의 지식인으로 알려진 사람이었다. 그렇게 불리게 된 것은 지난 70, 80년대 군사독재 정권 당시 그가 독일에서 한국의 민주화와 통일

운동에 나서면서부터였다. 좀 촌스러울 정도로 두꺼운 검은 테 안경을 낀 얼굴 사진과 함께 실린 신문 내용을 몇 줄 옮기면 이러했다. 기사 제목은 '재독 송두율 교수 34년 만에 귀국'이었으며 베를린 현지 특파원이 송고한 것이었다.

재독 사회학자인 독일 뮌스터대 교수가 4일 34년 만에 고국 땅을 밟는다. 송 교수의 이번 귀국은 5월 25일 '통일맞이 늦봄 문익환 목사 기념 사업회'가 5회 늦봄 통일상 수상자로 어린이 의약품지원본부와 송 교수를 선정하면서 추진됐다. '통일맞이'는 6월 19일 청와대에 입국 건의서를 제출하는 등 송 교수의 입국을 위해 노력해 왔으며 그동안 입국 불허의 명분이 됐던 준법서약서는 쓰지 않되 국정원에서 간단한 경위 조사만 하는 선에서 입국이 허용된 것으로 알려졌다. 일주일 정도 한국에 머물게 될 송 교수는 4일 저녁 7시 서울 세종문화회관에서 열리는 시상식에 참석한 후 광주를 방문 망월동 5·18묘지를 참배할 것으로 알려졌다.

 다시 허만중 씨가 신문에 나온 송두율 교수의 최근 얼굴을 돋보기로 들여다봤을 때 안경 속의 두 눈이 젖어 있는 것처럼 느껴졌다. 올해 나이 57세로 그동안 34년을 해외에서 보낸 그의 지난한 고독과 어머니 나라를 향한 지적 혹은 인간적 방황 같은 것이 안경알에 젖어 하얗게 빛나고 있었다. 그것은 인간이라면 누구나 가지고 있는 눈물일 것이었다. 그때 허만중 씨도 슬픈 빛이 흘러내리는 송두율 교수의 '안경'을 벗겨주고 싶은 생각이 가슴 속에서 밀고 올라왔다.

78. 흰 손과 검은 손

H 아파트 신축 공사 현장. 탕탕탕, 망치 두드리는 소리, 드르륵 큭큭큭, 레미콘을 실은 트럭이 탱크처럼 밀려드는 소리, 굴삭기가 땅을 파헤치고 다이너마이트가 바위를 깨뜨리는 소리, 문짝을 다는 소리, 잘린 철근과 쇠 파이프를 여기저기 던져대는 소리가 진동하는 불볕더위 속에서 인부들은 아무런 말이 없었다. 다만 검은 고딕 활자처럼 움직이고 있을 뿐이었다.

7월 어느 날 오후. H 아파트 신축 공사 현장과 불과 20여 미터 떨어진 Q 아파트. 시인 허만중 씨의 응접실. 모처럼 찾아온 두 손님, 검은 손 〈가〉와 흰 손 〈나〉가 대화를 나누고 있었다. 그들은 19세기 말엽 러시아 혁명기에 활동한 시인이며 소설가인 투르게네프의 시 「검은 노동자와 흰 손의 사나이」에 대해서 이런저런 얘기를 나누기 시작했다. 아니 그 시를 서로 번갈아 읽어 내려가고 있었다.

먼저 검은 노동자가 말했다.

〈가〉: 왜 우리한테로 기어드는 거지? 무슨 볼일이 있어? 자넨 우리 편이 아니야, 저리 나가 줘!

그러자 흰 손의 사나이가 놀라서 일어났다.

〈나〉: 나도 자네들 편이야, 형제들!

검은 노동자가 머리를 치켜들었다.

〈가〉: 아니, 무슨 말을 하는 거야! 우리 편이라고! 웃기지 말아! 내 손을 보게. 자, 얼마나 더러우냐 말이야. 게다가 기름과 시멘트, 타일 냄새까지 풍기는데, 자네 손은 하얗지 뭔가. 그래, 그 손에서는 무슨 냄새가 나지?

흰 손의 사나이가 두 손을 내밀었다.

〈나〉: 자, 냄새를 맡아보게.

검은 노동자가 말했다.

〈가〉: 흰 손에 묻은 것은 쇠붙이 냄새가 틀림없어. 무려 6년간 쇠고랑을 차고 있었으니 말이야.

〈나〉: 검은 손, 자네들의 복지를 위해 애썼기 때문이지. 자네들같이 무지몽매한 사람들을 자유롭게 해주기 위해서 자네들의 압제자를 반대하여 일어선 거야, 결국 폭동을 일으켰단 말일세. 그래서 감옥에 갇히게 된 거지.

검은 노동자가 말했다.

〈가〉: 감옥에 갇혔다고? 도대체 무엇 때문에 스트라이크,

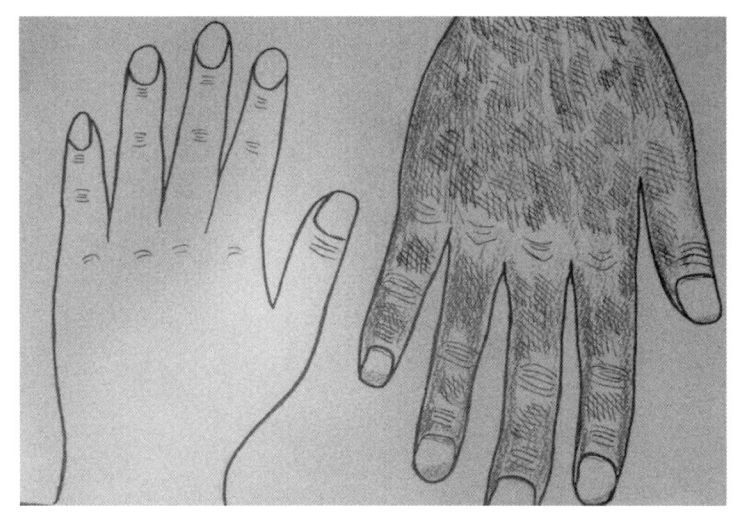

데모를 벌인담!

 그런 대화가 있은 지 2년이 지난 후였다. 흰 손과 얘기를 나누었던 동일한 검은 노동자와 또 한 사람의 검은 노동자 〈다〉가 같은 장소에 나타나서 얘기를 나누고 있었다.
 먼저 2년 전과 동일한 검은 노동자가 말했다.
 〈가〉: 이봐, 뽀뜨르! 2년 전 여름, 손이 새하얀 녀석이 찾아와서 우리하고 이야기했던 일을 기억하고 있나?
 또 한 사람의 검은 노동자가 고개를 끄덕였다.
 〈다〉: 기억하다마다. 그래서 어쨌다는 거야?
 〈가〉: 그 녀석이 오늘 교수형을 받는다는 거야. 포고문이 내렸어.

또 한 사람의 검은 노동자가 코를 탱 풀었다.

〈다〉: 역시 데모를 벌인 게로군?

동일한 검은 노동자가 고개를 들어 천장을 바라다보았다.

〈가〉: 역시 그런가 봐.

또 한 사람의 검은 노동자가 갑자기 활기가 돌아 말했다.

〈다〉: 흐음. 그건 그렇고, 이봐, 미뜨랴이, 그 녀석의 목을 맬 밧줄 조각을 어떻게 손에 넣을 수가 없을까. 굉장히 큰 복이 굴러들어 온다는 거야!

드디어 2년 전과 동일한 검은 노동자가 서두르는 몸짓으로 입을 열었다.

〈가〉: 그것 참 옳은 말이야. 뾰뜨르, 어떻게 힘을 써보도록 하세.

다시 Q 아파트. 시인 허만중 씨의 응접실. 검은 손 〈가〉와 흰 손 〈나〉의 대화가 끝나가고 있었다. 허만중 씨가 손수 냉커피를 가져오는 사이 그들은 투르게네프의 시 「검은 노동자와 흰 손의 사나이」에 대한 시대적 결론을 찾아내기 위해 두 눈을 번쩍였다. 투르게네프가 역사적 허무주의자라거니, 혹은 핏빛 혁명의 와중에 놓인 블루칼라와 화이트칼라의 갈등 관계를 그래도 솔직하게 보여줬다느니 하면서 거기에 대한 허만중 씨의 의견을 기다리고 있었다.

하지만 허만중 씨는 어느 쪽으로도 결론을 내릴 말이 없었다. 어쩌면 그 역시 화이트칼라 노동자였기 때문이다. 겨우 꺼내놓는다는 것이 이 한마디뿐이었다.

"우리가 죽으면 누가 땅에 삽질하며 묻어주지? 그야, 검은 흙으로 먹을 감는 시립 묘지의 인부들이 묻어주는 것 아니겠어. 물론 우리의 죽음을 울어주는 사람은 가족들과 친지들일 터이지만, 그리고 시인들은 추모 시를 써서 노래해 주겠지."

79. 소

 북한 땅으로 소 떼가 넘어간다! 그것도 한 마리가 아닌 500마리 암소와 수소가 무리를 지어서 말이다! 현대그룹 명예회장 정주영 할아버지가 500마리 소 떼를 이끌고 판문점을 넘어가는 것을 TV로 보면서 허만중 씨는 손바닥으로 눈물을 훔쳤다. 쉴 새 없이 그렁그렁 흘러내리는 눈물을 손바닥으로 문질러댔다. 순간 그의 기억은 먼 어린 시절, 한반도의 남녘땅 해남으로 달려가고 있었다.

 "소야, 밥 많이 묵어라. 그래, 술도 한 바가지 묵고! 자아, 여기 콩나물과 호박 나물과 고깃국물 많이 가져다 놨다. 어서 묵어라. 쌀밥 보리밥 묵고 올해 농사도 잘 지어야지. 니가 우리 집 상일꾼이야. 아암, 제일로 큰 일꾼이고 말고. 그러니 어서 묵어라. 어때, 사람들이 묵는 밥이 누렁소 너한테도 참 맛있을 거로 생각혀. 에헤! 볏짚 여물은 내일 묵고 오늘은 사람이 먹는 밥 묵어라."

 달이 휘영청 떠오른 정월 보름날 밤이었다. 흰 눈이 소복소복 내려 쌓이는 마을은 온통 하얀 적막에 휩싸이고 있었다.

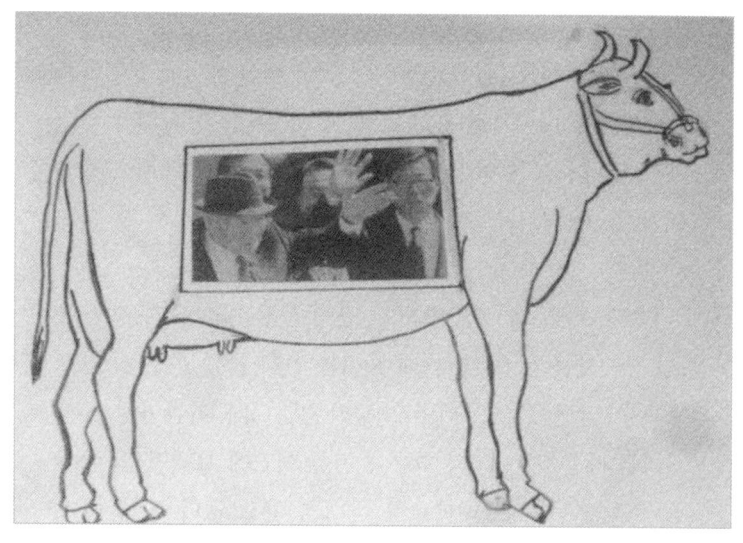

뒷산을 넘어온 솔바람과 갈참나무 바람은 마치 낯선 사람들의 속삭임처럼 수군수군하는 소리로 들렸다. 동백나무에서는 틀림없이 올빼미가 찾아와 울고, 쥐새끼들은 그 울음소리에 겁이 났는지 옴짝달싹 못 하고 버둥거렸다. 마을 앞 솟대 위에 앉힐 목조木鳥 두루미 한 마리를 만들다가 외양간으로 들어간 할아버지는 누렁소한테로 다가가 말하고 있었다. 어쩌면 친 자식놈의 머리처럼 어루만져주었다.

누렁소는 유난히 큰 두 귀를 흔들었다. 정월 보름날 특별히 고봉으로, 머슴밥으로 채워서 내미는 오곡밥 한 그릇을 긴 혓바닥으로 끌어다 삼켰다. 할아버지가 입을 벌려 먹여주는 보리막걸리 한 바가지도 벌컥벌컥 들이마셨다. 콩나물과

이어도를 본 사람은 죽는다 _ 309

호박나물을 게 눈 감추듯이 먹어 치운 다음 커다란 눈망울로 할아버지를 바라보았다. 하얀 한복 바지저고리를 입은 할아버지. 누렁소는 할아버지의 주름살 사이로 흘러내리는 웃음을 알아보았는지 크르렁 트림을 해댔다. 송아지를 밴 어미 소였다.

"그래, 바쁜 농사철이 되기 전에 몸을 풀어야지. 아무튼 3월 중순께는 낳을 테지. 니 새끼는 우리 둘째 손주 놈 핵교 등록금 밑천이여. 그러면 그렇다 잉. 니가 지금까정 낳은 새끼들 때문에 큰 손자 작은 손자를 핵교에 보냈던 것 아냐. 중핵교, 고등핵교, 대핵교를 다니게 하고 있다 이 말이다. 그래서 그런가? 이장네 집에서 누런 신문 쪽지를 얻어다 읽어보면 종종 뭐드라? 도시 바닥에 세워진 대핵교 건물을 가리켜 우골탑이라고 부르고 있더구나. 하하하, 소 뼈다귀로 세운 우골탑! 농촌에서 키운 소들을 팔아 등록금으로 보내 우골탑이라고 이름 붙였으니 틀린 말은 아니렷다. 누렁소야!"

할아버지는 흡사 자기가 낳아 키운 새끼라도 된 듯이 오래오래 누렁소의 목덜미를 쓰다듬어 주었다. 튼실한 목덜미였다. 봄철 쟁기질을 할 때 아무리 무거운 멍에를 올려도 무너지지 않을 그런 목덜미였다. 할아버지는 만족스러웠다. 누렁소가 몸을 풀면 먼저 밭을 연습으로 갈게 하고, 힘든 무논은 나중에 갈게 해야겠다고 혼자 다짐했다. 그걸 눈치챘는지 누렁소가 큰 눈망울을 더 둥글게 반짝거렸다.

음메! 음메에! 우머어 우머어어어!!!

허만중 씨의 기억은 어느덧 팔려 가는 송아지를 바라보며 어찌할 바를 모르는 어미 소의 풍경 속으로 잠겨 들어가고 있었다. 수숫대 모가지들이 석양빛에 물들어가는 30리 길 우시장. 그리고 다시 할아버지와 소년 허만중은 어미 소 한 마리만을 이끌고 TV 속으로 들어가고 있었다. 마침내는 1998년 6월 16일 아침, 500마리나 되는 암소 수소 떼와 함께 북한 땅으로 넘어가는 정주영 할아버지를 보고 있었다.

한번 넘어가면 아무도 돌아올 수 없었던 삼팔선-군사분계선-비무장지대-철조망-휴전선-DMZ 따위 갖가지 이름을 가진 그곳을 정주영 할아버지와 500마리 소 떼는 넘어가고 있었다. 살붙이 피붙이 가족보다 더 가까이 주인을 따르며 이 땅의 논밭을 갈아왔던 우공牛公들, 살아서는 논밭에서 **뼈**가 녹도록 일해주고 죽어서는 살과 **뼈**를 모조리 바치는 한우韓牛들.

음메! 우머어! 우리 나이로 여든세 살인 정주영 할아버지가 흰 구름 두둥실 머리에 이고 배꼽 내민 소년처럼 수줍게 웃으며 500마리 한우 암놈 수놈 소 떼 이끌고 〈판문점〉을 넘어갈 때 그 모습은 대서사시였다. 허만중 씨가 평생을 두고 시로 쓰고 노래하여야 할 '거대한 사랑과 감동'으로 떠오르고 있었다.

80. 고추잠자리

『소년 삼국지』를 읽던 소년 만중이는 오줌이 마려웠다. 공부방으로 사용하는 됫박만 한 사랑방 밖으로 나갔다. 섬돌 밑에서 뚜르르 뚜르르 귀뚜라미가 울고 있었다. 바람도 소슬하게 불어오고 불어가는 가을밤이었다.

야, 너희들은 왜 밤마다 울지? 잠도 없는가 봐?

어 저것 봐라? 밤에 풍뎅이가 날다니?

저 녀석들도 종일 상수리나무에 붙어 있기가 지겨웠겠지.

오줌을 누고 나니 시원했다. 대숲 바람이 불어와서 우선 사타구니 사이를 시원스럽게 씻어주었다. 바지춤을 걷어 올리자마자 사방을 휘둘러보았다. 싸리나무 울타리 너머 옆집에서 불빛이 새어 나오고 있었다. 고요하면서도 아늑해지는 불빛! 소년 만중이의 얼굴에 날아와 살며시 미끄러져 내렸다. 정말 그 불빛은 어쩜 산딸기처럼 붉고 달콤했다.

가만있자, 색시께서도 안 자고 있구나.

은행나무 집 새색시가, 지금까지 불을 켜놓고 있다니?

혹시 군대 간 영수 서방님에게 편지를 쓰고 있나?

밤하늘은 너무 맑았다. 소년 만중이는 노래를 부르고 싶었다. 우선 어제 학교에서 배운 노래가 떠올랐다. 잠시 콧노래가 맴돌았다. 콧노래는 오늘 밤처럼 심심할 때나 들뜬 마음을 고르게 할 때는 좋을 거로 생각했다. '기러기'라는 노래였다. 가사도 어렵지 않고 곡 또한 쉬웠다.

울 밑에 귀뚜라미 우는 달밤에 기럭기럭 기러기 날아갑니다.
가도 가도 끝없는 저 먼 하늘로 엄마 엄마 부르며 날아갑니다.

하늘은 별들이 총총했다. 마치 아기 친구들의 눈동자처럼 반짝반짝 빛났다.

남북을 미리내, 은하수가 길게 흐르고 있었다. 기러기 가족은 그 미리내를 한참 동안 건너가고 있다. 아야어여오요우유, 그렇게 노래를 부르며 날아가는 것 같았다. 'ㅅ'자로 날아가는 기러기 가족들, 앞줄 맨 앞에 날고 있는 기러기는 엄마 기러기, 맨 끄트머리에 날고 있는 기러기는 아빠 기러기라는 것을 소년 만중이도 이미 알고 있었다. 미국의 동물학자 시튼이 지은 『동물기』를 읽었기 때문이다.

어쩌면 땅 위의 원시림보다도 더 헤쳐 나가기 힘든 하늘의 공기, 그리고 하늘길, 아 저 머나먼 하늘길. 엄마 기러기는

어린 새끼들이 쉽게 따라오게 하려고 맨 앞에서 공기의 숲 혹은 길을 기류를 가르며 날고 있다는 것을 시튼이 가르쳐 주었다. 그뿐이랴, 엄마 기러기는 아빠 기러기가 먼저 죽은들 절대로 다른 남자 기러기한테는 두 번 다시 시집을 가지 않는다는 것을 소년 만중이는 배웠다.

 영수 삼촌 색시와 옛날이야기하고 놀면 좋겠다. 색시는 서방님이 군대 가서 무척 심심할 것 같아. 아냐, 그렇지만 야밤에 찾아가면 안 돼? 영수 삼촌 아버지한테 크게 호통을 들을지 몰라. 네 이놈, 이마에 피도 안 마른 놈이 여염집 여자를 넘어다보긴? 그럼 어떻게 하지? 무슨 방법으로 색시와 첫 얘기를 걸 수 있지? 아, 그래! 고추잠자리를 잡아 바치면 색시가 아주 좋아라 할 테지. 우리 마을에서 제일 예쁜 빨간 고추잠자리를 잡아다 바치면, 아마, 틀림없이 내게 재미있는 옛날이야기부터 들려주겠지.

　소년 만중이는 주위를 서성이다가 사랑채 방에 들어갔다. 하지만 잠이 오지 않았다. 우선 재미있는 『소년 삼국지』가 더 이상 눈에 들어오지 않았다. 며칠 전부터 읽었던 유비, 손권, 관우, 제갈량의 모습이 머릿속에서 사라져 버린 것 같았다. 은행나무 집 새색시 얼굴만이 눈앞으로 둥둥 떠오고 있었다. 다음날 잠에서 깨어나자마자 소년 만중이는 고추잠자리를 잡으려고 쏜살같이 강가로 뛰어 내려가고 있었다.

81. 짚신

 살다 보면 종종 신발을 거꾸로 신을 때가 있지요.
 신발을 굳이 거꾸로 신고 걸어 다녀야 할 이유는?
 물론 짚신이든 가죽신이든 바로 신고 살아야 하겠지만.

 지금까지 살아오면서 허만중 씨는 그런 말들을 많이 들었다. 거꾸로 걸어가는, 그러니까 타협의 묘를 살려가면서 거꾸로 걸어가는 듯한 사람들을 보게 될 때 슬펐다. 결벽주의자는 아니었으나 가슴이 아프고 머릿속이 뒤틀렸다. 그렇지만 오늘, 허만중 씨는 달랐다. 오랫동안 신발 '미투리'를 거꾸로만 신고 살았던 사람'이 다녔던 길을 마치 성지처럼 되짚어 찾아가는 것이었다.
 두만강에서 봉오동으로 가는 길이었다. 소련제 택시는 60년대에 뽑아낸 것이어서 털털거리긴 했으나 잘도 달려주었다. 렌트였는데 아직은 꽤 쓸만해 보였다. 노랗고 둥근 해바라기꽃들이 길섶에까지 뛰쳐나와 고개를 흔들어주었다. 밭에서는 고추가 빨갛게 익어가고 있었고 머리통이 굵은 마늘은 속의 매운 기운을 힘껏 들이마시며 풋풋하게 자라고 있었다. 허만중 씨는 국경 도시인 도문시에서 조선족 할아버지를 만났다. 자기 고향 할아버지를 뵈기라도 한 듯 반가웠다. 머리를 꾸벅 숙이고 나서 '봉오동 마을'을 아시느냐고 물었다.

"홍범도 장군이 일본 놈들을 물리친 그곳 말씀이십니까?"

할아버지께서는 웬만한 역사학도 뺨칠 정도로 일제 식민지 시절 북만주 벌판의 역사를 아주 자세하게 꿰뚫고 있었다. 책을 통해서 배운 지식이 아니라 이유민離遊民 체험에서 터득된 꿈틀거리는 역사였다. 이유민은 일제가 조선 민족을 본토에서 강제로 북만주로 이주시킨 사람들을 가리키는데 할아버지 역시 태어나자마자 어미 등에 업혀 이주당했다.

조선족 할아버지의 말에 따르면, 항일투쟁이 단순한 만세운동 차원을 넘어서 무장투쟁으로 성장할 수 있었던 배경에는 만주에 일제 관동군 70만여 명이 진을 치고 있었다는 것과 그에 대적하여 백두산이 조선독립군의 비밀 아지트를 구축해 주는데 천혜의 요새를 이루어주었기 때문이었다.

조선의 독립군이 일본 제국주의 군대를 격파시킨 봉오동 마을은 할아버지가 말 한대로 두만강과 10km 거리에 있었다. '홍진' 혹은 '수남水南마을'이라고 부르는 곳에서 1km쯤 올라갔을 때 옛날 봉오동 마을은 댐 안에 잠겨 '인민수원저수지'가 돼 있었다. 그러나 놀랍게도 이곳 지역민들은 옛 마을의

이름을 따다가 '봉오저수지'라고 댐 벽에 새겨두고 있었다. 조선독립군들이 불렀다는 '의병대가'가 아득히 환청으로 들려왔다.

    홍대장 가는 길에 일월이 밝은데
    왜놈 군대 가는 길엔 눈비만 내린다
    에헤야 에헤야 에헹에헹 에헤야
    왜놈 군대 쓰러진다, 막 쓰러진다

소련제 렌트카에서 내리자마자 허만중 씨는 잠시 눈을 감았다. 가슴속과 목울대에서 진한 액체가 치밀어 올라왔다.

아아 봉오동 마을. 북만주 땅 조선독립군들이 온몸을 던져 일본 제국주의 군대와 이른바 '봉오동전투'를 벌였던 그곳은 지금 지난 시간의 저쪽에서 구름처럼 떠 있을 뿐이었다. 하지만 해발 400미터쯤으로 짐작되는 봉오동 주위 산봉우리들은 멀리 백두산을 향하고 있었다. 그 봉우리들을 지금의 중국 정부는 초모정산草帽頂山이라고 명명하고 있었다.

봉오동전투에서만도 일본군 사살 157명, 중상 200여 명, 경상 100여 명이라는 대전과大戰果를 올린 대한독립군 사령관 홍범도 장군. 수남 마을에 내려와 또 한 사람의 조선족 할아버지를 만났더니 뻐끔뻐끔 피우던 담뱃불을 재빨리 눌러 끄면서 이런 말을 했다. 얼굴은 주름이 온통 덮여 있었지만, 이빨은 노인답지 않게 가지런히 박혀서 하얗게 반짝이고 있었다.

"홍범도 장군은 늘 신발을 거꾸로 신고 다녔다고 합니다. 눈 쌓인 겨울철엔 더욱 그랬다는 것이죠. 그래서 뒤쫓던 일본군 놈들이 어리둥절, 허탕 치기 일쑤였지요. 백두산을 분명히 올라간 것으로 알고 추적하는 것이었는데 거기 찍힌 신발 자국은, 아니 글쎄, 산에서 내려오는 형국이었기 때문이지요. 하하하 핫! 항일투쟁에서 지智와 용맹과 무武를 크게 발휘하셨다는 홍범도 장군! 그분을 빗대다 말한다면, 우리가 지금 예서 살아남을 수 있는 건 더러는 신발, 미투리를 거꾸로 신고 걸었기 때문이 아니었는가 싶습니다."

82. 한복

"어르신, 안녕하십니까. 참 정정하십니다."

오랜만에 고향의 논길을 걷던 허만중 씨는 최을석 노인을 향하여 공손하게 허리를 굽혔다. 평소 그는 어른과 어린이, 젊은이 사이에는 순서와 질서가 있어야 한다는 말, 장유유서를 생활의 신조로 삼고 있었기 때문에 더욱 고개를 숙였다. 최을석 노인은 마침 자기 집 논을 살피는 중이었는데 허만중 씨가 말한 것처럼 정정하진 않았다. 아무리 봐도 여든 살의 노인이었다.

최을석 노인은 소일을 삼아서 그랬는지, 평생을 두고 어루만져온 논 다랑이가 못 잊어서 그랬는지 모르지만, 늘 짚고 다니는 지팡이를 논바닥에 대고 뭐라고 중얼거리고 있었다. 아무도 들을 수 없는 혼잣말을 되뇌다가 막내 아들 또래인 허만중 씨에게 얼굴을 돌렸다.

"거, 만중이 아닌가?"

"예, 그렇습니다. 논바닥이 궁금해서 나오셨는지요?"

"그냥 바람 좀 쐬러 나왔네. 젊으나 늙으나 농사꾼한테는 논밭이 친구가 아니던가."

최을석 노인이 논둑에 주춤거리며 쭈그려 앉으려 하자 허만중 씨는 바짝 다가가서 손을 잡아드렸다. 노인의 몸은 마른 짚 더미처럼 가벼웠다. 주위에 농지 정리를 하면서 붙여 놓은 납작한 시멘트 콘크리트가 보였다. 수로水路 뚜껑이었다. 노인을 거기에 앉혀드렸다.

이렇게 어린애 같은 노인이 그때는 어떻게 우리 아버지를 삽자루로 때렸지? 그해엔 웬 가뭄이 그렇듯 지독했었는지 몰라. 전쟁 뒤끝이라 민심도 흉흉한 터였는데 가뭄까지 몰아닥쳐 인심이 말도 아니었어. 석 달 가뭄에 사람 씨앗 하나 보기 힘들다고 하더니 인심은 바닥을 기고.

허만중 씨는 그해 여름밤이 떠올랐다. 자신의 아버지와 '물꼬 싸움'을 벌이던 젊은 날의 최을석 씨를 바라보았다. 정월 대보름날, 팔씨름이나 당산나무 아래서 '들독 들어올리기' 시합에서 언제나 장사였던 최을석 씨. 그가 만중이 아버지와 물꼬 싸움을 벌이다가 삽자루를 휘둘렀다. 아악! 비명에 놀란 동네 사람들이 모두 뛰쳐나올 정도로 소리가 컸다. 사람들 속에는 어린 허만중도 끼어 있었다. 싸움은 최을석 씨가 한밤중에 만중이네 논의 물꼬를 몰래 터 버린 데서 비롯된 것이었다.

"이제, 마을로 들어가시죠."

허만중 씨는 달라붙는 그 시절의 기억을 털어 내며 노인에게 담배를 권했다.

"무슨 담밴가? 맛이 괜찮은데."

노인은 허만중 씨가 내미는 담배 연기를 가늘게 내뿜었다.

"네에, '한마음'이란 담배입니다. 남한 전매청이 북한 땅에서 만들어 남북한 공동으로 판매하는 겁니다. 독하지 않죠? 태울 만하시면 남은 거, 마저 드리겠습니다."

"고맙네. 모내기를 곧 해도 될 것 같네."

남은 담배를 받아 쥐더니 최을석 노인은 일어섰다. 며칠 전 내린 비로 올해 모내기는 걱정이 없겠다고 고개를 끄덕였다. 앞서 걷는 그의 한복 바지저고리가 논물에 비춰 일렁거렸다. 두루미의 하얀 날개처럼 눈부셨다. '아, 한복이 저렇듯 찬란한 빛인 줄이야!' 자신의 아버지께서도 생전에 늘 즐겨 입었던 한복 바지저고리! 허만중 씨는 어느덧 최을석 노인의 하얀 뒷모습을 두 눈으로 어루만져주고 있었다. 고향 마을은 산수화를 앉힌 한지^{韓紙}처럼 맑고 고요했다.

83. 매월당 김시습

　북소리 이 목숨을 재촉하는데 돌아보니 지는 해 서산을 넘는다
　황천길 주막집도 없을 것이니 오늘 밤 뉘 집 찾아 쉬어 볼까나

　용산역에서 노량진역 근처로 자리를 옮긴 허만중 씨는 마포 토박이 김정환 시인을 핸드폰으로 불러냈다. 1456년 6월 8일 집현전 학자 성삼문이 노량진 형장으로 끌려가면서 읊었던 시 한 수를 화두로 내밀어놓은 다음 불러낸 것이었다. 나이는 그보다 여섯 살 아래지만 평소 형님, 아우 하면서 다정하게 지낸 사이였기 때문이었다.
　"형님, 광주에서 올라와 언제 도강渡江하셨습니까? 성삼문의 마지막 시까지 읊으시고."
　30분쯤 지나서였을까. 김정환 시인이 씨익 웃으며 들어섰다. 언제나 그렇듯이 그는 땟국물이 묻은 듯한 잠바 차림이었다. 앞으로 툭 불거져 나온 배는 영락없이 한 덩어리 호박이었

다. 하루 종일 원고를 두드리다가 달려 나온 사람처럼 그의 두 눈 가장자리는 컴퓨터 활자 찌꺼기가 묻어 있었다. 한국에서 몇 번째라면 서러울 정도로 그는 컴퓨터 자판기를 엄청나게 두드리며, 산더미처럼 쌓인 자료를 머릿속에 저장하고, 그리고 종종 가까운 친구들을 만나면 어김없이 밤새도록 술잔을 비우는 스타일이었다. 좌우지간 그는 모든 일에 부지런한 사람이었다.

"노량진에 오면 꼭 성삼문이 생각나. 그래 아까 그의 죽음을 재촉했던 북소리 시를 읊은 것이지."

"아, 그래요. 그런데 형님, 저는 말입니다. 성삼문도 그러합니다만, 매월당 김시습이 더 생각날 때가 많습니다. 한때는 황포돛배가 드나들던 마포 나루터와 노량진 옛터. 어렸을 적에 저는 그곳에서 거의 매일 뒹굴며 살다시피 했는데, 아 그래선지 매월당 김시습이란 자가 저를 더 붙잡아두더란 말입니다."

"무엇 때문에 그렇지?"

"매월당이야말로 성삼문의 시신을 거두어 챙긴 사람이 아닙니까. 당시 아무도 손댈 수 없었던, 토막 난 시체 부스러기를 그가 밤중에 몰래 거두어 묻어주었습니다. 그것이 발각되기라도 했다면 자신은 물론 가계가 삼족을 멸할 수밖에 없었는데도 시신을 수습해서 노량진 사육신 묘역 자리에 묻어준 것입니다. 불과 몇 년을 제외하고는 평생을 떠돌이 걸객과

시인, 스님으로 살다가 아홉에 충청도 부여 만수산 무량사無量
寺에서 숨을 거둔 매월당 김시습. 네, 만중이 형님, 매월당이
저를 줄기차게 매혹하는 대목이 또 있습니다."

"또 뭔데?"

"바로 이 대목입니다. 단종을 몰아내고 왕위에 오른 세조가
그래도 얼굴에 사람 가죽이 조금이라도 붙어 있었는지 불경
언해佛經諺解 사업을 펼치던 때였습니다. 어느 날 설잠雪岑이란
고명한 스님이 있다는 소문을 들었던 모양입니다. 세조는
즉시 그를 불러들여 만조백관 조신들과 여러 승려를 모아놓
은 자리에서 설잠의 불법을 듣기로 했습니다. 그런데 불러들
인 설잠 스님이 갑자기 행방을 감춰버린 것입니다. 궁중
안을 샅샅이 뒤져서 찾아보니, 그래, 그 설잠이란 스님이

이어도를 본 사람은 죽는다 _ 325

변소에 일부러 빠져서 얼굴만 쭝긋 내밀어놓고 있는 것 아니었겠습니까. 세조가 김시습임을 알아보고 노발대발, 격노한 것은 당연했습니다. 자기를 놀린 연극임을 알아버린 것입니다. 무소불위 왕권 중심의 세상에서, 매월당이 펼쳤던 연극은 실로 통쾌한 희극이었습니다."

"정환이, 그러니까 성삼문이 비극으로 당대의 진실을 보여줬다면 매월당은 세조와 간신 모리배 무리인 갈까마귀 떼를 향해 조롱嘲弄의 미학을 보여준 대단한 희극 배우였다 그 말씀이군."

"네, 그랬다는 것입니다."

김정환 시인과 허만중 씨가 몇 잔의 술을 비우고 밖으로 나왔을 때 노량진의 밤은 더욱 깊어지는 중이었다. 자동차 불빛들이 꼬리에 꼬리를 물고 달리는 옛 '마포 나루터' 어깨너머엔 한강 물이 꿈틀꿈틀 흘러가고 있었다. 가을이 깊어지고 행주대교 저편 숲속에서 갈까마귀 떼가 날아오르고 있었다.

84. 왕

 왕이 없는 세상은 암흑이다. 왕이 없는 세상은 뒤죽박죽이다. 왕이 없는 세상은 아수라장이다. 왕이 없는 세상은 하늘과 땅의 질서가 뒤집힌다. 왕이 없는 세상에선 자연의 순리가 거꾸로 돼버린다. 그러니 우리는 왕을 만들자. 이 엄청난 혼란을 수습하기 위해선 왕을 섬기자. 우리들의 지도자이며 영원한 카리스마의 상징, 왕을 떠받들어 모시자. 그리하여 왕의 즐거운 노예가 되자. 적들의 화살을 온몸으로 받아내는 그의 방패가 되자. 오오, 우리의 영광, 우리의 미래, 우리의 왕을 어서 빨리 만들어 모시자.

 미래도 더 아득하고 먼 미래의 어느 날, 백두산 상상봉에서는 한반도 전 지역으로부터 속속 모여든 온갖 짐승의 무리가 엄청난 긴장 속에 대집회를 열고 있었다. 왕을 선발, 등극시키기 위해서였다. 왕이 없는 세상에선 백두산도 지리산도 한라산도 장백산맥도 태백산맥도 노령산맥도 차령산맥도 살아남을 수 없다는 것을 그들은 너무나 잘 알고 있었다. 왕이 없는 세상에선 백두산에서 한라산까지 들쥐 한 마리도 살아남기 힘들다는 것을 이미 예감했던 모양이었다.

늑대, 호랑이, 사자, 여우, 도마뱀, 들고양이, 들쥐, 염소, 개, 황소, 돼지, 오소리, 토끼, 거북이, 구렁이, 독사, 살모사, 독수리, 송골매, 비둘기, 까마귀, 이리, 사자, 두더지, 원숭이, 사슴, 고라니, 멧돼지, 고슴도치, 노루, 곰 등등 이루 헤아릴 수 없이 많은 짐승과 조류, 포유류, 파충류 따위들은 이날 당장 왕을 선발, 자신들의 영도자로 받들어 모시려고 발을 동동 구르고 있었다. 그들 중에서 누군가를 당장 왕으로 뽑아 세우지 않으면 모두 분열과 멸족의 갈림길에 설 것이기 때문이었다.

그런데 왕을 뽑아야 할 성스러운 집회는 처음부터 삐거덕거렸다. 우왕좌왕, 갈팡질팡했다. 백두산 대집회에 참여한 각 지역의 대표들은 너나 할 것 없이 자신들의 목소리만 높게 치켜올리고 있었다. 말하자면 자기가 바로 모든 짐승을 영생케 해줄 왕의 적임자라고 외쳐대는 것이었다. 돼지는 돼지대로 꿀꿀거렸다. 호랑이는 호랑이대로 으르렁거렸다. 들고양이는 들고양이대로, 곰은 곰대로, 독수리는 독수리대로, 원숭이는 원숭이대로, 여우는 여우대로, 늑대는 늑대대로, 심지어 토끼는 토끼대로 땅바닥에다 발톱을 긁어댔다. 독수리는 독수리대로 그 커다란 눈알을 팽팽하게 굴렸다.

여러 투표 과정을 거쳐 최종 경선에 오른 짐승은 토끼와

호랑이 그리고 사자였다. 이들의 공개토론은 병사봉, 백운봉, 백두봉, 천문봉 등 스물넷 봉우리를 아우르고 있는 백두산과 한반도 전 지역으로부터 모여든 온갖 짐승이 다 지켜보는 가운데 행해졌다. 그 마지막 토론 대목을 옮겨 본다.

토 끼 토끼가 왕이 되어야 어린 목숨도 편하게 살아갈 수 있다.
사 자 강한 자를 왕으로 모셔야 어린 짐승은 물론 강자들도 보호할 수 있다.

호랑이 토끼와 사자는 왕으로서는 적임자가 아니다. 토끼는 영리하지만, 너무 약하다. 사자는 제아무리 동물의 왕이라지만 백두산 태생이 아니라 왕으로서는 도무지 어울리지 않는다.

토끼와 사자 (한 목소리로) 그럼 호랑이 자네가 왕으로 적격이라 그 말씀인가?

호랑이 아니다. 하늘을 나는 독수리, 물속을 누비는 악어, 100년 묵은 물푸레나무도 한주먹에 무너뜨리는 곰도 왕으로 모실 수 없다. 또 그렇게 해서도 안된다.

토끼와 사자 (역시 한 목소리로) 그럼 누굴 왕으로?

호랑이 우리의 왕이 될 수 있는 자는 인간들 속의 인간뿐이다. 지구상에서 가장 약한 존재이면서도 가장 강한 존재, 그 인간을 왕으로 모셔야 우리 짐승들이 영원히 생존과 번영, 생명 통일을 누릴 수 있는 것이 아니겠는가! 그렇다, 그러므로 인간의 왕을 여기 백두산 정상에 올려세우자!

85. 수박과 국밥

 하늘의 별자리들이 또렷이 보이는 여름밤이었다. 뱀주인, 거문고, 독수리, 백조, 방패, 궁수 등 그 많은 별자리 가운데 거문고 별자리엔 직녀별이, 독수리 별자리에는 견우별이 젖은 얼굴을 내밀었다. 은 부스러기를 뿌려놓은 듯한 미리내가 남쪽 하늘로부터 북동쪽 하늘로 흘러가고 있었다.

 한국전쟁 후 50년 넘게 '창평국밥집'을 꾸려온 조원호 여사는 자식들을 불러 모아 놓고 수박을 갈랐다. 올해 나이로 100살이었는데 아직도 정정함을 잃지 않는 모습이었다. 청상과부라! 젊은 시절에 남편을 저승으로 보내고 홀로 살아온 어머니들이라면 대부분 그러하듯 그녀 또한 대단한 억척스러움이 엿보였다. 질기고 험준한 삶 속에서도 아름답고 강한 모성애로 일관되게 버텨왔던 뚝심, 그것은 오늘의 '창평국밥집'을 음식 명소로 만들어내게 한 든든한 밑천일 듯싶었다.

 TV에선 역시 아까부터 남북 이산가족 상봉에 대한 특집방송을 되풀이하고 있었다. 북측 적십자가 보내온 남한 출신 이산가족 명단을 한 사람 한 사람 읽어 내려갔다. 낮부터 방영한 대로 화면에서는 물론 둘째 아들 종필씨의 이름이 새겨져 나왔다. 이어 아나운서는 곧 만날 이산가족의 사례를 특징별로 모아서 발표했다. 북쪽 의용군이 되어 나간 형과 국군으로 입대한 아우가 서로를 향하여 총탄을 퍼부어야 했던 사례를 몇 개 소개해 주었는데 가슴이 미어질 지경이었다. 아직도 귀가 밝은 노모가 말했다.

"수박을 쪼개면 어느 쪽이나 한결같이 달다 이잉. 니들도 내가 갈라놓은 것을 아무거나 집어서 묵어봐라. 내가 낳은 새끼들도 마찬가지란 말이여. 설령 어느 자식이 쓰다 할지언정 그걸 부모된 내가 뭣 할라고 입 밖으로, 몸뚱이 밖으로 뱉어버리겠느냐. 우리 집 강아지들아. 남쪽에서 살았든 북쪽에서 살았든 내가 낳은 새끼들은 그래서 모다 내 새끼들인디, 저것 봐라 이잉! 테레비를 보닝께 둘째 종필이가 이번엔 정말로 살아서 돌아온다는구나. 그 인공 ^{共} 때 말이여, 즈그 형과 함께 집을 나가 여태까장 돌아오질 않았는데. 아이고, 아이고! 둘째 종필이가 이제야 어밀 찾아 불원천리 돌아온다니!"

근처에 사는 딸자식들까지 죄다 불러 모은 조완호 여사는 숨겨두었던 울음보따리에서 마지막 하나를 풀어헤친 듯 어린 아이처럼 울었다. 회한에 젖은 눈빛으로 자식들의 이름을 하나하나 불러댔다. 감감무소식인 큰아들, 의용군으로 불려가 50년 만에야 남쪽 어머니와 가족들을 찾아 나선 둘째 아들의 이름을 불러대는 것이었다. 셋째 아들 종덕 씨가 껴안아 드리자, 노모는 학처럼 가볍게 두 어깨를 푸드덕거렸다.

"가마솥에 끓인 국밥을 나눠 먹어 봐라 잉. 어느 그릇이든 같은 맛이다. 바로 내 손끝에서 나온 맛이기 때문이 아니겄느냐 이잉. 그때 그놈의 시상이 무슨 시상이었는가는 잘 모른다만 니들 몸속에 흐르는 피는 모다 다 니들 아부지 피이고, 니들 어미 피란 말이여어. 우리 집 강아지 새끼들아!"

태어나 젖을 물며
제일 먼저 배운 말이건만
너무도 일찍이 헤어져 버린 탓에
부르다가 만 그 이름

세상에 귀중한
어머니란 말을 잃고
그 말 앞에선 벙어리가 되어버린 이 자식

40년 만에 이 벙어리가 입을 엽니다.
어머니의 사진을 앞에 놓고

엄마! 어무니!

100살 노모가 북쪽 아들을 만난다는 설렘으로 끝없이 달떠 있을 때 셋째 아들 종덕 씨가 석간에 나온 시를 낭송했다. 「아, 나의 어머니」, 그 시는 북한에서 계관시인으로 활동한 오영재 씨가 지난 91년 미주 동포 문인들이 발행한 『통일예술』 제2집에 발표한 시였다. 자신의 어머니에게 시를 바친 그는 한국전쟁 이후 북녘땅에서 살고 있는 전남 강진 출신의 시인이었다. 오영재 씨는, 지금 명부冥府에 있다.

86. 님

님은 갔습니다 아아 사랑하는 나의 님은 갔습니다 (…)
(그러나 끝끝내) 나는 님을 보내지아니하였습니다
—만해 한용운

님은 어디에 있을까? 님은? 사람들은 누구나 '님'을 찾기 위해 방황한다. 님을 만나려고 평생 동서남북을 헤매다가 어느 날 갑자기 인생을 마무리한다. 마치 낯선 시골 기차역에서 숨을 거둔 러시아의 대문호 톨스토이처럼. 그래서 나도 이런 소설을 썼으리라.

강원도 인제군 북면 용대리. 눈발이 정신을 잃게 할 정도로 흩날렸다. 한계령을 넘어가는 차들이 더 이상 보이지 않았다. 백담사로 들어가는 마을버스도 물론 없었다. 폭설 주의보가 내렸기 때문이었다. 하지만 허만중 씨는 내친걸음에 백담사로 달려가고 싶은 것이었다.

"백담사까지는 7km를 걸어야 합니다. 봐요. 쌓인 눈이 벌써 80cm가량 되지 않습니까."

 설악산 관리사무소 직원은 고개를 흔들며 걱정스럽다는 표정이었다. 그러나 허만중 씨는 빙긋 웃고 나서 배낭을 둘러멨다. 백담사 쪽으로 걷고 있는 한 스님이 보였던 것이었다.

"저기 스님께서도 걸어가고 있지 않습니까. 동무 삼아 잘됐습니다."

허만중 씨는 뛰어가서 스님에게 합장했다. 곧 알게 되었는데 그는 운봉 스님이었다.

"옷차림을 보면 등산하실 분은 아닌데, 무슨 일로?"

"님을 찾아가고 있습니다."

"님? 어떤 님인데요?"

"글쎄요, 저도 잘 모르는 님이라서…."

바람은 산줄기를 가르는 듯이 세차게 불었다. 나무에 얹힌 눈발이 후두둑 떨어져 내렸다. 무릎까지 빠져드는 눈길이었다. 껑충껑충 뛰어오던 노루가 두 사람을 발견하고 멈칫했다. 스님은 속세, 세간 나이로 60살쯤 되어 보였다. 허만중 씨는 순간 길옆 나뭇가지를 부여잡았다.

"스님께서는 백담사에 계십니까?"

"아닙니다. 범어사에 적을 두고 있습니다."

"스님께선 무슨 일로 백담사에?"

"저 역시 님을 찾아가고 있습니다."

"범어사는 좋은 곳이라 님이 계실 것 같은데요?"

"님은 한 곳에만 머물러 있지 않습니다. 민들레처럼 세상 곳곳에 퍼뜨려져 있습니다. 나도 그래서 이렇게 먼 길을 찾아 나선 것입니다. 행여 님을 만날 수 있을까 해서 말입니다."

"아, 그렇습니까."

"님은 하늘의 별처럼 반짝이기도 하지만 궁극적으로 하나라고 부처님께서는 말씀하십니다. 한데 그런 깨달음을 터득한다는 것이 참으로 얼마나 어려운 것인지…."

"깨달음이 없으면 물론, 님을 볼 수 없다지요?"

"네. 볼 수 없고 님의 숨결도 느끼지 못할 것 같습니다."

이윽고 운봉 스님이 지팡이를 들어 가리켰다. 백담사가 두 눈에 들어온 것이었다. 한때 한용운 선사가 머문 백담사가 켜켜이 쌓인 적막 산중의 고요와 어둠 속에서 촛불을 켜기 시작했다. '아아 님은 갔지마는 나는 님을 보내지 않았습니다' 허만중 씨가 어깨의 눈을 털며 마음속으로 "스님!"하고 부르자 운봉 스님은 조용히 미소를 지었다. 그는 님이었다.

87. 글쓰기

베이징 시내 중심에서 만리장성 입구까지 가는 길은 자동차로 1시간 거리였다. 동쪽의 산해관에서 내몽고 쪽으로 뻗은 이 거대한 성벽은 6,000km 길이었다. 현지 중국인들은 '왈리창청'이라고 부르고 있었는데, 베이징 근처의 성벽이 가장 완벽하게 옛 모습을 지니고 있었다.

장성의 기원은 춘추시대에 제齊나라가 먼저 세우기 시작했던 걸로 알려져 있다. 전국시대에 들어와서 연燕·조趙·위魏·초楚 등 여러 나라가 참여했다. 진시황제가 중국을 천하통일하자 흉노족들을 방어하기 위하여 가장 큰 규모로 구축했다. 이어 한漢의 무제武帝가 영토 확장의 차원에서 돈황燉煌 바깥까지, 그리고 계속하여 수 나라와 당나라 때까지 그 엄청난 사업은 이루어졌다.

2000년 현재 본토인들만 하더라도 인구 13억을 자랑하고 있는 나라 중국. 베이징 시내를 벗어나자 거대한 대륙의 위용이 두 눈에 들어왔다. 안내를 맡은 연변대학 황창만 교수 — 그는 조선족이었다 — 가 만리장성의 연혁에 대하여

자세히 말해주었다. 국제 심포지엄 관계로 베이징을 방문한 시인 허만중 씨는 관광객 차원에서 만리장성을 둘러보다가 대화를 끌어낼 겸 한 마디 넌지시 내밀었다. 황 교수의 말 속에서 '한 무제'란 이름이 나왔기 때문이었다. 한 무제는 흉노족을 외몽고까지 몰아내고 강력한 중앙집권을 행사했던 그야말로 무소불위의 황제였다.

"제게 관심 있는 사람은 한 무제와 사마천司馬遷입니다. 아니 사마천입니다."

"『태사공서太史公書』란 책 때문이 아닌가요? 『사기史記』로 더 널리 알려진."

황창만 교수는 미소를 지었다. 그리하여 두 사람은 서로 익히 아는 역사적 상식을 되짚어 보았다. 한 무제 시절 사마천은 역사를 기록하는 사관이었는데 기원전 99년 그에게도 운명의 날이 다가왔다. 흉노 토벌대로 나간 장군 이능李陵이 별동대 5천을 이끌고 진격하다가 흉노 8만 명에게 포위된 끝에 투항해 버린 사태가 발생, 책임자 처벌이 도마 위에 오른 것이 비극의 화근이었다. 당시 아무도 역전의 용장 이능을 변호해 주지 않았던 것이다. 결국 사마천이 변호에 나섰다. 그런데 문제는 토벌대 총수 이광리李廣利가 그 실패한 전쟁에 책임자로 연루되어 있다는 것이었다. 이광리로 말하면 한 무제의 처남으로 장건에 이어 저 유명한 '실크로드'를 개척한 장군이 아닌가. 사태의 결과 사마천은 한 무제의

격노를 사서 궁형宮刑을 당하고 말았던 것이다.

궁형이라? 그것은 남자의 불알을 까버리는, 당시 중국에서는 사형보다도 더 엄한 최고의 중형이었다. 부형腐刑, 절양絶陽, 거세去勢라고 부르는 형벌이 바로 그것이었다. 누에 치는 방 속에 가둬놓고 행해져서 당시 한 나라에서는 '잠실음형蠶室淫刑'이라고 불렀다. 만약 어느 집안의 사내가 이 형벌을 받게 되면 그것을 대대손손 최대의 치욕으로 여겼으니 사관 사마천의 심사가 충분히 상상된다. 사마천은 친구인 임안任安에게 썼다. 그리고 고백했다.

"똥통 속에 처박힌 것 같은 현재를 참고 사는 것은 다만 마음속에 맹세한 것을 완성하지 못함이라, 내 이대로 죽어버림으로써 내가 알고 있는 사실과 진실의 문장이 후세에 남지 못하게 될 것을 애석하게 여기기 때문에 『태사공서』를 쓴다네."

1백30권이란 방대한 분량의 저서 『태사공서』는 그렇게 하여 쓰인 것이었다. 한참 동안 사마천의 일대기를 회고하던 허만중 씨와 황창만 교수가 잠시 쉴 겸 만리장성 큰 돌 위에 걸터앉았을 때 베이징 멀리 저녁노을이 마지막으로 타들어가고 있었다.

"역사와 시간의 차이는 기록되고 안 된다는 것의 차입니다. 따라서 사마천은 그 고통스러운 글쓰기를 통해서 시간과 공간을 초월해 오늘날 우리에게 역사를 보여주고 있는 것이 아닐까요? 그런 점에서 생각할 때 사마천은 버팀과 이겨냄의 철학, 예컨대 역사에서 승리한 자입니다. 역사 속에서는 오히려 떳떳하게, 그리고 당당하게 불알을 차고 오늘의 우리한테로 다가서고 있다, 그 말입니다."

허만중 씨가 말끝을 맺자, 황창만 교수는 자신 또한 불알을 건강하게 차고 있다는 듯이 하하하핫, 통쾌하게 웃었다. 그 웃음소리는 만리장성 저 너머까지 울려 퍼져갈 듯싶게 카랑카랑하고 우렁찼다.

88. 갈등

 먼 옛날이었다. 호랑이도 담배를 피우던 먼 옛날이었다. 기러기가 날고, 산비탈에서는 수수 모가지가 익을 대로 다 익어가고, 벼를 베어낸 논 가운데서는 이젠 허수아비의 할 일도 없어지던 때였다. 여름 동안 찢어진 밀짚모자와 헌 누더기를 걸친 두 어깨로 참새 떼를 쫓으며 자신의 위력을 과시하던 허수아비가 이제는 어디로 가서 내 할 일을 찾지? 하고 걱정하는 10월 하순, 늦가을이었다.

 남자 A와 남자 B가 여자 Q와 함께 여행길에 나섰다. 지금의 행정구역상으로 말한다면 경상북도 울진 성류굴 쪽으로 가고 있었다. 당시엔 잘 알려지지 않았던 그곳은 온통 종유석으로 가득 차 있었는데 그것을 이들 세 사람은 어떻게 정보를 입수했다. 이 동굴엔 고드름 모양으로 달린 석회 주가 매혹적인 빛을 발하고 있었다. 이들은 호기심이 부풀 대로 부풀어 발길을 재촉했다.
 하지만 우리가 여기에서 말할 수 있는 것은 세 사람의

마음이 닮은 데가 없었다는 점이다. 비록 같은 마을에서 태어났지만, 생각하는 것이 서로 많이 달랐다. 행동도 달랐다. 남자 A는 두 손을 높이 들어 하늘을 섬기는 사람이었다. 재산이라곤 논 다랑이 한 뙈기뿐이었지만 하늘과 땅에 늘 감사하는 마음으로 살았다. 극심한 가뭄이 들어도 해와 달에 손가락질하지 않았다. 과일과 곡식을 차려놓고 제사를 올렸다. 하늘에 제사를 지내기 위해서는 암탉 한 마리까지 목을 비틀어 잡았다.

남자 B는 그렇지 않았다. 그는 하늘과 땅에 지내는 제사는 말도 안 되는 미신迷信이라고 두 눈을 부릅떴다. 그렇지만 그는 살기 등등한 짐승들의 힘은 알았는지, 늑대나 여우, 호랑이한테는 제사를 지내야 한다고 우겼다. 일부 마을 사람들은 그의 이야기에 솔깃했다. 호랑이와 늑대, 여우한테도 제사를 지내야 탈이 없을 것이라고 남자 B의 말을 부추겨 올렸다. 이를 눈치챈 남자 B는 그것이 마을 사람들의 전체 생각인 것으로 몰아갔다. 입심이 센 그는 결국 마을의 크고 작은 일들을 자기 마음대로 관장했다. 때로는 엉뚱한 생각으로 무슨 일이나 밀어붙였다.

여자 Q는 그런 사실을 알고 있었다. 남자 B가 마을을 잘못된 방향으로 이끌어간다는 것을 그의 눈빛을 통해 가늠할 수가 있었다. 하지만 남자 A와 남자 B가 오랜만에 시간을 내어 성류굴로 여행을 가자 해서 함께 나선 것이다. 두 남자가

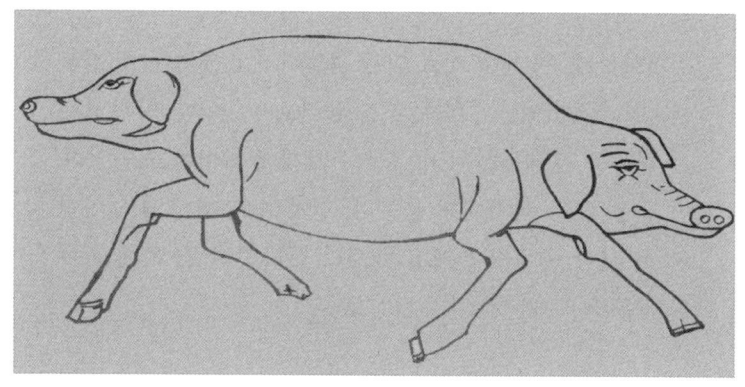

같은 마을에서 태어났고, 같은 또래라는 생각도 했기 때문이었다.

"우리가 먼저 들어가서 굴속 상황을 알아보겠으니, 바깥에서 기다려요!"

성류굴 입구에 도착, 그렇게 말하고 들어간 남자 A와 남자 B는 한나절이 되어도 돌아오지 않았다. 눈알이 빠지도록 기다리던 여자 Q는 종유석이 주렁주렁 열린 굴 안으로 엉금엉금 발길을 옮겼다. 얼마쯤 걸어 들어갔을까? 여자 Q는 하마터면 뒤로 나자빠져 버릴 뻔했다. 정말 놀라운 일이 눈앞에서 벌어진 것이었다. 토막 난 남자 A의 상반신과 남자 B의 하반신이, 남자 A의 하반신과 남자 B의 상반신이 서로 붙어있는 게 아닌가. 아, 남자 A도 아닌, 남자 B도 아닌 서로 다른 두 사람의 몸뚱이!

여자 Q는 결국 어느 쪽도 택하지 못하고 성류굴 밖으로

이어도를 본 사람은 죽는다 _ 345

뛰쳐나왔다. 두 개의 서로 다른 몸뚱이가 손짓하는 것 같은 생각이 뒤쫓았지만, 그녀는 뒤도 돌아보지 않았다. 밖은 혼돈과 갈등을 부채질하듯 비바람이 거세게 몰아치고 있었다. 이 글을 읽는 독자에게 묻는다. 남자 A도 남자 B도 아닌 이 두 사람 중에서 한쪽을 택하라 한다면 어느 쪽에 손을 들어주어야 하는지?

89. 달이 찾아가는 카페
— 시를 쓰고 시를 노래하면 빨리 죽지 않고 오래 산다.

"오늘도 어디에 가서 소설 하나를 써야 하는데!"

작가 허만중 씨는 그가 계속 써오고 있는 '액자소설'을 쓰기 위해 장소를 물색하고 있었다. 하나의 이야기 속에 또 하나 혹은 둘 이상이 들어가는 소설, 누구나 10분만 시간을 가지면 한 편을 읽을 수 있는 소설을 쓰려고 주변을 살폈다. 너무 조용해도 안 되고 그렇다고 시끄러워도 안 되는 그런 장소, 그런 카페라면 얼마나 좋을까.

옛 도청 앞 J 빌딩 3층, 디지털도서관으로 가려고 했으나 거긴 종종 잠자러 오는 노숙자들이 자리를 잡고 있어서 좀 그렇다. 여기에다 도서관은 매일은 아니나 이틀에 한 번꼴로 회색 양복을 입은 50대 초년쯤의 살짝 깡마른 사람이 들어와서 킥킥 웃으며 컴퓨터 자판을 두드린다. 간혹 무슨 생각이 났는지 옆에서 글을 쓰고 있는 생면부지의 사람에게 "언제 북한으로 갑니까?"라는 질문을 던진다. 정말 상대를 난처하게 만드는 반절쯤은 '정신이 나가버린' 중년이 앉아서 똬리를 틀고 있다.

　시와 소설을 병행으로 쓰면서, 때와 장소를 가리지 않고 커피나 레몬차 한잔을 앞에 놔두고 글을 쓰는 작가 허만중. 오늘은 옛날부터 낯설지 않게 드나들었던 찻집 〈달이 찾아가는 카페〉 안으로 들어섰다. 그가 언제나 즐겨 앉곤 하는 대형 유리 창문 곁자리에 앉았다. 먼저 노트북을 켜놓고 충전도 시킬 겸 벽 쪽으로 전원 코드를 꽂았다. 창밖은 어느새 만추의 11월이 저물어가고 있었다.

　카페 앞에 놓아둔 혹은 서 있는 남천촉은 붉은 열매를 버리거나 떨어뜨리지 않고 이내 매달고 있었다. 맨드라미는 시절도 모르고 더욱 짙붉은 머리로 행인들을 바라보고 있었다. 화가 고흐가 죽기 전에 강렬하게 붓질을 한 것처럼 맨드라미는 그의 마지막 색채를 쏟아내고 있는 것이었다. 카페 음악 박스에서는 '달을 보면 부끄러워 하세요 Shame on the Moon' '너 내일도 나를 사랑해 주겠니 Will you still love me Tomorrow'가 흘러나오고 있었다.

커피를 입안으로 깊숙이 음미하던 작가 허만중 씨는 드디어 그의 여든아홉 번째 액자소설 「달이 찾아가는 카페」를 쓰려고 잠시 숨을 멈추었다. 날은 어두워지고 찬 바람이 세차게 불어오는지 사람들은 저마다 어디론가 흩어져가고 있었다. 서쪽 하늘에서는 초승달이 흡사 아라비아의 칼날처럼 박혀서 떨기 시작했다.

시를 쓰면서 소설을 쓰는 시인 허만중 씨는 어제 만난 고향 후배의 얘기를 떠올렸다. 정말 도저히 뿌리칠 수 없이 깊은 그리고 아프게 파고드는 고향 후배의 아버지 이야기였다. 73년을 살아오면서 아직껏 누구한테도 하지 않았다는 아버지의 너무도 짧은 인생과 역사, 사랑과 죽음의 이야기들, 그리고 후일담. 아버지가 죽었을 때 후배는 어머니의 배 속에 있었다. 유복자로 태어났을 당시 아버지의 나이는 스물여섯 살이었다. 후배의 이야기는 저 1950년을 전후로 하여 이 땅에 몰아닥쳤던 대학살과 전쟁 속에 있었다.

나의 아버지는 일본 유학에서 돌아와 다도해를 끼고 있는

M 시에서 D 고등학교 교사로 재직하고 있었다고 해요. 6·25 전쟁이 발발한 그해 겨울이던가, 다음 해 2월이던가, 고향에 가 있었는데 그곳을 찾아온 D 고등학교 제자에게 총살당했다더군요. 아버지는 당시 식자識者로서 민족해방운동과 KAPF조선프롤레타리아예술가동맹 회원으로 활동하고 있었어요.

내가 성장했을 때 청상과부가 된 어머니와 집안 어른들께서 내게 가만가만 해주신 얘기로 알게 되었는데, 아, 울 아버지는 그가 국어를 가르쳤던 제자에게… 제자는 고등학교를 졸업하고 경찰이 된 사람이라고 했어요. 아버지는 우리 고향 깊은 산골짜기에서 수많은 젊은 사람들과 한꺼번에 죽임을 당했는데, 지금도 찾지 못하게 된 것이죠. 그래서 고향 선산에 모신 아버지 묘는 허묘虛墓이지요. 유해遺骸가 없는 이 허묘 속에 아버지와 어머니의 결혼사진을 넣어서 묘를 만들고 오늘날까지 모시고 있습니다.

그런 일로 나는, 거 있지요. 연좌제로 오늘날까지도 그 트라우마에 시달리고 있는 것 같습니다. 문제는 그것으로 끝나지 않았습니다. 내가 성장하여 대학교를 졸업하고 직장에 잘 다니고 있던 젊은 시절 어느 날이었어요. 이번에는 경찰에 봉직하고 있던 중학교 동창이 아닌 밤중에 봉창封窓 문을 뚫듯이 나를 찾아왔어요. 살며시 다가와서 귓속말로 속삭이던 그의 말은 이러했습니다.

'어이, 봉석이! 나한테 돈 얼마, 얼마를 주면 내가 자네 아버님 죄를 모두 지워드리겠네. 비밀리에 붉은 글씨로 기록된 연좌제 서류에서 자네 아버님의 죄를 깨끗하게 지워드리겠다, 이 말일세.'

그런 만남이 있어서 시인 허만중 씨 후배 봉석 씨는 중학교 동창과 인연을 끊다시피 하면서 살고 있다고 했다. 보지도 않고 만나지도 않고 기억 속에서 동창의 얼굴과 돈 이야기를 지우려고 노력했다고 고백했다. 살면서 그동안 심장이식, 뇌졸중, 신부전증 수술을 하여서 이제는 거의 백발노인이 다 돼버린 고향 후배 차봉석!

그의 얼굴에 짙은 거미줄처럼 새까맣게 뻗어있는 주름살을 보면서 세 살 선배인 작가 허만중 씨는, 후배 봉석이의 목숨이 얼마나 질기고 질긴지, 그리고 그의 아버지가 저승에 가지 못하고 오늘도 이 세상 속에서 중음신으로 떠돌고 있는지 모른다고 생각했다. 그래서 그럴까. 허만중 씨는 자신이 살아있는 세계와 죽음의 세계를 이어주는 영매나 샤먼일 것이라고 스스로 생각하는 것 같았다.

시인 허만중 씨는 후배 차봉석 씨의 가슴을 만지면서 오늘 대화의 끝말로 이렇게 말해주었다. "봉석이! 자네 아버지가 여기에 계시네, 자네 몸속에! 고향 선산의 허묘에 계신 것이 아니라 자네의 몸속에서 이렇게 살아서 계시네. 그래, 자네 아버님도 지금 내 말을 듣고 좋아하신 것을, 나 만중이도 듣고 있는 것일세. 그래, 봉석이 자네가 오늘 보여준 자네 시는 다 좋네. 여기저기 눈치 보지 말고 부지런히 노래하게. 자네 첫 시집 출간을 진심으로 축하하네. 자네 몸속에 계시는 아버지와 어머니를 잘 모시면서, 시를 쓰고 시를 노래하면 빨리 죽지 않고 오래 산다는 말을 명심하게."

후배 봉석이와 헤어지면서 그의 얼굴을 보았을 때 어느새 그는 소년처럼 웃고 있었다. 허만중 씨가 소설을 끝내며 노트북을 덮자, 노랫소리가 들려왔다. 찻집 〈달이 찾아가는 카페〉의 문을 열었을 때 들려오기 시작하던 그 노래였다. 달을 보면 부끄러워할 줄 알고 내일도 누군가, 누군가를 사랑하면서 살아야 한다는 노래였다!

90. 유복자의 아들과 유복녀의 딸 결혼

　작가 허만중 씨는 오늘따라 바쁜 목소리로 개인택시 콜센터로 전화를 걸었다. 그가 자주 이용하는 콜택시다. 한때는 월드콜이었는데 지금은 '빛고을 택시'로 이름을 바꾸었다. 51번 아니면 95번 버스로 가도 좋으련만 오늘은 조금 빨리 가고 싶었다.

　그가 가는 곳은 금남로 245, 전일빌딩 3층에 소재한 광주디지털도서관. 문학 계간지 가을호에 연재할 시어도어 드라이저의 『아메리카의 비극』과 존 스타인벡의 『분노의 포도』에 대한 긴 글을 쓰기 위함이었다. 200자 원고지로 170장가량 써야 할 원고였다. 그래 오늘은 택시를 잡아탄 것이다.

　김창복 사장님이라 했지요 언제부터 택시 일을 하셨는지요 어머니 뱃속에서 아버지를 잃은 유복자였군요 언제 무슨 일로요?

　내가 묻자 김창복 사장은 숨기지 않고 얘기를 풀어놓았다 (이것은 실화다).

예, 저는 김해김씨로 김수로왕 74대손입니다. 1951년도에 전라남도 화순군 백아산 아랫마을에서 태어났습니다. 군대 제대하고 바로 핸들을 잡았으니까 꽤 됐구만요. 저는 어머니 배 속에서 아버지를 잃었습니다. 경찰관이시던 아버지가 한국전쟁 때 고향 백아산에서 빨치산한테 총살당했습니다.

저는 결혼해서 아들 하나 딸 둘을 갖게 되었지요. 마누라가 건강해서 녀석들도 다 건강하지요. 즈그 엄마를 닮은 것 같아요. 딸들은 훨훨 시집을 가서 잘들 살고, 아들은 경상도 창녕조씨 집안으로 결혼해서 손자 세 놈을 두었어요. 얼마나 오지고 귀여운지 내가 손자들 속에 풍덩! 빠져버린 것 같아요.

예, 아들은 M 제약회사를 다니고 있어요. 올해 마흔한 살이에요. 허 근데 말이에요. 나중에 알았는데 첫째 며느리의 아버지가 저쪽 물을 먹은 사람이었어요. 뭐 보도연맹에 연루됐다 하더군요. 그래 아들 장인은 토벌군 경찰한테 총살당했다 해요. 슬픈 일이지요. 그렇게 보면 우리 한국 사람들은 한 집 건너 다 그런 이력을 가지고 있을 것입니다. 지금도 전쟁의 상처가 아물지 않고 있는 걸 보면.

아하, 금남로 1가 전일빌딩 다 왔습니다. 허허헛! 저 혼자만 말을 많이 해서 미안합니다. "뭘요! 괜찮습니다." 작가 허만중 씨는 김창복 사장에게 택시비를 카드로 내지 않고 현금으로 내주었다. 오늘따라 기분이 좋고 뭉클했다.

　허만중 씨는 문학 계간지에 보낼 원고를 오후까지는 다 마무리할 것 같았다. 택시 기사 김창복 사장의 얼굴을 바라보니 그런 마음이 들었다. 보도연맹사건으로 총살당한 첫째 며느리 아버지와 빨갱이한테 총살당한 그의 아버지를 함께 떠올려 보았다. 두 집 사돈간에, 한국전쟁으로 돌아가신 두 집안의 아버지가 저 높고 푸른 하늘에서 서로 즐거워하시리라 생각했다.

　유복자의 아들과 유복녀의 딸이 결혼하여 잘살게 되었다는 이 기쁘고 놀라운 사실!!

　불현듯, 작가 허만중 씨는 빛고을 택시 운전사 김창복 씨가 외갓집 작은 삼촌처럼 가깝게 느껴졌다. 택시 문을 닫고 나왔을 때 금남로의 아침은 무덥고 지루한 여름이 끝나가고 있었다. 소슬소슬 가을바람이 불어오고 있었다. 남녘 저 멀리 들판의 벼들도 알알이 여물어서 고개를 곱게 숙이는 아름다운 계절이 펼쳐지고 있었다.

중편소설

오르페우스는 죽지 않았다

이제 아무도 오르지 못하리라

이미 저 산은 피가 묻어 있으므로

그 피를 하늘에 바친 영성靈性의 바람이 불고

이미 지상의 혁명을 완성한 사람들이 더 먼저 올라가

접신接神을 끝내고 고요한 적막에 꽃등燈을 환하게

켜고 걷고 있으므로, 이제 참으로 아무도 오르지 못하리라

엎드려 돼지와 우마牛馬, 인육人肉을 우주천공宇宙天空에

바치어도, 이미 우리들을 떠나 노래가 돼버린 이미

지구 밖으로 날아가 버린, 그날 저 완벽한 사랑의

절정을 이제 아무도 오르지 못하리라 오늘도

혹은 내일도 아아 고름이 질질 흐르는 타락한

이 비틀거리는 부패한 몸뚱이로는—

 밤 10시. 호남고속도로는 흡사 능욕당한 사람처럼 마냥 몸을 비틀고 있었다. 밤이 도처에서 쳐내려오듯이 밀려드는 온갖 자동차에 납작하게 짓눌림을 당한 모습이었다. 으으으

으으- 비명일까 신음일까. 하지만 아무도 그 소리가 무슨 소린지 몰랐다. 고속도로 주변에 사는 사람들조차도 미처 그 소리를 듣지 못하고 이불깃을 자신들의 목까지 끌어올리며 잠을 재촉하는 시간이었다. 밤 봇짐을 싸맨 채 광주에서 서울로 미친 듯이 줄행랑을 치는 자동차들, 끼익, 끼이이익, 급브레이크를 밟는 굉음만이 솟구쳐 올랐다. 이따금 개와 고양이들의 울음소리가 들려올 뿐이었다. 간혹 술 취한 남정네들이 고속도로를 자기 고향의 논길이나 밭둑길로 알고 무단횡단을 하다가 순간적으로 달려드는 저승사자에 붙잡혀갔다. 밤의 고속도로는 용수철이 달린 쥐덫처럼 걸려든 물체를 재빠르게 집어삼켰다. 속도만을 맹신하는 무지한 사람들의 그림자가 어딘가로 유성처럼 떨어져 가거나 먼 들판 끝에서 반딧불처럼 가물거리다가 흔적도 없이 사라졌다.

시인 박상朴常은 오늘따라 잠자리에 일찍 들지 않고 그 무슨 귀신한테 홀리기라도 하는 듯이 거실의 두꺼운 문을 열고 베란다로 나간다. 두 눈은 둥그렇게 뜨고 두 귀는 쫑긋거리며 그렇게 베란다에 나가서 여기저기 두리번거린다. 그러면 그렇지. 박상 시인은 베란다 위에서 흡사 합창 대열로 서 있는 갖가지 꽃들의 화분에 안녕, 안녕 인사를 한다. 몸에 밴 것처럼 홀로 중얼거린다.

오르페우스는 으음, 꼭 나를 찾아올 거야. 아내 에우리디케를 구하기 위해 저승의 맨 끝까지 내려갔던, 그리스 트라키아 지방 태생의 시인이며 또한 불세출의 가객歌客인 오르페우스! 오늘은 정말로 나를 만나러 올 거야. 아니 이미 이곳 광주에 도착하여 내게 '살아 있는 것들'이 무엇인가를 말해줄지 모른다. 아니, 설령 죽었거나 움직이지 않는 것들이 있다손 치더라도 그는 그것들을 모조리 살려내어 불러낼지 누가 알겠는가. 언제나 오른쪽 어깨 위에 리라를 메고 다니는 음악의 시인인 오르페우스. 그가 광주의 거리를 거닐며 리라를 켜고 노래를 부를 때는 보도에 서 있는 가로수와 꽃들은 물론 심지어는 쓰레기통마저 따라서 노래하고 춤을 덩실덩실 추어댈 거야. 아주 신명 나게 말이야. 일단의 군인들에게 무차별적으로 공격을 받은 이 도시를 리라의 선율과 노래로 어루만져주고 적셔주면서 그 어떤 생명에로의 환희를 되찾아줄 거야. 16년 전 일이지만 아직도 저승에 가지 못한 중음신들, 그들이 이 도시의 무수한 골목을 떠다니다가 때마침 찾아온 오르페우스를 만날지 몰라. 그의 시와 노래로 원혼일랑 풀지 몰라.

박상 시인은 문득 생각난 듯이 아파트 베란다 위에 놓인 갖가지 꽃의 화분에 물을 주면서 홀로 중얼거린다. 사루비아 철쭉 베고니아 수선화 튤립 바키라 알로에 춘란 풍란 치자꽃 동백꽃 그리고 언젠가 영암 월출산에서 캐온 매자나무와 남천촉 화분에 천천히 물을 뿌리면서 창밖을 내다본다. 비닐 하우스가 거친 숨을 몰아쉬면서 펄럭이는 변두리 논밭 건너, 여전히 호남고속도로는 능욕당한 사람처럼 칠흑의 어둠 속에서 온몸을 비틀어댄다. 광주로 밀어닥치는 자동차와 서울로 달려가는 자동차의 불빛들이 서로 뒤엉키면서 하늘을 찌를 듯이 치솟아 오른다.

그때마다 몇 가닥씩 잘려져 나간 헤드라이트의 불빛이 예리한 칼날처럼 시인 박상이 사는 아파트로 날아온다. 조그마한 산봉우리를 4부 능선쯤 밀어버리고, 한때 그렇게도 가득 찼던 솔바람 소리도 아주 멀리 쫓아버리고 그 자리에 드높이 세워 올린 20층짜리의 H 아파트 단지. 이 아파트의 D동 첫 번째 라인 1701호에 사는 박상은 그러나 오늘따라 꽤 심한 현기증을 느낀다. 끊임없이 자기 몸에 날아와 꽂히는 헤드라이트의 불빛에 찔려 움찔거린다. 안 돼, 안 돼. 박상은 자신도 알아듣지 못하는 말을 연거푸 뱉어내면서 치자꽃이나 사루비아 꽃대궁에 이마를 가까이 댔다. 사람은 나이가 들어갈수록 꽃과 나무하고 친화력을 갖는다지만 박상의 경우는 더 그러한 것 같다.

아이참, 그런데 이게 뭐람? 며칠 전까지만 해도 그렇게 싱싱하게 꽃망울을 맺은 채 향기를 내뿜던 수선화가 그만 말라비틀어지고 있지 않은가. 그냥그냥 키워 오지 않았는데 이렇듯 소생시킬 수 없을 정도로 말라버리다니. 박상은 지금까지 머릿속으로 떠 올렸던 그리스 시인 오르페우스를 잠시 뒤로 하고 고대 이집트의 오시리스 신화 같은, 이른바 농경사회 신화의 주인공들을 불러 모으기 시작한다. 그러자 베란다 위의 나무와 꽃들이 모두 한결같이 자신들의 이파리를 흔들어댄다. 베란다의 두꺼운 유리창을 활짝 열어놓지도 않았는데, 왜 그렇지? 박상은 H 아파트 단지 전체가 어디론가 둥둥 떠가고 있다고 생각한다. A동 B동 C동 그리고 그가 사는 D동과 E동 전체가 모두 구름이 되어, 혹은 먼 바다 위를 떠간다고 느끼는 것이다. 아 그렇구나. 박상은 이제 더 많이 베란다 창문을 열고 16년 전 누군가에 의해 쑥밭이 되기도 하였던 도시를 바라본다. 하늘에서 쏟아져 내리는 달빛마저 온통 명부冥府처럼 무늬 지던 날의 도시를 바라보다가 갑자기 전신을 떨어댄다. 이미 그는 명부에 와 있는 사람이 다 돼가고 있다.

도대체 어느 나라의 왕이 나의 이 수선화를 말라비틀어지게 하고 있다는 말인가. 비록 가냘프지만 너무나도 하얗고 순결한 이 수선화의 향기와 숨결을 빼앗아 갔다는 말인가. 박상은 불현듯 자기가 살고 있는 이 광주라는 도시에 웬 고대 신화 세계의 '어부왕'이 쳐들어왔다는 사실을 비로소 알아차린다. 그러면 그럴 것이다. 고대 아득하고 아득한 그 시대적, 온갖 신神들이 갖은 음모와 계략으로 안개와 바람을 몰고 다니던 그 시절, 지중해 국가를 휘어잡은 그놈의 어부왕이 아니라면 또 어떤 놈이 이런 짓을 저질렀겠는가. 녀석. 아니 글쎄 녀석은 임신 중인 자신의 궁녀를 정욕에 눈이 어두워서 막무가내 겁탈하려 했지. 배 속의 아이가 엄마인 궁녀의 배를 쿵쿵 발로 차고 있는데도 불구하고 어부왕은 그녀를 겁탈하려다가 마음대로 되지를 않자 결국은 목 졸라 죽여 버렸지. 그 결과는 과연 어떠하겠어. 어부왕은 그 죗값으로 정말 천벌을 받아 다시는 성기를 사용할 수 없게 성불구자가 돼버린다. 여기에서 더 나아가 어부왕의 나라는 가뭄과 흉년이 밀어닥친다. 곡식이란 곡식 과일이란 과일들은 열매를 맺지 못하고 동물이란 동물들은 모조리 생산능력을 상실해 버리고 이 강 저 강 강물에는 물고기들이 사라져 버린다.

황폐한 불모지의 나라라? 박상 시인은 그가 외우고 있는 몇 줄의 시를 떠올리며 말라비틀어진 수선화의 가냘픈 잎줄기를 조심히 일으켜 세운다. 그리고 T. S.엘리엇의 장시 「황무지」에서 몇 구절 빌려와 읊는다. 남자 무당인 박수처럼, 혹은 전신에 신이 내려와 비틀거리는 암무당처럼 자신의 아파트 베란다 여기저기를 서성댄다. 그러자 벤자민 나무가 무성한 이파리들을 후들후들 흔들어댄다.

"이 움켜잡은 뿌리는 무엇이며, 이 자갈 더미에서 무슨 가지가 자라 나온다는 말인가? 사람의 아들이여, 너는 말하기는커녕 짐작도 하지 못하리라. 네가 아는 것은 파괴된 우상의 쓰레기 더미들일 뿐, 그곳엔 해가 비춰들지 않고 죽은 나무에는 쉼터도 없고, 귀뚜라미도 울지를 않고 메마른 돌 틈엔 물소리도 없느니라."

시를 다 낭송했다 싶었을 때인 그 순간, 박상은 베란다 밖으로 고개를 내밀어 하늘을 본다. 달이 둥글다. 멀고 아득한 정령의 나라에서 찾아온 순례자처럼 달은 이승의 사람들이라면 좀처럼 알아들을 수 없는 그 어떤 은밀한 목소리를 지상에 소리 없이 퍼부어 내리고 있었다. 꼭 오르페우스는 우리 집을 방문해 줄 거야. 암, 어떻게든 나를 찾아와 그가 어디에서나 애지중지 걸쳐 매고 다니는 리라를 켜며 제우스 신 외에는 아무도 시늉할 수 없는 그 목소리로 노래를 불러줄 것이다. 박상 시인은 아무래도 잘 죽지 않고 버티어 산다는 벤자민 나무에 또다시 후북하게 물을 부어 주면서 푸른 이파리들이 속삭이는 듯한 소리에 귀를 기울인다. 아, 오르페우스가 이제는 정말 도착할 때가 되었는데, 박상 시인은 접신接神에 진입한 박수무당처럼 두 손을 높이 들어 베란다 창밖으로 내민다. 손끝에 바람이 만져진다. 손끝에 정령들의 옷자락 같은 달빛도 만져지고 이윽고 전설 속의 나라와 그곳 사람들의 숨결 하며 살갗도 만져지는 것이다. 박상 시인은 문득 머리를 긁으며 생각한다. 아마 나도 아주 먼 먼 시대, 아주 먼 먼 나라에서 태어나 살다가 죽은 후 다시 태어나서 사는 것이 아닐까. 그러면 그렇지. 나뿐만이 아니라 현재 이 지상 위에 사는 사람들은 모두가 이미 먼 먼 시대, 먼 먼 나라에서 살다가 오늘 다시 누군가에 의해 불려 나와 살고 있을 것이다. 석가모니 싯다르타가 그러한 것처럼 말이야. 우리 인간들은 전생을 또 찾아서 반복된 생을 사는 것이다. 아아. 어쨌든 어부왕의 시대와 어부왕의 나라가 이렇듯 내 손끝에까지 만져지다니. 박상은 고개를 좌우로 설레설레 흔들기보다는 정말 그 시대와 그 나라가 확실하게 만져지고 있다는 그 어떤 놀라움으로 다시 몸을 부르르 떨어댄다. 동서남북 가리지를 않고 날아드는 달빛을 받아 더욱 선홍의 붉은 색조를 띠는 사루비아. 어쩌면 핏빛과도 너무 흡사한 사루비아 꽃잎에 살며시 손대어 보다가 박상은 왠지 가슴 저 밑바닥에서 치밀어 오르는 울음을 터뜨리고 만다. 물론 그 소리는 이승의 사람들이 아닌 명부에 사는 사람들만이 들을 수 있는 그런 울음소리인지 모르지만.

베란다에 엉거주춤 서 있다가 잠깐 응접실을 들여다보는 순간, 때를 맞춘 듯이 전화기의 벨이 울린다. 누구일까. 술친구라면 또 불러낼 터인데. 제발 그런 또래의 친구가 아니었으면 좋겠는데 말이야. 더더구나 서울에서 방금 기차로 광주역에 도착한 누구라고 하면서 불러낼 때는, 그것도 몇 년 만이라고 하면서 불러낼 때는 꼼짝없이 나가서 그다음 날 새벽까지 연거푸 술잔을 기울여야 할지도 모르니까. 평소 핑계랄까 거짓말을 잘 둘러치지 못하는 것이 박상의 성미인지라 입맛을 다시면서 다시 거실 안으로 들어간다. 좌우지간 수화기나 들어보고 그에 대한 대답은 나중에 생각해도 뒤늦지 않을 것이다. 여보세요. 네 그렇습니다만, 누구세요? 아 난 또 누구라고. 그런데 웬일이지. 술 생각이 났으면 내가 퇴근할 시간 전에 미리 말하고 어디 약속된 장소에서 만날 것이지, 이렇게 오늘따라 일찌감치 퇴근한 상태에선 좀 곤란할 것 같은데. 박상은 그런 식으로 말할 심산에서 수화기를 귀에 바짝 가져다 댄다.

박상은 그러나 전혀 예상치 못한 상대방의 목소리와 그 목소리에 실려 오는 그 어떤 떨림에 깜짝 놀란다. 직장의 동료도 아니고, 시를 쓰는 그런 격의 없는 친구도 아닌, C 대학의 음대 교수가 전화를 걸어온 것이다. 비엔나대학에서 바그너의 오페라를 전공하고 그에 걸맞게 성악을 공부한 그가 밤이 깊어지는 이 시간에 전화해 온 것이다.

원표 교수, 그렇다. 비록 지방대학에서 성악을 가르치고 있지만 국내는 물론 종종 독일이나 미국 등지에서 자신의 발표회를 초청받아 오는 사람이다. 박상이 K 신문사의 문화부장 자리에 있을 때 연주회 행사 건으로 인연이 되어 그동안 서로 존경하는 테두리 안에서 가깝게 지낸 사이인 원표 교수. 아니 그가 무슨 대책도 없이 그것도 어디 교수 자리도 확약받은 바 없이 갑자기 제주도로 떠나게 되었노라고 말한다. 정확한 표현이 될지 모르지만 그렇게 무작정 제주도로 집을 옮겨간다 하니 박상은 도무지 수긍이 가지 않는다. 명예퇴직이라면 또 모르겠는데 아직 정년퇴직할 시기가 많이 남아 있는 원표 교수가 지금까지 소문 하나 흘리지 않고 있다가 불현듯이 광주를 떠나가게 되었노라니 감이 잘 잡히지 않는다. 에잇, 그거 한 번 해보는 농담이겠지요. 혈기를 믿고 아무 일이나 쉽게 결정해 버리는 그런 젊은이가 아닌 바에야 정말 농담이겠지요. 박상은 자신처럼 나이가 이제 겨우 지천명, 쉰을 넘어선 원표 교수가 무슨 귀신에 홀리지 않고서야 그렇게 갑자기 직장을 그만두고, 또 그렇게 갑자기 서울도 아닌 바다 건너 제주도로 떠난다는 말에 대해서는 영 믿어지지 않는 것이었다.

아무리 전화라고 여보 원표 교수, 어디 농담도 유분수지, 하시는 말씀이 좀 지나치십니다. 박상은 사실이지 그렇게 그의 말을 맞받아치고 싶은 것이었다. 아직은 젊고 유망하고 또한 촉망받고 있는 원표 교수가, 아니 글쎄 어쨌든 딱 부러지는 무슨 이유가 있는지 모르지만, 육지와 너무 떨어진 그것도 연고지도 아닌 제주도로 떠나가 살게 된다니 박상은 전혀 이해할 수 없는 일이었다. 서로 동갑내기인지라 시인과 성악가는 남들 앞에서는 티를 안 냈지만, 서로를 되도록 깊이 이해하며 지내려고 노력해 온 터인데. 에잇, 농담이겠지요. 시서화음詩書畵音이라. 동양의 현자 공자도 말하였거늘 시와 글씨와 그림 그리고 음악은 서로 같은 핏줄에서 태어났으며 헤어진다손 결국 같은 곳에서 만나기 마련이라고 했습니다. 그래서 저는 시인 서예가 화가 음악가를 서로 한 형제지간이라고 언제나 믿어오고 있으며 또 그래서 원표 교수에 대하여 나름대로 상당한 우정을 두어오는 중인데, 정말로 그 말은 웃음 삼아 하는 말씀이겠지요. 박상의 말이 채 끝나기도 전에 그러나 원표 교수의 전화기 목소리는 틈을 주지 않는다.

참 죄송하군요. 이곳 광주에서 오랜 인연이 계속됐으면 좀 더 좋았을 터인데 이렇게 홀쩍 떠나게 되어서 미안하고 송구스러울 따름입니다. 지금까지 제가 박상 시인을 가까이 생각해 온 것은 꼭 훌륭한 문화부장이라는— 저는 K 신문의 지면에 담긴 박상 시인의 소위 데스크 철학을 늘 존경해 마지않았습니다— 그 뜻에서만도 아니, 그렇다고 그동안 저의 콘서트 기사를 지면에 잘 다루어 주어서만도 아니고, 이제야 솔직히 말한다면 저의 음악에 박상 시인의 시가 상당 부분 스며있다는 사실 때문이었습니다. 어쩌면 제 목소리 속에서 빚어지는 그런 바이브레이션의 높고 낮음에도 박 시인 시의 혼과 가락이 놀라울 정도로 깊이 묻어 있다는 것 때문에 저는 여태껏 헤어 나오지를 못했으니까요. 아무튼 박상 시인께서 쓰시는 시의 의미랄까 향기랄까 하는 그것들이 지금까지 저의 음악을 지배해 오고 있었어요. 아아. 제 생각으로는 적어도 박상 시인과 저의 관계는, 독일 예술계로 보면 니체와 바그너 관계가 아니었을까요? 바그너가 저 엄청난 비극 「니벨룽겐의 반지」를 쓸 무렵 니체와 함께했던 그 우정의 순간들을 그래서 나는 항상 아름답게 바라보고 있었던 것입니다.

과찬이군요. 제 시가 원표 교수님께서 노래하는 음악의 세계에 미치지 못하고 있지요. 안 그렇습니까. 원표 교수가 바로 말을 받았다. 껄껄껄. 천만의 말씀입니다. 박상 시인. 시인께서는 저의 음악 세계뿐만 아니라 때로는 저의 몸과 영혼의 전부를 사로잡기도 합니다. 박상 시인의 시는 확실히 무서울 정도로 저의 정신세계와 육(肉)의 세계 속으로까지 휘몰아쳐 옵니다. 견딜 수 없을 만큼의 위력으로 저를 압도해 오는 박상 시인의 시. 어쩌면 그 시로부터 탈출하기 위해서라도 제주도라는 섬으로 떠나가서 살아야겠다고 이렇듯 결단을 내리는지 모릅니다. 아마 제주도는 광주를 떠나온 저 같은 사람한테는 살기가 안성맞춤일지 모릅니다. 저한테는 제주도가 뭔가 다시 새로운 삶을 시작할 곳이 아닐는지 그렇게 생각합니다. 바람과 파도와 태양이 원색으로 부딪치는 제주도. 그러면서도 육지 쪽과는 달리 어딘지 모르게 자신을 되돌아볼 수 있고 되찾을 수 있는 곳, 그 땅이 제주도라고 오래전부터 느껴온 저였기에 말입니다.

농담이 아니구나. 빈말도 물론 아니고. 하기야 평소 그러했듯이 원표 교수는 조그마한 말이라도 함부로 땅에 떨어뜨리는 사람이 아니지. 박상은 수화기를 놓고서야 비로소 고개를 끄덕인다. 확실히 C 대학을 그만두고 제주도에 집까지 옮겨 가기로 이미 모든 준비를 끝마쳤다니 이젠 기정사실이구나. 박상은 이마에 돋는 식은땀을 쓸어내리며 목젖을 긁는 듯한 가벼운 기침을 터뜨린다. 그리고 원표 교수가 그 누구도 붙잡을 수 없는 곳에 이미 떠나가 있다는 사실을 깨닫는다.

말하자면 원표 교수가 벌써 제주도에 가서 자기 삶의 한복판에 말뚝을 박아버렸다고 박상은 결론을 내린다. 그랬었구나. 조금 전 그와의 통화에서 느껴졌듯이 원표 교수의 마음은 벌써 제주도에 당도하여 수평선 멀리서부터 부딪쳐 밀려오는 파도와 마주하고 있을지도 모른다. 왜냐하면 전화기에 실려 온 원표 교수의 목소리는 어느새 지울 수 없을 만큼의 소금기 하며 파도 소리 그리고 멀리 떠나가 사는 사람들만이 간직할 수 있는 그런 무서운 그리움이 물들여 있으니 말이다. 낯선 곳에서의 그 그리움이 어떤 내용의 그리움인지는 딱히 꼬집어서 표현할 수 없지만. 박상은 이런저런 따위의 추측을 자신의 상상력 속에서 집어내며 제대로 놓지 않은 것 같은 수화기를 다시 들어서 놓는다.

그렇다면 원표 교수는 왜, 무슨 이유로 광주를 떠나 제주도로 가게 된 것일까. 예술가들에게서 흔히 발견되는 그런 따위의 나그네 기질이랄까, 아니면 역마살보다도 더 짙은 뜨내기 병이 도져서 그렇듯 부랴부랴 떠나버리기로 작정해 버린 것은 아닐는지. 아 그래. 원표 교수는 유학 간 오스트리아에서 어느 날 보헤미안의 후예인 집시 여자로부터 이미 남성 男性을 빼앗겨버렸는지 몰라. 늘 떠나 살아야 사는 것 같은 보람을 느끼기도 한다는 서양 중세의 보헤미안, 그 집시의 여인으로부터 모성성 혹은 여성성을 빨아 먹고 끝내는 남성마저 내주었을지도 모를 원표 교수?

아 그래. 원표 교수는 그 결과 얻어진 뜨내기 병이 최근에 더욱 도져져서 이윽고 저 바다 건너 제주도로 훌쩍 떠나가 살겠다는 것이 아닌지 모르겠어. 박상의 상상은 그러나 그와 다른 뜻에서 진행되었으니 어쩔 것이랴. 원표 교수가 광주를 떠나게 되는 이유는 사실 전혀 다른 데에서 기인한다. C 대학 성악 커리큘럼을 담당하여 수강 학생들로부터 이미 커다란 신뢰를 구축해 놓기도 한, 원표 교수. 구태여 그 이유를 먼저 꺼내어 들여다본다면 원표 교수 자신만이 알고 있는 '광주에서의 탈출' 기도는 딱 두 가지 얘기로 요약된다. 먼저 그것을 말하면 일단의 공수특전부대가 수십 대의 헬리콥터와 수십 대의 탱크 그리고 역시 백여 대를 족히 넘어설 듯한 작전용 트럭으로 광주시를 집중 강타하던 날 밤의 순간에서 비롯된 것이고, 다음은 원표 교수의 보이스, 목청에 이상이 오면서부터이다.

아는 사람들은 다 알고 모르는 사람들은 그냥 모르는 사실로 묻혀버리기도 했던, 그날 어두컴컴한 첫새벽 3시 30분쯤.

동해의 부상국扶桑國 안에 담겨 있다는 태양이 달걀껍데기 속의 병아리처럼 이제 겨우 껍데기를 깨고 그 보송보송한 노란 깃털을 내밀 듯이 햇살을 조금씩 뿌릴까 말까 한 그 시각. 원표 교수는 광주시의 여느 사람들처럼 좀처럼 잠을 이루지 못하고 웅크린 몸뚱이를 이불로 감싸고 문밖으로 귀를 기울였다. 빗발치는 총소리에다 지축을 울리는 탱크 혹은 APC수륙용전차의 캐터필러 굉음으로 하여 가슴을 더욱 오그린다. 아직은 여명의 빛줄기가 새어 나오지 않는 그 시각 어둠 속을 가로지르는 한 젊은 여인의 울부짖음이 원표 교수 내외가 누워있는 방안으로 날아와 사방 벽에 내리꽂힌다.

영국과의 백년전쟁을 승리로 이끌었지만, 마녀사냥의 표적이 되어 노르망디 후앙시 시장터에서 불태워 죽임을 당한 중세 프랑스의 잔 다르크처럼 광주시의 주요 도로를 꿰뚫고 나가는 순정한 처녀의 외침. 잔 다르크와 다를 바 없이 가슴을 풀어헤치고 외치며 또 외치며 달리는 그 찢길 듯한 목소리의 울림.

시민 여러분, 광주 시민 여러분. 우리의 어린 학생들과 젊은이들이 다 죽어갑니다. 20사단 소속의 공수특전부대가 우리 모두를 위해 싸우고 있는 젊은이들을 압살하고자 지금 상무대 쪽 잿등을 넘어 파죽지세로 밀려오고 있습니다. 제발 이 방송을 듣는 시민 여러분께서는 우리들의 도청, 우리들의 최후 보루를 지키고 있는 젊은이들과 함께 싸웁시다. 아아, 우리 모두의 몸으로라도 방벽을 만들어 저들 학살자들을 물리칩시다. 광주 시민 여러분, 어서 빨리 지금까지 덮고 있던 이불 속을 박차고 일어나 우리들의 도청으로, 우리 시민군들이 온몸을 던져서 두 눈 부릅뜨고 지키고 서 있는 도청으로, 도청으로!

이때였으리라. 쾅 쿵쾅 쾅, 펑 펑펑펑, 따르륵 뚝뚝… 쿵 콰-아앙! LMG HMG 따위 중화기의 엄청난 폭발음과 살을 찢어내는 듯한 굉음이 울려 터지고, 이어서 M16 자동소총의 연발 총성이 날아 들어오고 있었다. 안 돼, 안 돼, 안 돼. 그러나 이와 함께 하늘에서는 겨우 이제야 내뿜어져 나오는 여명을 뒤덮으며 새까맣게 전투용 작전 헬기들이 날아오고 있는 것이었다. 전후좌우 상하 360도를 악마의 요술처럼 회전하는 중무장 헬기 건쉽Gunship이 날아오고, 정찰용 경비행기인 에레나이트전투 중 초음속 폭격기가 폭탄을 터뜨리기 전 주로 화집점(火集点)을 내려찍어주는 역할을 하는 헬기가 역시 F5와 같은 초음속 전투기에 앞서서 날아오고, 코브라라는 이름을 가진 올챙이 모양의 전투용 헬기 하며 4인용 작전 헬기가 날아와 광주시의 하늘을 빈틈없이 에워싼다. 도청을 사수하는 젊은이들을 공략하며 전광석화처럼 봉쇄 작전을 벌인다. 쿵 쾅, 쿵, 따르륵 뜨드드드 뚝뚝-.

아, 여보! 이젠 정말 어쩔 수 없어. 내가 점잖지 못한 행동으로 당신을 껴안아 보듬는 것을 용서해 줘요. 아니 오늘 밤 나는 차라리 당신을 겁탈하는 마음으로 그렇게 마구잡이로 보듬어버리고 싶어. 거 당신도 읽었잖아. 그리고 영화로도 보았잖아요. 지금도 베를린에 거주하며 산다는 작가 귄터 그라스의 『양철북』이란 소설 말이야. 기억나는가. 제2차 세계대전 당시 폴란드의 중소 도시인 단치히란 곳에 폭탄이 떨어지고 독일군과 그에 대항하는 도시 게릴라들 사이에 총격전이 계속될 때의 얘기가 생각이 안 나는가 말이야. 그 죽음과 죽음의 틈바귀에서 생의 행로가 안 보이는 사람들이 순간순간 그 두려움과 공포를 잊을 수 있었던 길은 섹스 행위에로의 탈출 그것이 아니었을까. 히틀러와 같은 학살자들이 날뛰는 세상에서는 끝끝내 성장하기를 거부하는 주인공 난쟁이 오스카. 그가 보는 앞에서도 아무런 부끄럼이 없이 난교亂交를 거듭하는 오스카의 어머니와 숱한 남성들. 어디에 마음을 붙일 곳도 없는 데다가 전쟁의 공포로부터 유일한 탈출구란 오로지 무너져 내리는 육체와 섹스가 아니었을까. 남자들과 여자들 사이의 섹스뿐이었으니 거기에서 이루어지는 것은 난교 외에는 길이 없었을까. 폭격으로 침실이 파괴되고 거기에 덜렁 하나 남은 나무 침대마저 부서져버렸을 때 거실에 덩그러니 놓인 응접세트 의자 위에서 순식간의 섹스를 통해 남은 인생을 흡사 마약처럼 들여 마셔버리는 전쟁터 속의 불쌍한 남녀들. 여보, 오늘 밤 우리가 바로 그 사람들이 아닐까.

따르륵 뚝 뜨득, 쾅 쾅 콰아 앙! 공수특전부대의 공격으로 광주시는 어느새 섬이 돼버린다. 상어 떼들에게 물어뜯기고 찢기어 이윽고 피로 물들어버린 파도들이 우우우우우 소리치며 부딪쳐 올뿐인 먼 먼 외딴섬. 광주라는 도시는 바로 그런 섬이 되어 둥둥 어디론가 떠내려가고 있는 것이었다. 그러면 그럴까. 임신한 궁녀를 강제로 능욕하려다 마침내 그녀를 목 졸라 죽이고 하늘로부터 천벌을 받은 어부왕이 최후의 발악을 하던 곳, 거기에 광주라는 도시가 난파선처럼 둥둥 떠 있는 것이다. 그러나 다시 쾅 쾅 콰아 앙, 뜨드득 뚝 뚝, HMG LMG 따위 중화기와 M16 자동 소총의 세례를 받아 휘청거리며 쓰러지는 한반도의 남녘 땅 광주라는 한 도시. 원표 교수는 이제 더 이상 그 두려움과 공포를 이겨내지 못하고 아내를 먼 밤 항구의 술집 아낙네 다루듯이 아주 거칠게 자기 가슴 속으로 끌어들인다. 아니 자신도 모르게 역시 아까부터 바깥의 총소리에 벌벌 떨고 있는 아내를 와락 보듬고 뒤로 넘어진다. 그런 다음 다시 가냘픈 아내를 뒤로 눕히고 실오라기 하나 남김없이 모조리 벗겨버린다. 공수특전부대가 광주시의 한복판에 자리 잡은 전라남도 도청(시민들은 그들과의 항쟁 기간 내내 이곳을 '시민군 본부'라고 명명하여 부르고 있다)을 향하여 돌진하듯이 원표 교수는 이윽고 아내를 정복해 버린다. 아내의 그 깊숙한 비밀 아지트에 폭탄을 투하하듯이 가까스로 사정을 끝낸다.

그렇다고 순간순간의 섹스가 저 계략적이고도 악랄한 학살극을 쉽게 잊게 해줄 수 있을까. 공수특전부대의 무차별 공격에 맞선 무의식적 혹은 거의 본능적인 조건반사. 극단적인 공포 상태 또는 깊이를 잴 수 없는 혼수상태에 빠져서 저지른 그런 무모한 몸부림과 같은 섹스 행위의 절정. 비약일지 모르지만, 차라리 그 순간은 원표 교수가 이미 비엔나대학에서 배우고 익힌 바그너의 대규모 악극 〈니벨룽겐의 반지〉를 연상시킨다. 하겐이란 암살자에 의해 뒷등에 길고도 예리한 창검을 맞은 지크프리트가 최후로 으으으으으 내지른 고통을 원표 교수 역시 피할 수 없는 상황에서 결국 그런 난교의 섹스가 이뤄진 것이 아닐까. 아직은 어둠이 채 걷히지 않은 피투성이 새벽녘. 한때나마 '광주시민군본부'가 들어섰던 전남도청은 공수특전부대의 손으로 넘어가고 도시는 만삭이 다 된 여인네처럼 겨우 일어나 걷기 시작한다. 새로 태어날 또 다른 어린아이를 잉태하였는지 아니면 저승도 가지 못하는 어떤 귀신을 뱃속에 담았는지 그렇게 기우뚱기우뚱 절룩절룩 비틀거리며 걷는 형상을 보이기 시작하는 것이다.

이날 새벽 이후 얼마 지나지 않아 원표 교수의 목소리에 이상이 생긴다. 이비인후과에 가서 이상 여부와 원인을 체크해 보지만 시원한 진단을 받아내지 못한다. 도대체가 왜 목소리에 이상이 왔는가를 대학병원 이비인후과 교수들도 알아내지 못한다. 진단이 나와야 처방도 하고 치료도 하지, 어떻게 하면 좋담? 친구가 경영하는 약국에 가서 이런저런 약을 사서 먹어보지만, 역시 도로아미타불이다. 이러다가는 노래뿐만이 아니라, 말조차 하지 못하는 것은 아닐까? 하고 원표 교수는 자신을 극단적 상황으로까지 몰고 간다. 이 때문에 느닷없는 우울증까지 달라붙고 정말 살아서 숨 쉬는 일까지 즐거움에서 멀어져 가는 것이다.

이러다간 안 되겠어. 원표 교수는 마침내 서울에서 내로라 할 정도로 이름이 널리 알려진 S 대 병원 이비인후과를 찾아간다. 하지만 역시 마찬가지다. S 대학교 의과 병원 이비인후과 과장으로 재직 중인, 그리고 또 특히 인후염 부문에선 이미 국제적으로도 학술적 권위를 확보한 그 교수의 진단 결과도 마찬가지이다. 원표 교수님의 성대는 전혀 이상이 없는데 참으로 이상합니다. 대체로 목의 질병은 인두염과 후두염으로 나눠지고 있습니다. 인두염은 감염뿐만이 아니라 건조하고 오염된 공기나 흡연, 음주, 목소리의 과용 등에서 발병되는 질병입니다. 증상은 목의 점막이 빨갛게 부어 통증이 오거나 음식이나 침을 삼키기가 힘들어집니다. 염증이 후두까지 침입하면 결국 목소리까지 변하는 경우도 있긴 합니다. 그런데 원표 교수님한테서는 그런 증상이라곤 찾아볼 수가 없습니다.

편도선에도 전혀 이상이 없고 말입니다. 목의 질병으로는 또 후두암이라는 게 있습니다. 원표 선생님처럼 성악을 하시는 분들이 이 병에 한 번 걸리면 아주 치명적일 수가 있습니다. 원인과 증상은 이렇습니다. 가장 대표적인 원인은 흡연이며 그밖에 음성의 남용, 방사선의 피폭, 유전적인 요인 등이 그것입니다. 남성과 여성의 비율은 약 10대 1로 남성이 압도적인 비율을 차지합니다. 주로 40대에서 70대 사이에 가장 많이 발생합니다.

원표 교수는 마치 대학생이 교수의 강의를 듣는 것 같아 부끄러운 생각이 들지만 어쩔 수 없는 일이 아니냐고 마음속으로 자신을 다독거린다. 이비인후과 과장은 말 그대로 엄연한 의사이고 자신은 그를 믿고 찾아온, 이른바 환자이기 때문이다. 자신도 틈나는 대로 바이올린을 켜며 음악의 세계를 동경한다는 이비인후과 교수는 계속해서 말을 이어 나간다. 아주 친절하고도 자상한 음성으로. 후두암의 증상은 발생하는 부위에 따라 초기 증상이 차이가 나고 예의 초기 증상을 보고 대개 발생 부위를 알 수 있습니다. 후두 중에서 성대 부위에 발생하는 경우는 쉰 목소리와 혈담 등이 초기의 주된 증상이고, 성대보다 윗부위에 발생하는 경우는 연하통 연하곤란 쉰 목소리가 주된 증상이며 성대보다 아랫부위에 발생하는 경우는 호흡곤란이 초기에 나타나는 주된 증상입니다.

40대 이상의 남성으로서 1개월 이상 쉰 목소리가 계속되는 경우엔 일단 후두암으로 의심할 수 있습니다.

그런데 말입니다, 정말 원표 교수님의 경우 어떤 원인에서 그렇듯 보이스에 이상이 왔는지를 모르겠습니다. 후두 내시경검사를 비롯하여 방사선촬영 방법의 일환인 특수 후두 조영제 촬영과 컴퓨터 촬영, 그리고 원표 교수한테서는 아직 전혀 증상이 나타나지도 않는 후두암 부위를 임의로 설정하여 조직검사까지를 했는데 말입니다. 거기에다가 후두 기관을 통과해 가는 총경동맥 하며 미주신경, 내경정맥, 설하신경舌下神經과 교감신경을 체크해 보았지만 역시 전혀 이상한 점이 발견되지 않았습니다. 목의 피부에 분포되어 있는 경신경도 아주 자연스럽고요.

자아, 그렇지만 마지막으로 다시 한번 성대 검사를 해봅시다. 그래야 원표 교수님께서 안심하실 수가 있으니까요. 교수님도 너무나 잘 알다시피 후두의 한복판에서 약간 아래쪽 부분 수평 위로 보이는 한 쌍의 주름을 성대라고 부르죠. 좌우 성대 사이를 성문열聲門裂이라 하고 성대와 성문열을 합쳐 성문聲門이라고 하지요. 성문이란 발성 장치를 가리키는 것이 아닙니까. 따라서 성대의 움직임은 후두경으로 관찰할 수가 있습니다. 그럼, 이 스트로보스코프로 원표 교수가 발성할 때의 모습을 촬영해 볼까요. 아주 미세한 움직임까지 관찰이 가능합니다. 성대의 진동은 물론 성대 운동마비Vocal

Cord Paralysis의 증상도 판별해 낼 수 있는 게 하나가 스트로보스코프이거든요. 성대 운동마비 증상이 심할 때는 목소리가 아주 막혀버리기도 하지요. 이 병은 실성증失聲症, 쉰 목소리, 호흡곤란 등을 일으키는 신경성인 것도 있어 일반 건강한 사람들도 주의가 요망되곤 하지요.

S대 병원 이비인후과를 다녀온 후 원표 교수는 더욱 우울증에 빠져든다. 자신의 목소리에 이젠 완전히 자신을 잃어버린다. 어디에서 콘서트를 마련해 준다고 해도 이 핑계 저 핑계를 대며 거절하기가 일쑤이고 그러다 보니 신경쇠약 증상이 아주 심할 정도로 찾아오고. 그리고 이젠 대학에서 강의 시간에 학생들 앞에서조차 서기가 두려워지고 그리하여 무섬증까지 부쩍부쩍 늘어난다. 그런 어느 날 원표 교수는 굳게 마음을 먹는다. 스스로에게 약속하고 다짐까지 한다.

광주로부터 탈출하자. 멀리멀리 떨어져 있는 섬이지만 그래도 엄연하게 도청 소재지가 있고 공항도 국제공항이 아닌가. 게다가 내가 종종 앉아서 숨 쉴 수도 있는 콘서트홀도 하나 정도나마 있지 않은가. 그러니 제주도로 가자. 그곳에 가면 잃어버린, 훼손된, 망가뜨려 버렸을지도 모르는 내 목소리를 되찾을 수 있고 되살릴 수가 있을 것이다. 자아 이제, 거기에 가면 광주에서의 공포와 악몽을 훌훌 털어버릴 수 있을지 모른다. 광주여, 안녕. 나는 정말 이제야말로 제주도로 집을 옮기고, 그리고 그동안 어쩌면 함께 병을 앓아온 아내와 함께 떠나는 것이다. 그러한 결심이 채 일주일도 아니 되어서 마침내 원표 교수는 모든 사무 정리를 다 마쳐버리고, 바로 그 일이 끝난 오늘 밤, 박상 시인에게 광주에서의 마지막 통화를 한 것이다.

박상 시인은 원표 교수가 왜 무슨 이유로 학교를 그만두고 광주를 떠나게 되었는지를 아직 알아내지 못한다. 평소 원표 교수가 그런 기색이라곤 전혀 보여주지 않았고 또 박상 시인 역시 그런 상상을 굳이 할 필요가 없었기 때문이다. 그냥 그가 좀 더 나은 생활을 모색하기 위해 떠나는 것이겠지. 아마 그곳에 가면 더 많은 성악 공부를 할 수 있을 것이며 이곳 육지의 도시에처럼 자동차의 배기가스나 공장지대에서 내뿜어져 나오는 극심한 매연으로부터 목소리를 더 이상 다치거나 해칠 수는 없을 거야. 잘했어. 아주 잘하는 일이야. 박상 시인은 원표 교수에 대한 의문을 이제는 상상으로도 뒤좇아 가기가 힘들었는지 결국, 잘했어, 잘한 일이었어, 하고 스스로 묻고 스스로 답을 갖다 붙여준다.

아참, 그러다 보니 알로에 나무에는 물을 부어 주지 않았군. 다시 베란다로 나온 박상 시인은 누구에게 핀잔을 들은 것처럼 뒷머리를 살살 긁으며 아직껏 남한테 주지 않은 그 버릇으로 중얼거린다. 아무리 열대성 사막식물이라고 하지만 알로에 나무도 종종 물을 줘야 하는데 깜박 잊어버렸군. 사막에도 어쩌다가 가끔은 빗줄기가 뿌려진다고 하던데.

여보, 당신은 당신이 좋아하는 꽃나무에만 물을 주는 모양이군요. 여기 알로에도 물 한 모금 주면 어디 덧난답니까. 이 말은 평소 아내가 그에게 비아냥거리며 던져주는 말이다. 나이가 들면서 유독 얼굴에 주근깨가 많이 비치는 아내는 알로에 잎사귀에서 나오는 끈끈하고 진한, 그리고 푸른 액체를 곧잘 그 주근깨 부위에 바르는 것이 일이었을 터이다. 그러저러한 생각들을 하면서 알로에 나무의 푸르고 하얀 꽃대를 들여다보는 사이, 제기랄 어디에선가 또 전화가 걸려온다. 그렇지 않아도 신문사에서 종일 전화를 받거나 걸다 보면 웬만큼 무신경인 사람도 퇴근 시간 이후엔 거의 녹초가 되거나 시금치가 된다지 않던가. 차라리 어떤 대중 가수의 노래처럼 도시여 안녕, 했으면 좋겠는데 차마 그럴 수는 없고. 도시에 살다 보면 라디오다 TV다 미디어 시스템이다, 뭐 어쩌고 하는 기계다, 하는 것들이 내뿜는 소음과 지글지글 끓는 광물성 쇳소리들로 하여 사람들의 귀와 영혼은 도대체가 쉴 틈을 갖지 못하지. 그렇게 생각하면 원표 교수가 답답하고 찐득찐득하고 숨쉬기조차 힘든 이 도시를 떠나기로 한 것은 잘한 일인 것 같기도 해. 박상 시인은 원표 교수를 다시 한번 머리에 떠올린다. 그런 다음 짜증스러웠지만 목소리를 차분히 가라앉히면서 수화기를 든다. 아 그렇습니다. 그런데 여보세요, 여보세요 하며 말을 두 번이나 되풀이한다.

오르페우스는 죽지 않았다 _ 383

상대방은 분명한 목소리로 말해 오는 모양이지만 박상 시인은 아직 상대방의 얼굴이 머릿속으로 잘 들어오지 않는 듯하다. 시쳇말로 이제 갓 쉰 살인데 그에게도 어느새 귀가 먹는 증후 현상이 나타난 것은 아닐까. 상대방은 아까부터 이미 예, 예 하고 대답하며 하고 싶은 말을 먼저 꺼내려고 한다.

이번에 전화를 걸어온 사람은 강태종 화백이다. 그는 40여 년간 고집스럽게 수채화만을 그려온 사람이다. 주변의 화우들이 시류에 휩쓸려 구상에서 추상으로 혹은 추상에서 구상으로, 수묵담채에서 유화로 혹은 인상주의 기법에서 표현주의로 옮겨가는 등 잦은 변화를 모색할 때, 그는 그것에 아랑곳하지 않고 묵묵히 수채화만을 붙들고 늘어진 것이다. 유럽을 한두 번 다녀왔거나 미국 뉴욕의 메트로폴리탄 미술관과 현대미술관 따위를 그야말로 주마간산 격으로 둘러보고 돌아온 화가들이 하루아침에 변신을 시도하는 한국화단 풍토에서 그는 오로지 자신의 고독한 그림 세계의 틀을 벗어나지 않은 것이다.

아, 그렇군요. 어인 일이십니까. 이번에 강 화백께서는 개인전이라도 준비하고 있지는 않으신지요. 궁금하던 참이기도 했습니다. 강 화백은 그러나 박상 시인의 그 어떤 예감을 뒤엎는다. 개인전이라고요? 요즘 들어와서 저는 그걸 상상도 해보지를 못합니다. 손이 영 움직이지를 않습니다. 그러니까 제가 붓을 들고 캔버스 앞에 다가서면 엄지와 검지가 어느새 굳어버리고 마는 거예요. 이걸 어쩌면 좋겠습니까. 손가락이 굳어버리니 이제 영락없이 저는 죽은 송장이나 다름없이 된 것입니다. 왜 이러는 것일까요. 도대체가 알 수 없는 병인 것 같습니다. 아 두렵습니다. 무섭기까지도 합니다.

평소 호형호제로 지내며 그의 그림에까지 호감을 가지고 있던 박상 시인은 당황한다. 아니 잠시 컨디션 문제이겠지요. 사람들은 누구나 아무렇지 않게 살아가다가 한 번쯤은 강 화백 같은 경우를 당한다지를 않습니까. 그러니 너무 걱정하지 않아도 될 것 같습니다. 박상은 강 화백의 말을 끝까지 듣지 않는 상태에서 그렇듯 위로가 섞인 결론을 내려버린다. 의사도 아닌 주제에 그렇다고 강 화백과 같은 사람들이 겪는 병적 증세를 전혀 경험해 보지 않은 그는 다짜고짜, 괜찮을 거야 괜찮고말고 하는 것이다.

하긴 강 화백의 건강이야말로 아는 사람들은 다 알 만큼 다들 믿고 있다. 부릅뜬 듯한 두 눈에 역시 강한 이미지를 풍겨주는 두 눈썹이 그의 건강함을 단적으로 보여준다. 양미간은 서로 잡아당기는 것처럼 가까이 이웃해 있고 입술은 마치 한 달에 한 번 정도나 열리기라도 한 듯 굳게 다물어져 있는 것이 그런 믿음을 준다. 몸집은 비록 5척 단신에 버금갈 정도지만 딱 벌어진 두 어깨는 누구라도 함부로 범하지 못하겠다는 듯한 그런 야무진 풍모를 보여주고 있기 때문이다. 그런 그가 무슨 때아닌 수전증이라고도 말하는 손떨림증

비슷한 병으로 고생하고 있다니 말이 될 말인가.

참, 세상일은 그렇다 치더라도 사람 일은 알다가도 모를 일이야. 박상은 전화로 들려오는 목소리를 들으며 고개를 좌우로 흔든다. 어디 아플 사람이 따로 있는 것은 아니지만, 강 화백의 경우 더더구나 그림을 그리는 화가인데 다른 데도 아니고 하필 손가락과 손목을 움직이지 못하게 됐다니. 그랬었지. 지난해 10월 한 달 동안, 강 화백은 소위 광주 지역의 미술 패거리들을 모아 이름하여, 〈하늘과 땅 사이에서〉라는 그림전과 설치미술전을 망월동 가는 길목에서 열지 않았던가. 80년 5월 광주의 금남로 등지에서 공수특전부대와 맞싸우다 쓰러져간 사람들이 잠들어 있는 망월 묘지. 이곳에 이르는 4km의 구간은 그야말로 청홍백황녹흑 가지각색의 만장이 나부꼈다. 무려 1천2백여 장의 만장이 이곳을 찾는 사람들의 발길을 붙들어 잡았다. 전시 기간은 비록 1개월간이었지만 그걸 준비하는 기간은 모르긴 몰라도 어림잡아 7개월 정도가 아니었든가 생각된다. 〈하늘과 땅 사이에서〉에 내보인 미술 작품과 미술 행사는 정말로 굉장한, 아마도 한국 미술사에서는 길이길이 기억될 것이라 믿고 있다. 그런데 그걸 다부지게 해낸 강 화백이 손가락과 손목에 이상이 왔다니 도무지 상상이 미치지를 않는다고 박상 시인은 돌연 깊은 비감에 잠긴다.

전라남도 동부 지역 순천에서 가까스로 구해온 2백50년이나 되었다는 꽃상여. 그걸 다시 단장하여 망월 묘역 입구에 버티어 선 수백 년 나이를 먹은 노거수老巨樹와 노거수 사이에 드높이 걸어놓은 사람도 바로 강 화백이 아니던가. 어디에서 신명이 그렇게 솟아오르는지 덩실덩실 어깨춤을 추어대던 강 화백. 이곳을 찾은 방문객들은 이것이야말로 설치미술이요 우리들의 미술이로구나 하고 그와 함께 손을 잡고 더덩실 춤을 추어대는 것이었다. 독일인가 미국인가 어딘가에서 일부러 찾아왔다는 칼 하인리히인지, 제임스 쿡인지 하는 서양 방문객들도 처음에는 두 눈을 휘둥그레하더니 마침내는 그만 강 화백의 두 손을 잡고 얼쑤얼쑤 뛰고 뛰는 것이었다. 그때마다 강 화백은 그 서양 녀석들이 알아먹든 말든 여전히 덩실덩실 그 보릿대춤인가 막걸리 춤인가를 추며 주문呪文을 쏟아 놓은 것이다. 영락없는 박수무당 그 행세였다. 암무당이라고 부르는 여자무당과는 다르게 흔히 박수무당은 소리보다는 주로 장구나 북을 치며 춤사위를 보여주는 역할을 한다. 그러나 더 엄격히 말하면 암무당이 소리를 잘하고 춤사위를 더 잘할 수 있도록 보조 기능을 하는 게 박수무당의 임무라면 임무이다.

 전라도 서남쪽 섬 진도珍島를 가면 지금도 볼 수 있는 씻김굿과 같은 살煞풀이를, 아니 그런 넋풀이를 강 화백은 앞장서서 행하고 있었는데 그 소리하며 춤사위는 웬만큼 몸에 밴 무당에 버금가고 있었다. 먼바다에 고기를 잡으러 갔다가 그만 풍랑을 만나 익사한 후 물귀신이 된 남정네들을 되불러오게 한다는 씻김굿. 지금도 진도라 해안가의 어느 마을을 찾아가면 심심찮게 그 푸닥거리가 행하여지고 있다고 하는데 강 화백은 바로 그것을 망월동에서 행하고 있는 것이었다.

 죽은 사람은 원을 풀어줘야 하는 거여. 아암, 우리 같은 사람들이 풀어주어야 세상이 순탄해지고말고. 거 말일세, 더더구나 억울하게 총 맞아 죽은 사람들의 원을 풀어주지 않으면 저승이 아닌 우리들이 지금 살고 있는 이승마저 시끌시끌해지는 것이거든. 요컨대 해원解寃이라는 게 그것이 아니겠어. 자아, 막걸리를 한 사발씩 했으면 어디 귀신들이나 불러와 같이 춤을 추어대면 어떨까. 이렇게 시늉만이 아닌 자세로 춤을 추면 온몸에 혹은 신이 내릴 수 있지. 온몸에 신이 내리는 것을 가리켜 접신接神이 되었다고 하는 것 아닌가.

 망월동 가는 길에 끊임없이 휘날리는 1천2백여 개의 만장들을 보면서 강 화백도 어느새 신들리기 시작하는 것이었다. 나부끼어라. 이놈의 세상을 휘감고 훠이훠이 나부끼어라. 강태종 화백은 주위의 춤사위 꾼들과 함께 끝 간 데 없이 몸을 흔들어대는 것이었다.

  동쪽이라면 동쪽 하늘 먹구름 귀신들아
  서쪽이라면 서쪽 하늘 저녁노을 귀신들아
  남쪽이라면 남쪽 하늘 마파람 귀신들아
  북쪽이라면 북쪽 하늘 높새바람 귀신들아

자아 보리밥이다 보리밥 귀신들아 붙어라
자아 쌀밥이다 쌀밥 귀신들아 붙어라
자아 콩밥이다 콩밥 귀신들아 붙어라
자아 수수밥이다 수수밥 귀신들아 붙어라
자아 콩나물이다 콩나물 귀신들아 붙어라
자아 호박이다 술이다 고기다 붙어라 붙어라

해가 지면 서쪽 나라의 땅귀신들아
달이 뜨면 동쪽 나라의 땅귀신들아
꽃이 피면 남쪽 나라의 땅귀신들아
눈이 오면 북쪽 나라의 땅귀신들아

해가 지면 서쪽 나라 숫무당을 불러내어
달이 뜨면 동쪽 나라 암무당을 안아주고
꽃이 피면 남쪽 나라 소리 무당을 불러내어
눈이 오면 북쪽 나라 장고 무당을 업어주고

얼씨구절씨구 니나노 넋을 풀자
에헤야 상사디야 전생 설움 풀어 보자
산 사람은 죽은 귀신 달래주고
죽은 귀신은 산 사람을 달래주고

박상 시인은 지난해 10월 망월동에서 가졌던 강태종 화백의 〈하늘과 땅 사이에서〉 미술 행사를 머리에 떠올리다가 다시 귀를 바짝 가져다 댄다. 강태종 화백의 사뭇 떨리는 듯한 목소리가 계속 이어지고 있었다.

사실을 말하겠어요. 우리들이 살고 있는 광주에 그날 공수특전부대가 난입했지요. 이제는 삼척동자도 다 알만큼 알려진 사실인데 그들은 정권 찬탈을 의도한 나머지 모종의 시나리오를 가지고 우리들의 도시, 우리들의 삶터인 광주에 마치 적지처럼 밀고 들어와 집중 공략한 것이 아니겠어요. 그들이 군사 작전상 퍼뜨린 유언비어에 의하면 광주의 젊은 대학생들이 불순세력에 휩싸여 연일 시위를 벌인다는 것이었어요. 바로 그것이 광주시를 적지로 여긴 이유의 전부라니 선량한 시민들이야말로 얼마나 억울한 일이었는지 모릅니다.

박상 시인은 강태종 화백의 뒤늦은 하소연 같은 얘기를 듣다가 자신도 모르게 울컥 목젖이 치밀고 만다. 이른바 쿠데타 주모자인 놈들은 국가를 위해서 만들어 놓은 공수특전부대를 어쩌면 완전히 자신들의 사병私兵으로 부려 먹은 것이지, 안 그렇습니까. 박상 시인은 '사병'이란 말 속에 쐐기를 박으며 방금 1백 미터를 달려온 사람처럼 가쁜 숨을 몰아쉰다. 쿠데타 주모자들은 바로 광주시를 타깃으로 삼은 것입니다. 왜? 아니 왜? 그것은 지금까지도 밝혀지지 않고 있는데 그것을 추측하면 이렇습니다. 놈들은, 그러니까 형님 아우처럼 대를 이어 결국 한 나라의 대통령이 된 쿠데타 주모자 놈들은 광주의 대학생들을 그들 정권 찬탈의 희생양으로 삼으려 한 것이었지요. 타깃이라? 그래 놈들은 사전 시나리오에 의해 광주에 시위가 격렬해지기 이미 훨씬 전에 군대를 빼내어 암암리 광주에 투입한 것이었단 말입니다. 다른 지역의 대학생들도 시위를 계속하는 중이었는데 왜 놈들은 유독 광주시를 찍어서 그렇듯 전투부대를 잠입시켰는지 지금도 커다란 의문으로 남는 게 바로 그것입니다. 정말, 왜, 왜 놈들은 광주를 희생양으로 선택한 것일까. 이 물음에 대한 의문점은 '광주청문회'도 밝히지 못하고 96년도에 만들어진 '5·18 특별법'도 결국은 밝혀내지를 못하고 있으니 참으로 기가 막힌 일이지 뭡니까. 무고한 광주 시민의 학살과 그 진상을 낱낱이 파헤쳐보겠다는 검찰이란 사람들도 사건의 본질, 사건의 진상, 그리고 놈들의 흑막을 아직도 제대로 밝혀내지 못하고 쩔쩔매고 있으니 실로 한심 천만입니다. 놈들이 다른 것은 다 모른다고 말해도 그렇다고 합시다. 그러나 다시 말하지만, 왜, 놈들이 광주를 유독 꼭 찍어서 집중적으로 공격했는지 이걸 파헤쳐 풀지 않으면 우리 역사는 언제나 제자리에 서서 빙빙 돌고 있을 뿐일 것입니다. 지역감정이란 것도, 그러니까 지역 패권주의니 지역 할거주의니 혹은 지역감정 따위의 본질 문제에 접근이 어렵다고 말할 수 있겠지요.

하하, 그렇군요. 강 화백은 허탈한 웃음을 터뜨리더니 갑자기 돌변하여 입술을 깨무는 듯한 상태에서 박상 시인의 말을 되받는다. 일찍이 우리 역사에서 누군가 경고한 것처럼 말했습니다. 침략적 식민주의자들이나 정권에 눈이 어두운 독재자들은 분열주의를 조장하는 악랄한 수법을 썼다고 말입니다. 그러니까 지배하려면 분열시켜라, 사람들을 분열시키고 지역을 분열시켜라, 하고 식민지 지배자들이나 독재자들은 그들의 하수인들을 이용하여 식민정책을 펴고 독재정권을 잡은 것이지요. 과거 일본 식민지배자들의 통치 수단이 곧 그것이었고, 광주에 공수특전부대를 투입한 쿠데타 주모자들도 바로 그런 일본 식민주의자들의 산물인 지역 분할주의를 교묘하게 적용한 것 아니었는지 생각합니다. 광주를 타 시도로부터 고립시켜 이미지를 추락시킨 후에 집중 공격하고, 그리하여 그들로서 정당한 알리바이 구실을 만들어 권력형 정권을 일거에 두 손안으로 집어넣는 것이 지역 분할주의, 민족 분할주의자들의 계략이요 도박이 아니었을까요?

박상 시인은 과연 그렇다고 생각하며 강태종 화백의 말에 고개를 끄덕여 준다. 5·18 이후 광주 시민들 누구에게서나 곧잘 발견되곤 하는 그날의 생 체험에 대한 몸서리와 전율이 역시 박상 시인과 강 화백의 전화 통화 중에서도 흐르고 있는 것이었다. 그것은 평생을 두고도 지워지지 않는 지문과 같은 그런 떨림이랄까 증후군의 한 증상이라고 말할 수 있는 것이었다. 강 화백의 말은 그러나 여전히 그칠 줄 모르고 계속됐다.

저 역시 이날 남녀노소를 가리지 않고 무차별적으로 총대를 휘두르는, M16 자동 소총을 난사하는 공수특전부대들을 향하여 달려가다가 어느새 혼비백산 뒷걸음을 치고 있었습니다. 공포탄이 아니었습니다. 오, 이때 총알이 빗발치듯 날아옵디다. 옆에서 함께 외치며 달리던 시민들이 무수히 쓰러지더군요. 그러나 저는 그들 쓰러진 젊은 시민 중에서 어느 한 사람도 겨드랑에 끼거나 등에 업고 달릴 수가 없었어요. 정말 무서웠습니다. 아니 무섭기보다는 완전히 정신이 나가버렸습니다. 맨손뿐인 시민들을 향하여 무차별 총질을 할 때는 속수무책이었습니다. 어딘가를 향하여 달리기는 하였지만 다리가 후들후들 떨리고 앞조차 보이지 않는 것이었습니다. 바로 그때 또 한 젊은이가 제 옆에서 푹 쓰러지는 것이 아니겠어요. 아주 순간적이었습니다. 불교에서 말하는 것처럼 9백여 명의 생명이 왔다 갔다 하는 찰나刹那였습니다. 그때 가슴 한복판에서 피를 쏟으며 쓰러지는 젊은이는 한 송이 모란꽃보다도 더 싱싱하고 더 아름다운 젊은이였습니다. 내 아들과 다름없는 그렇듯 너무나 소중하고 소중한 이 지구상에서 단 하나밖에 없는 그 젊은이의 몸과 영혼.

아아, 그를 놔두고 공수특전부대의 무수한 총구를 벗어날 수가 없었던 16년 전 광주의 금남로에서 나의 육체. 그리고 부서져 가는 정신의 광야. 하지만 총탄에 찢겨 나가는 그 젊은이의 온몸에서 뿜어져 나오는 선홍의 짙붉은 피로 인하여 나 또한 피범벅이 돼버리는 것이었어요. 아, 내 두 손에 마지막으로 만져졌던 그 젊은이의 숨결, 그리고 이 지상에서 마지막으로 열려 있던 너무나 애틋하고 너무나 그리워할 수밖에 없었던 그 둥그런 눈동자. 아, 그리고 나에 의해 마지막으로 만져졌던 그 젊은 심장의 끝없는 고동 소리. 쿵 쿵 쿵 뛰는 고동 소리.

어쩌면 독백이나 다름없는 강태종 화백의 목소리에 박상 시인은 급기야는 자신이 일찍이 다녀온 베트남을 떠올리고 있었다. 1970년 12월 그가 두고 온 베트남의 '고노이섬'을 기억해 내는 것이었다. 모르긴 몰라도 1965년부터 1975년까지 10여 년간 소위 '인도차이나 전쟁'의 참전 용사로 50여만 명 이상이나 베트남을 다녀온 한국의 팔팔한 젊은이들을 그림을 그리듯 생각해 보는 것이다. 그리고 지난해 미국의 뉴욕에서 사와 읽은 팀 오브라이언의 소설 한 대목도 문득 되짚어 보기 시작하는 것이었다.

팀 오브라이언의 소설 『그들이 남긴 것들』 속에서 그는 한 젊은 베트콩을 다시 그의 기억 속에 불러들인다. 이른바 베트남인민해방전선에서 활동하다가 결국은 미군에 포로가 된 스무 살도 채 안 된 그 젊은 베트콩을 두 눈에 그려 보는 것이다. 흔히들 '아무도 모르는 전쟁'이라고 말해졌던 저 인도차이나 전쟁 혹은 베트남 전쟁터. 프랑스 식민지 시절에 이은 미국과의 전쟁에서 과연 베트남에 남겨진 것들은 무엇이었을까.

"(…) 그의 윗입술과 이빨은 날아가 버렸고 살아오면서 어느새 그는 애꾸눈이 되어버렸다. 붙잡혀온 그의 머리칼은 짓이겨진 듯 나부끼고 있었다. 그는 아마 쿠앙나이의 미체 마을에서 태어났을 것이다. 프랑스 식민지 시절에 그의 아버지와 두 분의 삼촌, 많은 이웃사람들이 베트남 인민 독립투쟁에 연루되어 엄청난 곤욕을 치렀다. 그는 공산주의자는 아니었다. 그는 단지 평범한 시민이었으며 나이 어린 군인이었다. 쿠앙나이 지방 역시 애국적인 레지스탕스 운동은 전통적인 세력을 가지고 있었다. 그는 어린 시절부터 내가 죽였던 사람에 대한 얘기를 알고 있었다. 그는 미국 사람들이 어서 빨리 떠나기를 희망했다. 심지어 잠꼬대를 할 때도… 따라서 베트남의 정글 속에 담겨 있는 그들의 민족주의와 애국주의를 아무도 찾아낼 수 없고, 설령 찾는다 해도 아무도 빼앗을 수 없다. 그것이 베트남의 전설이며 신화이다 (…)"

팀 오브라이언의 소설을 여기까지 다시 떠 올렸을 때,

박상 시인은 1960년대 말엽에 다녀온 베트남 전쟁터를 어느덧 기억에 얹혀 좇아 찾아가고 있었다. 수도인 사이공(현재는 호찌민시라는 이름으로 개칭)에 이어 남부 베트남 최대 항구인 다낭시, 이곳 부두에서도 논스톱으로 달려야 2시간 후에 도달할 수 있는 호이안 전선. 또 이곳에서 군용 헬기로 30분을 날아야 비로소 닿게 되는 고노이섬. 그곳은 한국군 D 부대가 샌드백 따위와 철조망으로 진영을 차리고 베트콩과 접전을 벌이는 곳이었다. 베트콩들은 이 용맹스러운 따이한 D 부대를 가리켜 미군들이 말하는 것처럼 '킬러 캄퍼니^{살인중대}'라고 곧잘 부르곤 했다. 바로 이곳에 박상 시인은 60년대 말의 어느 날 CH47이라는 군용 보급용 헬기를 타고 온 것이다. 탱크 한 대 정도와 완전 무장한 3개 소대원 정도는 거뜬히 싣고 다니는 CH47기로 고노이섬에 내렸을 때 박상 시인의 몸도 벌써 베트남 특유의 기후인 우기^{雨期}에 젖어 들고 있었다. 으스스했다. 과연 나는 살아서 돌아가게 되는 것일까. 살아서 돌아가, 고향 산마루에 올라서면 멀리서부터 손짓해 오는 어머니 아버지의 무덤 앞에 엎드려 한 잔의 술잔일랑 올릴 수 있을 것인가.

도마뱀이 유난히 찌익 찌-익 찌-익 울어대는 고노이섬. 베트남의 남북을 통해 흐르는 메콩강의 한 지류인 실강의 한복판에 엎드린 채 떠 있는 고노이섬, 그리고 거기에서 피투성이의 접전을 벌이는 베트콩과 주월한국군 D 부대.

박상 시인은 C레이션^{전투식량}의 깡통을 까먹으며 어디선가 엄청나게 울어대기만 하는 도마뱀의 울음소리를 들어야 하는 것이었다. 나중에야 알았는데 그렇게 울어대는 도마뱀들은 주로 바나나 숲이나 야자수 나무, 아니 어떤 풀숲에서나 살고 있는 것이었다. 작은 공룡들이라고 이름을 붙여도 좋을 만큼 도마뱀들은 영락없는 공룡의 그 모습을 지니고 있었다.

찌익, 찌-익 찌-익. 박상 시인은 도마뱀의 울음소리를 들으며 밑도 끝도 없는 밀림의 정글에서 죽은 사람들이 그렇게 울고 있다고 생각하면서 베트남의 역사를 읽어나갔다. 일찍이 중국인들조차 그들의 애국심에 너무 놀란 나머지 오히려 그것을 격하시키기 위해 '남만南蠻'이라고 불렀다는 베트남. 제2차 세계대전 중이었을 것이다. 그 무렵 영국의 처칠 수상과 미국의 윌슨 대통령, 소련의 스탈린이 향후 세계 재편을 논의한 자리에서 이런 말이 나왔다지. 물론 그 자리에는 중국의 국민당 당수인 장제스가 배석한 자리였는데 삼국 대표들은 장제스에게 이렇게 제안했다. "장제스, 우리들은 전쟁이 끝날 경우 역시 세계를 재편하게 되는데 중국 몫으로 베트남을 넘겨주면 어떨까 하오." 그러자 장제스는 자리를 벌떡 일어서 안색을 바꾸며 그들의 말을 맞받아쳤다. "무슨 말씀입니까. 베트남은 어떤 나라도 지배할 수 없는 나라입니다. 인민들은 고슴도치와 같아서 어느 나라 사람도 입으로 삼킬 수가 없습니다. 예로부터 우리 중국은 그것을

오르페우스는 죽지 않았다 _ 397

무수히 경험을 해왔습니다."

1858년 8월 프랑스의 드 제누이 해군 제독이 이끄는 1천5백여 명의 군대와 8백50여 명의 스페인 군대가 북부 다낭항구에 군홧발을 내디딘 이후, 그리고 1975년 그해 미국과의 오랜 전쟁을 끝낼 때까지, 무려 117년간을 민족 해방과 독립 투쟁을 위해 실로 엄청난 목숨을 바쳐온 베트남. 프랑스 식민지 시절의 경우 자기 조국인 국내 여행도 50리 이상은 엄격한 금지를 받아온 사람들. 1945년 전후하여 프랑스와 일본의 식민주의자들이 앞세워 옹립한 바오다이 황제(保大皇帝)에 뒤이어 족벌 정치로 유명한 고딘 디엠(월남공화국의 초대 대통령) 정권이 1955년에 들어섰지만, 호지명이 이끄는 북부 베트남과 남부 베트남은 결국 미국이 개입한 인도차이나 전쟁의 도가니 속으로 빠져들어 간 것이다. 바로 이 '아무도 알 수 없는 전쟁' 속으로 한국이 소위 아메리카의 플랜에 맞물려 참전하게 되고 박상 시인도 그 결과 한국군 D 부대 일원이 되어 베트남 땅을 밟지 않았는가.

"으으으으으!"

날이 저물어가는 이 시간에 어디서 들려오는 소리일까. 박상 시인은(그는 베트남에 올 때 일병 계급이었다) 바나나 숲 정글 속에서 매복을 서고 있었는데 거의 비명에 가까운 어떤 여인네의 신음을 들은 것이다. 그 신음 사이마다 도마뱀이 울고 있었다. 도마뱀들의 울음소리는 한국의 여름철에

우는 왕매미의 울음소리와 거의 흡사했다. 바나나 나무 넓은 잎사귀에 떼를 지어 오르내리며 찌익찌익 울어대는 도마뱀들. 박상 시인은 자신의 M16 자동소총을 두 손안에 단단히 거머쥐고 그 비명에 가까운 신음이 나는 쪽으로 살금살금 다가갔다. 등줄기에 식은땀이 흘러내렸다.

"으으으으으!"

그런데 이게 웬일이냐. 박상 시인은 서른 발짝을 옮겼을까 하는 지점에서 그만 바짝 엎드려버렸다. 1소대장이 스무 살도 채 안 돼 보이는 베트남 처녀를 능욕하고 있는 모습을 발견했기 때문이다. 베트남 말로 처녀를 가리켜 '꽁까이'라고 하는데 고노이섬의 한국군 중대 소속 1소대장이 그 꽁까이를 겁탈하고 있는 것이 아닌가. 자기 집 배추밭을 둘러보기 위해 나온 아직도 어리디어린 꽁까이를 풀숲에 강제로 끌고와 욕정을 쏟아내고 있는 것이었다. 아마 그녀는 자큐 마을에 사는 처녀임에는 틀림이 없으렷다. 북부 베트남 월맹군 소속의 게릴라가 아닌, 그러니까 박상 시인은 그녀가 남부 베트남에서 암약하는 베트콩이 아닌 순수한 마을 처녀라는 것을 느낌으로도 알 수 있었다. 만약 베트남 처녀를 능욕하는 사실이 마을에 알려지기라도 한다면 1소대장은 한국으로 긴급 후송당할 수밖에 없게 되는 것인데… 박상 시인은 사뭇 걱정을 가지고 그 능욕의 순간을 침도 삼키지 못하고 엿보고 있는 것이었다.

이때였다. 자큐 마을 집에서 밭에 나간 딸을 기다리고 있던 꽁까이의 어머니가 그만 사건의 현장에 이르고야 말았다. 헬로 따이한, 헬로 헬로, 따이한! 그 꽁까이의 어머니는 비명을 지르며 자기 딸을 겁탈하는 한국군 병사 1소대장을 향하여 달려가는 것이었다. 박상 시인이 먼발치에서 보아도 그 꽁까이 어머니의 입술은 새까만 흙빛이었다. 흑포도 빛깔 그것이었다. 뒤에 안 사실이지만 베트남 여인네들은 언제 당할지도 모르는 외국군의 성적 급습에 대비하기 위하여 그렇게 자신들의 입술을 새까맣게 칠하고 살아간다는 것이었다. 그것은 어느 나라 누가 보아도 실로 징그러운 모습이었다. 추함의 극치였다. 말하자면 자신의 얼굴과 입술을 추하게 치장함으로써 자신의 성(性)과 육체를 철저히 보호하는 것을 그녀들은 오랜 식민지 시절을 통해 배운 것이다. 자기들만이 아는 무슨 열매를 계속 씹고 살면서 이윽고는 입술을 시커멓게 만들고 그리하여 그 징그러운 모습을 가지고 성의 방어 수단으로 삼는 베트남 여인들의 처절하고도 비극적인 지혜. 그 슬기로움은 저 70년 동안의 프랑스 식민 시절부터 터득해 온 것이란다. 아아, 누가 그 입술을 보면 키스는커녕 오히려 헛구역질이라도 할 그런 모습이 베트남 여인들의 얼굴이었다.

1소대장은 엉거주춤 일어나서, 그러나 순간, 자신의 M16으로 두 모녀를 사살해 버리는 것이었다. 짐승처럼. 먹이를 금방 놓친 어떤 야수처럼 모녀를 향하여 M16을 휘갈겨버린 것이다. 그러고 나서 D 부대로 돌아간 1소대장은 그들 살해된 모녀를 '베트콩'으로 몰아버린 것이었다. 그렇지 않으면 자큐 마을에서는 틀림없이 "따이한 리리^{한국군은 물러가라}!" "따이한 리리!" 구호 아래 시위가 일어날 것이기 때문이었다.

"그들 모녀는 우리 고노이섬 D 중대를 끊임없이 염탐해 온 공산 게릴라인 베트콩입니다. 그들은 우리 부대 가까이에 자신들의 배추밭을 만들어 놓았다는 구실을 삼아 자주 부대 이동을 염탐하고, 그러면서 부비트랩^{지뢰}을 설치하는 일을 그치지 않은 것으로 확인된 터입니다. 지난번 매복 작전에서 죽은 1소대 첨병이 밟은 부비트랩도 바로 그들 일당이 설치한 것으로 알고 있습니다. 심지어 야간에 주로 이루어지는 우리 D 중대의 매복 작전이 그들 첩보망에 이미 노출되었기 때문에 저는 그들 모녀 게릴라를 사살한 것입니다."

어쨌든 이 사건이 D 중대의 정보팀에 새어 들어가고, 결국 중대장은 그 말썽의 소지를 없애기 위해 본국 후송이란 명목 아래 1소대장을 한국으로 긴급 후송해 버렸다. 만약 이 사실이 베트남 사람들이 사는 자큐 마을이나 기타 지역으로 알려지게 되면 틀림없이 예상 이외의 시위 등이 터져 나올 것으로 파악한 것이다. 그렇지 않아도 60년대 말엽부터 베트남 승려들과 사이공 대학생들의 반전反戰 시위가 격렬해지고 있는 터였다.

어디에서 다쳤는지 모르지만, 이마에 큰 흉터가 그어진 1소대장. 박상 시인은 아니 그런데 글쎄, 그를 1980년 5월 광주의 심장부인 금남로에서 대면하고만 것이다. 광주시 금남로 1가 전라남도 도청 앞, 분수대가 세워진 바로 그 자리에서 8공수여단의 대대장으로 지난 새벽에 급습, 배치되었다는 베트남 고노이섬의 D 중대 소속 옛 전우였던 1소대장을 급기야 만난 것이다. 정확하게 말해서 그러니까 1980년 5월 21일 하오 1시, 금남로에서 공수특전부대의 무차별 집단 발포가 있기 30분 전쯤에 시위대와 함께 구호를 외치거나 노래를 부르며 가던 박상 시인은 탱크를 앞세우고 전남도청 앞에 버티고 서 있는 1소대장을 발견한 것이다. 물론 지금은 대대장이 된 그를. 박상 시인은 베트남의 고노이섬에서 부르던 계급 호칭 그대로 그를 향하여 소리쳤다.

"1소대장님, 아니 황인걸 소대장님!"

그러나 박상 시인의 외침은 분노한 시민들의 노랫소리와 아우성에 파묻혀버렸다.

> 울밑에선 봉선화야
> 네 모양이 처량하다
> 길고 긴 날 여름철에
> 아름답게 꽃 필 적에

너를 반겨 놀았도다

……

어언 간에 여름 가고

가을바람 솔솔 불어

아름다운 꽃송이를

모질게도 침노하니

……

그건 업보인가. 아니면 피의 재탕 잔치인가. 박상 시인은 베트남 사람들의 피 맛을 본 황인걸 소대장이 지금은 공수특전부대 대대장이 되어 다시 그 피 맛을 보고 있다는 생각까지 들어 자신도 모르게 으스스 몸서리를 쳤다. 무서운 일이군. 피 맛을 본 사람은 또 피 맛을 보고 싶어 한다더니 그것은 마치 마약 섭취로 인한 중독 현상과 같은 것이 아닐까. 박상 시인은 광주시를 흡사 이국 병사처럼 급습한 공수특전부대원들이 밤이면 해당 야영 벙커에 들어가 맥주파티를 즐긴다는 소문을 들었을 때 분노 이상의 무시무시한 공포를 느꼈다. 그리고 그는 생각하는 것이었다. 아아, 내가 베트남에서, 좌우지간 그들 베트콩을 죽였든 안 죽였든 간에, 그곳에 일단 발을 디뎌 놓았다는 사실 때문에, 오늘날 광주에서 이런 업보도 아닌 공수특전부대의 습격을 받아 보는 것은 아닌지 모르겠구나. 베트남의 귀신들이 내내 살았다가 이곳 한국 땅에까지 상륙하여, 그것도 그곳을 다녀온 한국군 출신의 몸에 붙었다가, 시도 때도 아닌 이때 광주로 쳐내려와 난장판을 벌이는 것은 아닌지 모르겠단 말이야.

베트남 고노이섬에서의 1소대장 그리고 80년 5월 광주에서의 공수특전부대 대대장으로 날뛰던 황인걸. 박상 시인은 강태종 화백과 전화 통화를 하는 중에도 내내 황인걸의 얼굴이 환시幻視로 달려드는 것을 떨쳐버리지 못한다. 그의 서로 다른 그러나 똑같은 하나의 모습이 겹겹이 무늬 지어와 박상의 시야를 온통 가려버리는 것을 어쩌지 못한다. 갑자기 목이 컥컥 막히고 물 한 컵을 먹고 싶다고 생각하는 사이 강태종 화백의 전화는 여전히 계속되고 있었다.

아, 강 화백의 두 손에 마지막으로 만져졌던 금남로에서 총탄을 맞고 쓰러진 그 젊은이의 숨결. 그리고 마지막으로 열려 있던 너무나 애틋하고 너무나 그리워할 수밖에 없었던 그 눈동자. 그리고 마지막 떨림으로 전해져왔던 그 심장의 끝없는 고동 소리를 강태종 화백은 16년이 지난 오늘도 그대로 간직하고 있는 듯했다.

"박상 시인! 조금 전에도 말했듯이 5월 그날 이후, 이렇게 나의 두 손이 말을 듣지 않는 것입니다. 두 손에 그 젊은이의 피가 묻은 이후부터 손가락이 어떤 쇠가시에 찔린 것처럼 손목까지 저려온다는 것입니다. 더욱이 광주 시민들이 오랜 옛날부터 영산靈山으로 떠받들어 모시는 무등산 봉우리를 그리려고 하면 손가락은 물론 손목까지 떨립니다. 가슴은 마치 회오리가 지나간 벌판처럼 황막한 공동空洞 현상이 들어차 버리고… 결국 손목 병신이 돼버려 저 무등산도 그릴 수 없게 되었으니 이제 저는 화가로서도 막을 다 내려버린 것이 아닐까요. 아아 두렵습니다."

숫제 숨도 쉬지 않고 고해성사하듯 자신의 고통과 고백을 털어놓는 강태종 화백. 그러나 박상 시인은 그에게 당장 해줄 수 있는 답변을 찾지 못한다. 광주시청 '5·18 피해자 지원과'에 접수된 수천 명의 부상자들은 그렇다손 치더라도 겉으로 보기에도 멀쩡한 시민들(극히 일부일지 모르지만)마저 피해자 이상의 5·18 증후군을 앓고 있는지 모르기 때문이다.

전북대 변주나 교수가 내놓은 「광주 민중항쟁 피해자들에 대한 역학조사」 내용도 우선 그렇다. 공수특전부대에 의한 총상 부상자의 납중독 증세, 기타 환자들의 신체 질환 및 정신 질환을 연구 분석한 변 교수의 논문은 80년 5월의 고통과 증후군이 아직도 계속되고 있다는 것을 보여준다. 변 교수는 1차 조사에서 피해자군 사회 심리 측정을 시행했고 2차 조사에서는 총상 피해자 42명을 대상으로 납 파편에 의한 납중독 유무를 가려내려고 했다.

그 결과 총상자 1명이 납중독으로 판명됐고 3명이 납중독에 의한 빈혈 증세를 보였다. 이는 총상자들로부터 혈액과 뇨尿를 수거해 광주산업보건의료협회에 의뢰함으로써 밝혀졌다. 조사 대상에서 총상 피해자는 탄알 보유자(11.7%) 파편 보유자(11.7%) 파편과 탄알 보유자(23.6%) 등으로 분류됐고 보유 부위는 하지(21.3%) 상지(19.1%) 가슴(10.6%) 둔부(14.9%) 등이었다. 탄알 및 파편 보유자들은 자각 증상으로 신경통, 불안증, 소화 장애, 빈혈, 생식 장애 등을 호소했다. 2차 조사에 앞서 실시된 사회 심리 측정 연구 결과 피해자들은 정상인보다 6배 높은 불안과 3배 높은 우울증을 보임과 동시에 신체 증후군도 아주 높게 나타났다.

90년 피해보상을 위한 의사 진단서 분석 결과 변 교수는 총피해 진단 환자 중 신체 질환 42%, 정신 질환 19%, 정신 및 신체 질환 31%임을 밝혀냈다. 신체 질환은 신경통 및 디스크(34%) 반신불수(17%) 노 증후군(23%) 스트레스성 성인병(10%) 등이 나타났다. 정신질환으로는 정신 분열증(56%) 성격 장애(18%) 우울증(12%) 기억력 장애(7%) 의상성 신경증(7%)으로 분류됐다. 이러한 결과는 단지 조사에 응한 피해자 혹은 일반 시민들의 진단 결과일 뿐이었다.

자아, 그렇다면 강태종 화백의 손이 떨린다는 수전증은 어떤 질환으로 구분될 수가 있을까. 신체적 이상에서 온 증상이 아니라면 분명히 어떤 정신적 충격에서 기인한 것이라고 박상 시인은 그렇게 단정해 보는 것이었다. 강태종 화백은 혹시 원죄/原罪에의 극심한 콤플렉스를 앓고 있는 것은 아닐까. 그날 금남로에서 총 맞아 쓰러진 그 젊은이를 등에라도 업고 병원으로 달려가지 않았다는 모종의 강렬한 죄책감이 강태종 화백을 오늘까지 꽉 붙잡아두고 있는 것은 아닌지 모르겠다고 박상 시인은 추측해 보는 것이다. 예전처럼 더 이상 광주의 P 산을 그릴 수 없다는 원죄 의식이랴? 그리고 그 중증 현상이랴?

 강태종 화백과의 전화 통화를 끝내자마자 박상 시인은 다시 베란다로 나갔다. 오늘따라 일찌감치 깊은 잠에 떨어진 아내를 안방에 그대로 두고, 그렇다고 거실에 앉아 있기만 하면 가슴이 더욱 답답해 올 것 같아 베란다로 나가 아예 베란다 창문까지 열어버렸다. 조금 전까지는 전혀 눈에 들어오지 않았던 히아신스꽃 화분을 가까이 들여다본다. 어쩌면 이런 꽃도 있담? 박상 시인은 키가 큰 알로에 나무의 잎사귀들이 바람에 후드득거리는 소리를 들으며 히아신스의 빨간 꽃에 귀를 가져다 댄다. 히아신스는 원산지가 주로 그리스라고 했지. 종류만도 2천여 품종에 이른다고 하는데, 박상 시인이 기르고 있는 품종은 꽃의 학명이 '시티 오브 할렘 히아신스'인 것 같았다. 언젠가 세계 각 나라의 꽃들을 자세히 소개한 식물도감을 들여다보았더니 박상 시인이 기르고 있는 히아신스의 학명이 그러했다. 이 품종은 꽃 색이 아주 짙은 붉은 색조를 띠고 있다. 원래 고대 그리스 신화 속의 미소년을 두고 붙여진 이름인 히아신스. 박상 시인은 송골송골한 작은 꽃망울로 이루어진 할렘 히아신스를 손끝으로 매만져 보다가 둥근 구근이 살짝이 나와 있는 것을 발견한다. 그는 이때 문득 시인 오르페우스를 떠올린다. 오르페우스가 특히 아름답게 노래하고자 했던 히아신스의 뿌리를 매만지다가 박상 시인은 지그시 눈을 감고 아파트 밖을 저 멀리 바라본다. 눈을 감았다가 뜬다. 광주시 동쪽에 자리 잡은 무등산이 짙은 어둠 속에서 거대한 정령처럼 얼굴을 내밀고 있었다. 그리고 1백20만여 명의 시민들을 잠재우는 에테르ether가 가득히 광주의 하늘과 땅을 휘감아주고 있었다. 에테르는 1540년경 독일의 의사이자 화학자 발렌티누스 코르두스가 처음 합성한 것으로, 전 우주에 널리 가득 차 있는 빛이나 전자파를 전하는 매개물로 가정된 가상적 물질이지만, 독일의 낭만주의 시인 횔덜린은 이미 그것들이 고대 그리스 시대부터 알려진 것이라고 말했다. 말하자면 대기의 신성한 기운 같은 것. 오관으로 느껴지기는 하나 눈에는 보이지 않는 그 기운, 에테르가 광주의 밤하늘과 집마다 가득 차서 넘치고 있는 것으로 박상 시인은 보고 있었다. 그런데 그 에테르는 어떤 죽음과 죽임을 통과해 나가는 그런 빛의 파노라마와도 너무 흡사했다.

오르페우스는 꼭 나를 찾아올 것이다. 아암, 그러면 그렇지.

오르페우스는 나를, 광주에 사는 나를 찾아와 왜 그가 노래하고, 왜 내가 시를 써야 하는가를 그의 몸짓으로 보여줄 것이다. 리라로 세상의 모든 죽음을 생명으로 되살려내고 둥실 두둥실 춤추어줄 것이다.

"시인 오르페우스!"

박상 시인은 오르페우스가 마치 곁에라도 다가서는 듯이 그를 찬미한다. 시인 오르페우스. 발칸반도 남부의 트라키아 지방에서 그대는 그리스의 여러 부족 가운데에서도 음악에 소질이 가장 풍부한 부족의 아들로 태어났다. 그대의 아버지는 트라키아 지방의 왕으로 오이야그로스였으며 또한 그대의 어머니는 무사이 여신女神의 하나인 칼리오페 여신이었으니 그대는 외가 편으로 신의 혈통과 음악의 천재성을 물려받았다. 게다가 그대는 아폴론 신으로부터 '리라'라는 악기를 직접 부여받았다. 시인 오르페우스. 트라키아 산악지대 고요한 숲속에서 그대가 리라를 켜면 뭇 나무와 산 짐승들이 모여들어 그대 뒤를 따랐고 심지어는 산비탈의 바위도 그 음악을 따라 들먹거렸고, 강물까지도 그 방향을 바꾸고 모두모두 모여들 지경이었다. 그뿐이랴. 조네카라는 고장엔 밤나무 숲이 울창하게 우거져 있는데 그 밤나무들은 지금도 그대의 음악을 들었을 때 춤추던 모습 그대로 서 있다.

이번에는 '아르고 원정대' 얘기를 해보자. 이집트 여행을 마친 후 아르고 원정대의 배를 타고 돌아오면서 아름다운 음악으로 대원들 모두가 험난한 행로를 헤쳐나오게 한 시인 오르페우스. 바다의 괴녀怪女 세이레네스들이 요망한 음악으로 아르고호號의 대원들을 익사시키려는 그 순간에 격조 높은 정통 음악으로 이를 물리치고 뱃길을 바로 잡아주었던 시인 오르페우스. 리라를 켜며 노래를 부르자, 음악의 힘으로 잠의 여신 휘프노스의 막힌 귀가 열리고, 시인 호메로스 시대에 이미 인간 가운데 가장 교활하고 줏대가 없기로 유명한 시시포스까지도 가만히 귀를 기울이게 하고. 아, 제우스 대신大神이 요정 아이기나를 납치해다가 은밀한 사랑을 즐겼을 때 시시포스는 요정의 아버지 이나코스 강물의 신에게 이 사실을 일러바치고 결국 제우스 대신을 분노케 하지 않았는가. 죽어서도 밥 먹듯이 해대는 거짓말 때문에 지하 망령 세계의 하데스 신까지 진노하게 만들어 마침내는 지하 세계의 산봉우리 위로 끊임없이 바위를 굴려 올려야 하는, 죽지도 못하고 그렇다고 살지도 못하는 운명의 죄인으로 낙인찍혀 버린 것이 아닌가.

시인 오르페우스여. 그대의 노래는 익시온의 차바퀴도 멈추게 하고, 지하 망령 세계 하데스의 대문을 지키고 있는 어마어마하게 사나운 괴견怪犬 케르베로스도 눈물 흘리게 하지 않았는가. 리라로 지상과 지하는 물론 온갖 괴물과 악마들을 감동케 하고 그들로 하여금 눈물까지 흘리게 만들어버리는 그대 시詩와 음악의 힘. 그 선율과 힘을 이곳 광주로 옮겨 출렁거리게 하면 어떨까 하오. 이제 그대를 노래한 독일의 시인 라이너 마리아 릴케의 시구절도 절로 내 입술에 붙어 살아나는 것 같구려.

> 저기 나무 한 그루 솟아있다
> 오 순수한 상승이여!
> 오 오르페우스가 노래한다
> 오 귓속의 드높은 나무여!
> 그리고 모두가 침묵했다
> 그러나 침묵 안에서조차
> 새로운 시작과 신호, 변화는 일어났다
> 고요의 짐승들이 잠자리와 보금자리를 떨치고
> 맑게 풀리운 숲 밖으로 몰려나왔다.
> (…)
> 여러 아득함의 말 없는 친구여, 느낄지어다
> 그대의 숨결이 또한 공간을 늘리고 있음을.
> 그대를 섭취하여 강한 무엇이 되리니
> 변용으로써 나아가고 들어오라.
> 그대의 가장 아픈 경험이 무엇이뇨?
> 입맛이 쓰다면, 그대 자신이 술이 되어 다오.
> 그리고 지상의 사물이 그대를 잊었거든
> 조용한 땅에 대고 말하라, 나는 흐른다고.

빠른 물살에 대고는 말하라, 나는 있다고.

라이너 마리아 릴케의 시 「오르페우스에게 보내는 소네트」를 다 읽었다 싶었을 때, 박상 시인은 다시 제주도로 떠나게 되었다는 C 대학의 원표 교수와 수채화가 강태종 화백과 이 밤이 지나는 다음날 광주의 영산 무등산을 꼭 올라가 봐야겠다고 작정한다. 그러니까 내일 새벽같이 이들에게 전화를 걸어 산행을 같이 하자고 조를 심산이었다. 그들과 함께 무등산을 오르게 되면 릴케의 시구절처럼 '새로운 시작과 신호, 새로운 변화'가 어딘가에서 찾아올 것 같아서이다. 이들 두 사람 이외에도 평소 박상 시인이 가깝게 지내는 남동성당의 김金베드로 신부와 만인암卍人庵의 현덕 스님과 함께 무등산을 오르면 이들 모두가 만족스러운 동행이 될 것이라고 짐작해 본다. 박상 시인을 포함해 모두 다섯 사람이라면 산행하는데도 아주 안성맞춤이라고 생각한 것도 이유의 하나가 될 듯했다. 거기에다가 이들은 제법 여러 차례 공개 장소에서 만나기도 했으니 도무지 어색한 자리는 안 될 것이라고 박상 시인은 미리 안심하는 마음을 섞어서 결론 내린다.

솔직히 말해서 박상 시인은 다섯 사람 중에서 김베드로 신부가 산행에 응해줄지 궁금해졌다. 베드로 신부를 맨 처음 만난 것은 광주서부경찰서 앞 포장마차에서였다. 5·18 이후로 더욱 술자리가 잦아진 박상 시인이 그날따라 몹시 취해 뭐라고 고래고래 소리치는 순간이었다.

"제기랄, 하느님이 어디 있어? 그렇듯 많은 시민이 죽어 넘어졌는데도 하느님은 어디 계시는지 꼼짝도 하지를 않는데 말이야. 백주에 멀쩡한 대로에서 무차별 총탄 세례를 받았는데 말이야. 하느님은 없어. 아니야, 하느님은 아예 죽어버렸어. 어쨌든 머리가 아픈 이야기인데 독일의 철학자 니체는 '신은 죽었다'라고 외쳐댔지. 미국의 신학자 라인홀드 니부어는 '신은 없다'라고 말해버렸지. 하하, 신은 없고 말고, 이미 이 지구상에서 사라져 버렸고말고."

박상 시인이 몹시 만취한 상태로 친구들과 어깨동무하며 들어간 그 포장마차 안에 때마침 신부들이 한 잔의 목을 축이고 있었다. 아니, 어쩌면 신부들 또한 이미 몇 잔의 소주를 들이켠 이후였는지 모른다. 얼굴이 불그스레했다. 바로 그 자리에 김베드로 신부도 함께하고 있었다. 베드로 신부는 박상 시인이 많이 취한 것을 상관하지를 않고 반갑게 손을 내밀었다.

"많이 취했군. 하긴 하느님이 이곳 광주에는 아직 오시지 않았는지도 몰라. 자아, 하느님 말씀은 그만하고 술이나 한 잔씩 하고 헤어지면 어떨까."

"아, 난 또 어느 분이시라고. 김베드로 신부님이군요. 그러니까 상무대 군대 영창 동기시군요. 아, 참, 죄송합니다."

박상 시인은 재빨리 신부들의 얼굴을 면면이 둘러보다가 고개를 숙여 인사를 한다. 그러나 신부들은 껄껄 웃으면서 시인의 하느님에 대한 무례한 언사를 자연스럽게 받아주는 것 같았다. 자신들도 어쩌면 하느님을 향하여 짜증을 내고 있는 건 아닌가 생각하는 모습이었다. 하느님의 사제로서 때로는 그들도 '신은 죽었다'나 '신은 없다'라는 말을 혼자 중얼거리기도 했다는 그런 표정이었다. 신부로서 5·18을 겪고, 또한 총탄에 죽어간 시민들과 함께 죽지를 못한 그 어떤 자괴감이 그들의 머리와 온 육신을 짓누르고 있는 듯했다.

광주의 일반 민중들이 쟁취한 민주주의와 자유의 밭이랑 위에서 하느님의 말씀만을 뿌리는 것이나 아닌가 하고, 신부들은 살아남은 사제로서의 부끄러움을 떨쳐버리지 못하고 있는 그런 얼굴빛이었다. 시민들이 단지 맨주먹으로 불의와 살육에 항거하며 공수특전부대의 LSD선^{군대 작전 용어로 최후 저지선}을 뚫고 나갈 때 그러나 먼 발치에 숨어서 봐야만 했던 자신들을 지금도 스스로 꼬집는 그런 안절부절못함이었다.

박상 시인은 김베드로 신부에게 소주잔을 권하며 정말로 오랜만입니다, 하고 다시 한번 손을 내밀어 악수했다. 김베드로 신부는 언젠가 사석에서 아니 공개 석상에서도 "그때 내게 만약 총이 있었다면, 나는 공수특전부대원들을 향하여 눈도 감지 않은 채 총질해 버리고 싶었다"라고 외치듯이 말했다. 박상 시인은 아직도 건강을 되찾지 않은 것 같은 김베드로 신부의 두 손을 통해 전해오는 모종의 동지애를 느꼈다.

감옥 동지. 상무대 군 영창에서 만나 그 무덥고 긴 여름을 함께 보낸 동지. 그리고 역시 상무대 군법정에서 그들로부터 일방적인 재판을 받고도 결코 무릎을 꿇을 수 없었던 동지. 박상 시인은 상무대 법정에서 1차 공판을 받은 지 얼마 안 되어 베드로 신부가 광주시 화정동 소재 '77군 병원'으로 후송 가던 일을 기억하며 갑자기 온몸이 뒤틀려오는 것을 느꼈다.

군법정에서 1차 공판을 받고 김베드로 신부는 즉각 개인 영창 안에 분리 투옥된다. 법정 안에서 김베드로 신부가 고함을 쳤다는 것이다. 총칼로 광주 시민을 학살하고 난 다음 너희는 또 무엇을 하겠다는 말인가. 그래, 좋다. 시민들이 다 죽게 된다면 너희는 그다음, 누구를 위하여 나라를 지키겠다는 것인가. 국민이 없는 군대가 어디 있는가. 국민이 없는 군인이란 무슨 필요가 있냐는 말이다! 그런 식으로 김베드로 신부가 완전히 군법정을 흔들어 놔버렸다는 것이 결국 영창의 독방에 갇히는 결과를 가져온 것이다.

"자식, 신부이면 다야. 법정 안에서 하는 말이 고작 그것이었어? 신부고 뭐고, 너 같은 놈들은 군대 영창 맛을 제대로 봐야 한다. 어디, 너희들의 아버지라는 그따위 하느님을 향해 실컷 울부짖어 보기나 하지, 안 그래?"

상무대 영창 독방에 갇힌 김베드로 신부는 목소리를 낮추지 않았다.

"금남로 3가 가톨릭센터 앞에서 공수특전부대들이 저지른 학살 만행을 미사 시간에 말한 것이 무슨 죄가 되느냐? 너희들의 법이 무엇인지는 모르지만, 우리들의 법은 신앙이다. 가난하고 억울한 일을 당한 사람들을 위하여 사랑하고 기도하는 일이 우리들의 법이다."

"신부가 뭔지는 모르지만, 사랑 좋아하고 기도 좋아하네. 어디 이놈의 참나무 몽둥이 맛이나 실컷 즐겨라. 너희들이 믿는 하느님보다도 이 참나무 몽둥이가 훨씬 더 강하고 힘이 세다는 것을 이제 곧 알게 될 거다!"

억억, 으으으으윽-, 그날 밤 공수특전부대 소속 정보원과 간수로부터 참나무 몽둥이질과 무수한 발길질, 주먹질을 당한 김베드로 신부는 엄청난 통증으로 인하여 죽음보다 더 깊은 잠 속으로 떨어져 나갔다.

신부님, 저를 숨겨주세요. 이제는 가톨릭 성당만이 우리가 숨을 수 있는 유일한 피신처가 된 것 같아요. 마한 시대 소도蘇塗처럼요. 성당에 십자가가 세워져 있다면 천신에 제사 지내는 소도에서는 신단神壇을 베풀고 그 앞에 솟대전라도 지방에서는 '짐대'라고도 부른다를 높이 세워 두지요. 이 솟대 아래

신단에는 부정 탄 사람이나 소를 직업적으로 잡는 소백정, 개를 잡는 개백정 등은 절대로 들어갈 수 없지요. 신부님, 그러나 저희는 사람을 죽인 그런 악마가 아닙니다. 하오니 학살자들에게 쫓기는 저희를 제발 숨겨주셔요. 저 피에 굶주린 눈먼 학살자들이 저렇듯 성당 문밖에까지 달려와 있습니다.

안 돼, 안 돼. 저들은 여기가 성당인지 어쩌는지를 알지를 못하는 공수특전 요원들이야. 내가 신부인지 하느님의 사제인지를 도무지 알지 못하는 악마의 하수인들. 그들이 자네들이 여기에 들어왔다는 눈치를 조금이라도 챘다면, 막무가내로 성당 문을 부숴버리고라도 쳐들어올 것이야. 끔찍한 일이 일어나게 됐으니 어쩌면 좋담?

김베드로 신부는 성당 안에 피신처를 구하고자 발버둥치는 그 젊은이들을 결국 성당 뒷문으로 달아나게 한다. 만약 젊은 사람들을 숨겨주기라도 한다면 성당 안은 그야말로 쑥대밭이 돼버릴지 모르기 때문이다. 며칠 전에도 금남로 3가 가톨릭센터 안에서 그와 같은 일이 벌어졌다는 것을 기억하는 김베드로 신부. 그는 '성역'이나 '금역' 혹은 '소도' 같은 역할을 전혀 못 하게 된 성당 안을 여기저기 둘러보며 울먹거린다. 그때였다. 젊은이들이 쫓겨 나간 성당 밖에서 일제히 터져 나오는 소리는 군홧발의 뒤축을 울리며 죽여라, 죽여라 고함치는 공수특전부대의 고함과 그리고 비명의 뒤

섞임이다. 으윽, 으으으윽! 으으으으으윽!

　김베드로 신부가 악몽에서 펄떡 깨어 일어나려고 했을 때 전신은 마비돼 있었다. 머리는 이미 자기 머리가 아니고, 두 다리와 두 어깨도 이미 자기 어깨가 아니었다. 예컨대 머리와 두 어깨와 두 다리는 남의 신체 부위처럼 제멋대로 흔들거리다 축 처져버렸다. 퉁퉁 부어오른 배를 만져 보았더니 마치 피를 흥건히 쏟아놓은 요강이나 다름없었다. 사타구니 속으로 손을 밀어 넣었더니 역시 피가 두껍게 만져져 나왔다. 어린아이 머리보다 더 크게 부어오른 고환은 엄청난 통증을 더했다.

　아아, 내가 거세당해 버린 것은 아닌지? 김베드로 신부는 형편없이 퉁퉁 부어오른, 그리하여 고무풍선처럼 펑 터져버릴 것 같은 자기 불알을 만지다가 그만 뒤로 넘어지고 만다. 사마천처럼 거세를 당하고 이렇게 군대 영창 안의 칠흑 같은 어둠 속에 버려져 있는 건 아닌지 모르겠구나. 한 나라 사마천이 잠실음형을 당했던 그런 식의 지독한 불알 까기를 당해버린 것은 아닐까. 사마천은 누에 치는 방에 갇혀 거세당하고야 말았다는데, 아아 나도 그 모양이 되어버린 게 아닐까. 반역죄 따위의 무거운 죄를 지은 사내에게 내려지는 최고의 형벌이 아니던가.

　물론 서양 중세에 로마의 바티칸궁 안에는 카스트라토(castrato)라는 부류의 궁중 가수들이 있었지. 카스트라토? 그렇지?

김베드로 신부는 울컥울컥 쏟아져 나오는 울음 덩이를 두 손바닥 위에 받는다. 아아, 그렇지? 카스트라토는 14세기 무렵 서양 바로크 시대 때 이탈리아의 가수를 두고 불려지는 말이었다. 남성도 아니고 여성도 아닌 사람들의 미성美聲을 듣고자, 남성을 거세시킨 다음 중성中性들로만 합창단을 만들었는데 이들 중성이 된 가수들을 카스트라토라고 했지. 남자의 목소리도 아니고 여자의 목소리도 아닌 기묘한 목소리로 노래를 부르는 것을 상상하면 절로 슬픔이 치솟아 오르니…. 김베드로 신부는 거의 으깨어져 버린 듯한 자신의 불알을 만져 보다가 멀리 광주시가지에서 들려오는 '아벨'의 울음소리를 들었다.

김베드로 신부는 창세기 편을 펼쳤다. 그리고 군대 감옥 창밖으로 고개를 숙여 엎드렸다. 하늘 멀리에서 창세기의 페이지를 넘기는 소리가 들려오고 있었다. 김베드로 신부가 아직 한 번도 듣지 못했던 그 음성이.

카인은 아우 아벨을 "들로 가자"고 꾀어 들에 데리고 나가서 달려들어 아우 아벨을 쳐 죽였다. 야훼께서 카인에게 물으셨다. "네 아우 아벨이 어디 있느냐?" 카인은 "제가 아우를 지키는 사람입니까?"하고 잡아떼며 모른다고 대답하였다. 그러나 야훼께서는 "네가 어찌 이런 일을 저질렀느냐?"라고 하시면서 꾸짖으셨다. "네 아우의 피가 땅에서 나에게 울부짖고 있다. 땅이 입을 벌려 네 아우의 피를 네 손에서 받았다. 너는 저주받은 몸이니 이 땅에서 물러나야 한다. 네가 아무리 애써 땅을 갈아도 이 땅은 더 이상 수확을 얻지 못할 것이다. 너는 이제 세상을 떠돌아다니는 신세가 될 것이다."

박상 시인은 김베드로 신부가 상무대 영창 안에서 음낭이 거의 으깨져 버렸다는 사실을 뒤늦게도 알지 못했다. 단지 그가 화정동 '77군 병원'으로 후송되었다는 소문만 감옥 동지들로부터 들었을 뿐이었다. 당시 화정동 소재 군 병원 안의 환자들 대부분은 상무대에 수감되었거나 보안대에 수감 중이었던 시민들이었기 때문에 구체적인 부상 부위는 알 수가 없었다. 고문을 받다가 어디가 부러지거나 깊은 상처를 입었겠지, 하는 막연한 추측만 가질 정도였다.

남성도 아니고 여성도 아닌 '중성'이 돼버린 상태로서 과연 하느님의 사제가 될 수 있을까. 하나뿐인 자신의 성(性)을 잃고 어떻게 바이블을 열고 어떻게 하느님의 말씀을 전달할 수 있을까. 이미 사제로서 자격을 상실한 육신과 영혼으로, 이 피 묻은 마음으로 저 하느님의 나라를 찬미할 수가 있을까. 아아, 나는 제우스신의 말과 농담을 전달하는 고대 그리스의 시인 호메로스가 아닌 야훼의 말씀을 전달하는 가톨릭 신부인데… 그렇게 중얼거리며 몸부림치는 김베드로 신부의 갈등과 번뇌를 박상 시인은 눈치도 챌 수도 없는 노릇이었다. 하기야 일상적 삶을 살아가는 범인들이 어찌 신부와 하느님의 관계를 조금이라도 알아낼 수가 있으랴. 평범한 광주 시민들과 소박하고 정직한 일반 국민에게 이른바, 유언비어 조작 날조 죄로 혹은 문인들이 흔히 겪는 필화사건으로 광주시 화정동 소재 보안대로 끌려가서 많은 사람들과 함께 상무대 군대 영창으로 넘겨진 박상 시인. 그가 김베드로 신부와 같은 육체적 온갖 고통을 받았다 할지라도 정말 어떻게 신부들이 겪는 영적 아픔의 깊이를 알아낼 수 있으랴.

박상 시인은 역시 상무대 감옥 동지인, 그리고 내일 무등산을 함께 올라가야겠다는 만인암 현덕 스님과의 인연도 더듬어 보았다. 그때 어디선가 송뢰松籟라고도 말하는 솔바람 소리가 그의 귓불뿐만 아니라, 온몸 안으로 아련히 묻어왔다. 아마 그 솔바람 소리는 지금쯤 만인암에도 불어갈 것이다. 인간들의 근원인 어머니 냄새 같기도 하고 그 옛날 할아버지 하얀 도포 자락을 너울너울 잡아 흔들던 그런 촉감으로 솔바람은 베란다에 나와 있는 박상 시인을 온통 휘감았다. 바로 그 순간 으으윽거리는 현덕 스님의 신음과 찌익, 찌이익거리는 도마뱀의 울음소리가 같이 뒤섞여서 들려오고 있었다. 도마뱀의 울음소리는 박상 시인이 저 1970년대 그날, 베트남 고노이섬의 바나나 숲에서 들었던 그 울음소리였다. 우기雨期의 베트남을 송두리째 뒤덮어버리던 그 무시무시한 도마뱀의 울음소리. 그랬었지. 그 도마뱀의 울음소리가 갑자기 뚝 그치는 순간이면, 꼭 어디에선가 북부 월맹군 게릴라 소속인 베트콩들이 달려가는 게 보였고, 그리하여 또 역시 미국산 M16 자동 소총과 소련산 AK 자동 소총이 맞부딪치는 굉음이 엄청나게 쏟아지고 쏟아지는 것이었지. 박상 시인은 어느새 80년 5월 어느 날의 보안대 영창 속으로 빨려 들어가고 있었다. 지하실. 정말 쥐도 모르게 누구를 죽여도 아무렇지 않았다는 그 시절의 보안대 지하실.

"야아, 이 까까머리 중놈아!"

"으으으윽, 억!"

"네놈이 중놈이면 중놈이지, 요즘 세상이 어디라고 혓바닥을 나불거려?"

비명을 지르는 쪽은 현덕 스님이었고 자신만만하게 군홧발을 휘두르는 쪽은 보안대의 건장한 정보 수사 요원이었다. 말이 건장하다는 표현이지 그 보안대원은 완전한 거인이었다. 온몸이 시커멓고 두 눈은 외계인 E.T.의 그것처럼 얼굴 앞으로 툭 불거져 나와 씰룩거리는 모습이었다. 거인! 차라리 그 거인은 영국의 작가 스위프트가 그려낸 『걸리버 여행기』 속 대인국大人國 안의 그런 거인이었다. 몸 크기는 차라리 고릴라와 다를 바가 없었다.

현덕 스님은 그러나 나무아미타불, 나무아미타불 두 손으로 합장한 뒤 그 거인에게 되레 타일렀다.

"여보게, 보안대 젊은이. 그대는 다음에 올 지옥 세상이 두렵지 않은가. 내가 몸담은 법당 안에서 죽은 광주 시민들을 위하여 불공을 드리며 염불했던 것이 무슨 죄가 되는 건가. 무슨 유언비어 운운하는 죄목이 되는가. 찾아온 불자들 앞에서 목탁을 두드리며 죽은 망자들의 극락왕생을 비는 것이 무슨 죄목이 되는지…."

보안대 지하실 옆에서 같이 심문을 받고 있었던 박상 시인은 그 순간 두 눈을 감고 말았다. 현덕 스님의 삭발한 머리가 땅바닥에 내동댕이쳐지는 것을 일순 보았기 때문이다. 이와 함께 박상 시인은 인간들이 어디까지 얼마나 잔인해질 수가 있는가를 확인하고 만 것이다. 하지만 박상 시인은 또 이와 함께 인간이 어디까지 얼마나 선禪의 경지에 이를 수 있는가를 비로소 깨달았다.

보안대원의 발길질에 쓰러진 현덕 스님은 이미 석가모니, 싯다르타 같았다. 세속의 진흙 길을 밟지 않고 부처의 길에 이른 '고빈다'와 달리 세상의 온갖 고통을 짊어지고 가는 싯다르타의 모습과 향기가 바로 현덕 스님의 몸에서 피어오르고 있었다. 보안대원의 주먹질과 발길질에 깨진 입술에서는 붉은 선혈이 흘러내리고 있었지만, 그 핏빛은 어느덧 연꽃의 향기로 바뀌고 있는 것 같았다. 진흙탕 길에 차라리 뿌리내려 그 향기를 더 아름답고 은은하게 피어오르는 연꽃, 그 깊고도 깊은 향기.

5월 그날의 피바람이 끝난 다음, 박상 시인은 옷깃을 여미고 만인암으로 현덕 스님을 찾아갔었다. 무등산에는 노란 산수유 꽃들이 흐벅지게 피어 짙은 향기를 바람에 날려주고 있었다. 새들은 다시 찾아온 계절을 위하여 지난해와 다른 그런 노래를 불러주는 것같이 삐종삐종 그렇게 열심히 지저귀는 중이었다. 새들은 이 꽃가지에서 저 꽃가지로 날면서도 행여 그 꽃가지 중 어디 하나라도 다칠까 봐 사뭇 조심스럽게 들 날고 있었다. 이 날따라 다른 해의 여느 날과는 달리 참 평화스럽고 아늑한 봄날이었다.

박상 시인이 먼저 머리를 숙이며 합장하자 현덕 스님 또한 합장했다. 스님의 눈동자는 예나 다름없이 동안童顏이었다. 그리고 이마는 먼 산이 닿아 있는 듯이 어떤 선기禪氣와 같은 것이 흐르고 있었다. 입술은 불립문자들을 가득 담고 있는 것처럼 자비로운 빛이 새어 나오고 있었다. 양미간 사이에 세워진 오뚝한 코는 한 번도 구부러진 적이 없는 부처님의 코처럼 단단함 그대로 보였다. 두 귀는 세상의 소음을 모두 덮어버리고 사는 사람의 귀처럼 넓고 단단하게 상대방 얼굴을 향하여 열려 있는 것이었다.

"스님, 오랜만에 뵙겠습니다."

"오랜만은 아니지. 박상 시인과 나는 거의 매일 만나고 있는 것이나 다름없소이다. 과거에 한 번이라도 옷깃을 스친 인연이 있는 사람은 날마다, 아니, 거의 촌각을 다투어 끊임없이 만나고 있다고 생각하면 되지요."

산 밑의 세속 도시에 사는 박상 시인과 산 위의 암자에서 눈을 지그시 감고 부처님을 찾아가고 있는 현덕 스님 사이에는 어느덧 솔바람 소리하며 천지天地의 의미와 교접交接에서 비롯되는 어떤 그윽한 향기가 또한 흐르기 시작했다.

"스님, 오늘 제가 스님을 뵙고 말씀드리고 싶은 것은 용서와 화해라는 것을 알기 위함이었습니다. 용서와 화해라는 것은 말하기는 쉽지만, 그것을 자신의 이성理性과 인식 작용 속으로 끌어올리려고 할 때에는 엄청난 고통이 뒤따르고 있다는 것을 요즘 저는 조금씩 알아가고 있습니다. 그날 보안대 지하실에서 수많은 수모와 폭력을 당하신 스님은 지금 어떤 식으로 그들을 용서하고 화해하고 있는지를 모르지만, 저희 같은 세속인들, 즉 중생들은 그 용서라는 것과 화해라는 것에 대한 해답을 도무지 찾아내지 못하고 있는 터입니다."

현덕 스님은 그러나 말씀이 없었다. 다만 가벼운 미소만을 입가에 띄워주고 있을 뿐이었다. 그 모습은 아주 먼 곳에서 누군가가 내리비쳐 주기 시작하는 알 수 없는 그런 빛살과도 같은 것이었을까. 스님은 한동안의 정적을 이겨내지 못하고 안절부절못하는 박상 시인을 바라보며, 그제야 입을 열었다.

"그래, 보안대에서 자네를 마구잡이로 윽박지른 그 거인 같은 젊은이를 아직도 머리와 가슴 속에 담고 사는가?"

"물론 저는 스님과 달라서, 잊지를 못하고 살고 있습니다. 아니 꿈에도 종종 그 보안대원이 저를 찾아와 쉴 사이도 없이 구타 고문하는 것을 보고 저는 질겁하다가 쓰러져버리기도 합니다. 그러나 오늘 스님을 찾아오게 된 동기는 보안대에서의 악몽을 풀기 위함이 아니라, 실은 반세기 전 저의 고향 지리산 자락에서 행해졌던 하나의 '살육 사건' 때문이랍니다."

"살육 사건이라니? 누구와 누구의? 가만있자, 반세기 전이라면 한국전쟁 무렵이 아닙니까?"

"네, 그렇습니다. 6·25전쟁이 터져 이 한반도가 거의 쑥대밭 지경에 놓이게 되었을 때 지리산 저희 마을에서도 이쪽이다, 저쪽이다 해서 차마 눈 뜨고 볼 수 없는 학살이 자행되고 있었지요. 봄이면 품앗이로 모내기를 같이하고, 여름이면 김매기 또한 품앗이로 같이하고, 가을이면 서로 먼저 햅쌀을 찧어 이웃에게 나누어 주던 사람들이 그놈의 전쟁으로 뚝 갈라져 버린 것이었어요. 지리산에 빨치산이 들어오고, 그다음에는 군인과 경찰들이 들어오고, 그러는 사이에 경천敬天이라 하늘만 우러러 바라보고 살던 사람들이 서로 죽이기 시작했다는 것입니다. 우리 고향마을이 바로 그중 하나였다는 것입니다."

박상 시인의 끔찍스러운 옛이야기는 계속되고 있었다. 마치 6·25전쟁을 되불러와 말하는 것처럼 그 목소리에는 마을의 댓바람 소리하며, 그 댓바람 소리 속으로 날아가는 총소리의 여운 같은 묘한 울림이 스며있기도 했다. 짚신도 신발도 신지 않고 눈 쌓인 논둑길 밭둑길로 내달리는 사내들의 웅성거림 같은 소리도 조금씩은 그의 목소리 속에 배어 있는 듯했다. 현덕 스님은 그럴수록 더욱 눈을 지그시 감고 박상 시인의 이야기 속으로 그의 마음을 넣어주고 있었다. 만인암 밖은 그러나 봄날이었고 이것을 인간 사회에 알려주기라도 하려는 듯 꽃들이 앞을 다투어 무수히 피어나는 중이었다. 그때마다 광주시를 감싸듯 내려다보고 있는 무등산은 사태 지듯 피어나는 그 꽃들을 어찌지 못하고 여기저기 계곡 물을 풀어 놓으며 온몸을 조금씩 비틀어대는 것이었다.

현덕 스님께 들려주는 박상 시인의 옛이야기랄까 고백을 마무리 지으면 이러하다. 박상 시인의 고향은 지리산 아래 초동리 마을. 6·25전쟁이 터지던 그해 여름하고 가을에 박상 시인의 아버지는 지금까지 함께 살아왔던 같은 나이 또래의 마을 사람 눈에 거슬려 빨치산 토벌대에게 넘겨진다.

그 사람은 황칠백이 아저씨. 옻나무 칠을 한약용으로 너무도 잘 내리기^{제조} 때문에 인근 읍내까지 소문이 난 사람. 이 사람이 무슨 이유에선가 박상 시인의 아버지를 그만 토벌대에게 엉터리로 고자질해 버린다. 이른바 '밤 사람' 혹은 '산 사람들'이라고 불리는 빨치산들에게 부역을 해주었다는 것이 그 엉터리 고자질 내용인데, 그것은 밤을 틈타 마을로 내려온 빨치산들(속칭 '빨갱이들')을 위하여 쌀보리 가마니를 지게로 짊어 날랐다는 것이다. 아는 사람들은 다 알고 모르는 사람들을 다 모를 터이지만, 박상 시인의 아버지는 그럴 위인도 아니었고 또 그때 때마침 허리 병을 앓고 있었는지라 그럴 힘을 쓸 계제가 못 되었다. 절구통을 옮기다 허리를 잘못 삐어 영판 힘을 쓰지 못하는 중이었다. 그러나 결국 박상 시인의 아버지는 빨치산 토벌대에 끌려가 마을 앞 당산 나무에 묶인 채 총살당하고 만다. 어디에선가 끌려온 수많은 젊은이와 함께.

뒷날 박상 시인의 어머니가 추리해 낸 것을 들어보면, 그의 아버지가 황칠백이의 엉터리 고자질로 죽게 된 이유는 다름 아닌 어느 해 여름에 있었던 물꼬 싸움이 바로 그 화근이었다. '물꼬'란 위 논과 아래 논 사이에 뚫린 물고랑을 말하는데 날이 가물 경우 항용 어느 마을에서나 이 물꼬를 가지고 대판 큰 싸움이 벌어지는 것이 예사였다. 어느 놈이 내 논에서 물을 몰래 빼갔느냐, 지난밤까지 가득 찼던 내 논에서 어느 놈이 물꼬를 트고 이렇듯 물을 다 빼가 버렸느냐, 하는 따위의 욕설이 터지고 마침내 위 논 주인과 아래 논 주인 사이에는 심한 경우 삽자루가 날아다닌다. 말하자면 박상 시인의 아버지와 황칠백이 아저씨 사이에도 언젠가 그런 물꼬 싸움이 일어났었고 결국 그것이 씨앗이 되어 6·25전쟁을 만나자마자 박상 시인의 아버지는 물꼬 싸움에서 비롯된 어떤 앙갚음의 표적이 돼버린 것이다.

전쟁은 끝났다. 죽음도 죽임도 끝나고 지리산 도처에는 예전처럼 산수유꽃들이 흐드러지게 피어나고 있었다. 산나리라는 꽃들도 저마다 다투어 피어나고 새들도 이제 제 목소리를 찾아가고 있는 것이었다. 이 무렵 그때 나이로 어린이인 박상 시인은 당시로선 꽤 고치기가 힘든 병인 겨드랑이 속에 큰 종기를 앓게 되었다. 도대체 어떤 종류의 종기인 줄은 모르나 날로 커지는 그 종기의 독으로 하여 온몸이 불덩이처럼 달아오를 뿐이었다. 어린 박상 시인은 헛소리를 내지를 뿐 말 한마디 제대로 할 수가 없었다.

바로 이때 어린 박상 시인을 살려 준 사람은 다름 아닌, 황칠백이 아저씨였다. 요놈, 대단히 아프구나. 잘못하면 죽기도 하는 것이 이 겨드랑이 종기인데 말이야. 머리에 찬 물수건을 올려준 다음, 그 장침으로 고름을 따주며 알지도 못하는 노란 약 가루를 발라주고, 한 번도 본 적이 없고 알지도 못하는 고약을 붙여준 사람은 황칠백이 아저씨였다. 마치 자신의 친아들처럼 하루도 거르지 않고 찾아와서 약 처방과 치료를 계속해 주는 사람은 다름 아니고 6·25전쟁 때 어린 박상 시인의 아버지를 토벌대에게 고자질하여 죽도록 만든 바로 그 사람이 아닌가. 박상 시인의 아버지를 죽음으로 몰아넣은 황칠백이 아저씨, 박상 시인을 당시 약도 의사도 없는 산중마을 속에서 살려낸 황칠백이 아저씨.

이야기가 이쯤에 이르자 현덕 스님은 그 무거운 입을 열기가 뭐한지 우선 크크, 마른기침을 한 번 쏟아냈다. 그리고 미리 준비한 듯한 말씀을 몇 마디 정도 하는 것으로 박상 시인과의 대면을 끝내는 것이었다.

"내가 박상 시인의 말을 듣는 것만으로 나의 대답은 끝났소. 사람이 만들어내는 '말(언어)'이란 의미가 없는 것이고 따라서 어떠한 물음에도 거기에 맞는 대답이란 있을 수 없는 것이라오. 화해이니 용서이니 하는 어휘들도 이미 그 본래의 뜻과 의미를 상실해 버린 지 오래인 세상을 우리는 오늘 살고 있기 때문이라오. 하오니 박상 시인이 느끼기만 하면 그것이 화해 되고 용서가 되는 것이지 그것을 언어로 옮기면 그 뜻과 의미는 곧 죽어서 사라져 버리는 것 아니겠습니까."

현덕 스님의 말씀은 그러나 잠시 끊기고 있었다. 만인암의 처마 밑에 걸린 황금빛 붕어가 바람에 흔들거리는 소리를 내지 않았더라면 아마 박상 시인은 그 스님의 말씀이 잠시 끊기는 것을, 혹은 그 찰나를 알지 못했을 것이었다. 현덕 스님은 합장하고 일어서는 박상 시인에게 이렇게 한 마디를 건네주는 것을 잊지 않았다.

"박상 시인, 그날 보안대 영창 안에서 박상 시인과 불자인 저를 짐승처럼 구타한 사람에게도 우리는 화해니 용서이니 하는 말을 해줄 필요가 없는 것이 바로 앞서 말한 그것 때문입니다. 이미 그 말의 뜻과 의미는 그때 죽어서 사라져 버렸습니다. 우리가 진정으로 그들을 새로이 구원해 주려고 한다면,

아니 그들과 화해하고 용서하려 한다면 그들이 느끼도록 하는 수밖에 없습니다. 화해란 말과 용서란 말은 오히려 화해와 용서를 집어삼켜 버리는 독毒의 항아리 그것일 수도 있습니다. 아아, 결국 그 어떠한 인간도 상대방인 다른 인간을 용서하고 화해시킬 수 없습니다. 이 일은 부처님이나 혹은 기독교를 포함하여 가톨릭에서 말하는 하느님께서만 할 수 있는 일입니다. 깨달음과 신의 사랑을 궁극적으로는 말로, 언어로 표현할 수 없듯이 말입니다."

원표 교수와 강태종 화백으로부터 전화를 받고, 그리고 김베드로 신부와 현덕 스님을 한참 동안 머리에 떠올려 만나 보는 사이, 박상 시인은 이제야 그리스에서 고대 그리스의 시인 오르페우스가 자기 집 아파트 베란다 위에 뚜벅뚜벅 걸어와 서 있는 것을 본다. 아르고호 원정대를 따라가며 리라로 바다의 악마와 괴녀愧女들을 잠재우던 당당하고 아름다운 그 모습 그대로 광주에 도착, 이윽고 박상 시인과 대면을 한 것이다. 오르페우스는 1980년 5월의 귀신들이 득실득실 들어있는 박상 시인의 머리와 가슴을 리라와 노래로 적셔 녹여버리고 거기에 가득 노래를 채워 넣는다. 그러자 박상 시인의 두 입술 안에서도 저절로 노래가 흘러나오는 것이었다.

사랑이, 이제 세상을 바꾸리라
사랑이 이제, 죽음을 생명으로
총칼을 백합꽃으로 변신시키리라
쇠붙이도 사람의 살로 바꾸리라
사랑이 이제, 전신주도 밤나무로 바꾸어
찰진 수액水液이 오르게 하고
오, 이제 사랑이 만물의 조물주가 되어
산과 강을 벅차게 창조하리라
천지간의 모든 생명과 사물의 두께 속에
오르페우스의 노래와 시가 담긴다면!

박상 시인은 그의 17층 아파트가 떠내려갈 정도로 시를 낭송하고 있었다. 그의 온몸은 어느덧 감격의 덩어리로 활활 타오르고 있었다. 그는 마침내 알로에 나무에 기대이듯 서서 히아신스와 수선화를 들여다보는 시인 오르페우스를 바짝 끌어당겨 껴안았다. 그리고 다시 그의 손을 놓아주고 그의 리라와 노랫소리를 듣기 시작하는 것이었다.

오르페우스, 그대는 이윽고 오셨군요. 리라를 여전히 켜면서 이곳 광주에도 오셨군요. 아내 에우리디케를 구하기 위해 저승의 망령 세계 맨 끝까지 찾아 내려갔던, 그리스 트로키아 지방 태생의 시인 오르페우스. 오늘은 동방의 나라로 문득 떠나와 비무장지대 철조망 속에서 헤매다가 이곳 광주라는 한반도의 남녘 한 도시를 방문해 주었군요. 아아, 그 노래의 시인이 영영 죽지를 않고 먼 훗날 사람들인 기계 문명 속의 우리들을 찾아와 꽃을 보면 꽃을 노래하고 새를 보면 새를 따라가며 노래하는군요. 그리하여 눈에 보이는 모든 사물마다 멜로디를 불어 넣으며 리라를 퉁기는군요. 이제 광주 시민들은 5월 그날의 망령들로부터 죽임의 쇠사슬로부터 풀려나와, 그대처럼 천상과 지옥의 노래를 번갈아 불러가며 비로소 삶의 환희를 되찾을 수 있을 거예요. 그대가 리라를 퉁기며 노래를 부르면 광주의 저 무등산에 피고 지는 꽃들과 나무들도 새 세상을 만난 듯이 그대의 발자국을 따라다닐 거예요. 심지어는 산비탈의 바위들도 들먹거리며 그대의 노래에 맞춰 고개를 흔들 거예요. 정말 그대로군요. 아폴론 신이 직접 물려준 리라의 현은 아직 그대로이고 소리 또한 변하지 않고 그대로입니다. 보세요. 그대가 리라를 켜니 우리 집 베란다 위의 나무와 꽃들도 온통 덩달아 춤을 추어대는군요. 어디서 솟아났는지 여태까지 보이지 않던 귀도 붙어서 열리고. 그래요, 우리 집 아파트 위를 날아가는 밤 구름도 저 달빛을 가리지 않고 넘실넘실 흘러가는 것 아니겠습니까. 오오, 그대가 노래하면 이제 공수특전부대원들의 총구멍 속에서도 백합꽃과 수선화 그리고 그대가 좋아하는 히아신스 꽃들이 줄지어 피어날 것 같군요. 아아, 오르페우스는 죽지 않고 여전히 살아서 우리와 함께 살아가고 있으니….

오르페우스가 노래하고 박상 시인이 둥실 두둥실 춤을 추는 동안, 아파트 베란다 위에 놓인 꽃과 나무들은 물론 간장독 안에 떠 있는 붉은 고추도 덩달아 춤을 추고 있었다. 박상도 이내 쉬지 않고 그 흥이 잠시 식을세라 더욱 몸을 움직여 춤을 춘다. 이때다.

"여보, 여보! 무슨 잠꼬대를 그렇게 많이 하세요. 식은땀도 이렇게 많이 흘리면서. 잠깐 일어나 찬물이라도 시원하게 한잔하시고 주무세요."

곁에 누워있는 아내가 안타까운 듯이 박상 시인을 잡아 흔든다.

"아냐, 잠꼬대는 무슨 잠꼬대야? 난 단지 춤을 추고 있었던 거야. 그리스 시인 오르페우스를 만나서 말이야, 어 그래. 그 오르페우스가 방금 우리 집을 다녀갔어. 리라를 켜면서 노래를 부르면서 말이야. 응 응, 목이 마르다!"

박상 시인은 아직도 꿈속을 방황하는지 손을 여기저기 뻗으며 누군가를 찾고 있었다. 아내는 수건으로 그의 이마를 닦아주면서 갑자기 울음이 쏟아지는 것을 꾹 참는다. 그리고 혼잣말로 중얼거린다.

"광주의 5월이 여전히 계속되는구나. 하기야 그렇게 많은 사람들이 억울하게 죽었으니 그 망자들을 잠재우려면 적어도 1백 년은 걸릴 것 아닌가? 아아, 이 땅 위에는 무슨 놈의 억울한 망자들이 그렇게도 많아 오늘 살기에도 바쁜 이 생자^{生者}들을 이다지도 괴롭히고 있는 것일까."

　제주도로 떠나게 되었다는 원표 교수와 손에 수전증이 와서 그림을 그리려 하면 덜덜 떨려온다는 강태종 화백, 그리고 남성을 상실해 버린 김베드로 신부와 만인암의 현덕 스님, 그리고 박상 시인. 이 다섯 사람은 오늘따라 일찍 일어나, 일찍 모인 끝에 무등산 봉우리를 향하여 오르고 있었다. 물론 새벽같이 일어난 박상 시인이 주재한 산행이었다. C대학 원표 교수의 전 가족이 제주도로 이사 가게 되었다는 사실을 들어 박상 시인이 이들을 부랴부랴 불러내어, 모두 같이 무등산을 오르게 된 것이었다.
　"오늘 산행은 우선 원표 교수의 제주도행을 기념하고, 그동안 우리들 사이의 적조함을 달래기 위한 것에 그 목적이 있습니다."
　"비록 자주는 못 만났지만, 우리들은 서로를 존경하고 이해하면서 살아왔는데, 원표 교수가 떠난다니 매우 섭섭합니다."
　"이제 나이들도 대충 50대 중반을 넘어섰으니, 게으름도 좀 없애고 등산으로 건강을 지키는 것이 최선 아니겠어요?"
　"하지만 산을 너무 쉽게 생각하다가는 큰코다치기도 하지요."

"하하, 그렇지만 현덕 스님은 어디 산을 오를 필요가 있겠습니까. 이미 산에 올라가 계시니까 말입니다. 물론 오늘은 저희와 함께 오르고 있습니다만."

그러나 오늘 무등산은 만만치가 않았다. 4부 능선쯤 올랐을까 생각하는 순간 조금씩 빗방울이 내리치고 있었고 바람은 그 틈새를 이용하여 이 5인의 등산객을 서서히 밀어내기 시작했다. 산에서 일기예보는 못 믿는다는 말을 들었지만, 그리고 무등산이야말로 예전에 자주 오르내리던 산이었는지라 과히 걱정을 안 했지만, 오늘은 여간 산행이 힘들어지는 게 아니었다.

"이러다간 무등산 정상은 그만두고서라도 7부 능선도 못 오르는 것은 아닐까요?"

"7부 능선? 지금 일기 상태라면 5부 능선도 넘기가 힘들겠습니다."

바람은 이제 더욱 세차게 불면서 역시 더 많은 비바람을 몰아오고 있었다. 쏴아, 쏴-아, 씨이이익! 후두둑 후두두둑! 드디어 바람과 빗줄기는 칡넝쿨처럼 헝클어지더니 이들을 한쪽으로 갑자기 몰아붙이는 것이었다. 이때였다. 우르릉 쾅 콰아앙… 우지직 내리치는 천둥 번개가 무등산의 어딘가를 내리치는 것 같았다. 정말 이제 무등산의 봉우리는 아예 보이지가 않았는데 그 때문에 어딘가로 멀리 달아나 버린 것이 아닌가 하는 생각도 불러일으켰다. 앞이 안 보였다.

옆길도 안 보였다. 나무들을 부둥켜안은 듯이 소용돌이치는 비바람 줄기가 흡사 귀녀鬼女처럼 날뛰고 있었다. 바람이 진노한 것일까, 먹구름이 진노한 것일까, 아니면 무등산이 송두리째 진노하다가 저렇듯 온몸을 하늘과 땅의 신에 내맡기고 천방지축 어디로 뛰어가는 것은 아닐까.

나무줄기를 휘감아 내리는 빗줄기는 마치 핏줄기와도 같았다. 그 빛깔은 짙붉다 못해 차라리 검붉었다. 여기에다 몰아치는 바람 소리는 흡혈귀 무리에게 쫓겨 가는 사람들처럼 보였다. 무등산이 낳아서 기르는 하얀 옷 정령들의 몸부림! 끝내는 안개와 비와 어둠이 뒤죽박죽 굴러내리기 시작했다. 결국 원표 교수, 강태종 화백, 현덕 스님, 김베드로 신부, 그리고 박상 시인은 하산하고야 말았다. 현덕 스님이 이윽고 한마디 하는 것을 잊지 않고 있었다.

"다아, 업보야! 으음, 업보고 말고!"

(『문예중앙』 1995년 여름호)

| 작가의 말 |

시와 소설은 '한 몸'이다!

 "김준태 선생, 시인이 '소설'까지 쓴다면 우리 소설가들은 뭘 먹고 살지요? 껄껄껄!"

 내가 〈중앙일보〉 자매지인 계간 『문예중앙』(1995년 여름호)에 중편 「시인 오르페우스는 죽지 않았다」를 발표한 것을 두고, 문단 선배인 이호철 선생님께서 농담 아닌 덕담으로 내게 털어놓은 말씀이었습니다. 당신께서 나와 똑같이 이 잡지의 여름호에 중편 「남녘 사람, 북녘 사람」을 발표한 터였지요.

 "이호철 선생님! 죄송합니다. 시가 로망roman이랄까, 서사를, 이야기를 담아낼 수 없다는 것을 늦게나마 체득하고 중편 하나를 썼습니다. 사실은 요즘 한국소설이 '서사'를 잃어버리고 있다는 안타까움도 찾아와서 그만 소설에 손댄 것 같습니다. 소설에서 서사가 없다는 것은 리얼리즘을 상실하거나 놓쳐버린 데서 기인한 결과이겠죠."

『문예중앙』에 중편을 발표한 이후 저는 '액자소설'을 100여 편 써서 발표했습니다. 마치 액자 속에 다른 액자를 넣듯이 소설 속에 또 다른 소설을 집어넣는 소설을, 나는 흥미를 느끼고 짧은 콩트처럼 써 내려갔지요. 우선 소설이 '밥'이 된다는 생각에서 — 프랑스의 소설가 발자크처럼 — 바지런히 이야기(서사)를 찾아내고 만들어냈습니다. 황막한 세상 속에 좀 괜찮은 이야기를 풀어 넣어준다는 것 또한 필요하다고 생각하였던 것 같습니다.

　이제 하늘에서 가을바람이 불어오고 있군요. 「시인 오르페우스는 죽지 않았다」와 더불어 많은 이야기가 담긴 이 '액자소설집'이 아무쪼록 독자들을 찾아가서 다시 즐거운 이야기가 되기를 바랍니다. 눈물과 기쁨을 가지고, 혹은 사랑과 분노를 가지고, 우리 강산 맑고 고운 산국의 향기처럼 그리운 독자들을 만나기를 희망합니다.

　소설 속 삽화는 아내 이명숙 선생께서 그려주었습니다. 이 소설집을 펴내느라 많이 수고한 도서출판 b의 시인 조기조 대표와 함께 이 가을에 더욱 감사드립니다.

2025년 10월
김준태 손 모아!!

| 작가 연보 |

김준태 金準泰, Kim Jun-tae

1948년   전남 해남군 화산면 대지리 출생(음력 7월 10일).
1964년   조선대 부속고등학교 입학. 광주 석류문학동인회 활동. 고교 2학년 재학 중에 자필 프린트시집 『제2의 경악』 발간.
1968년   조선대학교 사범대학 독일어교육과(제1회) 입학.
1969년   〈삼남교육신문〉,〈전남매일신문〉(김현승 심사),〈전남일보〉(박목월 심사) 신춘문예 시 부문 각각 당선. 시 전문지 『시인』(조태일 주간)에 「머슴」 외 4편의 시 게재하며 문단 활동 시작.
1970년   해병대(226기) 입대. 베트남 파병(인사행정병으로 복무).
1971년   베트남에서 귀국 후 김포 반도 해병여단에서 제대.
1976년   조선대학교 사범대학 독어교육과 졸업. 경상남도 사천군 용남고등학교에서 교직 생활 시작. 경주 이씨 이명숙 님과 진주에서 결혼.

1977년　전남 함평군 학다리고등학교에서 영어 교사로 재직. 첫 시집 『참깨를 털면서』(창작과비평사) 발간.

1980년　5·18 광주항쟁 직후 〈전남매일신문〉 1면에 「아아 光州여, 우리나라의 十字架여」 발표. 필화사건으로 광주광역시 서구 쌍촌동 505보안대에 구금 및 투옥 직후, 5·18 계엄 당국에 의해 강제 사표 제출(교사 해직). 국제외국어학원(독일어회화), 전일학원(국사), 한림학원(세계사), 현대외국어학원(대입영어)을 전전하면서 '학원 강의'에 열중.

1981년　시집 『나는 하느님을 보았다』(한마당) 발간.

1983년　광주문학상 수상. 강제 해직 3년 5개월 만에 전라남도 영암군 신북중학교에 영어 교사로 복직.

1984년　시집 『국밥과 희망』(풀빛) 발간.

1985년　현산문학상 수상.

1986년　시집 『불이냐 꽃이냐』(청사), 『넋통일』(전예원), 평론집 『시인은 독수리처럼』(한마당) 발간.

1988년　시집 『아아 광주여, 영원한 청춘의 도시여』(실천문학사), 평론집 『5월과 문학』(남풍) 발간. 공안당국의 간섭으로 수업이 배당되지 않아 광주과학고등학교에서 스스로 사직. 〈전남일보〉 편집국에서 문화부장, 교육체육부장, 특집부장 역임. 이후, 유럽 미국 중국 등 세계 문학기행을 시작.

1989년　홍성담 화가의 판화와 함께한 판화 시집 『오월에서 통일로』(빛고을출판사), 이어서 시집 『칼과 흙』(문학과지성사) 발간.

1990년　〈미주중앙일보〉에 「미국문학기행」 연재.

1991년 시선집 『통일을 꿈꾸는 슬픈 색주가』(미래사), 수상집 『달이 뜨면 고향에 가겠네』(인동) 발간.
1992년 5·18 광주항쟁 창작판소리 〈무등진혼곡〉 대본 집필.
1994년 시집 『꽃이, 이제 지상과 하늘을』(창작과비평사) 발간.
1995년 문학기행집 『슬픈 시인의 여행』(한양출판사), 평론집 『正史 5·18』(사회평론) 발간. 제38회 전라남도 문화상 수상. 중편소설 「오르페우스는 죽지 않았다」(『문예중앙』)발표.
1996년 광주대학교 문예창작학과 겸임교수-초빙교수로 재직.
1997년 비평집 『20세기말과 지역문화』(나남출판사) 발간.
1998년 조선대학교 문예창작학과로 옮겨 초빙교수로 재직. 민족문학작가회의 부이사장 및 광주·전남작가회의 회장 역임.
1999년 제9시집 『지평선에 서서』(문학과지성사) 발간. 한국·세계 명시 해설집 『사랑의 확인』, 『사랑의 변주』(한마당) 발간. 에세이집 『인간의 길을 묻고 싶다』(모아드림) 발간. 5·18 광주항쟁 뮤지컬 대본 〈무등등등〉 집필. 제1회 자랑스런 시인상 수상(『시의 나라』).
2001년 6·15 공동선언 1주년 기념행사에 남측 문인 대표로 평양 방문, 한반도 우리 땅을 걸어서 묘향산과 백두산에 오름. '북녘땅 기행' 연작시 60여 편 발표(『창작과비평』), 북한기행문을 『민족21』에 연재.
2003년 고려 태조 왕건 주인공, 창작오페라 〈장화왕후〉 대본 집필. 한국문학평화포럼 부회장 취임, 평화포럼 곳곳 행사에 참여.
2004년 베트남 전쟁소설 『그들이 가지고 다닌 것들』(한얼미디어) 번역.

2005년 　인도의 힌두교 경전 영문판 『라마야나』(한얼미디어) 번역 보조. 장두석 선생 평전 『흰 도포자락을 휘날리며』 저술 및 편찬.

2006년 　세계문학기행집 『세계문학의 거장을 만나다』(한얼미디어) 발간.

2007년 　통일시 해설집 『백두산아 훨훨 날아라』(글누림) 발간. 해외 레지던시 프로젝트 중앙아시아 3개국(카자흐스탄, 우즈베키스탄, 키르기스스탄) 3개월 체류 연수. 고려인 구전 가요집 『재소고려인 노래를 찾아서(上·下)』 발간. 7월, 서울 인사동 공(孔) 화랑에서 〈김준태 통일 시화전〉 개최.

2009년 　민주화운동 교수 『명노근 평전』(심미안) 집필 발간.

2011년 　제10대 5·18기념재단 이사장에 취임, 3년간 봉직.

2012년 　육필시집 『형제』(지만지) 발간.

2014년 　시집 『밥詩』(문학들), 『달팽이뿔』(푸른사상) 발간. 영역 시집 *Gwangju, Cross of Our Nation*(『아아 광주여, 우리나라의 십자가여』, 데이비드 맥캔 외 옮김, 한스미디어) 발간.

2016년 　조선대학교 문예창작학과 퇴임.

2017년 　일본 도쿄 중앙대 법과대학 초청으로 문학 강연.

2018년 　시집 『쌍둥이 할아버지의 노래』(도서출판 b) 발간. 일본어판 시집 『光州へ行く道(광주로 가는 길)』(나고야 風媒社) 발간. 「김준태 시 70년 오디세이」(계간 『푸른사상』) 30회째 연재 중).

2019년 　(사)광주평화포럼 이사장 취임. 임진각 평화운동 행사에 참석.
국립한국문학관(이사장 염무웅 교수) 이사로 참여.

	한말의병전쟁시집 『심사 신동욱 선생 송가』(문학들) 발간.
2021년	5·18 광주항쟁 41주년 기념시 「오월 광주는」 일본 아카하타(赤旗) 신문 게재.
2024년	독일어판 시선집 *Gesang der Wasserspinnen*(『물거미의 노래』, 뮌헨 IUCIDIUM) 발간. 시집 『나는 하느님을 보았다』(생명과문학) 복간.

ⓒ 김준태, 도서출판 b, 2025

오르페우스는 죽지 않았다

초판 1쇄 발행 2025년 10월 23일

지은이 김준태
펴낸이 조기조

펴낸곳 도서출판 b
등 록 2003년 2월 24일(제2023-000100호)
주 소 08504 서울특별시 금천구 가산디지털2로 169-23 가산모비우스타워 1501-2호
전 화 02-6293-7070(대) | 팩시밀리 02-6293-8080
이메일 bbooks@naver.com | 홈페이지 b-book.co.kr

ISBN 979-11-92986-49-4 03810
정 가 16,000원

* 이 책 내용의 일부 또는 전부를 재사용하려면 저작권자와 도서출판 b의 동의를 얻어야 합니다.
* 잘못된 책은 구입한 곳에서 교환해 드립니다.